W0302016

„Wer da meint, sein Dasein sei auf sein jetziges Leben beschränkt, hält sich für ein belebtes Nichts, denn vor 30 Jahren war er nichts, und über 30 Jahre ist er wieder nichts."

Arthur Schopenhauer, Parerga und Paralipomena

Der Roman spielt hauptsächlich in bekannten Regionen, doch bleiben die Geschehnisse reine Fiktion. Handlungen und Charaktere sind frei erfunden. Tatsächlich existierende Personen haben ihre Zustimmung erteilt.

FSC
www.fsc.org
MIX
Papier aus verantwortungsvollen Quellen
FSC® C104608

Der CO_2-Ausstoß dieses Druckproduktes wurde mit ClimateCalc berechnet und kompensiert:
www.climatecalc.eu
Cert. no. CC-000094/DK

Bibliografische Information der Deutschen Nationalbibliothek
Die Deutsche Nationalbibliothek verzeichnet diese Publikation in der Deutschen Nationalbibliografie; detaillierte bibliografische Daten sind im Internet abrufbar über http://dnb.ddb.de

www.niemeyer-buch.de

Umschlaggestaltung: C. Riethmüller
Der Umschlag verwendet Motiv(e) von 123rf.com
Druck und Bindung: Nørhaven, Viborg
Printed in Denmark
ISBN 978-3-8271-9574-6

Lothar Schöne

Der Tod lebt im Rheingau

Ein Rhein-Main-Krimi

CW Niemeyer

Über den Autor:

Lothar Schöne, geb. in Herrnhut, arbeitete als Journalist, Hochschullehrer, Drehbuchautor und veröffentlichte Romane, Erzählungen und Sachbücher. Er erhielt eine Reihe von Preisen und Auszeichnungen, unter anderem das Villa-Massimo-Stipendium in Rom, den Stadtschreiber-Preis von Klagenfurt/Österreich und den von Erfurt, den Literaturpreis der Stadt Offenbach a.M., zuletzt 2015 den Kulturpreis des Rheingau-Taunus-Kreises. Sein Roman „Der blaue Geschmack der Welt" wurde von den Lesern der Tageszeitung „Die Welt" zum „Buch des Jahres" gekürt, der Roman „Das jüdische Begräbnis" in sechs Sprachen übersetzt. Derzeit wird die Verfilmung vorbereitet.

Mehr über Lothar Schöne finden Sie auf der Internetseite:
www.lothar-schoene.de

Für den üblichen Verdächtigen,
meinen Freund, den Tod

1 Wer hängt denn da?

Wolfgang Hillberger schaute vom Rheingau-Echo auf. Das hatte er schon einige Male getan, obwohl die Zeitung der Region ganz lesenswerte Artikel bot, in die man sich versenken konnte. Jedes Mal sah er zur Tür, doch die öffnete sich nicht. Hillberger saß im Café Schwab in Eltville und wartete auf seinen Kaffeebruder Konrad. Sie hatten sich vor einiger Zeit in diesem Café kennengelernt, und einmal in der Woche plauschten sie um die Wette. Bei Kaffee und Kuchen, versteht sich. Hier gab es gottlob nicht den scheußlichen Moringa-Tee, ein Gesundheitsgebräu, das ihm Frau Becker, seine Nachbarin, stets mit mahnenden Worten einschenkte.

Das Treffen im Kaffeehaus hielt der Vater von Hauptkommissarin Julia Wunder für therapeutisch, ja eigentlich sogar für lebensverlängernd. Nicht nur wegen des Kaffees. Wir gleiten als soziale Wesen durch die Welt, überlegte er, und benötigen dringend den Austausch mit anderen sozialen Wesen, auch Menschen genannt, vor allem solchen, die geistig anregend sind. Und für einen solchen hielt er seinen Kaffeegenossen. Wo blieb Konrad? Allein den Kaffee zu genießen, fand Hillberger unbefriedigend, ja eigentlich ungenügend, wenn nicht sogar mangelhaft. Ja, Schulnoten mussten her, um den Sachverhalt zu beleuchten, ging es dem ehemaligen Oberstudienrat durch den

Kopf. Er wollte sich dem Rest seines Streuselkuchens widmen, stocherte aber nur unlustig in den Bröseln herum. Streuselkuchen ist nun mal kein Ersatz für ein Gespräch zwischen Kaffeebrüdern.

War Konrad etwa verreist? Trieb er sich auf den Malediven herum oder auf Madagaskar? Unwahrscheinlich – das hätte er ihm mitgeteilt. Hatte er ein anderes Café aufgesucht? Es gab ja einige im Ort, Eltville war schließlich nicht nur ein Wein-, sondern auch ein Caféstädtchen, ganz zu schweigen von der Kurfürstlichen Burg mit ihrem Rosengarten unten am Rhein, auf den man besonders stolz war. Oder hatte Konrad ihren Treff im Café Moser vergessen? Handelte es sich um erste Zeichen von Demenz?

Wolfgang Hillberger erhob sich mit einem Ruck, griff zu seinem Regenmantel und schritt nach vorne zum Tresen. Er hatte eine Entscheidung getroffen, und nachdem er gezahlt hatte, streifte er den Mantel über und verließ das Café-Etablissement mit raschen Schritten.

Draußen nieselte es ein wenig, was für Hillberger kein Grund war, von seinem Vorhaben abzuweichen. Er zog den Mantelkragen hoch und schritt aus in Richtung Rheingauer Straße. Er kam bei der Bücherstube Lauer vorbei, eine Buchhandlung, die er öfter aufsuchte, diesmal aber achtlos liegen ließ. Heute musste Frau Lauer ohne ihn auskommen. Schon erreichte er mit zügigem Schritt die MM-Sektmanufaktur und bog in die Matheus-Müller-Straße ein. Ja, ja, er wusste, wo Konrad wohnte, sein Kaffeebruder hatte es ihm nebenbei einmal mitgeteilt. Nikolausstrasse – dort musste er hin. Ohne Zweifel eine gute Gegend, wo Konrad Anker geworfen hatte. Die konnte er sich offenbar leisten, Geld war für ihn kein Thema und Geiz schien ihm ein Fremdwort zu sein, im Gegenteil: Wenn Hillberger seinen Grundzug nennen sollte, würde er die Vokabel Freigiebigkeit verwenden.

Als er sich dem Haus in der Nikolausstrasse näherte, fiel ihm ein, dass er gar nicht wusste, ob Konrad verheiratet war. Darüber hatten sie nie gesprochen. Umgekehrt hatte er seinem Kaffeegenossen auch nicht mitgeteilt, dass seine Frau schon vor längerer Zeit gestorben war und er jetzt in die Fänge der Frau Becker geraten war. Nein, schöner wäre es doch zu sagen, dass er ein Techtelmechtel mit ihr hatte. Mit ihr gewissermaßen wunderbar techtelmechtelte. Wunderbar? Nun, darüber ließe sich streiten. Vor allem, wenn er an die Becker'schen Gesundheitsattacken auf ihn dachte, mit denen sie ihn immer mal wieder malträtierte.

Hillberger erreichte ein frei stehendes Haus in einem Gartengrundstück. Hier lebte also Konrad, mit wem auch immer. Ein eisernes Tor versperrte den Eingang, an dessen Seite sich eine Sprechanlage mit einem Klingelknopf befand. Er drückte ihn sanft. Nichts tat sich. Keine konradische Stimme ertönte. Das rieselnde Nass von oben hatte sich verstärkt, Hillberger fasste sich an seinen Kopf, wo seine grauweißen Haare schon in einer Pfütze schwammen. Sein Finger näherte sich abermals dem Klingelknopf, den er diesmal heftiger behandelte. Als auch das keinen Erfolg brachte, drückte er mehrmals hintereinander und mit Inbrunst auf den Knopf. Keine Reaktion. Was war mit Konrad los? Doch die Malediven? Oder hörte Konrad gerade ein Konzert mit Kopfhörer? Hillbergers Neugier war erwacht, der Nieselregen hielt ihn überhaupt nicht ab, jetzt wollte er es genau wissen. Er ging ein paar Schritte auf der Straße, entdeckte einen seitlichen Pfad und ein nicht allzu hohes Gartentor. Da könnte er drübersteigen, das wäre zu schaffen, schließlich war er kein gebrechlicher Greis.

Kaum hatte Wolfgang Hillberger das Gartentor überwunden, lobte er sich innerlich. Der Gang zu Konrad hatte ihn zu einer sportlichen Höchstleistung animiert – das würde er seinem Kaffeegenossen berichten. Nicht mehr unten am Rhein würde er in Zukunft spazieren gehen, sondern übers Gartentor zu Konrad hechten. Der Ausgleichssport, den ihm sein Arzt empfohlen hatte, war gefunden. Besuche bei Konrad! Jedoch nicht wie jedermann unsportlich durch den Haupteingang flanieren, sondern mit Hechtsprung übers Gartentor.

Hillberger erblickte eine gepflegte Gartenlandschaft mit wohlgeschnittenen Büschen und kleinen Obstbäumen. Seine Nachbarin Frau Becker wäre entzückt. Sein eigenes bescheidenes Gärtlein wirkte dagegen zerrupft und unordentlich. Ah, da befand sich auch eine Terrasse, auf die Wolfgang Hillberger zusteuerte. Schon von Weitem erkannte er, dass auch die vor Sauberkeit und Ordnung blitzte. Er würde wohl oder übel Konrad ein Kompliment machen müssen. Der ehemalige Oberstudienrat befand sich mittlerweile in Forscherlaune – so musste sich Kolumbus gefühlt haben, als er einen neuen Kontinent namens Amerika entdeckte. Hillberger überlegte, ob er laut nach seinem Kaffeebruder rufen sollte, erklomm dann aber die drei Stufen zur Terrasse und näherte sich einem großen Fenster. Kurz ging ihm durch den Kopf, ob er an die Scheibe klopfen sollte: „Ich bin's, Konrad. Mach auf und biet' mir Regengeschädigtem einen Kaffee an!"

Die Regentropfen rannen Hillberger von der Stirn zum Gesicht, er blinzelte und musste sich mit der Hand über die Augen wischen, doch das Bild, das er durch die Scheibe sah, änderte sich nicht. Jetzt beugte sich Wolfgang Hillberger vor – sah er wirklich richtig? Er konnte nicht glauben, was seine Augen ihm mitteilten. War das sein Kaffeebruder Konrad, der da hing?

*

Zur gleichen Zeit eilte Kommissar Vlassopolous Spyridakis durch den ersten Stock des Polizeipräsidiums. Er war gerade Kriminalrat Robert Feuer entflohen. Mit einer Ausrede – die er aber so dringlich formulierte, dass Feuer ihn laufen ließ. Vlassi hatte behauptet, dass Hauptkommissarin Wunder, seine Chefin, ihn schon vor zwanzig Minuten zu sich beordert hatte. Es ging um etwas sehr Wichtiges. Das war gelogen, Julia Wunder wollte gar nichts von ihm. Doch Feuer wollte ihm etwas angeblich Bedeutendes aufschwätzen, etwas, das seiner Karriere förderlich wäre, wie er listig meinte. Doch Vlassi hatte schnell erkannt, dass Feuer ihn lediglich zu einem Raubüberfall schicken wollte. Dafür war er, Vlassopolous Spyridakis, nicht zu haben. Raubüberfall – viel zu harmlos. Es musste schon etwas Ausgefallenes auf ihn zukommen, etwas Ungewöhnliches

– eine Herausforderung gewissermaßen. So etwas wie im letzten Fall, wo er sich undercover als Kunststudent an der Rhein-Main-Hochschule einnistete. Sich als kriminalistischer Forscher betätigte. Mit herausragendem Ergebnis, das konnte man wohl behaupten.

Er öffnete die Tür zu Frau Wunders und seinem Dienstzimmer. Julia streifte sich eben ihren Mantel über und setzte sich einen ungewöhnlichen Hut auf. Vlassi deutete auf ihn und fragte: „Ist der neu? Den kenne ich ja noch gar nicht."

Julia nickte: „Ein Damiana Flower-Schlapphut."

„Und die Farbe. Ist das rostrot?"

„Nein, blutrot", antwortete sie und grinste, „die Farbe muss ja zu meinem Beruf passen."

„Da haben Sie recht", nickte Vlassi, „blutrot ist genau richtig."

„Wo haben Sie sich denn rumgetrieben? Ich hab' Sie schon angerufen …"

„Tatsächlich?", fiel ihr Vlassi ins Wort – offenbar war seinem Handy mal wieder der Saft ausgegangen.

„Wir müssen nach Eltville. Mein Vater hat angerufen. Er hat etwas entdeckt, da müsse ich kommen."

„Etwas Ausgefallenes und Ungewöhnliches?", wollte Vlassi neugierig wissen.

„Könnte man sagen."

„Einen Toten am Rheinufer mit heraushängender Zunge und ohne Skalp?", fragte Vlassi, „dessen Geist mit Ihrem Vater anschließend einen aufbauenden Moringa-Tee trinken wollte?"

„Woher kennen Sie denn Moringa-Tee?", fragte Julia lächelnd.

„Na, ich trinke ihn doch selbst! Das ist ein Tee, der vor gesundheitlichen Schiffbrüchen schützt."

Julia lachte kurz auf: „Gesundheitliche Schiffbrüche, nicht schlecht. Das müssen Sie meinem alten Herrn mitteilen, der trinkt nämlich lieber Kaffee. Los jetzt! Wir müssen uns sputen."

„Ich hoffe", sagte Vlassi, als die beiden ihr Dienstzimmer verließen, „dass Ihr Vater eine Herausforderung für mich entdeckt hat. Ich meine natürlich, für uns. Ein armseliger Raubüberfall wäre doch eine Vergeudung meiner, vielmehr unserer genialischen Kräfte, unseres Spürsinns, unserer kriminalistischen Energie …"

Er hielt inne – Julia Wunder war davongeeilt und hörte seine letzten Worte nicht. Vlassi blieb nichts übrig, als ihr schleunigst hinterherzutappen.

Eine knappe halbe Stunde später fuhren sie in Eltville ein. Julia warf einen Blick auf ihr Navi und steuerte die angegebene Adresse an. Auf der Gutenbergstrasse, die MM-Sektkellerei kam eben in Sicht, wedelte ein Mann mit der Hand. Es war Wolfgang Hillberger.

„Wo bleibst du denn?", fragte er seine Tochter, die anhielt und die Fensterscheibe runterließ, „ich bin zurück ins Café Schwab, hab' mich dann wieder aufgemacht und warte schon seit Stunden hier."

„Bitte nicht übertreiben, Papa", erwiderte Julia, „wir sind so schnell gekommen, wie wir konnten."

Und Vlassi schob nach: „Wir sind gewissermaßen geflogen. Und ich hab' sogar auf meinen gesunden nachmittäglichen Moringa-Tee verzichtet."

„Unsinn“, brummte Hillberger während er einstieg, „dieser Tee ist höchstens für Hypochonder gesund. Und schon gar nicht am Nachmittag.“

„Aber …“, wollte Vlassi widersprechen, doch Julia unterbrach ihn resolut: „Wo müssen wir genau hin, Papa? Wo hast du deinen seltsamen Fund gemacht?“

„Hab’ ich dir doch am Telefon schon gesagt. Erst mal geradeaus, dann links, dann rechts und wir sind in der Nikolausstrasse. Zum Glück regnet es nicht mehr.“

„Regen ist ganz wichtig“, ließ sich Vlassi hören, „der echte Kommissar braucht Regen, Regen regt an, Regen bringt ihn auf Touren.“

„Sind Sie so einer?“, fragte Hillberger ironisch, „ein Regenkommissar?“

Doch nun hüllte sich Vlassi vornehm in Schweigen. Wenige Minuten später erreichten sie das Haus von Hillbergers Kaffeebruder. Julias Vater führte sie auf den seitlichen Pfad und wies auf das niedrige Gartentor: „Hier müssen wir rein, hab’ ich auch so gemacht.“

Kommissar Spyridakis spielte den Empörten: „Hausfriedensbruch oder vielmehr Gartenfriedensbruch, Herr Hillberger? Was soll der Inhaber dieses Grundstücks von Ihnen denken?“

„Gar nichts. Er denkt gar nichts mehr, da tot.“

„Wissen Sie das denn so genau?“, wollte Vlassi wissen, „manchmal fangen Tote an zu reden.“

„Um sich zu beschweren, dass sie tot sind?“, fragte Hillberger spitz.

Julia machte dem Dialog ein Ende: „Kommen Sie, Herr Spyridakis. Zeigen Sie Ihre Sportlichkeit und springen Sie über die Pforte."

Während ihr Vater zustimmend nickte, ging Vlassi zwei Schritte näher und schaute über das Gartentor. Dann griff er auf dessen Rückseite und öffnete das Türchen: „Warum denn springen? Wer einen Vlassi bei sich hat – dem bleibt Ungemach erspart."

„Nicht übel", erkannte Hillberger, „vor allem nicht übel gesagt."

Julia war schon in den Garten vorgedrungen und schickte sich an, die Stufen zur Terrasse zu nehmen. Als sie vor dem großen Fenster stand und ins Zimmer hineinblickte, beugte sie sich wie ihr Vater vor Kurzem ein wenig vor. Zwar nieselte es nicht mehr, und sie musste sich nicht über die Augen wischen, doch was sie sah, erstaunte sie in hohem Maße. Ihr Vater und Vlassi waren ihr hinterhergegangen, jetzt fragte Wolfgang Hillberger: „Siehst du auch, was ich gesehen habe?"

Julia nickte, und der neugierige Vlassi kam näher und schaute ebenfalls durch die Fensterscheibe.

„Wer hängt denn da?", fragte er verwundert und wandte sich zu Hillberger: „Ist das etwa Ihr Bekannter?"

„Sicher, ich erkenne ihn auch im Flug, außerdem wohnt er hier."

Tatsächlich sah man einen Mann in der Luft hängen, aber nicht mit den Füßen nach unten. Er war an einem Kronleuchter befestigt, um seinen Bauch war ein Seil gespannt, auch um seine Arme und Beine, sodass es aussah, als wolle er fliegen.

Prompt sagte Vlassi: „Der will davonfliegen."

„Ist er mit Sicherheit auch", brummte Julias Vater, „davongesegelt in den Tod."

Julia hatte bereits ihr Smartphone gezückt, sie telefonierte die Spurensicherung herbei.

Vlassi schaute durch die Scheibe und murmelte: „Schade, dass er keine Flügel besitzt, man könnte ihn dann für einen Engel halten."

2 Die blühende Fantasie des Herrn Spyridakis

„Das hab' ich gleich gesehen!", sagte Wolfgang Hillberger.

„Dass er tot ist?", fragte Vlassi.

„Aber natürlich, mein Blick trügt mich nicht. Außerdem bin ich der Vater einer Kriminalhauptkommissarin."

„Sie meinen, Sie haben Ihr kriminalistisches Gespür von Ihrer Tochter geerbt?", wollte Vlassi verhörmäßig wissen.

„Lieber Herr Spyridakis, Sie wissen doch, dass es genau umgekehrt ist."

Jetzt mischte sich Julia ein und wandte sich an ihren Vater: „Stör' dich nicht an den seltsamen Fragen von Herrn Spyridakis. So ist er nun mal."

„Hoffentlich kann er auch anders sein", murrte Hillberger.

Die drei saßen im Café Schwab und wärmten sich bei einer Tasse Kaffee auf. Längst war die Spurensicherung gekommen und hatte den Toten mitgenommen. Hauptkommissarin Wunder hatte angeordnet, dass er zur Rechtsmedizinerin Dr. Hauswaldt gebracht wurde. Jetzt wollte sie die Gelegenheit nutzen, mehr über den Kaffeebruder ihres Vaters zu erfahren.

„Also Konrad Neumann heißt er, und ihr habt euch hier im Café kennengelernt?", fragte sie ihren Vater.

„Ja, ja, angenehmer Bursche. Wir haben im Café die Zeitung gelesen und uns über politische Fragen ausgetauscht."

„Was hat er denn beruflich gemacht?"

„Der Beruf ist ganz wichtig", schaltete sich Vlassi ein, „da finden wir allerlei Motive für Gewalttaten."

Wolfgang Hillberger legte den Kopf nach hinten, dann erwiderte er: „Beruflich hat er gar nichts gemacht. Er war in Rente, so wie ich."

„Und vorher?", fragte Julia, und Vlassi setzte hinzu: „Oder war er schon immer in Rente und hat nie was gearbeitet? Ererbter Reichtum gewissermaßen."

„Nein, nein", sagte Julias Vater, „er war soviel ich weiß … Kellermeister bei einem Winzer … ich glaube, in Rüdesheim."

„Bei wem weißt du nicht?", fragte Julia Wunder.

„So was ist nämlich nicht ganz unwichtig", ergänzte Vlassi.

„Es fällt mir wieder ein", überlegte Hillberger.

„Vielleicht bei einem guten Moringa-Tee", erläuterte Kommissar Spyridakis.

Wolfgang Hillberger warf ihm einen grimmigen Blick zu und griff nach seiner Tasse Kaffee.

„Was weißt du sonst noch über diesen Konrad?", fragte Julia.

„Ja … also … äh, politisch gesehen war er konservativ", brummte ihr Vater, „die Merkel hielt er für eine Fehlentwicklung in der CDU."

Vlassi schob ein: „Vielleicht hat das die Angela in Berlin gehört und hat ihn fliegen lassen. Ins Jenseits, meine ich."

Julia kräuselte die Lippen und kehrte die Augen zur Decke des Cafés, während Hillberger seltsamerweise bedächtig nickte: „Gar kein schlechter Gedanke. Die Merkel hat ja nicht nur die CDU runtergewirtschaftet, sondern auch gleich die SPD ruiniert. Wenn das so weitergeht, rutscht die demnächst unter die fünf Prozent …“

„Das sehe ich auch so“, erklärte Vlassi. „Und warum ist es so gekommen? Weil die Merkel eine Hamsterfrau ist. Die hat alle Themen der SPD und der Grünen eingehamstert und als ihre ausgegeben. Das hat sie bei der SED-Einheitspartei in der alten DDR gelernt, und jetzt gibt es die CDU-Einheitspartei für ganz Deutschland.“

Wolfgang Hillberger sah ihn erstaunt an: „Sie sind ja politisch ganz auf der Höhe, junger Mann. Ihre Analyse ist vollkommen richtig, die Merkel kann grüner als die Grünen und sozialer als die Sozialdemokraten sein. Sie ist schuld daran, dass es jetzt die AfD gibt, die Leute wollen schließlich eine Alternative.“ Er machte eine kleine Pause: „Sie wären mir bei unseren Caféhaus-Diskussionen willkommen gewesen.“

„Meinst du?“, fragte Julia, „eine Diskussion ist doch nur dann eine, wenn auch gegensätzliche Standpunkte zur Sprache kommen. Du, der tote Konrad und Kommissar Spyridakis – ihr wäret wohl immer einer Meinung gewesen und hättet euch gegenseitig auf die Schulter geklopft.“

„Oh, sag das nicht, Töchterlein. Was Moringa-Tee angeht, bin ich ganz anderer Meinung als Herr Spyridakis. Und Konrad habe ich des Öfteren widersprochen.“

„Tatsächlich?“, fragte Julia, „sag mal ein Beispiel.“

Wolfgang Hillberger nahm einen Schluck Kaffee aus seiner Tasse, atmete leicht durch und antwortete schließlich: „Konrad sagte mir einmal, dass er etwas fürchte, dass er davor Angst habe …“

„Umgebracht zu werden?“, wollte Vlassi wissen.

„Nein, nein, etwas ganz anderes! Er fürchtete, sein Gedächtnis zu verlieren. Ich habe ihm natürlich widersprochen.“

„Wie kam er denn darauf?“, fragte Julia.

Ihr Vater hob die Schultern: „Keine Ahnung, ich habe keinerlei Verschleißerscheinungen bei ihm festgestellt. Aber er fragte mich einmal: Wer bin ich?“

Und Sie haben ihm geantwortet: Ein großer Philosoph, wollte Vlassi antworten, denn er dachte daran, dass, wer so etwas wissen wolle, ein großer Philosoph sein müsse. Doch er unterdrückte noch rechtzeitig seine Frage, da er einen mahnenden Blick seiner Chefin sah.

„Warum wollte er das denn wissen, wusste er nicht, wer er war?“, fragte sie.

„Natürlich wusste er, wer er war, er war eigentlich ganz hell im Kopf“, antwortete Hillberger.

„Umso erstaunlicher“, bemerkte Julia nachdenklich, „gibt es denn sonst noch etwas, das dir einfällt?“

Wolfgang Hillberger nahm einen Schluck Kaffee und legte den Kopf sinnend nach hinten, sagte jedoch nichts, offenbar dachte er scharf nach.

„Vielleicht hatte er doch Angst, umgebracht zu werden?“, merkte Vlassi an, „Feinde lauern überall.“

„Ich kann mich nicht erinnern, dass er je von Feinden oder Widersachern gesprochen hätte“, teilte Julias

Vater zögernd mit. Er machte eine Pause, um dann zu sagen: „Aber Angst vorm Tod hatte er schon. Mir fällt ein, dass er einmal davon sprach, dass es ein unangenehmer Gedanke für ihn sei, dereinst Nahrung für die Würmer zu sein."

„Die Würmer brauchen halt auch etwas Speise", teilte Vlassi bestimmt mit, „warum nicht uns, wir kriegen es ja nicht mehr mit."

„Ja, ja, aber ihm machte dieser Gedanke offenbar zu schaffen", erwiderte Hillberger.

„Und jetzt ist er tot, und die Würmer werden sich demnächst an ihm laben, ob er will oder nicht", konnte sich Vlassi nicht verkneifen anzumerken.

„Herr Spyridakis, bitte!", sagte Julia.

Auch Hillberger sah Vlassi mit Ingrimm an: „Müssen Sie denn alles so direkt aussprechen, es genügt doch, dass Konrad nicht mehr unter den Lebenden weilt."

„Da muss ich Ihnen widersprechen, Herr Hillberger! Das genügt eben nicht. Wir müssen Ihren Kaffeebruder bis ins kühle Grab verfolgen, bis zu den Würmern. Eventuell finden sich da Indizien, die zu seinem Mörder führen."

„Haben Sie die Absicht, die Würmer als Täter zu überführen?", fragte Julias Vater spitz.

Julia griff ein: „Wir wollen nicht pietätlos sein, Papa. Und um die Würmer geht es überhaupt nicht. Aber seine Mitteilung, dass er sich vor dem Tod fürchtete, ist vielleicht nicht ganz uninteressant."

„Die meisten fürchten sich vor dem Tod", widersprach ihr Vater, „das ist nichts Ungewöhnliches."

„Könnte es nicht sein“, ließ sich Vlassi hören, „dass seine Angst vorm Tod ihn auf den Gedanken gebracht hat, einen Killer zu engagieren? Sich umbringen lassen ist doch angenehmer als siech und malad im Bett auf Gevatter Tod zu warten. Wer weiß, wann der reinschaut.“

Wolfgang Hillberger richtete sich auf: „Sie haben wirklich eine blühende Fantasie, Herr Spyridakis! Ich hab’ ja sehr viel für Fantasie übrig – aber Konrad war weder siech noch hat er sich im Bett hier ins Café rollen lassen.“

Julia nickte: „Selbst wenn an dem Gedanken von Herrn Spyridakis was dran wäre – wie passt das zur Aufhängung des Toten?“

Vlassi wusste die Antwort: „Er hat dem Killer vorher gesagt, dass er ihn an allen vieren an der Decke aufhängen soll …“

„Warum, warum?“, stöhnte Hillberger.

„Damit wir vor einem Rätsel stehen“, vollendete Vlassi seine Ausführung, und da Julias Vater ihn perplex anschaute, fuhr Kommissar Spyridakis fort: „Wir haben schließlich genug primitive Fälle, auf die man uns loslassen will, Raubmorde und Ähnliches, doch wir sehnen uns nach dem Ungewöhnlichen, ich möchte sogar die Vokabel schleierhaft hier einführen, denn das Schleierhafte fordert uns heraus.“

Jetzt hellte sich Wolfgang Hillbergers Miene auf, der kleine Vortrag von Vlassi hatte ihm offensichtlich gefallen: „Wohl gesprochen, Herr Kommissar, Sie könnten ja geradezu in einem Shakespeare-Stück auftreten.“

Vlassi wusste von seiner Liebe zu Shakespeare, seine Chefin hatte ihm bisweilen von Theaterbesuchen mit ihrem Vater erzählt, und ihm war klar, dass Hillberger ihm gerade ein großes Kompliment gemacht hatte. Er senkte bescheiden den Kopf und murmelte „Danke, danke."

„Tja", sagte Julia Wunder, „ich sehe schon, ihr zwei werdet euch demnächst an einem Shakespeare-Stück im Wiesbadener Staatstheater delektieren, Herr Spyridakis auf der Bühne, Herr Hillberger auf dem Regiestuhl. Während ich diesen rätselhaften Fall alleine lösen muss."

„Dieser Gedanke hat etwas Bestechendes", nickte Hillberger, warf einen Blick zu Vlassi und fuhr fort: „Kommt aber doch nicht infrage, denn unser junger Freund ist noch nicht so weit."

„Für die Bühne?", fragte Vlassi.

„Eine Amsel macht noch keinen Sommer", brummte Julias Vater.

„Ich muss mich steigern, meinen Sie?"

„Aber unbedingt. Den Schleier vom Schleierhaften, wie Sie sagten, fortreißen. Den Fall gewissermaßen entschleiern. Dann sind wir wieder im Geschäft."

Julia nickte zu seinen Worten: „Ja, das meine ich auch, Herr Spyridakis. Vor allem müssen Sie eine Antwort darauf finden, warum der Mörder uns ein Rätsel aufgeben will …"

Sie wollte weitersprechen, doch Vlassi fiel ihr in die Rede: „Das muss ein Mann sein, der auch an die Kripo denkt. Der will uns keinen simplen und primitiven Mord zumuten. Der ist spielerisch veranlagt und …"

„Papperlapapp", mischte sich Hillberger ins Gespräch, „das ist ja grauenhaft um die Ecke gedacht. Kein Mörder denkt an die Kripo!"

„Sagen Sie das nicht“, erwiderte Vlassi, „ich würd’ es tun.“

„Haben wir da Glück oder Pech gehabt, dass Sie bisher nicht als Mörder in Erscheinung getreten sind, Herr Spyridakis?“, fragte Julia verschmitzt und wandte sich an ihren Vater: „Du musst ebenfalls entschleiern. Lass dir einfallen, wo dein Kaffeebruder in Rüdesheim arbeitete und geh’ die Gespräche mit ihm durch. Irgendetwas wird dir einfallen. Du weißt: alles ist wichtig.“

*

Als Julia und Vlassi das Wiesbadener Polizeipräsidium erreichten und zu ihrem Büro strebten, eilte ihnen Kriminalrat Feuer auf dem Gang entgegen.

„Wo waren Sie denn? Ich habe schon nach Ihnen gesucht. Da gibt es einen Fall in Eltville …“

„Wir kommen von dort, Herr Feuer“, teilte Hauptkommissarin Wunder im Gehen mit.

„Wir sind nämlich von der superschnellen Truppe“, ergänzte Vlassi.

„Wie haben Sie das denn erfahren?“, fragte Feuer erstaunt.

„Mein Vater hat mich informiert.“

„Ihr Vater? Hat der was damit zu tun?“, wollte Feuer wissen.

„Gewissermaßen ja.“

„Tatsächlich. Was denn?“

Die drei Personen kamen vor dem Wunder'schen Büro an und traten ein. Julia hatte absichtlich ihren Vater ins Spiel gebracht. Sie wollte Feuer neugierig machen, was ihr auch gelungen war.

Vlassi legte noch eine Schippe drauf und teilte mit Stentorstimme mit: „Da handelt es sich um keinen armseligen Raubüberfall, sondern um etwas sehr Ungewöhnliches, ich möchte sagen Schleierhaftes."

Julia Wunder zog ihren Mantel aus, hängte ihren Damiana Flower-Schlapphut, den sie zuvor abgenommen hatte, an den Garderobenhaken, Vlassi streifte seine Regenjacke bedächtig über die Stuhllehne.

„Nun reden Sie schon!", knurrte Robert Feuer, „was hat Ihr Vater mit der Sache zu tun?"

„Er hat mit dem Ermordeten Kaffee getrunken", teilte Julia mit und setzte sich.

„Weiter, weiter, was ist noch passiert?"

„Hätten Sie auch einen Vater in Eltville, der gern Kaffee trinkt, wüssten Sie mehr", erklärte Vlassi gravitätisch.

Julia warf ihm einen schnellen Blick zu, den Vlassi mühelos entschlüsselte: Nicht übertreiben, Herr Spyridakis, sonst werden Sie doch noch zu einem Raubmord geschickt.

Danach klärte sie Kriminalrat Feuer auf, erzählte ihm das, was sie in Eltville vorgefunden hatten, und welche Rolle ihr Vater dabei spielte.

„Ist ja hochinteressant", sagte Feuer und machte ein paar Schritte im Zimmer, „natürlich übernehmen Sie den Fall. Ein Mann hängt von der Decke herab, vielmehr vom Kronleuchter – wir haben es mit einer mysteriösen Angelegenheit zu tun. Einer Angelegenheit, die uns herausfordert."

„Ganz meine Meinung", warf Vlassi ein, der bekunden wollte, dass er mit dem Chef völlig übereinstimmte.

Robert Feuer sah ihn skeptisch an: „Wollen Sie etwa wieder undercover arbeiten wie im letzten Fall? Das Schleierhafte dieses Falls als Schleiereule entschleiern?"

„Großartig gesagt, Herr Feuer", erwiderte Vlassi, und er erinnerte sich an Wolfgang Hillbergers Worte an ihn und wiederholte sie: „Sie könnten ja geradezu in einem Shakespeare-Stück auftreten."

Feuer begnügte sich nicht mit einem einfachen Danke, sondern musterte Vlassi wohlwollend: „Meinen Sie? In meinen jungen Jahren habe ich tatsächlich dem Gedanken nachgehangen, Schauspieler zu werden. Habe mich dann aber doch anders entschieden."

„Oh, da ist der Bühne viel entgangen", erwiderte Vlassi und bemühte sich, jeden Spott in seiner Stimme zu vertreiben.

„Nun ja", ließ sich Julia hören, „Ihre Bühne, lieber Herr Feuer, ist dieser Ort hier, dieses Zimmer."

„Das ganze Haus, das ganze Präsidium", schob Vlassi nach.

Robert Feuer warf einen skeptischen Blick auf ihn: „Genug der Komplimente! Was gedenken Sie zu tun? Wie kommen wir weiter im aktuellen Fall?" Er machte eine kleine Pause: „Wie heißt der Tote noch mal?"

„Konrad Neumann", sagte Vlassi.

Feuer richtete sich auf: „Wie kommen wir weiter im Neumann-Fall? Wo setzen wir an?"

Vlassi nahm Platz und teilte mit: „Ich setze mich erst mal auf meinen Stuhl – des besseren Nachdenkens wegen."

„Ganz falsch!", korrigierte ihn Robert Feuer, „das bessere Nachdenken kommt im Gehen. Machen Sie's so wie ich, ich bin in ständiger Bewegung."

„Ich nehme Ihren Rat an", erwiderte Vlassi und blieb sitzen.

Julia dagegen erhob sich, ging zur Garderobe, um ihren heruntergefallenen Hut aufzuheben und sagte: „Wir werden erst mal das berufliche Umfeld des toten Herrn Neumann …"

„Oh, ich sehe erst jetzt, dass Sie einen neuen Hut haben", stellte Feuer fest, „ich muss schon sagen, dafür haben Sie ein Händchen, vielmehr Köpfchen – wenn Sie mir diese Bemerkung gestatten. Sie brauchen ihn nicht aufzusetzen. Ich erkenne auch so, dass er Ihnen hervorragend steht."

Vlassi fühlte sich bemüßigt, seinen Senf dazuzugeben: „Wir lösen die Fälle gewissermaßen mit Köpfchen und Hütchen."

„Ausgezeichnet", nickte Feuer, „bitte mit Kopf und Hut weitermachen."

Soll ich mir auch einen Hut anschaffen, vielleicht einen breitkrempigen Cowboy-Hut?, wollte Vlassi fragen, unterließ es aber noch rechtzeitig.

Feuer machte sich auf in Richtung Tür: „Ich muss mich jetzt um andere Dinge kümmern. Der Polizeipräsident erwartet mich. Sie informieren mich über Ihre Fortschritte in diesem mysteriösen Fall."

Nachdem Feuer gegangen war, sagte Vlassi: „Der hat's gut. Kann mit dem Präsidenten bei einem Glas Wein plauschen, während wir an einem schleierhaften Fall arbeiten müssen."

Julia ging zu ihrem Schreibtisch und erwiderte: „Das bessere Nachdenken kommt beim Gehen, sagte Feuer. Da hat er nicht unrecht. Aber wir lassen außerdem unsere kleinen grauen Zellen spazieren gehen. Wissen Sie warum?"

„Um den Fall zu lösen?"

„Auch, auch, das ist gewissermaßen ein Nebeneffekt. Aber vor allem, weil es ein Jungbrunnen ist."

„Ich fühl' mich aber manchmal ganz alt."

Julia sah ihn lächelnd an: „Da sehen Sie mal, wie richtig ich liege, Herr Spyridakis. Sie geben Ihren kleinen grauen Zellen nicht genug Auslauf. Das macht furchtbar alt."

In dem Moment klingelte das Telefon, Vlassi überlegte einen Moment, doch eine passende Entgegnung auf Julias unschöne Kritik wollte ihm nicht einfallen, so griff er nach dem Hörer, und wer sich da meldete – das brachte seine kleinen grauen Zellen auf Trab. Was seine Chefin allerdings nicht mitbekam, denn ihr Smartphone piepte ebenfalls, sie hielt es ans Ohr, sagte nach einem kurzen Moment „Danke", dann griff sie nach ihrem Mantel und dem Damiana Flower-Schlapphut und eilte aus dem Zimmer.

3 Für Geheimnisse bin ich zu haben

Hauptkommissarin Wunder saß im Auto und war auf dem Weg nach Rüdesheim. Der Anruf auf dem Smartphone kam von ihrem Vater, ihm war der ehemalige Arbeitgeber von Konrad Neumann eingefallen, und er wollte es ihr sofort mitteilen. Es handelte sich um das Weingut Kirchrath in Rüdesheim.

Als sie in der Breslauer Straße ankam, wohin sie ihr Navi geführt hatte, lenkte sie ihren Passat auf einen freien Parkplatz vor einem mittelgroßen Gebäude, auf dem in verwitterten Buchstaben das Wort Kirchrath stand. Sie stieg aus, betrat das Haus und steuerte eine Art Empfangsraum an. Dort saß hinter einer Glasscheibe eine ältliche Dame, die neugierig von ihren Papieren aufsah und die Scheibe jetzt zur Seite schob. Julia nannte ihren Namen, wies sich aus und fragte nach dem Chef des Unternehmens.

„Da haben Sie Glück", sagte die Angesprochene, „er ist gerade zurückgekommen. Ich informiere ihn gleich."

Sie griff zum Telefon und gab dem Chef der Firma Bescheid. Nur wenige Minuten vergingen, und ein mittelgroßer wohlbeleibter Mann um die sechzig mit einer Halbglatze öffnete die Tür zum Empfangsraum.

„Guten Tag, ich bin Frank Kirchrath. Sie wollten mich sprechen."

Julia nannte ihm ebenfalls ihren vollständigen Namen und ihre Funktion, doch gleich unterbrach er sie: „Hauptkommissarin sind Sie. Ist denn ein Verbrechen geschehen?"

Julia nickte, Frank Kirchrath sah den klebrig-wissbegierigen Blick der Sekretärin hinter der offenen Glasscheibe und sagte zu der Kripo-Frau: „Kommen Sie mit, wir gehen in mein Büro."

Dort angekommen, in einem recht kleinen Raum mit einem noch kleineren Schreibtisch, wies er auf eine Sitzgruppe, die schon bessere Tage gesehen haben musste, und fragte sofort: „Was ist geschehen? Hat es etwas mit meinem Wein zu tun?"

Julia verneinte und teilte ihm mit, dass sie einen Mann gefunden hatten, der bei ihm gearbeitet hatte.

Frank Kirchrath fiel hörbar ein Stein vom Herzen, was Julia natürlich registrierte. War sie etwa einem Weinpanscher auf der Spur?

„Um wen handelt es sich?", wollte er wissen.

„Konrad Neumann."

„Ah, Konrad", murmelte der Weingut-Chef, „was ist mit ihm?"

„Er ist tot", antwortete Julia.

„Tot?"

Julia wusste, dass sie auf feinste stimmliche Nuancen achten musste. Täter wussten sich oft und geschickt zu verstellen, doch mitunter verriet sie ihre Stimme. Doch das „Tot" von Herrn Kirchrath klang lediglich verdutzt und etwas neugierig.

„Er hat doch bei Ihnen hier gearbeitet?", fragte sie.

„Ja, ja, bis vor einem halben Jahr, er war mein Kellermeister."

„Wollen Sie denn nicht wissen, wie er ums Leben kam?"

„Das wollte ich Sie gerade fragen. Soviel ich weiß, war er bei bester Gesundheit. Aber es handelt sich wohl um ein Verbrechen."

Drei Sätze sind ein bisschen viel, überlegte Julia, er hätte ja auch einfach fragen können: Wie ist Konrad ums Leben gekommen?

Sie sagte: „Ja, es handelt sich um ein Verbrechen. Ich kann Ihnen noch keine Einzelheiten …"

Kirchrath fiel ihr ins Wort: „Hat man ihn erschossen?"

„Wie kommen Sie darauf?", fragte Julia, die durch ihre zögerliche Preisgabe der Informationen hoffte, dem Weingut-Chef etwas zu entlocken.

„Das ist doch das Einfachste", antwortete Kirchrath.

„Würden Sie es so machen?", wollte Julia wissen.

Kirchraths Mund verzog sich zu einem Grinsen: „Aber natürlich, eine Pistolenkugel kann äußerst wirksam sein."

Das klang recht überzeugend, konnte allerdings auch gespielt sein, überlegte Julia. Wohlbeleibte Männer um die sechzig durfte man keinesfalls unterschätzen.

Jetzt fragte Frank Kirchrath: „Sie wollen mir nicht die Todesursache nennen?"

„Ich kann sie Ihnen nicht nennen, Ihr ehemaliger Mitarbeiter liegt bei unserer Rechtsmedizinerin."

„Es scheint kompliziert zu sein", brummte Kirchrath.

„Das vermuten wir auch. Der Tod ist keineswegs so einfach, wie der Laie glaubt. Aber was ich Sie fragen will,

Herr Kirchrath: Was hat Herr Neumann bei Ihnen gemacht und wie war Ihr Verhältnis?"

Natürlich wusste Julia durch ihren Vater von der Tätigkeit des Toten im Weingut, aber sie wollte es vom Firmenchef selber hören.

„Unser Verhältnis war gut", antwortete Kirchrath, „Konrad Neumann war unser Kellermeister."

„Ah ja", murmelte Julia.

„Sie wissen, was ein Kellermeister macht?", fragte Kirchrath und fuhr gleich fort: „Er ist eine qualifizierte technische Führungskraft, Zulassungsvoraussetzung zur Kellermeisterprüfung ist eine erfolgreich abgelegte Abschlussprüfung. Wir haben Ausbildungsberufe in der Kellerwirtschaft, Weinküferei und Weinbautechnik …"

„Das ist ja hochinteressant", teilte Julia mit, „was waren denn die Aufgaben von Kellermeister Neumann?"

„Jeder Kellermeister stellt die fachgerechte Verarbeitung der Trauben sicher, überwacht den Gärprozess sowie die Maßnahmen zur Qualitätssteigerung des Weines. Und er führt Qualitätskontrollen durch."

Julia lächelte Frank Kirchrath an: „Ich fühle mich bereichert durch Ihre Ausführungen. Sie könnten ja geradezu ein Seminar halten."

„Das ist Alltagswissen", teilte Kirchrath trocken mit. Doch offenbar gefiel ihm das Kompliment Julias, denn jetzt deutete er nochmals auf die kleine Sitzgruppe und sagte mit entspannter Stimme „Setzen wir uns doch."

Kaum hatten Julia und er auf den kleinen Sesseln Platz genommen, sprach Kirchrath weiter: „Wissen Sie, was ein talentierter Kellermeister zustande bringt?"

„Sie werden mich gleich aufklären“, sagte Julia.

„Ein talentierter Kellermeister kann aus gewöhnlichen Reben ordentliche Weine gewinnen. Ein großartiger Kellermeister kann sogar fabelhafte Weine produzieren.“

„Aus gewöhnlichen Reben?“, wollte Julia wissen.

„Nun ja, seien wir ehrlich, er braucht schon gutes Material, sehr gutes eigentlich.“

„Dann ist es so wie auch sonst im Leben“, bemerkte die Hauptkommissarin.

„Nicht ganz, nicht ganz, die Qualitätsverbesserung ist Aufgabe des Kellermeisters, ich sagte es schon.“ Frank Kirchrath beugte sich etwas vor: „Soll ich Ihnen ein Geheimnis verraten?“

Julia nickte: „Ich bin sehr für Geheimnisse zu haben.“ Und sie dachte: Vor allem, wenn sie mir bei der Aufklärung eines Mordes helfen.

Kirchrath lehnte sich im Sesselchen zurück und lächelte sie gewinnend an: „Ihnen verrat’ ich’s. Obwohl von der Polizei, sind Sie mir nicht unsympathisch, ja geradezu sympathisch.“

Der wird mir doch nicht noch einen Heiratsantrag machen, ging es Julia durch den Kopf, ein Verdächtiger tritt die Flucht nach vorn durch Sympathiebekundung an. Doch nach außen hin lächelte sie selig, als wäre sie beglückt von seinem Bekenntnis.

„Wissen Sie“, sprach Kirchrath weiter, „der Laie glaubt, die Rebsorte wäre für die Güte des Weins wichtig. Der noch blutigere Laie denkt, die Region sei es. Beides sind katastrophale Irrtümer. Entscheidend für die Qualität des Weins ist einzig und allein der Erzeuger.“

„Also Sie“, fasste Julia zusammen.

Frank Kirchrath grinste geschmeichelt: „So könnte man sagen. Aber im Grunde ist der Kellermeister die entscheidende Person.“

„Aber“, relativierte Julia seine Worte, „man muss ein Händchen für den Kellermeister haben, man muss den richtigen finden.“

„Da will ich Ihnen nicht widersprechen.“ Kirchrath hob sinnend seinen Blick zur Decke und sprach dann wie zu sich selbst: „Wäre es nicht sinnvoll, einen Schluck Wein zu sich zu nehmen, die Weinprobe macht es besonders einleuchtend.“

Zu seiner Verwunderung antwortete Julia: „Warum nicht? Kredenzen Sie mir ein Glas Wein.“

„Sie dürfen im Dienst trinken?“, fragte Kirchrath verwundert.

„Bei Ihnen mache ich eine Ausnahme“, lächelte ihn Julia an.

Sofort erhob sich der Weingut-Chef und eilte mit den Worten „Komme sofort zurück“ aus seinem Büro. Julia hatte natürlich mit Bedacht nach einer Weinprobe gefragt. Sie wollte Frank Kirchrath noch lockerer machen und auch gesprächiger in Bezug auf den toten Neumann.

Es verging keine Minute und Kirchrath kam mit einer Flasche und zwei edlen Gläsern zurück. Er öffnete die Flasche an seinem Schreibtisch und teilte mit: „Es handelt sich um eine Spätlese, Kirchraths Krönung.“ Es war ein Weißwein, und mit den halb vollen Gläsern kam er zu Julia zurück und reichte ihr eines. Er setzte sich wieder, hob sein Glas: „Wir trinken auf Ihren Fall, ich meine auf Konrad Neumann, und dass Sie seinen Tod rasch aufklären."

Julia nickte und noch in ihr Nicken hinein hörte sie ein schlurfendes und schmatzendes Geräusch, das natürlich von Kirchrath stammte. Der Mann labte sich regelrecht an seiner Krönung. Auch sie nahm einen Schluck, ließ ihn auf der Zunge zergehen und fand ihn nicht sonderlich aufregend, ja eigentlich sogar flach und unbedeutend.

Sie sagte jedoch: „Oh, das ist ja wirklich …"

Kirchrath war gerade im Begriff, sich einen weiteren langen Schluck zu gönnen, nahm das Glas aber jetzt von den Lippen: „Ich bin beglückt, der Wein scheint Ihnen zu munden. Ich sagte Ihnen ja, es ist die Krönung."

„Wahrhaftig eine Krönung", stimmte Julia zu.

Frank Kirchrath nickte: „Sie wissen bestimmt, dass Wein ein Gesundheitselixier ist. Weintrinker werden besonders alt bei guter Gesundheit."

Julia sah ihn scharf an: „Aber genau das trifft auf Ihren Kellermeister Neumann nicht zu. Und er war doch bestimmt Weintrinker."

Kirchrath furchte die Stirn: „Konrad ist eine Ausnahme. Aber man hat ihn ja offenbar ermordet, da konnte ihn nicht mal meine Krönung davor bewahren."

„Hatte er denn Feinde hier in der Firma?", wollte Julia wissen, „Leute, die ihm irgendetwas übel nahmen?"

„Nein, überhaupt nicht."

„Und Sie hatten auch ein gutes Verhältnis zu ihm?"

„Natürlich, ich habe es sogar sehr bedauert, dass er in Rente ging."

„Sie wollten ihn weiter beschäftigen?"

„Ich habe sogar darüber mit ihm gesprochen – leider lehnte er ab."

„Warum? Er hat sich doch hier sicher wohlgefühlt."

Kirchrath räusperte sich: „Ja, unbedingt – aber er wollte nicht. Er wollte einfach nicht weitermachen."

„War er etwa krank?"

„Nicht dass ich wüsste. Er hat immer einen sehr fidelen Eindruck gemacht."

Julia sah nachdenklich auf ihr Glas Wein, wollte aber keinen weiteren Schluck nehmen, stattdessen fragte sie: „Gibt es Mitarbeiter, mit denen er Umgang pflegte?"

„Eigentlich alle hier, er war wohlgelitten."

Julia erhob sich: „Danke für Ihre Auskünfte. Das war's für's Erste. Ich melde mich eventuell wieder bei Ihnen."

Auch Frank Kirchrath stand auf: „Unbedingt. Und teilen Sie mir mit, wie Konrad ums Leben gekommen ist, das interessiert mich."

Julia nickte und dachte, dass ihn die Todesumstände seines ehemaligen Kellermeisters interessieren, ist verständlich. Aber vielleicht täuscht er auch nur Interesse vor. Besonders mitgenommen von dessen Tod scheint er nicht zu sein.

„Ich finde schon den Weg nach draußen", sagte sie, als Kirchrath sie begleiten wollte.

Sie erreichte den Empfangsraum, wo die Sekretärin hinter ihrer Glasscheibe nur kurz aufblickte. Als Julia zu ihrem Auto auf dem Parkplatz ging, näherte sich ihr von der Seite ein Mann um die fünfzig in einem grünen Overall.

Leise fragte er: „Sind Sie von der Kripo?"

Julia nickte verwundert.

„Kann ich ein Stück bei Ihnen mitfahren?"

„Wohin müssen Sie denn?"

„Nur ein kleines Stück."

Der Mann schaute sich um und blickte zum Eingang des Hauses, während Julia mit der Fernbedienung die Autotüren öffnete: „Steigen Sie ein."

Kaum war sie losgefahren und hatte sich ein wenig vom Kirchrath'schen Gebäude entfernt, sagte der Mann: „Sie haben vermutlich mit dem Chef gesprochen. Und da Sie von der Kripo sind, geht es um ein Delikt ..."

Julia nickte: „Ja."

„Glauben Sie Frank Kirchrath kein Wort. Er ist ein geborener Lügner."

„Sprechen Sie aus Erfahrung?"

„Natürlich, sonst würde ich es nicht sagen."

„Haben Sie Schwierigkeiten mit Herrn Kirchrath?", fragte Julia.

„Immer mal wieder. Aber nicht nur ich."

„Wie war denn sein Verhältnis zu seinem ehemaligen Kellermeister?", ergriff Julia die Gelegenheit beim Schopf.

„Zu Konrad Neumann?"

„Eben zu dem."

„Schlecht, Konrad wäre gern länger geblieben", erwiderte der Mann, „er hätte gern weiter gearbeitet. Die Arbeit hält mich jung und gesund, sagte er mir einmal. Aber Kirchrath wollte das nicht."

„Warum? Er war doch ein patenter Kellermeister."

„Diese Frage kann ich Ihnen nicht beantworten. Ist irgendetwas mit Konrad passiert?"

Julia warf von der Seite einen prüfenden Blick auf ihren Mitfahrer, dann sagte sie: „Herr Neumann ist tot."

„Tot? Sie wollen doch nicht sagen, dass er umgebracht wurde?"

„Doch, das will ich sagen."

Der Mann schien es auf einmal eilig zu haben: „Lassen Sie mich hier raus. Ich muss aussteigen."

Julia hielt an: „Sagen Sie mir Ihren Namen. Ich komme möglicherweise auf Sie zurück."

Bereits mit einem Bein im Freien teilte ihr der Unbekannte mit: „Hartung, Bernd Hartung."

Und schon war er spurlos nach hinten verschwunden, es ging so schnell, dass sich Julia beim Weiterfahren fragte, ob dieser Hartung eben noch wirklich neben ihr im Auto gesessen hatte.

4 Warum hing er von der Decke?

Julia konnte nicht wissen, dass Vlassis kleine grauen Zellen mittlerweile nicht nur in Trab gekommen waren, sondern gewissermaßen galoppierten. Den Anruf im Büro, den er entgegengenommen hatte, als Julia auf dem Handy ihrem Vater zuhörte, bevor sie aus dem Zimmer eilte, war elektrisierend für ihn. Denn da hatte sich eine weibliche Stimme gemeldet und nach dem Toten gefragt.

„Am Telefon kann ich Ihnen keinerlei Auskünfte geben", teilte Vlassi mit dienstlichem Organ mit.

„Ich muss wissen, was mit ihm passiert ist!", schallte es ihm entgegen.

„Zunächst einmal: Wer sind Sie, und was haben Sie mit Konrad Neumann zu schaffen?"

Vlassi vermutete, dass es die Ehefrau des Toten sei, aber er musste sich überzeugen.

„Mein Name ist Sabine Gärtner …", hörte er.

„Gärtner? Sie sind also nicht mit Herrn Neumann verheiratet?"

„Nein, das nicht. Muss man denn immer verheiratet sein?"

„Das nicht gerade", erwiderte Vlassi und dachte dabei an seine Freundin Carola, die schon lange auf seinen Heiratsantrag wartete.

„Das nicht gerade", wiederholte er, „aber es macht die Sache übersichtlicher."

„Ich versuche ja gerade, Übersicht zu gewinnen", teilte ihm die Frau am anderen Ende mit.

„Sie brauchen Übersicht?", fragte Vlassi, „es ist genau umgekehrt: Wir brauchen Übersicht!"

„Dann will ich für Ihre Übersicht was tun. Ich bin die Freundin von Konrad."

„Also nicht verheiratet, bloß Freundin", murmelte Vlassi und ihm fiel wieder seine eigene Situation ein. Wenn er tot an einer Decke hing, dann wollte Carola bestimmt auch mehr wissen und das, obwohl sie nicht verheiratet waren.

Jetzt legte er in seine Stimme viel Verständnis: „Na ja, man darf ja nicht päpstlicher als der Papst sein. Auch Freundinnen haben ein gewisses Recht auf Information ..."

„Nun sagen Sie mir schon alles!", hörte er die ungeduldige Stimme der Frau Gärtner.

„Am Telefon?", empörte sich Vlassi, „vielleicht sind Sie nicht Sabine Gärtner, sondern heißen Clotilde Schusterfix. Nein, nein, ich muss mich von Ihrer Identität überzeu..."

„Ja, wie denn?", fiel ihm die Frau am anderen Ende ins Wort.

„Indem wir uns treffen", beschied ihr Vlassi.

„Ich wohne aber in Mainz, nicht in Eltville."

„Mainz liegt weitab vom Schuss, da haben Sie recht – aber ich denke, ich werde es an Ihren Wohnort schaffen."

„Wo soll ich denn hinkommen?", fragte Frau Gärtner.

„Kennen Sie das Domcafé?"

„Natürlich kenne ich das, es ist ja an den Dom gelehnt."

„Der Dom", sprach Vlassi gravitätisch, „ein steingewordenes Zeichen der Hoffnung – da treffen wir uns. In einer halben Stunde, ist Ihnen das recht?"

„Ich werde da sein", erwiderte die Frau und legte auf.

Vlassi dagegen wählte sofort eine andere Nummer. Mainz, ging es ihm durch den Kopf, Mainz ist ein anderes Terrain, wer in Mainz ermittelt, benötigt Unterstützung – und wenn sie auch noch so minimal ausfällt. Natürlich dachte er dabei an seinen Kollegen Ernst Lustig von der anderen Seite des Rheins.

„Lustig", schallte es ihm entgegen.

„Herr Lustig, hier ist Ihr werter Kollege Spyridakis aus dem schönen Wiesbaden."

„In einem kleinen Satz zwei enorme Fehler!", raunzte Lustig, „seit wann ist Spyridakis ein werter Kollege, und seit wann ist Wiesbaden schön?"

„Wiesbaden ist seit alters her das Nizza des Nordens", versuchte Vlassi aufzuklären, „und das Wörtchen wert kommt von wertvoll." Und mit naivem Tonfall schob er nach: „Und bin ich Ihnen nicht ein wertvoller Kollege?"

„Also erstens existiert Wiesbaden gemessen an Mainz erst seit ein paar Sekunden, und zweitens sind Sie eventuell was wert – aber wir wollen doch nicht die Vokabel wertvoll sinnlos entleeren."

Vlassi stöhnte auf: „Wenn Sie meinen, Herr Lustoog, dann beuge ich mich Ihrem scharfen Verstand und Ihren historischen Kenntnissen."

Kommissar Spyridakis äußerte diese Scheinkomplimente mit Bedacht, er wusste aus Erfahrung, dass er den bärbeißigen Lustig am ehesten auf Kurs bringen konnte, wenn er ihm zustimmte.

Prompt erwiderte der: „Na also, Herr Spyridokolus, Sie sind einsichtig und lernfähig. Bitte fahren Sie fort, wo drückt denn der Schuh?"

Die falschen Namen, mit denen sie sich mitunter anredeten, waren keine Versprecher, sondern reine Sympathiebekundungen. Wenn sie das taten, war im Grunde alles in Butter. Vlassi unterrichtete Lustig in knappen Worten von dem seltsamen Eltviller Fall und dem Anruf der Dame Gärtner. Im Domcafé wollten sie sich treffen, und da das sein Terrain sei, hätte Lustig die Chance, an einem verqueren und schleierhaften Fall beteiligt zu sein.

„Beteiligt sein?", fragte Lustig zurück, „ich werde euch mal wieder aus der Patsche helfen müssen."

„Ja, aus der Patsche", stimmte Vlassi zu, „die Patsche ist schon sehr patschig, wer weiß, ob wir da rauskommen."

„Hören Sie auf, die deutsche Sprache zu malträtieren", wies ihn Lustig zurecht, „wo treffen Sie sich mit der Frau?"

„Im Domcafé."

„Also bis gleich im Domcafé. Sie laden mich hoffentlich zu Kaffee und Kuchen ein."

Es vergingen fünfunddreißig Minuten, bis Kommissar Spyridakis ins Mainzer Domcafé eintrat. Er schaute sich suchend um, und ihm fiel ein, dass er gar kein Erkennungszeichen mit Frau Gärtner ausgemacht hatte. Den dickbäuchigen, kurzgewachsenen Lustig mit seinem verstrubbelten Graukopf und seinen trampeligen Schuhen würde er natürlich sofort sichten – wo war der? Und diese Freundin des Toten, hatte die sich etwa schon verkrümelt?

Vlassi nahm an einem freien Tisch Platz, eine Kellnerin kam zu ihm, und er bestellte eine Tasse Kaffee. Der Kaffee war noch nicht gekommen, da näherte sich ihm eine Frau aus dem Hintergrund, sie musste um die fünfzig sein, trug schulterlange braune Haare, einen blauen Hosenanzug und flache Schuhe.

„Sind Sie Herr Spiridaios?“, fragte sie.

„Spyridakis, wenn's recht ist.“

„Ich habe am Telefon Ihren Namen nicht richtig verstanden“, entschuldigte sie sich, „ich bin Sabine Gärtner.“

„Setzen Sie sich zu mir, Frau Gärtner.“

„Gern, ich will nur meinen Kaffee holen, ich war nämlich sehr pünktlich und habe da hinten Platz genommen.“

In Vlassi erwachte der Gentleman: „Nur keine Umstände, ich komme an Ihren Tisch.“

Er erhob sich und folgte Frau Gärtner zu einem kleineren Tisch im Hintergrund. Kaum saßen sie, zog sie einen Ausweis aus ihrer Handtasche: „Bitte, Sie wollten sich von meiner Identität überzeugen.“

Vlassi warf einen prüfenden Blick auf den Personalausweis, da stand tatsächlich Sabine Gärtner – und das Foto, er schaute kurz zu ihr auf, das zeigte die Frau, die vor ihm saß.

„Gut, gut“, sagte er, „Sie verstehen sicher, dass wir uns überzeugen müssen.“

„Natürlich, da könnte ja sonst jeder kommen.“

Mittlerweile war die Kellnerin mit Vlassis Kaffee an den verwaisten Tisch getreten und fand den Kunden nicht mehr vor. Kopfschüttelnd machte sie kehrt und dachte auf gut mainzerisch: Heutzutach hat koin Mensch mehr Zeit, net mal fer unsern gute Dom-Kaffee.

Am Tischchen im Hintergrund schaute derweil Frau Gärtner dem Kommissar Vlassopolous Spyridakis neugierig ins Gesicht: „Sagen Sie mir doch endlich, was mit Konrad passiert ist, ich meine, Herrn Neumann."

Auf Vlassi kam mal wieder die undankbare Aufgabe zu, einen Tod mitteilen zu müssen. Immer er musste es tun! In Windeseile ging ihm durch den Kopf, dass er kurz und bündig die Sache am Telefon hätte erledigen können. Aber da war sein Diensteifer davor. Und außerdem spekulierte er darauf, etwas mehr über den toten Konrad Neumann zu erfahren. Frau Gärtners Gesicht strahlte nicht nur Neugier, sondern auch einen gewissen Liebreiz aus, wie er feststellte. Eine feine ältere Dame war das aus Vlassis Sicht. Aber musste man sich nicht vor denen besonders in Acht nehmen? Ihm fielen die Schwestern Kremer und Rattay aus dem Banken-Fall ein – die hatten's ja faustdick hinter den Ohren. Vlassi wollte gerade eine wohlformulierte Antwort geben, als er eine bekannte Stimme hörte: „Ach, da sind Sie ja! Wieder mal ganz hinten im Eck."

Natürlich handelte es sich um Ernst Lustig, der schnurstracks näher kam, die Dame neben Vlassi bemerkte und sagte: „Oh, es tut mir leid. Schlimme Sache, die da passiert ist."

Sabine Gärtner wurde sichtbar bleich und murmelte: „Schlimme Sache?"

Lustig setzte sich auf den dritten Stuhl: „Mein Kollege hat es Ihnen wohl schon gesagt. Ihr Mann wurde tot aufgefunden."

„Tot?", wiederholte Frau Gärtner, und diese Vokabel hörte sich aus ihrem Mund furchtbar trostlos an.

Vlassi warf ihr einen mitleidigen Blick zu: „Ich wollte es Ihnen gerade schonend mitteilen. Das ist übrigens mein Kollege Lustig aus Mainz." Er machte eine kleine Pause: „Wir haben Herrn Neumann in seinem Haus in Eltville gefunden … also … leider lebte er nicht mehr."

Frau Gärtner öffnete ihren Mund: „Er lebt nicht mehr?"

„Es tut mir sehr leid, Ihnen das sagen zu müssen", versuchte Vlassi einen hilflosen Trost zu spenden.

Sabine Gärtner war etwas in sich zusammengerutscht, fragte aber leise nach einer kleinen Weile: „Kein natürlicher Tod?"

Jetzt fühlte sich Lustig aufgefordert einzugreifen: „Wie kommen Sie denn darauf?"

„Ich habe mehrfach bei Konrad angerufen, immer erfolglos."

Als wäre das eine Antwort, dachte Lustig, teilte jedoch mit: „Vielleicht wollte er seine Ruhe haben, vielleicht ist er auch beim Lesen des Wiesbadener Kurier eingeschlafen."

Vlassi fiel ein, dass er die Dame Gärtner am Telefon nicht gefragt hatte, warum sie die Kripo angerufen hatte: „Sagen Sie, wie sind Sie denn überhaupt auf die Idee gekommen, mich zu kontaktieren?"

Die Antwort von ihr fiel einigermaßen zufriedenstellend aus: „Ich wusste, dass Konrad gern ins Café Schwab ging und sich mit einem Freund traf. Da habe ich das Café angerufen, und die haben mir gesagt, dass ein Herr Hillberger mit Polizeileuten da war …"

Unglaublich, dachte Vlassi, wie hellhörig und geschwätzig diese Bedienung im Café Schwab doch ist.

Lustig besann sich auf seine dienstliche Funktion: „Kein natürlicher Tod?, vermuteten Sie, Frau Gärtner. Sind Sie darauf gekommen wegen der Polizei?"

„Ja, natürlich."

„Sie sind also eine Mitdenkerin", fuhr Lustig fort wie bei einem Verhör, „wann haben Sie denn Herrn Neumann zuletzt gesehen?"

„Vor einigen Tagen noch."

„Bitte genauer!", forderte Lustig sie auf.

„Stehe ich denn selbst unter Verdacht? Sie tun ja gerade so."

„Wir müssen alles überprüfen", erklärte Lustig, „und jeder ist verdächtig."

Er machte eine Pause, ihm war nach Kaffee zumute, er sah sich nach der Bedienung um, und da er sie am anderen Ende erblickte, wedelte er mit dem rechten Arm.

Vlassi warf einen milden Blick auf Frau Gärtner: „Wir müssen in alle Richtungen ermitteln, das wollte mein Kollege andeuten."

Die Bedienung erschien und wunderte sich kurz über den Sitzplatzwechsel von Kommissar Spyridakis, während Ernst Lustig orderte: „Einen kräftigen Kaffee für mich und ein Stück Schwarzwälder." Er deutete auf Vlassi: „Der Herr zahlt."

Sabine Gärtner wandte sich an Kommissar Spyridakis: „Nun sagen Sie mir doch endlich, wie Konrad zu Tode gekommen ist."

Vlassi räusperte sich: „Das wissen wir noch nicht genau. Was ich Ihnen sagen kann, ist, dass er an der Decke seines Wohnzimmers hing … also vom Kronleuchter."

„An der Decke hing er? Das ist ja ein furchtbarer Tod", murmelte Frau Gärtner.

Lustig musterte sie: „Die meisten Tode, mit denen wir zu tun haben, sind furchtbar."

Vlassi schob überflüssigerweise nach: „Der Tod ist überhaupt etwas Furchtbares."

Frau Gärtner sah ihn erstaunt an: „Sie sprechen wie Konrad. Das sagte er auch mal."

„So denken viele", schob Lustig erklärend ein, „das ist nichts Besonderes."

Frau Gärtner kam zum Thema zurück: „Wurde er aufgehängt, ich meine erdrosselt?"

Lustig warf einen fragenden Blick auf seinen Kollegen Spyridakis, der wusste schon, was gemeint war. Doch Vlassi überlegte, ob das lediglich eine geschickte naive Frage der Dame war. Wenn sie etwas mit dem Tod von Konrad Neumann zu tun hatte, musste sie ja so tun, als wäre sie ahnungslos. Er sah ihr ins Gesicht und erwiderte langsam: „Aufgehängt ja … aber nicht erdrosselt."

„Nicht erdrosselt?", wiederholte Frau Gärtner fragend, „ja, wie ist er denn zu Tode gekommen?"

„Das fragen wir uns auch", antwortete Vlassi, „unsere Rechtsmedizinerin wird uns Auskunft darüber geben."

Die Bedienung näherte sich mit Kaffee für Kommissar Spyridakis und Kaffee und Schwarzwälder Torte für Hauptkommissar Lustig.

„Danke, danke", sagte Lustig und griff zu seiner Tasse, „ich bin völlig ausgetrocknet."

Doch bevor er trank, schüttete er sich etwas Milch in seinen Kaffee, zuckerte ihn und sogleich hörte man ein schlurfendes Geräusch. Auch Vlassi führte die Tasse zu seinen Lippen und nahm einen kleinen Schluck, er trank schwarz und ohne Zucker, irgendwo hatte er gelesen, dass Kaffee schwarz gesünder sei.

„Was ich Sie fragen möchte, Frau Gärtner", sagte er dann, „wie lange kennen Sie Herrn Neumann schon?"

Statt seine Frage zu beantworten, murmelte sie für sich: „Warum hing er denn an der Decke?"

Vlassi hob die Schulter, während Lustig für einen Moment von seiner Schwarzwälder Torte abließ und zu Frau Gärtner sagte: „Ja, das wollten wir von Ihnen erfahren. Pilot war wohl nicht."

Die ruppige Rede Lustigs ließ Sabine Gärtner unbeeindruckt: „Pilot war er nicht, da haben Sie recht, aber er strebte nach Höherem."

„Nach Höherem?", wiederholte Lustig und wandte sich an den Kollegen Spyridakis: „Vielleicht handelt es sich um einen kuriosen Selbstmord. Der Mann wollte im Tod noch irgendwohin fliegen, vielleicht ins Paradies."

Vlassi fand Lustigs Bemerkung etwas peinlich, er schaute betrübt zu Frau Gärtner, wollte das Gespräch aufs alte Gleis bringen und wiederholte deshalb seine schon gestellte Frage: „Wie lange kannten Sie eigentlich Herrn Neumann?“

„Ein Jahr ist es her, dass wir uns kennenlernten.“

Lustig streifte mit der Gabel die Reste seiner Schwarzwälder zusammen, um sie zum Mund zu führen, fragte aber jetzt mit einem Schmatzen: „Genau ein Jahr? Führen Sie Buch?“

„Vielleicht auch etwas länger“, antwortete Sabine Gärtner mit unwilligem Gesichtsausdruck.

„Und Sie haben Herrn Neumann öfter mal besucht?“, wollte Vlassi wissen.

„Ja, natürlich. Mal war ich in Eltville, mal ist er nach Mainz gekommen.“

„Familie hatte Herr Neumann wohl nicht?“, fragte Vlassi.

„Er war verheiratet, aber seine Frau ist schon vor vielen Jahren gestorben, und Kinder hatten sie nicht.“

„Was hat er denn beruflich gemacht?“, wollte Lustig wissen.

„Er war in Rente, aber bis vor einem halben Jahr arbeitete er als Kellermeister.“ Sie sah zu ihm und korrigierte: „Bis vor etwa einem halben Jahr.“

„Gut, gut“, sagte der, „wir wollen nicht übergenau werden, halbes Jahr genügt.“ Er nahm seine Tasse in die Hand und beugte sich etwas vor: „Kellermeister war er? Da kann man allerhand an der Weinherstellung rumdoktern – und dabei kann Falsches und Übles rauskommen.“

Frau Gärtner wich zurück: „Sie wollen doch nicht sagen, dass Konrad schlechte Weine hergestellt hat?“

„Ich will gar nix sagen“, erklärte Lustig, „aber vielleicht hat er sich unter Weintrinkern Feinde gemacht.“ Er führte seine Tasse zum Mund und nahm mit seligem Ausdruck einen Schluck.

Vlassi fand die Überlegung seines Mainzer Kollegen gar nicht so übel, er wusste zwar schon von Julias Vater, was der Tote beruflich gemacht hatte, das war keine Neuigkeit für ihn, aber Lustig – der kannte ja heute keine Scheu, war nicht nur angriffslustig, sondern sprudelte fast vor Ideen über. Na ja, man soll nicht übertreiben, er quetschte sie mehr aus sich heraus.

„Das würde mich allerdings auch interessieren", sagte er, zu Frau Gärtner gewandt, „was wissen Sie über die Freunde und Bekannten Ihres Konrad?"

Sabine Gärtner sah ihn entgeistert an: „Ja glauben Sie denn, ein Freund hätte ihn umgebracht, weil ihm ein Kirchrath-Wein nicht geschmeckt hat?"

„So heißt das Weingut, bei dem er Kellermeister war?", stellte Vlassi fragend fest.

Frau Gärtner nickte, sah ihn aber hoffnungsfroh an, denn sie schien auf eine Antwort ihrer Frage zu warten. Stattdessen ließ sich Lustig hören: „Warum nicht? Warum soll ihn kein Weinfreund umgebracht haben? Wir Weintrinker verschmähen nicht nur schlechte Weine, wir hassen sie und darüber hinaus all die, die sie herstellen."

Frau Gärtner schien entrüstet: „Dann sind Sie auch ein potenzieller Mörder!"

Zu ihrem Erstaunen antwortete Lustig: „Aber ja doch, bei schlechten Weinen, die zu hohen Preisen verkauft werden, kenne ich kein Erbarmen."

Vlassi erläuterte mit leiser Stimme: „Mein Kollege übertreibt. Er will nur deutlich machen, dass wir mehr über Konrad Neumanns Bekanntenkreis erfahren müssen. Wissen Sie darüber etwas?“

„Nicht viel“, erwiderte Sabine Gärtner, „ich weiß nur vom Café Schwab … ja, und hin und wieder ist er zu einem Bekannten gefahren, um Schach oder Skat zu spielen.“

„Wie heißt dieser Bekannte?“, fragte Lustig.

Frau Gärtner zog eine nachdenkliche Miene, um schließlich zu antworten: „Ich glaube … Schädler.“

„Wo wohnt dieser Schädler?“, wollte Lustig wissen.

„Ich glaube, hier in Mainz.“

„Sie sind im Glauben stark, aber im Wissen schwach“, stellte Ernst Lustig fest und sah sie missbilligend an.

Vlassi musterte die Dame. Frau Gärtner wirkte betrübt, aber das konnte gespielt sein. Von den früheren Fällen wusste er, dass Frauen nicht nur gut, sondern hervorragend spielen konnten. Spielen und sich verstellen – vielleicht gehörte auch Sabine Gärtner dazu?

„Nun ja“, fuhr Lustig fort, „gibt es sonst noch etwas, was Ihnen einfällt?“ Er beugte sich vor und grinste: „Wissen Sie auch was über seine derzeitigen Bekannten?“

Frau Gärtner lehnte sich zurück, und ihre Lippen wurden sehr schmal.

Vlassi dagegen wandte sich zu Lustig: „Über den derzeitigen menschlichen Umgang von Herrn Neumann kann ich Auskunft geben. Es ist unsere Rechtsmedizinerin Frau Doktor Hauswaldt, die sich intensiv mit ihm beschäftigt.“

5 Der Sensenmann ist Weinverächter

Julia war inzwischen auf dem Weg von Rüdesheim zurück nach Wiesbaden. In Eltville hielt sie vor der MM-Sektkellerei und rief Frau Dr. Hauswaldt an. Doch die meldete sich nicht. Arbeitseifrig wie sie ist, wird sie doch nicht in den Eingeweiden von Konrad Neumann stecken geblieben sein, dachte Julia. Wer weiß, was sie dort gefunden hat.

Sie fuhr weiter und erreichte nach einer knappen halben Stunde das Gerichtsmedizinische Institut in Wiesbaden. Sie trat den Weg ins Kellergeschoss an, wo sie Dr. Silke Hauswaldt in ihrem Arbeitsraum vermutete, klopfte an, hörte jedoch kein „Herein". Julia öffnete die Tür und sah die Rechtsmedizinerin hinten in einer Ecke stehen. Sie streifte gerade ihre Latexhandschuhe ab.

„Frau Doktor Hauswaldt, haben Sie mein Klopfen nicht gehört?"

„Nein. War bis eben sehr beschäftigt mit dem Mann, den Sie mir geschickt haben."

„Komme ich zu früh, sind Sie noch nicht so weit?"

„Nein, nein, bleiben Sie nur, ich habe in seinen Innereien etwas gefunden, das Sie interessieren wird", erwiderte Dr. Hauswaldt.

Julia kam näher: „Tatsächlich?"

„Leberzirrhose. Der Mann war sterbenskrank."

„Sterbenskrank", wiederholte Julia.

„Wissen Sie, was Leberzirrhose ist?", fragte die Rechtsmedizinerin.

„Sie werden mich sofort aufklären", antwortete Julia.

„Eine Leberzirrhose ist eine bleibende Schädigung der Leber", erklärte Dr. Hauswaldt, „nach und nach vernarbt das Gewebe und verwandelt sich in funktionsloses Bindegewebe, wir nennen das Fibrose. Die Leber zieht sich dabei zusammen, daher kommt der Begriff Schrumpfleber."

„Ist ja wirklich hochinteressant, aber daran ist doch Herr Neumann nicht gestorben. Oder doch?"

„Neumann heißt er?", sagte Dr. Hauswaldt fragend und deutete mit dem Kopf auf eine mit einem Leinentuch zugedeckte Person auf der stählernen Liege, „er sollte eher Neuleber heißen. Die hätte er dringend nötig gehabt." Sie machte eine kleine Pause: „Nein, daran ist er nicht gestorben. Leberzirrhose entsteht übrigens meist durch anhaltenden Alkoholmissbrauch."

„Aha", ließ sich Julia vernehmen und dachte dabei, dass sich der Kellermeister wahrscheinlich häufiger als ihm guttat an Kirchraths Weinen gelabt hatte.

„Wir Mediziner wissen", sprach Dr. Hauswaldt weiter, „dass die Lebenserwartung von Patienten mit Leberzirrhose deutlich verkürzt ist. Meist sterben diese Menschen innerhalb von fünf Jahren."

„Ist Leberzirrhose heilbar?", fragte Julia.

„Nein, sie ist nicht heilbar. Allerdings ist es möglich, dass sich Teile der Leber bei konsequenter Behandlung erholen und die Lebenszeit dadurch verlängert wird."

„Der Tod kann etwas hinausgeschoben werden", fasste Julia zusammen.

Die hochgewachsene Rechtsmedizinerin machte zwei kleine Schritte auf Julia zu: „So könnte man sagen, Sie haben es erfasst."

„Danke, dass Sie mir zutrauen, so etwas zu verstehen", erwiderte Julia, „aber bei Herrn Neumann hat wohl nicht plötzlich die Leber versagt, sein Tod hat vermutlich eine andere Ursache?"

„Natürlich, natürlich", stimmte Dr. Hauswaldt zu und machte ein paar Schritte durch ihren Arbeitsraum. Sie wirkte jetzt wie eine Professorin, die vor Publikum sprach und Eindruck schinden wollte. Das war eigentlich überhaupt nicht nötig, denn Hauptkommissarin Wunder und Dr. Hauswaldt kannten sich schon lange und wussten, was sie voneinander hatten.

„Sein Tod hat eine andere Ursache", sprach die Rechtsmedizinerin weiter, „aber der Leber hat es wohl den letzten Schlag versetzt. Diesem Herrn Neumann hat man Rizin verabreicht. Dabei wird der Verdauungstrakt geschädigt, also Magen, Darm und Leber, auch die roten Blutkörperchen werden zerstört, der Tod tritt nach etwa 36 bis 50 Stunden ein."

„Hmm", murmelte Julia nachdenklich, „wie kann man Rizin verabreichen?"

Die Antwort erfolgte sofort: „Indem man etwa Rizinus-Samen ins Essen mischt."

„Ach was!", sagte Julia mit einem Lächeln, „das darf ich gar nicht Kommissar Spyridakis sagen, da stellt er sofort das Essen ein."

„Wie der zur Kripo gefunden hat, ist mir ein Rätsel", konstatierte Frau Dr. Hauswaldt, „wo ist er überhaupt? Den haben Sie doch normalerweise im Schlepptau."

Julia hielt es für angebracht, ihren Kollegen zu verteidigen: „Herr Spyridakis ist ein vorzüglicher Ermittler, gegen Krankheiten hat er allerdings was, vor allem, wenn sie tödlich sind."

„Bitte, bitte, wer hat nicht was gegen Krankheiten", gab sich Dr. Hauswaldt geschlagen, musste aber noch hinzufügen: „Wahrscheinlich ermittelt er gerade in rizinfernen Gegenden."

„Ob rizinfern oder nicht, wichtig ist, dass er sich bei mordnahen Personen umschaut."

„Den Rizinusbaum nennt man übrigens auch Christuspalme", fuhr Dr. Hauswaldt fort.

„So ein tödliches Gewächs nennt man Christuspalme?", wunderte sich Julia, „das ist ja direkt blasphemisch."

„Ja, so ist es nun mal."

Die Rechtsmedizinerin ging an ihren Arbeitstisch zurück und fragte: „Wie hat man den Toten eigentlich gefunden?"

Hauptkommissarin Wunder überlegte, ob sie Dr. Hauswaldt etwas über die näheren Umstände mitteilen sollte, normalerweise machte sie das nicht, doch vielleicht fiel der Fachfrau etwas zur ungewöhnlichen Aufhängung ein. So teilte sie mit: „Er hing aufgehängt am Kronleuchter in seinem Wohnzimmer."

Die Rechtsmedizinerin sinnierte laut: „Tatsächlich? Schwer ist er nicht, der Tote, das könnte hinhauen. Aber stranguliert wurde er nicht, ich habe jedenfalls keine Spuren am Hals gefunden."

„Sie hätten aber Spuren an den Armen, Unterschenkeln und am Bauch finden können."

„Auf diese Art ist er aufgehängt worden?"

„Genau so. Gibt es da eventuell einen Zusammenhang mit dem Rizin?", fragte Julia.

Frau Dr. Hauswaldt schüttelte den Kopf: „Nein, überhaupt nicht." Sie machte eine kleine Pause und schob dann nach: „Hat dieser Tote eigentlich auch einen Spitznamen gehabt, so wie beim letzten Fall die Mona Lisa?"

Julia wusste, dass die Rechtsmedizinerin stark an bildender Kunst interessiert war, weshalb sie im Mona Lisa-Fall einige interessante Details herausgefunden hatte. Hier aber konnte sie lediglich mit dem Beruf des toten Herrn Neumann aufwarten.

„Mit einem Spitznamen kann ich nicht dienen", erklärte sie, „ich kann Ihnen aber sagen, dass der Tote Kellermeister war."

„Aha", nickte Dr. Hauswaldt, „da haben wir schon mal eine Erklärung für seine angeschlagene Leber."

„Vielleicht. Aber bringt mich das weiter?"

Die Rechtsmedizinerin drehte sich zu Julia: „Vielleicht doch. Ich finde es ziemlich ungewöhnlich, dass ein sterbenskranker Kellermeister umgebracht wird. Man hätte doch einfach den Dingen ihren Lauf lassen können."

„Warum jemanden töten, wenn er sowieso demnächst das Zeitliche segnet?", sinnierte Julia.

„Eben das", stimmte Dr. Hauswaldt zu.

„Wahrscheinlich hat der Mörder nichts von der Leberzirrhose gewusst", überlegte Julia.

„So könnte es sein“, nickte Dr. Hauswaldt, „vielleicht aber wollte er ihn auch keinen Tag länger als nötig am Leben lassen.“

„Hmm“, machte Julia, „gar keine schlechte Idee. Als Mordmotiv käme dann möglicherweise Hass infrage.“

„Da sehen Sie mal, wie wertvoll ich mich für Ihre Arbeit erweise.“

„Liebe Frau Doktor Hauswaldt“, lächelte Julia, „das weiß ich doch schon lange.“

„Schön, dass Sie's endlich auch mal zugeben.“

„Es fehlt aber ein Zwischenstück“, ließ sich Julia hören.

Die Rechtsmedizinerin kam einen Schritt näher zu ihr: „Ein Zwischenstück? Was meinen Sie damit?“

*

Während Julia Wunder im Keller des Gerichtsmedizinischen Instituts in Wiesbaden Dr. Silke Hauswaldt interviewte, schlenderte Vlassopolous Spyridakis mit dem Kollegen Ernst Lustig über den Mainzer Domplatz. Gerade kamen sie am Fastnachtsbrunnen vorbei und Lustig bemerkte: „Wenn Sie mich nicht gehabt hätten, wüssten Sie jetzt gar nichts.“

Vlassi verneigte sich im Gehen: „Das ist mir vollkommen bewusst. Und ich bedanke mich ehrfürchtig bei Ihnen, ja, ich bin Ihnen zu enormem Dank verpflichtet …“

„Beim Zahlen hab' ich nichts davon gemerkt“, fiel ihm Lustig ins Wort, der die maßlose Übertreibung nicht zur

Kenntnis nahm, „ich musste beinah selbst in die Tasche greifen für meinen Kaffee und das Stückchen Torte."

„Beinah! Lieber Herr Kollege Lustoog, sagen Sie mal, warum haben Sie diese Frau Gärtner so knurrig behandelt?"

„Menschenkenntnis, lieber Herr Spyridakolous! Solche Frauen muss man knurrig behandeln, dann machen sie am ehesten den Mund auf. So was erkenne ich sofort, Sie aber leider nicht."

Wenn sich die beiden Kommissare aus Wiesbaden und Mainz mit verschandelten Namen anredeten, war das ein Zeichen für gutes Einverständnis.

„Sie haben ja gesehen", fuhr Lustig fort, „als ich das Verhör in die Hand nahm, ist der Dame auf einmal was eingefallen."

Vlassi musste innerlich zustimmen, laut aber sagte er: „Nur was? Die hat uns wahrscheinlich irgendeinen harmlosen Bekannten genannt …"

„Harmlos ist niemand, das sollten Sie doch wissen! Die Gauner streifen sich alle einen Schafspelz über ihren unseligen Wolfskörper."

„Wir haben es hier nicht mit einem simplen Gauner zu tun, sondern mit einem abgefeimten Mörder", widersprach Vlassi.

„Mein Satz ist von allgemeiner Gültigkeit, ob Gauner oder Mörder – ganz egal."

Vlassi merkte, dass Lustig zu grundsätzlich wurde und brachte das Gespräch auf ein anderes Gleis: „Leider hat Frau Gärtner uns keine Telefonnummer sagen können. Können Sie mal den Namen Schädler googeln?"

„Googeln? Das ist doch Ihr Metier“, brummte Lustig und blieb stehen.

Die beiden waren gerade am Café Extrablatt vorbeigekommen und wollten in die Inselstraße einbiegen. Was Lustig gesagt hatte, entbehrte nicht einer gewissen Weisheit. Denn Kommissar Spyridakis war der Jüngere und sollte längst ein Smartphone besitzen, seine Chefin hatte es schon öfter angemahnt, aber in dieser Hinsicht blieb er störrisch – oder war er etwa zu geizig dafür? Vlassi selbst hatte darüber noch nicht nachgedacht, aber jetzt kam er ins Grübeln. War vor sich selbst verheimlichter Geiz vielleicht ein Krankheitssymptom? Solche medizinischen Theorien gab es doch. Und wenn ja, würde der Geiz vielleicht eine Krankheit ausbrüten, eine Krankheit, die ihn demnächst erbarmungslos überfiel und niederwarf?

„Sie haben recht“, sagte Vlassi, der ebenfalls stehen geblieben war, „ich sollte mir unbedingt ein Smartphone anschaffen …“

„Sie haben doch ein Handy“, knurrte Lustig.

„Ja“, stöhnte Vlassi, „ein veraltetes Teil, außerdem ist dem mal wieder der Saft ausgegangen.“

Hauptkommissar Lustig ging weiter, und im Gehen brummte er: „Ich sag's nur ungern, aber manchmal sind wir uns gar nicht so unähnlich.“

Vlassi folgte ihm: „Wohin soll's denn gehen?“

„Ohne mich wüssten Sie nicht nur nichts – Sie wären vollkommen aufgeschmissen“, hörte er als Antwort.

Ernst Lustig marschierte schnurstracks zum Polizeipräsidium, wo er an der Pforte haltmachte und dem Kollegen mitteilte: „Hab' dummerweise mein Smartphone vergessen. Schauen Sie mal rasch nach einem Namen. Johannes Schädler."

„Hat er was ausgefressen?", fragte der Kollege und schaute auf den Bildschirm seines Computers.

„Wir brauchen lediglich Telefonnummer und Adresse."

„Hab' ihn schon. Johannes Schädler … der wohnt in Gonsenheim. Telefonnummer kann ich nicht finden. Aber die Adresse."

„Bitte aufschreiben, aber leserlich. Sodann überreichen Sie mir die Notiz, und Sie können sich als Teil einer Mordermittlung begreifen."

Der untergeordnete Kollege nickte zufrieden und reichte Hauptkommissar Lustig nach wenigen Sekunden einen kleinen Zettel. Der schaute kurz drauf, drehte sich zu Vlassi und sagte: „Wir müssen nach Gonsenheim in die Händelstraße."

„Jetzt gleich?"

„Was du heute kannst besorgen, verschiebe nicht auf morgen", erwiderte Lustig und machte ein paar Schritte in Richtung Innenhof des Präsidiums, um im Gehen mitzuteilen: „Später können wir immer noch einen Wein petzen."

Kaum saßen die beiden Kripo-Leute im betagten VW Golf, dem Dienstwagen von Lustig, teilte Vlassi mit: „Ich bin Teetrinker geworden – Wein schadet der Gesundheit."

Ernst Lustig lachte laut los, als er aus dem Innenhof fuhr: „Wo haben Sie denn diese Weisheit her? Erinnern Sie sich noch? Beim letzten Fall habe ich Sie im Weinhaus Michel aufgepäppelt. Und zwar mit ein paar Gläsern Wein."

„Ein paar Gläser habe ich getrunken?", fragte Vlassi erschrocken, „da hätte ich ja bettlägerig werden können! Wahrscheinlich hat mir der Sensenmann schon gewunken."

„Was reden Sie so irre?", ließ sich Lustig hören, der in die Saarstraße einlenkte, „der Sensenmann hatte Sie schon in seinen Fingern. Aber ich habe ihm auf die knöcherne Hand geschlagen und Sie ihm entrissen!"

Er drehte sich zu Vlassi: „Und wissen Sie, was ich noch gemacht habe? Ich hab' eine Flasche Wein hoch gehalten. Sie müssen nämlich wissen, dass der Sensenmann ein totaler Weinverächter ist. Wenn der den Wein nur riecht, macht er sich auf und davon."

Vlassi sah starr geradeaus und sagte nichts. Bis Lustig nachfragte: „Wie kommen Sie denn auf den abwegigen Gedanken, dass Wein der Gesundheit schadet?"

Jetzt lösten sich Vlassis Gesichtszüge: „Der Tote war Kellermeister, hab' ich Ihnen doch schon am Telefon gesagt."

„Ja und? Meinen Sie, das hat ihn umgebracht? Meinen Sie, er hat von früh bis spät Wein gesoffen?"

„Man kann nie wissen", erwiderte Vlassi, der noch keine Ahnung hatte, dass der tote Konrad Neumann tatsächlich an Leberzirrhose erkrankt war.

Lustig wischte seine Bemerkung mit den Worten weg: „Ach, es kommt immer auf die Dosis an, das ist doch klar. Und jetzt spricht Doktor Lustig zu Ihnen und gibt Ihnen einen wunderbaren Rat: Verschmähe nie einen ordentlichen Wein, denn er hebt die Gesundheit!"

Der Mainzer Hauptkommissar war längst in die Koblenzer Straße eingebogen und stoppte jetzt an einer Ampel, die auf Rot stand. Vlassi fragte mit leiser Stimme: „Meinen Sie denn, dass übermäßiger Teegenuss auch schaden kann?“

Die Ampel wurde grün, Lustig bog nach links ab in die Breite Straße und antwortete: „Ja natürlich! Was für einen Tee trinken Sie?“

„Moringa“, antwortete Vlassi kleinlaut.

„Moringa – nie gehört. Klingt aber giftig.“

„Es ist ein Gesundheitstee“, erläuterte Vlassi.

Lustig lachte bärig auf: „Gesundheitstee, wenn ich das schon höre! Das sind doch alles Giftmischungen, die uns dem Grab näher bringen.“

Durchs Vlassis Hirn eilten einige Gedanken, die ihn durchaus beunruhigten. Vielleicht sollte er seinen Moringa-Tee nicht mehrmals am Tag trinken. Er hatte sich ja eine Thermosflasche mit diesem Tee zubereitet, und diese Thermosflasche lag griffbereit in seinem kleinen Corsa. Wer weiß, was er damit seinem Körper schon angetan hatte, vielleicht hatte ihm der Sensenmann bereits öfter zugewunken – nur hatte er's nicht bemerkt. Oder übersehen? Vielleicht übersehen wollen?

„Na ja“, sagte er nachdenklich, „Sie haben vermutlich nicht ganz unrecht. Es kommt immer auf die Dosis an.“

„Genau! Sie sprechen wahr. Weil Sie mit meinen Worten sprechen. Und jetzt machen Sie noch einen Schritt voran!“

„Einen Schritt voran?“, fragte Vlassi.

„Seien Sie doch nicht so hartleibig, vielmehr hartköpfig. Was kann ich denn meinen?“

„Meinen Sie, dass ich meinen Moringa-Tee dosieren soll?“

„Auch, auch, aber es geht vor allem um unseren Wein. Der Weintrinker konsumiert ihn mit Genuss und Bedacht! Das sind die springenden Punkte."

Vlassi sah grübelnd vor sich hin, was Lustig bemerkte und nachschob: „Am besten, Sie halten sich an mich. Gehen Sie mit mir Wein trinken, und der Sensenmann lässt von Ihnen ab."

Zu diesem Zeitpunkt wusste Vlassi noch nicht, dass der Sensenmann auf keinen Fall von ihm ablassen würde. Hätte er's gewusst, wäre er vielleicht sofort mit Lustig in ein Weinlokal geeilt. Die beiden waren in der Händelstraße angelangt. Hier standen Häuser, denen man ansah, dass ihre Bewohner wohlsituiert waren und offensichtlich keine Geldsorgen kannten. Lustig fuhr langsam, schaute auf die Hausnummern und steuerte einen freien Platz auf der Straße an. Die Kripo-Leute stiegen aus und mussten ein paar Schritte bis zur Nummer 24 gehen.

„Jetzt wollen wir mal sehen, was das für 'ne Type ist, dieser Schädler", brummte Lustig, „wahrscheinlich ein reicher Knopp."

„Johannes Schädler war ein Bekannter des Toten …", setzte Vlassi an.

„… mit dem sich Ihre Leiche, als sie noch lebte, wohl hin und wieder mal getroffen hat. Na, gucken wir mal."

Das Grundstück wurde eingefasst von einer nicht allzu hohen Mauer, und Lustig drückte auf einen Klingelknopf, der dezent neben dem Eingangstor an der Innenseite der Mauer angebracht war. Er musste zweimal klingeln, bis eine Antwort erscholl: „Ja, bitte?"

„Hier ist Hauptkommissar Lustig. Spreche ich mit Herrn Schädler?“

„So ist es. Was führt Sie zu mir, Herr Hauptkommissar?“

Vlassi war geneigt zu antworten: Ein Toter hat uns beauftragt, ein Toter, den Sie kennen, wir sind Abgesandte vom gewissenhaften Totendienst. Er ließ es bleiben, wahrscheinlich hätte es Herrn Schädler verwirrt.

Lustig dagegen antwortete: „Können wir hereinkommen, Herr Schädler?“

„Bitte, treten Sie näher.“

Schon summte es am Eingang, Lustig drückte das Tor auf, und die beiden Kommissare schritten auf einem gepflegten Kiesweg zur Haustür. Die öffnete sich, als sie noch auf halbem Weg zu ihr waren. Im Türrahmen stand ein groß gewachsener und schlanker Mann fortgeschrittenen Alters, er musste um die siebzig sein, vielleicht auch jünger, und sein gut geschnittenes Gesicht verriet durch die vielen kleinen Fältchen um die Augenpartie, dass er offenbar gern und häufig lachte. Er besaß eine Halbglatze, doch die grauen Haare an den Seiten des Kopfes wucherten üppig vor sich hin. Die Miene in seinem Gesicht drückte Erstaunen aus, doch mit einer Frage hielt sich der Mann zurück. Stattdessen sagte er: „Sie haben Verstärkung mitgebracht.“

„Ich bin Hauptkommissar Lustig“, erklärte der Mainzer Kripo-Mann, „und das ist mein Kollege Spyridakis aus Wiesbaden.“

„Kommen Sie herein“, erwiderte Schädler, „Herrschaften von der Polizei habe ich selten zu Gast, ja eigentlich nie.“

„Eine Premiere also", bemerkte Vlassi trocken.

Johannes Schädler drehte sich in den Korridor: „Sind Sie Grieche?", fragte er mit dem Rücken zu Vlassi.

„Griechischer Herkunft", antwortete Vlassi.

„Sehr schön. Folgen Sie mir."

Nach wenigen Schritten erreichten die drei Männer ein weitläufiges Wohnzimmer, in dem an einem runden Tisch zwei weitere Männer saßen. Kaffeetassen standen vor ihnen, Spielkarten lagen auf dem Tischchen und auch aufgeschlagene Bücher.

„Ich habe Besuch", erklärte Schädler, „das stört Sie wohl nicht."

Lustig warf einen kritischen Blick auf die Männer, die zu ihm und Vlassi aufblickten.

„Herrschaften", sagte der Hausherr, „hier sehen Sie Hauptkommissar Lustig und seinen Kollegen Spyridakis."

Der hat sich meinen Namen gemerkt und sogar richtig ausgesprochen, dachte Vlassi, der Mann weiß, was sich gehört.

„Und das sind zwei Freunde von mir, wir treffen uns hin und wieder, weil wir gemeinsame Interessen haben." Und mit einem Schmunzeln fuhr Schädler fort: „Das Karten- und Theaterspiel. Darf ich Ihnen die Herren vorstellen?"

„Ich bitte darum", sagte Lustig und dabei zirkulierte in seinem Hinterkopf der Gedanke, dass die Unbekannten vielleicht auch den Toten kannten und man etwas von ihnen erfahren könnte.

„Herr Singer", wies Schädler auf einen etwa sechzigjährigen dicklichen Mann mit rundem Gesicht und einer Vollglatze, „und das ist Herr Wiesel."

Herr Wiesel schien jünger zu sein, sein schmales Gesicht zierte ein Oberlippenbart und sein Haupthaar war von üppiger und dunkelbrauner Pracht, nur an den Koteletten zeigten sich graue Haare. Er erhob sich sogleich, senkte den Kopf, reichte aber weder Lustig noch Vlassi die Hand, was dieser erwartet hatte.

„Meine Freunde stören doch nicht?", fragte Johannes Schädler beflissen.

„Überhaupt nicht", erwiderte Lustig, „wir haben auch nur eine kurze Frage …"

„Vielleicht auch eine Info", schob Vlassi ein.

„Ja, das auch", ergriff Lustig wieder das Wort, „zunächst einmal, Herr Schädler, kennen Sie einen Konrad Neumann?"

„Ja, den kenne ich", nickte der Angesprochene und griff dabei in die Seitentasche seines Jacketts. Er zog ein Etui heraus, dem er ein Zigarillo entnahm.

„Ich muss Ihnen leider mitteilen, dass Herr Neumann tot ist", sagte Lustig.

Vlassi war erleichtert, er glaubte, die Überbringung der Todesnachricht würde mal wieder an ihm hängen bleiben. Lustig hatte ihm das abgenommen, wenn auch auf sehr direkte und wenig einfühlsame Weise. Jetzt musste er, wie er das bei seiner Chefin Julia Wunder gelernt hatte, gut aufpassen. Wie reagierte der Angesprochene?

„Konrad ist tot?", fragte Schädler, seine Augenbrauen zogen nach oben und in seinem Gesicht zeichnete sich Erstaunen ab. Dann griff er in die andere Seitentasche seines Jacketts, zog ein schmales Feuerzeug hervor und zündete sich sein Zigarillo an.

Ganz normal, dachte Vlassi, so würde ich vermutlich auch reagieren, wenn man mir den Tod von Carola mitteilte. Vielleicht aber hätte seine Stimme eine Oktave höher gehen können.

Schädler sprach weiter: „Entschuldigen Sie, bei so einer Nachricht muss ich mir ein Zigarillo anstecken. Sie sind hier, weil es sich vermutlich nicht um einen normalen Todesfall handelt?“

Lustig nickte mit ernstem Gesicht: „Es handelt sich um einen Mord.“

Herr Wiesel hatte sich längst wieder gesetzt, jetzt wiederholte er fragend: „Einen Mord?“ Der andere Freund Schädlers, Herr Singer, fasste sich an seine Glatze, als müsse er sie beruhigen, sagte jedoch kein Wort.

Dagegen schob Johannes Schädler seinen Kopf vor: „Konrad ist ermordet worden!“

Lustig nickte wieder: „So ist es. Sie haben ihn doch gekannt?“

„Ja. Meine Freunde hier kannten ihn ebenfalls.“

Jetzt ließ sich erstmals Herr Singer hören. Mit einer hohen Stimme, die gar nicht zu seiner Figur passte, fragte er: „Wie hat man ihn denn umgebracht?“

Hauptkommissar Lustig antwortete: „Das können wir aus Ermittlungsgründen nicht mitteilen.“

Vlassi nickte zu seinen Worten, die Stimme Singers missfiel ihm irgendwie, und er dachte: War die Frage von ihm echt gemeint? Bloße Neugier? Aber Neugier ist eine menschliche Grundeigenschaft, beruhigte er sich gleich wieder. Wer Neugier nicht besitzt und keine Fragen stellt, gehört eigentlich gar nicht zur menschlichen Spezies.

Lustig richtete sich an den Hausherrn: „Herr Schädler, Sie haben sich öfter mit Konrad Neumann getroffen …"

Schädler fiel ihm ins Wort: „Nicht öfter, hin und wieder."

„Hin und wieder also, auch gut. Was war er denn für ein Mensch?"

„Ein Mensch wie du und ich, wie man so sagt", antwortete Schädler.

„Hatte er denn Feinde?", fragte Lustig unbeirrt, „Leute, die ihm an den Kragen wollten?"

Der Angesprochene zog ein nachdenkliches Gesicht: „Ich wüsste nicht …"

„Woher kannten Sie sich eigentlich?", schob Vlassi ein.

„Ich habe beim Landwirtschaftsministerium in Wiesbaden gearbeitet", antwortete Johannes Schädler, „da sind wir über den Wein in Kontakt miteinander gekommen."

„Sind Sie Weintrinker?", fragte Vlassi, als würde das absolut zum Thema gehören.

„Ja, natürlich."

Schädler musterte den griechisch-stämmigen Kommissar: „Wollen Sie etwa sagen, dass Konrad mit Wein umgebracht wurde?"

„Nein, nein, das will er nicht", beruhigte ihn Lustig, „aber Herr Neumann hat doch als Kellermeister gearbeitet?"

„Schon längere Zeit nicht mehr, soviel ich weiß", erwiderte Schädler.

Jetzt ließ sich der Dritte im Bunde, Herr Wiesel, hören: „Vergifteter Wein wahrscheinlich doch!"

Vlassi schüttelte den Kopf: „Sie liegen falsch."

Herr Wiesel fasste sich wiederum an seine Glatze, als wolle er ihr zu verstehen geben, dass sie sich geirrt habe.

„War Herr Neumann denn auch mal bei Ihnen hier im Haus?“, fragte Lustig.

„Ja, er war mal hier, mehrmals sogar“, antwortete Johannes Schädler.

„Haben Sie Karten gespielt?“

Der Hausherr nickte.

„Dabei unterhält man sich doch“, überlegte Vlassi laut, „vielleicht hat Herr Neumann da gesprächsweise den Namen seines Mörders fallen lassen.“

Keiner lachte über seine vorwitzige Bemerkung. Vlassi machte mal wieder auf naiv und wollte ein bisschen provozieren und Bewegung in die Runde bringen. Obwohl er sicher wusste, dass Kartenspieler meist vollkommen in ihrem Spiel gefangen sind und sich nicht über eventuelle Mörder und Totschläger unterhalten.

Herr Wiesel jedoch schaute auf und sagte zu seiner Überraschung: „Konrad machte sich Sorgen um seine Gesundheit.“

„Wer macht das nicht“, bügelte Lustig die Bemerkung weg.

Vlassi erinnerte sich sofort an Wolfgang Hillbergers Rede im Eltviller Café Schwab und fragte: „Hatte er auch Angst, sein Gedächtnis zu verlieren?“

Herr Wiesel nickte und wollte offenbar etwas Weitergehendes sagen, doch Johannes Schädler fiel ihm ins Wort: „Im Grunde wissen wir nicht, was ihn wirklich beschäftigte, wir haben ja Karten gespielt.“

Vlassi warf einen Blick zu Herrn Singer. Doch der fasste sich diesmal nicht an seine Glatze, sondern teilte mit hoher Stimme mit: „Ja, ja, wir sind vollkommen im Kartenspiel aufgegangen."

„Mir war nicht klar", sagte Vlassi, „dass Ihre Spielsucht Sie offenbar von wesentlichen Gesprächen abhielt."

Schädler erkannte sofort die Ironie in seinen Worten und erwiderte: „Ach, wissen Sie, wer weiß schon so genau, was wesentlich ist."

„Wesentlich ist der Tod", teilte Vlassi voller Überzeugung mit.

Während Herr Wiesel und Herr Singer auf ihren Stühlen saßen, standen sich die Kommissare und Schädler nach wie vor gegenüber. Jetzt machte Johannes Schädler einen kleinen Schritt nach vorn in Richtung Vlassi.

„Der Tod ist das einzig Konstante im Leben ...", sagte er.

„Das wissen wir ebenfalls, wir haben ja tagtäglich damit zu tun", fiel Hauptkommissar Lustig in seine Rede.

„Ich wollte sagen", fuhr der Hausherr fort, „er ist das Konstante, aber wir wissen nicht, wann er eintritt."

„Der Tod?", schnarrte Lustig.

Schädler nickte: „Für manche ist er außerhalb ihrer Vorstellung, sie verbannen ihn aus ihrem Denken."

Wie betrüblich, dachte Vlassi, man sollte doch öfter mal an den Tod denken, sogar mit Sympathie, schließlich hat er einen unangenehmen Job, um den ihn keiner beneidet. Herr Wiesel schaute ihn von unten nachdenklich an, als würde er Vlassis Gedanken auf seiner Stirn lesen können. Jetzt öffnete er den Mund, als wollte er auch etwas Gehaltvolles beisteuern, schloss ihn aber wieder.

„Wir Menschen wollen am liebsten ewig leben“, ließ sich Schädler hören, „und deshalb ist der Tod uns so unangenehm.“

„Was glauben Sie, wie unangenehm der Tod für uns ist, vor allem, wenn er als Mord daherkommt“, brummte Lustig.

Vlassi fiel Julias Vater im Café Schwab ein. Wolfgang Hillberger hatte doch auch davon gesprochen, dass sein Kaffeebruder Angst vorm Tod hatte, er wolle keine Nahrung für die Würmer sein. Aber wie könnte er dieses Detail hier ins Gespräch einbringen?

Schließlich sagte er: „Der Tod war Herrn Neumann unangenehm, obwohl er doch eine Konstante im Leben ist. Wollte er das nicht akzeptieren?“

Johannes Schädler sah ihn forschend an, um dann zu erwidern: „Da haben Sie wohl recht.“

„Wollte er ihn denn …“, setzte Vlassi aufs Neue an, wurde jedoch vom Mainzer Kollegen unterbrochen: „Was sind das für theoretische Scharmützel? Tot ist tot. So was kann unsereins nicht hinnehmen.“

Schädler bemerkte: „Sie können den Tod nicht hinnehmen, wie Konrad?“

„Den gewaltsamen Tod! Den kann ich nicht hinnehmen. So was ist mehr als betrüblich.“

Herr Singer schaute zu ihm auf, griff sich aber nicht an den Kopf, sondern an den Hals und wiederholte mit hoher Stimme: „Nein, so etwas Betrübliches kann man keinesfalls hinnehmen.“

6 Die Tat hat etwas Diabolisches

Als Vlassi zurück nach Wiesbaden ins Präsidium kam und die Tür des gemeinsamen Büros öffnete, ging Julia gerade zum Fenster.

„Bin wieder da", teilte er mit, doch sie gab keine Antwort.

Vlassi wusste sofort, dass seine Chefin nachdachte. Sie liebte den Fensterblick. Da durfte er sie nicht stören. Ein beunruhigender anderer Gedanke kam in ihm auf. Sie wird den Fall doch nicht schon gelöst haben, wird mir doch nicht voraus sein? Julia stand stumm am Fenster und schaute hinaus, als würde sie den Panoramablick auf ihre Stadt genießen. So stand sie eine lange Minute, während Kommissar Spyridakis sich seiner Windjacke entledigte und leise Platz nahm.

Schließlich drehte sie sich zu ihm herum: „Wo waren Sie?"

„Meine kleinen grauen Zellen haben eine Fährte aufgenommen", antwortete Vlassi, „was Sie aber nicht mitbekommen haben, da Sie nach Ihrem Telefonat aus dem Zimmer eilten und sich grußlos von mir entfernten."

Julia lächelte: „Sie werden es nicht glauben, ich habe ebenfalls eine Fährte aufgenommen."

Vlassi warf ihr einen entrüsteten Blick zu: „Sie werden doch den Konrad-Mörder nicht schon am Wickel haben?"

Julia kam vom Fenster zurück und setzte sich ihm gegenüber an ihren Schreibtisch: „Vielleicht."

„So schnell! Das wäre ja eine weltmeisterliche Leistung, geradezu Guinness-Buch-verdächtig", sagte Vlassi in einer Mischung aus Anerkennung und Enttäuschung.

„Und Sie? Wo haben Sie sich rumgedrückt?"

„Ich bin von meinem Moringa-Tee etwas abgekommen", gestand Vlassi, „das habe ich gewissermaßen dem Kollegen Lustig zu verdanken."

„Sind Sie der Spur Moringa nachgegangen?", fragte Julia spöttisch.

„Nur ein Nebeneffekt. Ein Nebeneffekt meiner heißen Recherche. Für mich aber sehr wesentlich. Wissen Sie, ich trinke ja, wie Ihr Vater mitunter auch, Moringa-Tee. Eine Gesundheitsmischung, die mich aber, wie ich einsehen musste, dem Tod vermutlich näher bringt als der Gesundheit …"

Julia wurde es zu lang: „Wollen Sie gesünder als gesund werden? Sie haben doch gar nichts, kein noch so kleines Zipperlein!"

Vlassi stöhnte auf: „Noch! Noch habe ich nichts. Aber Sie wissen ja, was mir alles widerfährt. Im letzten Fall hat man mich in den Tango-Wahn gestürzt. Da hätte ich elend draufgehen können …"

„Sie hätten sich zu Tode tanzen können", fügte Julia mit gespielt-besorgter Miene an.

„Man muss vorbeugen", fuhr Vlassi fort, „der Tod ist allgegenwärtig. Und man weiß nie, in welcher Verkleidung er auf einen zutritt. Deshalb habe ich mich, gewissermaßen aus Verzweiflung, dem Moringa-Tee hingegeben …"

„Wenn Sie wenigstens sagen würden, ich habe mich der Moringa hingegeben", fügte Julia ein, „da könnte man auf die Idee kommen, Sie sind einer verführerischen Frau verfallen." Nach einem Moment schob sie nach: „An Ihrer Rede müssen Sie noch feilen."

„Indem ich den Tee weglasse?", fragte Vlassi.

„Ob Tee oder nicht, nun kommen Sie mal zur Sache. Was haben Sie herausgefunden?"

Vlassi erzählte seiner Chefin vom Anruf Sabine Gärtners, vom Treffen mit ihr im Domcafé, wobei er den Kollegen Lustig zugezogen habe. Er, log Vlassi, habe der Dame einen wichtigen Hinweis entlockt, nämlich die Spur zu einem Bekannten des Toten. Johannes Schädler heiße er. Den habe er mit Lustig im Mainzer Vorort Gonsenheim aufgesucht.

„Und?", wollte Julia wissen, „was ist dabei rausgekommen?"

„Bei dem Schädler haben Freunde rumgesessen, die haben Karten gespielt, und Konrad Neumann scheint auch manchmal dabei gewesen zu sein."

„Mehr haben Sie nicht erfahren?"

„Nö, mehr nicht."

„Welchen Eindruck hat dieser Schädler auf Sie gemacht?"

„Eigentlich einen ganz normalen. Ich habe genau darauf geachtet, wie er auf die Todesnachricht reagierte."

„Bin ich froh, dass Sie das nicht vergessen haben", warf Julia ein, „also, wie hat er reagiert?"

„Er hat die Augenbrauen erstaunt nach oben gezogen."

„Das ist nichts Besonders …"

„So habe ich das auch interpretiert", fiel Vlassi ein, „ich würde genauso reagieren, wenn ich vom Tod Carolas unterrichtet würde."

Hauptkommissarin Wunder wusste, dass Vlassi eine Freundin namens Carola hatte, jetzt aber fragte sie: „Würden Sie denn nicht wissen wollen, wie sie zu Tode kam?"

„Das wollte einer der Freunde von Schädler auch wissen, Singer heißt er, er hat mir missfallen."

„Warum denn?"

„Seine hohe Stimme – geradezu grässlich."

„Deutet eine hohe Stimme für Sie auf Mordbereitschaft?", fragte Julia mit einem Grinsen.

„Das gerade nicht, aber es ist doch eine Beleidigung für die Ohren."

„Was war mit dem anderen Kartenfreund?", fragte Julia.

„Wiesel heißt er, der teilte uns mit, dass der Tote sich Sorgen um seine Gesundheit machte."

„Das trifft sich mit dem, was mein Vater erzählte", murmelte Julia.

„Irgendwie merkwürdig", nahm Vlassi ihren Gedanken auf, „da macht sich einer Sorgen um seine Gesundheit und plötzlich ist er tot und hat's gar nicht mitgekriegt."

„Warum soll er das nicht mitkriegen?", fragte Julia.

Vlassi richtete sich im Stuhl auf: „Wenn man sich um seine Gesundheit sorgt, sind andere Dinge unwichtig."

„Sie sprechen aus eigener Erfahrung, merke ich", stellte Julia fest.

Vlassi sank im Stuhl zurück: „Eigentlich ganz beruhigend. Man sorgt sich so sehr um seine Gesundheit, dass man den eigenen Tod verpasst."

„Da prophezeie ich Ihnen eine glanzvolle Zukunft", fasste Julia zusammen, „Sie werden ihn bestimmt verpassen, Ihren Tod."

Vlassi bemerkte zwar die Ironie in ihren Worten, tat aber so, als hätte er sie nicht wahrgenommen: „Ach, noch was fällt mir ein. Schädler und seine Mannen lieben wohl das Theaterspiel." Er machte eine kleine Pause: „Im Übrigen ist der Tod das einzig Konstante im Leben. Und ich bin sehr gespannt auf diese Konstante, die ich hoffentlich verpassen werde."

Jetzt richtete sich Julia in ihrem Stuhl auf: „Sie könnten auch als Comedian auftreten. Der Tod ist das einzig Konstante im Leben – der Satz gefällt mir. Aber er hört sich eigentlich nicht nach Ihnen an?"

„Trauen Sie mir so was Gewichtiges nicht zu?", fragte Vlassi mit beleidigter Stimme zurück, um nach einer kleinen Pause nachzuschieben: „Na ja, ich habe mal ein Zitat einfließen lassen. Es stammt von diesem Schädler."

Julia nickte: „Diese Quelle leuchtet mir ein, sie stammt ja von einem Mann, der offenbar theaterbegeistert ist."

Eine Weile blieb es still. Dann teilte Julia mit: „Ich war bei Frau Doktor Hauswaldt, sie hat festgestellt, dass der Tote durch Rizin ums Leben gekommen ist …"

„Rizin", wiederholte Vlassi, „das ist ein heftiges Gift."

„Und in Rüdesheim war ich auch", fuhr Julia fort, „hab' den früheren Arbeitgeber von Konrad Neumann aufgesucht, Kirchrath heißt er, aber das eigentlich Seltsame …"

Sie kam nicht weiter, denn die Tür wurde aufgerissen, und Kriminalrat Robert Feuer stürmte ins Zimmer.

„Welche Fortschritte gibt es im Neumann-Fall?“, rief er aus, „was können Sie vermelden?“

„Den Namen des Mörders können wir leider noch nicht vermelden“, erwiderte Julia mit heiterer Stimme, um ebenso beschwingt fortzufahren: „Aber es gibt Spuren.“

Feuer war vor ihrem Schreibtisch stehen geblieben: „Spuren, Spuren – Sie tun ja geradeso, als wäre das schon ein Ergebnis. Wohin führen die Spuren?“

„Lieber Herr Feuer“, antwortete Julia, „sie verlieren sich im Sand.“

„Um nicht zu sagen im Nirwana“, schob Vlassi formvollendet nach.

„Was soll das heißen?“, fauchte Feuer, „Sand, Nirwana – das bedeutet, Sie haben nichts herausgefunden, sind in einer Sanddüne stecken geblieben.“

„Düne ist ein treffender Ausdruck“, teilte Julia mit, „wir stehen ganz am Anfang der Ermittlungen, da kann man von Spuren keine Wunder erwarten.“

Robert Feuer machte ein paar Schritte im Zimmer: „Wir waren uns doch klar darüber, dass der Mord an diesem Neumann eine mysteriöse Angelegenheit ist …“

„Raubüberfall ist auszuschließen“, ergänzte Vlassi.

Feuer ließ sich nicht beirren: „Sind die Spuren, die Sie gefunden haben, ebenso mysteriös?“

„Geradezu schleierhaft sind sie“, fügte Vlassi ein.

„Ja, ich weiß, das ist Ihr Lieblingswort. Bleiben Sie meinetwegen dabei. Ich habe Ihnen ja schon den Rat gegeben, als Schleiereule zu ermitteln. Was für Spuren haben wir denn?“

„Wir waren keineswegs untätig“, antwortete Vlassi eifrig, „Frau Wunder ist nach Rüdesheim zu einem Herrn Kirchrath vom entsprechenden Weingut gefahren, und ich habe in Mainz recherchiert bei Freunden des Toten …“

„Na, das ist doch schon mal was“, fiel Feuer in seine Rede, „und wie haben die Freunde reagiert? Konnten Sie denen was entlocken?“

Vlassi schüttelte den Kopf: „Die machten einen unbescholtenen Eindruck.“

Feuer wandte sich an Julia: „Und bei diesem Kirchrath in Rüdesheim – ist da was rausgekommen?“

„Sein Wein hat mir nicht besonders geschmeckt“, antwortete Julia.

„Sie haben Wein mit ihm getrunken?“, fragte Feuer mit hochgezogenen Brauen, um gleich anzufügen: „Sie wollten ihn gesprächig machen!“

Julia nickte, und Feuer fuhr fort: „Gar keine verkehrte Methode. Wir müssen flexibel reagieren und auf die Verdächtigen eingehen, auch wenn's nur zum Schein ist.“

Julia nickte abermals, sie wollte ihrem Chef nicht mitteilen, dass das wirklich Interessante nach dem Gespräch mit Kirchrath passierte, als nämlich ein Mann namens Bernd Hartung zu ihr ins Auto stieg und ihr Dinge sagte, die Kirchrath ihr wohlweislich verschwiegen hatte.

„Hat Ihre weinselige Methode die Zunge dieses Kirchrath locker gemacht?“, wollte Feuer jetzt wissen.

„Nicht so sehr, wie ich es mir gewünscht hätte“, antwortete Julia und wollte weitersprechen, doch Feuer unterbrach sie: „Da geht es vermutlich um Weinpanscherei, da haben wir schon mal das Motiv. Eine vielversprechende Spur, würde ich meinen."

„Das sehe ich genauso!", erklärte Vlassi im Brustton der Überzeugung.

Kriminalrat Feuer warf ihm einen überraschten Blick zu, dieser Spyridakis erdreistete sich, seine gedanklichen Höhenflüge zu bestätigen. Obwohl er, Feuer, völlig richtig lag, war diese Bemerkung doch mehr als überflüssig.

„Sie haben allerdings im Leeren gefischt", teilte er Vlassi mit, und legte die Betonung auf das erste Wort.

Der senkte demütig den Kopf, murmelte aber vor sich hin: „Die Leere ist nur leer, wenn man sie als solche erkennt."

„Was meinen Sie?", fragte Feuer, wartete aber keine Antwort ab, da er die Bemerkung für sinnlos hielt, sondern wandte sich an Julia: „Also gut, ein Anfang ist gemacht, wir sehen etwas klarer. Weiter so!"

Mit diesen Worten rauschte er aus dem Dienstzimmer von Hauptkommissarin Wunder und Kommissar Spyridakis, und während Julia ihm nachdenklich hinterherschaute, sann Vlassi schon über weitere Schritte nach – die allerdings nicht kriminalistischer Art waren und ihn seltsamerweise doch weiterbrachten.

*

Kommissar Spyridakis hatte sich rasch nach dem Abgang Feuers von seiner Chefin verabschiedet, der Kriminalrat schien ja erst mal zufriedengestellt, und er, Vlassi, spürte einen gewissen Appetit in sich aufkeimen. Als er im Auto saß, überlegte er, ob er Carola anrufen sollte. Und einladen zum Essen? Warum nicht! Da wäre er auf jeden Fall vor ihren häuslichen lukullischen Abartigkeiten gefeit. Das letzte Mal hatte ihn ihr Mahl ja nahezu in den Tod getrieben, auf jeden Fall aber in die Impotenz und Schlaflosigkeit. Und so was nannte sie Gaumenfreude.

Von Julia wusste Vlassi, dass sie nach Theaterbesuchen gern mit ihrem Vater in einem italienischen Lokal einkehrte. Er hatte sich sogar den Namen gemerkt, Ristorante Venezia. Es lag in der Nähe des Staatstheaters. Dorthin würde er Carola beordern, vielmehr mit großzügiger Geste einladen. Er griff zu seinem Handy, das er aufgeladen hatte, und wählte ihre Nummer in der Kanzlei.

„Ich bin's!", rief er in die Muschel, „kannst du reden?"

„Natürlich kann ich reden, warum denn nicht?"

„Du hast doch immer deinen Chef neben dir stehen und sprichst dann so, als wäre ich ein Klient."

„Das bist du im Grunde auch", erwiderte sie, „und deine Mordgeschichten machen dich obendrein zum Fremden für mich."

„Deshalb rufe ich an", säuselte Vlassi, „ich will wieder vertraut für dich werden."

„Willst du dich zum Essen bei mir einladen?"

„Ich liebe deine großartigen Menüs", log Vlassi, um gleich fortzufahren: „Auf keinen Fall will ich eingeladen werden! Im Gegenteil, ich will dich einladen – zum Italiener."

„Zum Italiener? Schmecken dir meine Spaghetti etwa nicht?“

„Du weißt doch, dass ich sie mit höchstem Genuss verzehre“, log Vlassi abermals und dabei gingen ihm die grauenhaft verkochten und labbrigen Nudeln seiner Freundin durch den Kopf, „aber man muss auch mal woanders speisen. Kennst du das Ristorante Venezia?“

„Am Theater?“, fragte Carola.

„Genau das. Wollen wir uns da treffen? In einer halben Stunde? Ich möchte dich einladen.“

„Wieso? Bist du befördert worden zum Kriminaloberrat?“

„Das gerade nicht. Noch nicht, möchte ich sagen. Ich sehne mich lediglich nach deiner Nähe.“

Obwohl intuitiv gesprochen, war das eine sehr gute Bemerkung gegenüber einer Frau wie Carola, die auch sofort positiv reagierte: „Na gut, ich komme, halt schon mal ein Plätzchen warm.“ Sie hielt kurz inne, um dann nachzuschieben: „Erkenne ich dich überhaupt? Beim letzten Fall bist du mir als Kunst-Hallodri entgegengekommen, mit roten Haaren und einem Dali-Bart.“

„Du wirst mich erkennen!“, sprach Vlassi voller Überzeugung, „ich werde in ganzer Größe und glänzendem Ornat vor dir erscheinen.“

„Wie ein Gespenst meinst du?“

Vlassi tat so, als hätte er ihre letzte Bemerkung nicht gehört, murmelte ein Tschüss und drückte auf das Aus-Knöpfchen. Er war nach dem Telefonat sehr zufrieden mit sich, setzte seinen kleinen Corsa in Bewegung und machte sich auf den Weg zum Ristorante Venezia.

Dort angekommen, glitt sein Blick durch das Etablissement, er wollte einen kleinen Tisch finden, doch der Kellner kam ihm zuvor.

„Buonasera, Sie suchen einen intimen Platz?"

Vlassi nickte: „Woher wissen Sie ...?"

„Ich habe einen Blick dafür, was unsere Gäste wünschen."

„Guter Blick", lobte Vlassi und dachte, der hat ja direkt was Kriminalistisches, um weiter zu erklären: „Gleich kommt meine Freundin – wir sind am liebsten ungestört."

Ohne etwas zu erwidern, ging der Kellner in eine hintere Ecke, wo ein kleiner Tisch zu sehen war. Vlassi folgte ihm.

„Gefällt der Ihnen?"

„Perfekt", nickte Vlassi und fügte hinzu: „Wissen Sie, ich komme auf Empfehlung von Frau Wunder. Die kennen Sie doch?"

„Aber natürlich. Commissaria Wunder. Sie kommt öfter mal mit einem älteren Herrn hierher, ich vermute, es ist ihr Vater."

„Ich gehöre gewissermaßen zur Familie", erläuterte Vlassi mit diskreter Stimme.

Er versprach sich von diesem Hinweis eine besonders gute Behandlung, vor allem was die Speisen anlangte.

„Si, si, verstehe", sagte der Kellner und warf einen Blick auf den langen Lulatsch vor ihm. Dabei ging ihm durch den Kopf, dass dieser Mensch mit der eleganten Signora Wunder doch gar keine Ähnlichkeit besaß. Nicht mal einen Hut trug er, und wenn es auch nur ein abgetragener Schlapphut wäre.

Da er auf Etikette achtete, teilte er jedoch mit: „Wenn Sie zur Familie gehören – ich bin Salvatore." Worauf er mit den Worten verschwand „Ich bringe Ihnen gleich die Karte."

Vlassi entledigte sich seiner Regenjacke und schaute nach einer Aufhängung für sie. Nachdem er in einiger Entfernung Kleiderhaken an der Wand gefunden hatte, nahm er an dem Tischchen Platz.

Kaum saß er, kam Salvatore mit zwei Speisekarten in der Hand zurück.

„Eine für Sie, Signore Wunder, eine für die Freundin", lächelte er.

Der denkt wahrscheinlich, ich bin ihr Sohn, dachte Vlassi, ich sehe ja auch nicht mehr vorgealtert aus wie im letzten Fall, sondern jugendlich-frisch. Na ja, lassen wir's dabei.

„Grande", versuchte er sich mit einer Antwort auf Italienisch, schob aber vorsichtshalber nach: „Sehr gut, sehr gut."

Kurz darauf erschien Carola, erblickte sofort ihren Vlassi und ging ihm entgegen. Sofort eilte von der anderen Seite Salvatore hinzu, nahm ihr formvollendet den Mantel ab und rückte den Stuhl. Sie bedankte sich, ging zu Vlassi und drückte ihm einen Kuss auf die Wange, um gleich zu fragen: „Hast du schon bestellt?"

„Natürlich nicht", antwortete der, sich einstimmend auf die offenbar vornehmen Verhältnisse in diesem Lokal.

Carola nahm Platz und die Karte in die Hand: „Was wollen wir denn essen?"

Salvatore hielt sich diskret in ihrer Nähe auf und teilte jetzt in Richtung Vlassi mit: „Ihre Familie nimmt gern die Tagliatelle mit Pilzen oder Lachs."

„Vermutlich eine gute Wahl“, murmelte Vlassi, während Carola kurzentschlossen orderte: „Für mich bitte Tagliatelle mit Lachs.“

„Warum nicht!“, erklärte Vlassi, „so bleibt alles in der Familie. Ich nehme die Tagliatelle mit Pilzen.“

„Trinken Sie vielleicht auch den Montepulciano?“, fragte Salvatore.

„Unbedingt“, antwortete Carola, doch Vlassi teilte mit: „Mir ist eher nach einem kühlen Blonden zumute.“

Diese Bemerkung war zwar nicht familienkonform, doch Salvatore nickte und verschwand. Carola jedoch fragte: „Was meintest du damit, so bleibt alles in der Familie?“

Vlassi grinste verlegen: „Eine Redensart. Bei den Italienern muss man doch familiär sein. Die Familie ist alles – und das Essen wird dadurch vermutlich besser.“

Carola gab sich damit zufrieden: „Ich bin froh, dass du mir nicht in irgendeiner Verkleidung gegenüber sitzt …“

„Der letzte Fall hat es erfordert“, fiel ihr Vlassi in die Rede.

„Und der neue Fall, was erfordert der? Oder liegst du auf der faulen Haut?“

„Dir kann man es auch niemals recht machen“, erwiderte Vlassi und streckte sich, „niemals liege ich auf fauler Haut.“

„Vielleicht liegst du auf anderer Haut. Hast du wieder mal eine Frau kennengelernt, die so eine Einschlafkrankheit hat?“

„Mikroangiopathie hatte sie“, erinnerte sich Vlassi, um gleich fortzufahren: „Nein, nein, ich arbeite derzeit an einem komplizierteren Fall.“

„Noch komplizierter?“, fragte Carola, „geht das überhaupt?“

Vlassi legte den Kopf etwas nach hinten, um mit überlegener Miene mitzuteilen: „Was glaubst du, was für bizarre Morde mir unter die Nase geschoben werden.“

„Wirklich? Erzähl mal!“

Vlassi schaute sich um, doch niemand saß in ihrer Nähe, sodass er leise sagte: „Natürlich muss es unter uns bleiben.“

„Ist doch klar.“

Im Flüsterton teilte ihr Vlassi mit: „Ein Mann in Eltville hängt tot an der Wohnzimmerdecke, am Kronleuchter …“

„Erwürgt?“, fiel ihm Carola ins Wort.

„Nicht so laut“, murmelte Vlassi, „nein, er ist nicht am Hals aufgehängt worden, sondern an Armen, Beinen und Bauch.“

„Damit er nicht runterfällt?“, fragte Carola.

„Wahrscheinlich, aber warum hängt man jemanden so auf?“

Carolas Lippen wurden spitz, dann sagte sie: „Vielleicht war es ein Lebensmüder, der sich selbst aufgehängt hat.“

„Wie soll er das denn gemacht haben? Sich so seltsam aufhängen und im Hängen das Gift nehmen?“

„Er ist vergiftet worden?“

„Leise, leise“, mahnte Vlassi flüsternd, „mit Rizin.“

„Aha“, murmelte Carola, als würde sie Rizin täglich ihrem Chef verabreichen, der aber komischerweise immer noch putzmunter weiterlebte.

„Du siehst“, sagte Vlassi, „ich arbeite an einem mysteriösen, ja schleierhaften Fall, der mich total beansprucht.“

„Und trotzdem findest du Zeit, mit mir essen zu gehen, du Vielbeanspruchter“, lächelte sie.

War ihr Lächeln echt? Denn sofort schob Carola mit einem schiefen Grinsen nach: „Soll ich meinem Sherlock Holmes mal einen Tipp geben?“

In dem Moment näherte sich ihnen der Kellner mit einem Tablett in der Hand, was die beiden verstummen ließ.

„Hier erreicht Sie ein wunderbarer Montepulciano und ein frisches Pils“, sagte Salvatore, „das Essen kommt alsbald.“

Schade, dass er gerade jetzt stört, dachte Vlassi, aber sein alsbald reißt es wieder raus. Der Mann hat Form und Stil. Salvatore verschwand, und Carola und Vlassi hoben die Gläser, stießen leicht an und tranken.

Dann fragte er leise: „Was für einen Tipp?“

Sie beugte sich etwas zu ihm: „Wenn jemand so aufgehängt ist wie in deinem neuen Fall, ist das ein Zeichen.“

„Richtig! So weit bin ich auch schon, du sagst mir nichts Neues. Aber was für ein Zeichen?“

Carola lehnte sich zurück, sie wirkte jetzt wie eine professionelle Schauspielerin, die eine Rolle perfekt einstudiert hat: „Diese Tat hat etwas Diabolisches. Dieser Tote hatte nicht menschliche Feinde.“

„Du meinst“, lächelte Vlassi, „der Teufel ist im Spiel? Der Teufel hat ihn sich gekrallt und auf die Weise aufgehängt?“

„Der Teufel kann sich auch als Tod verkleiden“, erwiderte sie mit leiser Stimme, „und warum soll er sich nicht einen Spaß erlauben?“

„Einen Spaß?“, murmelte Vlassi.

„Solche Gestalten sind erfindungsreich und wollen auch mal lachen“, sagte Carola mit ernstem Gesicht.

Vlassi erinnerte sich sofort an seinen kürzlichen Besuch im Theater. Den Faust hatte er gesehen. Da spielte der Teufel ja tatsächlich eine unrühmliche Rolle. Aber das war doch bloß Literatur. Bloß? Sagt uns die Literatur nicht mehr über die Welt und ihre Geheimnisse als alles andere? Wer weiß, was diesem Goethe widerfahren war beim Schreiben. Möglicherweise hatte ihm Mephisto sogar die Feder geführt und seine Rolle im Stück selbst geschrieben?

Er kam nicht weiter mit seinen Überlegungen, denn Salvatore erschien auf der Bildfläche, und dieser Salvatore kam Vlassi plötzlich wie ein Mann mit Teufelshörnern vor – jedenfalls für einen Augenblick. Formvollendet stellte der Kellner die Teller vor ihnen auf den Tisch.

„Tagliatelle mit Lachs“, sagte er zu Carola, „Tagliatelle mit Pilzen“, zu Vlassi, „ich wünsche guten Appetit.“

„Danke“, nickte Vlassi geistesabwesend, und Salvatore zog sich zurück.

„Jetzt habe ich aber richtig Hunger“, sagte Carola, „und davon lasse ich mich auch nicht vom Beelzebub abbringen.“

Die beiden begannen zu essen, doch schon nach dem ersten Bissen brummelte Vlassi: „Wenn ich es mit einer diabolischen Tat zu tun habe – dann sollte ich wohl in Gegenden nachforschen, wo ich diesen Burschen antreffe.“

Zu seinem Erstaunen erwiderte Carola: „Na ja, du müsstest mit dem Teufel als Tod schon mal ein ernstes

Wort reden. Und ihm sagen, dass er seinen Spaß nicht fortwährend haben kann. Oder willst du irgendwann mal so aufgehängt werden wie dieser arme Mann in Eltville?“

7 Der Tod als Komma

Vlassi schlenderte durch einen Wald. Schlenderte er oder kam er sich nicht etwas gehetzt vor? Jetzt blickte er sich um, verfolgte ihn jemand? Aber da war niemand zu sehen. Er atmete ruhig durch und ging weiter. Dann blickte er nach oben, es war nicht richtig dunkel, es war auch nicht hell. Vielmehr herrschte eine Art Zwielicht. Der Mond stand als trüber Vollmond am Himmel. Offenbar ist es Nacht – wie bin ich hierhergekommen? ging es ihm durch den Kopf. Mit einem Mal lichtete sich der Wald, und die Bäume waren nicht mehr zu sehen. Seltsame Landschaft, dachte er, als er auf einem struppigen Feld stand. Wenigstens bin ich nicht ganz einsam, da hoppelt ja ein Hase vor mir her.

„Häschen, Häschen, was machst du zu so später Stunde in dieser Gegend?", rief Vlassi, erwartete aber keine Antwort.

Doch zu seiner Überraschung drehte sich der Hase um und antwortete: „Ich habe auf dich gewartet."

Wie?, dachte Vlassi, warten statt der Carolas jetzt schon die Hasen auf mich? Doch er sagte: „Mir ist neu, dass du sprechen kannst."

„Das wissen viele nicht", erwiderte der Hase, „aber was kann ich für die Dummheit der Menschen?"

Er war stehen geblieben und sah Vlassi an, ja, er schaute ihm direkt in die Augen, und Vlassi kam es so vor, als seien das sehr wissende Augen. Er war ebenfalls stehen geblieben und murmelte: „Ungewöhnlich ist das aber schon."

„Vieles ist ungewöhnlich für die Menschen", erwiderte der Hase, und da Vlassi ihn staunend anschaute, fuhr er fort: „Und dich wollte ich nicht erschrecken."

„Erschrecken?", wiederholte Vlassi fragend, und ihm ging durch den Kopf, wieso er beim Anblick eines Hasen erschrecken sollte.

„Ja", sagte der Hase und richtete sich auf seinen Hinterläufen auf, „denn das ist nur eine Gestalt von mir, eine harmlose."

In dem Moment wuchs der Hase, er wuchs und wuchs und veränderte dabei seine Form, sodass Vlassi auf einmal kapierte, was der Hase mit dem Wort Erschrecken gemeint hatte. Aber komischerweise erschrak er nicht, er sah nur der Veränderung des Hasen verwundert zu, bis eine große Gestalt vor ihm stand. Sie trug einen schwarzen Umhang und einen breitkrempigen dunkelroten Hut, der das Gesicht verdeckte.

„Du erschrickst nicht?", fragte der ehemalige Hase.

Vlassi wich zwar einen halben Schritt zurück, antwortete jedoch: „Nein. Ich bin ein Kommissar, da untersage ich mir jedes Erschrecken."

„Gefällt mir, was du sagst. Doch selbst Kommissare verspüren ein gewisses Schaudern bei meinem Erscheinen."

„Das kann nur auf meinen Kollegen Lustig zutreffen", erwiderte Vlassi standhaft.

„Willst du nicht wissen, wer ich bin?", fragte der Unbekannte.

„Unbedingt … ich kann Sie ja nicht mehr als Herr Hase anreden."

Jetzt hörte man ein sehr leises Hüsteln, das auch eine Art Lachen sein konnte.

„Ich bin der Tod", sagte die große Gestalt.

„Tatsächlich?", fragte Vlassi und setzte erleichtert hinzu: „Ich bin froh, dass Sie nicht der Teufel sind, dem wollte ich nämlich mal die Meinung geigen."

Wieder war ein leises Hüsteln zu hören, und Vlassi machte vorsichtshalber noch einmal einen kleinen Schritt nach hinten eingedenk der Überlegung, dass man weder dem Teufel noch Gevatter Tod zu nahe kommen soll, sprach aber gleich weiter: „Also wissen Sie, wenn wir uns schon kennenlernen, muss ich Ihnen unbedingt etwas mitteilen. Ich will auf keinen Fall so enden wie dieser Aufgehängte in Eltville – ein Mordfall, über dem ich gerade brüte …"

„Ich weiß", sprach die dunkle Gestalt in seine Rede, „eine betrübliche Angelegenheit." Die Person machte eine kleine Pause: „Du hast einen Wunsch für deinen Tod? Willst vermutlich einen angenehmen Tod. Vielleicht sogar gar keinen. Aber du hast vom Tod eine falsche Vorstellung."

„Wieso?", fragte Vlassi.

„Was du Tod nennst, ist lediglich eine Zustandsveränderung, oft nur vorübergehender Natur."

Jetzt wurde Vlassi keck: „Aber tot ist doch tot. Was soll da vorübergehend sein?"

Der Tod ging auf seine Bemerkung nicht ein: „Du brauchst keine Angst vor mir zu haben. Die Toten sind für mich ebenso lebendig wie die Lebenden."

„Da bin ich aber froh, dass Sie das sagen, Herr Tod, es hat was Beruhigendes", sagte Vlassi, „ich hab' nur einen klitzekleinen Einwand: Für unsereins sind die Toten doch recht tot."

Ein leises Hüsteln ertönte von seinem Gegenüber: „Ich weiß, das ist ein gewisses Problem für euch. Vielleicht löst du es für dich. Du bist ja auch nicht bei meinem Erscheinen zu Tode erschrocken. Ich lösche das Lebenslicht nicht unwiederbringlich, ich verändere lediglich seine Form und Richtung."

Vlassi brauchte einen Moment zum Überlegen, dann sagte er: „Verstehe ich das richtig, unser Lebenslicht flackert auch nach dem Tod weiter, nur vielleicht nach unten?"

„Wenn ich meine Hand nach dir ausstrecke, stirbst du. Aber das ist kein Schlusspunkt, sondern nur ein Komma in deinem Leben, verstehst du?"

„Bitte lassen Sie Ihre Hand, wo sie ist", beeilte sich Vlassi zu sagen, „und Kommas sind mir eigentlich auch zuwider, schon seit der Schulzeit."

„An das Komma musst du dich gewöhnen. Leben ist immer Nicht-Leben, Tod ist immer Nicht-Tod."

Jetzt wurde es Vlassi zu viel: „Lieber Herr Tod, ich will nicht unverschämt erscheinen, aber das geht ein bisschen über meine Hutschnur. Können Sie nicht etwas verständlicher reden?"

„Denk daran, dass eine Tür von außen einen Eingang und von innen einen Ausgang hat", erwiderte der große Tod und wurde auf einmal immer kleiner, bis er wieder als Hase vor Kommissar Spyridakis stand.

In dem Moment wurde Vlassi unsanft am Arm gezogen, sodass er laut ausrief: „Jetzt haben Sie mich doch berührt! Flackert mein Licht noch?"

Statt einer Antwort vom Herrn Tod hörte er die Stimme von Frau Carola: „Vlassi, was ist los mit dir? Du redest im Schlaf und zappelst vor dich hin."

Vlassi erwachte vollends: „Wo bin ich? Bin ich ins Jenseits verschlagen?"

„Du liegst bei mir im Bett, Vlassi, und redest wirr", teilte ihm Carola ruhig mit.

Vlassopolous Spyridakis richtete sich auf: „Nicht tot?"

„Soweit ich sehe, lebst du", antwortete seine Freundin.

„Aber schwer krank", ächzte Vlassi, „ich habe geträumt, ein abartiger Traum ist über mich gekommen."

„Wirklich?", murmelte Carola mit müder Stimme und setzte hinzu: „Träume sind Schäume."

„Hast du mich berührt? War es nicht der Tod?", wollte Vlassi wissen.

„Hältst du mich schon für den Tod?", murmelte Carola, die sich nach der Seite gedreht hatte und weiterschlafen wollte.

„Der Tod erscheint einem als Hase", erklärte Kommissar Spyridakis hoch aufgerichtet.

„Ja, ja, Vlassi", hörte er Carola brummeln und das klang ganz so, als wollte sie nichts mehr von seinem Traum wissen. Tatsächlich hörte Vlassi nach wenigen Augenblicken ihre ruhigen Atemzüge, offenbar war Carola sofort wieder eingeschlafen.

Vlassi jedoch sagte laut: „Der Schlaf gebiert Ungeheuer – wie wahr dieses Wort doch ist, es könnte von mir stammen. Vielleicht sollte ich mir des Copyrights wegen die Formulierung sichern Der Schlaf gebiert den Tod."

Er stieg aus dem Bett und murmelte für sich: „Aber woher kommen diese tödlichen Ungeheuer? Vielleicht war doch das Essen schuld? Die Ungeheuer sind aus dem Essen geklettert. Das Ristorante Venezia hat mich mit den Pilzen in den Tagliatelle gewissermaßen träumerisch vergiftet. Ich hätte den Lachs nehmen sollen wie Carola, bei Pilzen weiß man nie."

Er machte im dunklen Schlafzimmer von Carola ein paar Schritte, bis er an die Kommode stieß und ein leises Aua von sich gab. Schlafen konnte er nicht mehr, das war ihm klar, wenn er sich in den Schlaf zurückarbeitete, würde er vermutlich aufs Neue einem Hasen begegnen, der sich als Tod oder Teufel herausstellte. Diese Hasen können ja alle möglichen Gestalten annehmen, das war ihm bisher ganz entgangen. Hab' Acht vor Hasen!, müsste er Carola zurufen, aber die war ja wieder in Morpheus' Arme gesunken. Dann fiel ihm ein, welch sagenhaftes Glück ihm widerfahren war, dass ihn dieser Herr Tod, der in der Verkleidung eines Hasen über die Felder hoppelte, nicht berührt hatte. Da läg er ja jetzt mausetot im Bett. Aber vielleicht genügte schon die Begegnung, und er weilte längst nicht mehr unter den Lebenden – nur hatte es Carola nicht bemerkt. Als lebender Leichnam krauchte er durchs Schlafzimmer.

Vlassi tastete sich zur Tür, öffnete und schloss sie leise und tapste in die Küche, wo er das Licht einschaltete. Er sah in den Kühlschrank und zog eine Flasche Apfelsaft heraus. Trinken, trinken musste er, wenn die Flüssigkeit den Schlund herunterrann, dann konnte er einigermaßen sicher sein, am Leben zu sein. Außerdem war er ja völlig ausgetrocknet. Ich träume austrocknende Träume, ging es ihm durch den Kopf. Er setzte sich mit seinem Glas an den kleinen Küchentisch, nahm einen langen Schluck und dabei fielen ihm die Worte des Todes in seinem Traum ein, Leben ist immer Nicht-Leben, Tod ist immer Nicht-Tod.

Was sollte das bedeuten? Bildete er sich nur ein zu leben? War das Leben überhaupt nur eine Einbildung, eine Art Traum? Und beginnt das wahre Leben erst im Tod? Carola konnte auf keinen Fall beurteilen, ob er lebte. Und er selbst, konnte er es? Es steht längst nicht fest, ob jemand lebt, nur weil er Tagliatelle mit Pilzen isst, dachte Vlassi. Pilze noch dazu, die ihn dem Herrn Tod nahegebracht hatten, wie er mit Fug und Recht behaupten konnte. Ihm zumindest offenbart hatten, dass der Tod ihn derzeit noch verschmähte. Vlassi fiel ein, dass es auch halluzinogene Pilze gibt, die alle möglichen Vorstellungen hervorrufen. Doch sind diese Vorstellungen auch wahr? Was ist schon wahr?, fragte er sich im nächsten Moment. Ist wahr nur das, was andere bestätigen, was sie auch erleben? Das wäre armselig, denn normale Menschen erleben auch träumend nur normales, ja alltägliches Allerlei, also unwesentlichen Kram. Sie träumen nicht so bedeutend wie ich!

Und ihm fiel wieder der Faust ein, wie beim Essen mit Carola. Vielleicht bin ich eine Art Goethe, überlegte Vlassi und nahm einen Schluck vom Apfelsaft – nur hat's bisher niemand gemerkt. Dem ist der Mephisto vermutlich auch im Traum erschienen, und Goethe hat's gleich zu Papier gebracht. Kluger Junge. Ich könnte eigentlich auch den Herrn Tod porträtieren, er ist ja gar nicht unangenehm und erscheint vorübergehend als Hase. Da würde ich als Menschheitsbeglücker in die Annalen eingehen. Der Tod erscheint dir als Hase! Und redet normal und ziemlich gescheit recht unverständliches Zeug. Vlassi richtete sich auf und murmelte: „Vlassopolous Spyridakis hat dem Tod den Stachel gezogen und ihn als Hasen entdeckt. Ein Jahrhundert-Ereignis."

Vlassi stand auf, ins Bett zurück wollte er nicht mehr, er suchte nach seiner Hose und seinem Hemd, fand beides im Wohnzimmer und zog sich an. Kurzentschlossen griff er nach seiner Windjacke an der Garderobe und verließ die Wohnung von Carola. Einen Nachtgang wollte er machen, er musste sich durchlüften, und die frische Luft würde ihm bestimmt neue Gedanken in den Kopf wehen. Nach wenigen Minuten erreichte er den Kurpark, der nicht völlig im Dunkeln lag, sondern von den Laternen der nahen Wilhelmstraße sanft beleuchtet wurde. Vlassi streckte sich und sog die kühle Nachtluft ein. Hier ließ sich's leben. Er war sich auf einmal recht sicher, dass er sich nicht bloß einbildete zu leben, sondern wahrhaftig am Leben war.

Doch was raschelte da vorne an einem Busch? Vlassi ging näher, und jetzt sah er einen Hasen aus dem Unterholz hervorhoppeln. Ein Hase? Im ersten Moment erschrak Vlassi. Dann fragte er sich: Leben Hasen im Kurpark? Oder war er wieder in seinen Traum zurückgekehrt? Der Hase blieb stehen, schaute aber nicht zu Kommissar Spyridakis.

Der jedoch berappelte sich und fragte leise: „Herr Tod, sind Sie es? Jetzt schon im Kurpark. So ein baldiges Wiedersehen habe ich nicht erwartet."

Das Häschen wandte den Kopf zu ihm, gab aber keine Antwort, doch Vlassi beeilte sich zu sagen: „Bitte reichen Sie mir auch diesmal nicht die Pfote, will sagen die Hand."

*

Am nächsten Vormittag betrat Vlassi schon vor seiner Chefin das Büro, was sehr selten vorkam. Er wartete auf sie, doch Julia kam nicht. Schließlich erhob er sich und ging zum Fenster. Warum sollte mir nicht etwas Gescheites einfallen, wenn ich's so wie Frau Wunder mache?, dachte er. Der Fensterblick bringt sie doch auch immer zu neuen Erkenntnissen. So stand er eine Weile am Fenster und schaute hinaus, doch außer dem Neroberg konnte er nichts erkennen. Wenigstens ein Langohr könnte doch auf dem Hof stehen und zu mir hinaufschauen oder wenigstens auf dem Fenstersims hocken, ging es ihm durch den Kopf. Was soll ich mit dem Neroberg, der ist nur was für Touristen.

Ihm spukte natürlich sein Nachtgang durchs Gedächtnis. Der Hase im Kurpark hatte ihm weder die Pfote gereicht noch sich in den Herrn Tod verwandelt. Vielmehr war er eilig davongehoppelt, nachdem ihn Vlassi gebeten hatte, nicht seine Pfote nach ihm auszustrecken. Was soll's?, dachte Vlassi, ich bin einem ganz normalen Hasen aufgesessen. Schließlich muss nicht jeder Hase der Tod sein. Doch dieser Traum, aus dem mich Carola gerissen hat – der wollte mir was sagen. Nur was? Unsereins träumt schließlich nicht irgendein belangloses Zeug, unsereins träumt sachdienlich. Die Tagliatelle-Pilze kann ich nicht verantwortlich machen.

Er ging zum Schreibtisch zurück. Notizen musste er sich machen! Er musste den Traum aufschreiben, wenigstens das, was ihm noch davon einfiel. Vielleicht kam er irgendwann darauf, was ihm der Tod mitteilen wollte. Irgendwann? Nein, sehr bald musste er dem Rätsel auf die Spur kommen. Denn Kriminalrat Feuer würde demnächst hereinschneien und wissen wollen, ob der Fall geklärt sei. Ja, würde Vlassi dann sagen, ich habe ein Rendezvous mit einem Hasen gehabt, der sich als Tod herausstellte. Er hat mich aufgeklärt und vollkommen instruiert. Nur leider habe ich nichts verstanden – was er Feuer allerdings nicht sagen würde. Dem sollte er mitteilen: Dieser rätselhafte Mord ist so gut wie geknackt, wir können ihn demnächst ad acta legen.

Vlassi malte sich für einen Moment das wirr-perplexe Gesicht Feuers aus, was ihn sehr zufriedenstellte. Sodann nahm er einen Stift in die Hand und notierte auf einem Blatt Papier:

- Hase spricht u. verwandelt sich in Tod
- Bin nicht erschrocken
- Hast du einen Todes-Wunsch?
- Wir haben falsche Vorstellung vom Tod
- Tote sind lebendig wie die Lebenden
- Lebenslicht flackert weiter
- Der Tod ist nur ein Komma

Er nahm sich vor, über diese Liste nachzudenken, ja, gedanklich durchdringen musste er sie. Doch kaum hatte er den letzten Satz zu Ende geschrieben, klingelte das Telefon. Es wird doch kein Anruf aus dem Jenseits sein, man weiß ja nie, auf welche Einfälle die Hasen kommen, dachte er, nahm den Hörer in die Hand und meldete sich.

„Hier ist Sabine Gärtner."

„Ah, Frau Gärtner, wie geht es Ihnen?"

„Den Umständen entsprechend, wie man so sagt. Ich denke fortwährend an Konrad."

„Mir geht es genauso, Frau Gärtner", teilte Vlassi ihr mit und versuchte, viel Mitgefühl in seine Stimme zu legen, dachte aber: Hoffentlich stimmt das auch, und du verstellst dich nicht.

„Haben Sie denn schon etwas herausgefunden?", fragte sie.

Von seinem enormen Traum wollte Kommissar Spyridakis der angeblich Trauernden nichts erzählen, das hätte sie nur verwirrt und vermutlich in eine Depression gestürzt. So teilte er mit bedauernder Stimme mit: „Leider noch nichts wirklich Sachdienliches. Obwohl ich mir sogar die Nächte um die Ohren schlage, um etwas herauszufinden."

Sabine Gärtner ging auf seine Rede nicht ein, sondern sagte: „Wissen Sie, mir ist noch etwas eingefallen, was ich Ihnen doch mitteilen möchte. Ich weiß nicht, ob es hilfreich für Sie ist. Aber vielleicht doch."

Vlassi spitzte die Ohren: „Ihnen ist was eingefallen? Bitte reden Sie! Und zwar so hurtig wie Sie können."

8 Die Kryostase – eine verbesserte Form der Ekstase?

Während Vlassi superpünktlich im Büro saß und sich Notizen von seiner vorangegangenen Nacht machte, weilte Julia Wunder in Eltville. Sie hatte ihren Vater zum Frühstück im Café Schwab eingeladen mit dem Hintergedanken, ihn noch einmal zu seinem toten Kaffeebruder Konrad Neumann zu befragen.

„Hier kann man auch ordentlich frühstücken", teilte Wolfgang Hillberger seiner Tochter mit, während er seine Kaffeetasse absetzte.

„Wenn du dieses Etablissement aufsuchst, muss es doch gut sein", erwiderte Julia.

Er nahm sie in den Blick: „Deine Schmeichelei höre ich gern. Aber mir ist vollkommen klar, dass ich dieses Frühstück dem Umstand zu verdanken habe, dass du dir noch etwas von mir zum Neumann-Fall erhoffst."

„Dir kann ich nichts vormachen", sagte Julia und schob ihren Eierbecher von sich.

Ihr Vater hatte längst sein Ei gegessen und widmete sich mit gutem Appetit einem weiteren Brötchen, der Butter und der Marmelade.

„Ich habe über Konrad und seinen seltsamen Tod sinniert", erklärte Hillberger, „ich habe sinniert, bis mir der Kopf qualmte."

„Vielleicht ist sinnieren die falsche Methode?“, überlegte Julia.

„Ich weiß, ich weiß, sinnieren ist ein altmodisches Wort, aber du weiß doch, dass ich als ehemaliger Deutschlehrer gerade die altmodischen Wörter liebe.“

„Ja, natürlich“, nickte Julia, „ich mag sie eigentlich auch, das hab’ ich wohl von dir.“

Sie griff zu ihrer Kaffeetasse und nahm einen Schluck, um dann zu sagen: „Beim letzten Mal ist dir auch erst später der Arbeitgeber des Toten eingefallen.“

„Willst du mir Demenz unterstellen?“, fragte Vater Hillberger empört, „weshalb sollte ich mich für den Arbeitgeber von Konrad interessieren, noch dazu den ehemaligen?“

Julia lenkte ein: „Du hast recht, ich wollte ja nur sagen, dass es dir immerhin noch eingefallen ist.“

„Warst du eigentlich bei diesem Arbeitgeber, diesem Weingut von … wie hieß er noch mal?“

„Kirchrath“, ergänzte Julia.

„Kirchrath, richtig. Hat sich da was ergeben?“

Julia wollte nicht über ihr Gespräch mit dem Weingut-Besitzer Kirchrath reden und murmelte: „Weiß ich noch nicht.“

Ihr Vater sah sie streng an: „Wenn du sagst, dass du nichts weißt, dann weißt du mit Sicherheit was.“

„Ja, ja, vielleicht weiß ich was …“

„Kannst du es mir nicht sagen?“, brummte Wolfgang Hillberger.

Julia beugte sich ein wenig zu ihm vor und fragte leise: „Sagt dir der Name Hartung etwas, Bernd Hartung?“

„Noch nie gehört. Wer soll das sein?“

„Ein Mitarbeiter von Kirchrath, er wollte nach meinem Besuch im Weingut ein Stück von mir im Auto mitgenommen werden."

Hillberger wurde neugierig: „Ja, und? Was wollte er?"

Julia wurde bei ihrer Antwort noch leiser: „Er sagte mir, dass ich Kirchrath kein Wort glauben solle …"

„Was? Bitte etwas lauter!"

„Hörst du nicht mehr gut?", wollte Julia wissen.

„Dein Geflüstere versteht kein Mensch", erwiderte Hillberger.

„Ich kann hier nicht so laut reden, wir sitzen schließlich nicht bei dir daheim."

Julias Rede war wieder leise gesprochen, doch diesmal teilte der Vater ihr mit: „Ich verstehe jedes Wort, so kannst du weiterreden. Außerdem geht es hier doch nicht um Staatsgeheimnisse."

In dem Moment erschien die Kellnerin und fragte mit neugieriger Miene, ob Herr Hillberger oder seine Begleitung noch etwas wünschten.

„Nein, nein, nichts mehr. Wir wünschen nur, in Ruhe gelassen zu werden", antwortete Wolfgang Hillberger, dem die Neugier in ihrem Gesicht nicht entgangen war.

Die Kellnerin entfernte sich, und Vater Hillberger wandte sich zu seiner Tochter: „Flüstere weiter. Ich werde meine Ohren spitzen wie noch nie zuvor."

„Ich solle Kirchrath kein Wort glauben", wiederholte Julia leise.

„Hab' alles verstanden. Weiter!", befahl ihr Vater mit jetzt ebenfalls leiserer Stimme.

„Dieser Konrad Neumann hätte gern länger gearbeitet“, fuhr Julia fort.

„Tatsächlich?“

Seine Tochter nickte.

Hillbergers Gesicht wurde nachdenklich: „Jetzt fällt mir ein, dass Konrad mal von seiner Arbeit sprach. Er erklärte mir mal was von der Traubenmaische. Da handelt es sich um mehr oder weniger gequetschte Trauben – mich hat das nicht sonderlich interessiert …“

„Mich aber“, fiel ihm Julia ins Wort.

„Wenn ich es recht in Erinnerung habe“, erklärte Hillberger, „werden beim Maischen die Traubenschalen angeknackst und der Saft tritt aus den Beeren aus. Oder so ähnlich.“

Ihr Vater lehnte den Kopf nach hinten: „Aber dann sagte Konrad noch, dass es wie beim Menschen sei, und es fiel ein Wort …“

Er hielt inne, um dann langsam zu sagen: „Kroistase, glaube ich.“

„Kroistase?“, wiederholte Julia.

Hillberger nickte: „So ähnlich jedenfalls. Bin mir nicht sicher, ob ich es richtig verstanden habe. Er sprach so leise wie du vorhin.“

Julia grinste ihn an: „Die Ohren muss man eben immer gespitzt halten.“

„Ja, meinst du denn, das ist wichtig?“

„Alles ist wichtig, Papa, du weißt doch, dass ich wie bei einem Puzzle kleine Teile sammle und sehen muss, ob und wie sie zusammenpassen.“

Wolfgang Hillberger griff zu seiner Kaffeetasse: „Recht hast du, mein Julchen. Ich hätte besser hinhören sollen, auch das unscheinbarste Puzzle-Teil kann wichtiger sein, als man denkt.“

Julia erhob sich, ging zur Garderobe und griff nach ihrem Mantel und Hut, den sie sogleich aufsetzte. Es handelte es sich um einen Mayser-Kaschmir-Damenhut in Dunkelblau, eine Kopfbedeckung, die weit mehr war als nur das und ihr ganz ausgezeichnet stand, was auch ihr Vater nach ihrer Rückkehr an den Tisch feststellte.

„Dein Hut ist wunderbar“, merkte er an, „neues Modell, was? Du bist allerdings auch, ich möchte sagen, eine genuine Hutträgerin.“

„Danke, Papa, und vielleicht hast du mir ein Puzzle-Teil geliefert, das nicht so unscheinbar ist, wie es sich anhört. Ich muss jetzt ins Büro.“

Hillberger blickte zu ihr auf: „Dein theatralischer Assistent wird schon deiner harren. Er wollte ja Konrad bis ins kühle Grab verfolgen – vielleicht hat er einige üble Würmer bereits als Täter überführt.“

Julia lächelte, gab ihrem Vater einen Kuss auf die Wange und machte sich auf. Hillberger rief ihr nach: „Zum Frühstück warst du eingeladen. Beim nächsten Mal umgekehrt.“ Und für sich brummelte er: „Schließlich muss man auch mal was von seiner Tochter haben.“

*

Als Julia ins Büro kam, saß Vlassi am Computer und schien nicht zu bemerken, dass jemand ins Zimmer getreten war.

„Guten Tag, Herr Spyridakis", grüßte Julia und nahm ihren Mayser-Kaschmir-Damenhut ab.

Wieder keine Reaktion von Vlassi. Julia näherte sich ihm und sah, dass er im Internet unterwegs war. Sie räusperte sich, und Vlassi sagte wie zu sich selbst: „Hab' Sie schon bemerkt, Frau Wunder. Bin eigentlich kein Internet-Freak, im Moment aber doch. Sie können sich schon mal setzen, ich glaube, ich habe den Fall so gut wie gelöst."

Julia blieb lediglich die Verwunderung – allerdings nur für einen Moment. Vlassopolous Spyridakis, fiel ihr ein, hatte schon einige Fälle vorzeitig gelöst, doch bloß in seiner Fantasie.

Sie setzte sich ihm gegenüber an ihren Schreibtisch und fragte nach einer Weile: „Wollen Sie gar nicht wissen, wo ich herkomme?"

„Unbedingt! Es kommt ja nicht alle Tage vor, dass Sie nach mir erscheinen."

„Sie sagen mir, wenn Sie so weit sind", erwiderte Julia.

Vlassi richtete sich auf: „Und schon bin ich so weit. Und stehe zu Ihren Diensten."

„Wunderbar. Sie haben den Fall so gut wie gelöst, sagen Sie. Lassen Sie mal hören."

Vlassi wurde dienstlich: „Ich habe den Anruf einer Informantin bekommen …"

„Welche Informantin?", unterbrach ihn Julia.

„Nun ja, es handelt sich um diese Frau Gärtner aus Mainz, sie wollte mich unbedingt sprechen. Die Freundin des Toten, wissen Sie …"

„Ich weiß, ich weiß, sie hat Sie zu den Spielfreunden von Neumann geführt."

„Weil ich sie mit Lustig knallhart verhört habe."

„Das weiß ich doch längst. Weshalb hat sie angerufen?"

Vlassis Stimme wurde geheimnisvoll: „Ihr ist noch was eingefallen."

„Sie machen's aber spannend. Rücken Sie endlich damit raus. Was ist ihr denn eingefallen?"

Vlassi spitzte den Mund, als würde er ein großes Geheimnis gelassen aussprechen: „Die Kryostase."

Julia fiel sofort das Wort ein, das ihr Vater im Eltviller Café genannt hatte. Von Kroistase hatte er allerdings gesprochen. Aber vermutlich hatte er sich nicht mehr genau an das Wort erinnert.

„Ah, die Kryostase", wiederholte sie, als wäre ihr der Begriff längst geläufig.

„Wie? Sie wissen davon?", fragte Vlassi erstaunt.

„Aber natürlich! Ich bin bei meiner Recherche, von der ich komme, auch darauf gestoßen."

Vlassi war etwas enttäuscht, wollte sich aber nichts anmerken lassen und sagte: „Also, ich hab' zuerst gedacht, es handelt sich um eine besondere Form der Ekstase. Kryostase – die verbesserte, gewissermaßen nachhaltige Variante der Ekstase. Aber gerade habe ich im Internet nachgeforscht. Sie wissen vermutlich längst, worum es bei der Kryostase geht?"

„Sie werden mich bestimmt genauer aufklären", ermunterte ihn Julia.

Na also, dachte Vlassi, ich bin ihr also doch voraus. Im Dozier-Stil teilte er mit: „Sie wissen, dass ich der griechischen Sprache nach wie vor einigermaßen mächtig bin. Kryos ist altgriechisch und heißt Eis oder Frost. Bei der

Kryostase, auch Kryokonservierung genannt, wird der Körper ..."

„Können Sie sich kürzer fassen, Herr Spyridakis", unterbrach ihn Julia, „worum geht's?"

„Ich war gerade dabei. Aber bitte. Bei der Kryostase geht es darum, dass sich Menschen einfrieren lassen, sie wollen gewissermaßen den Sensenmann überlisten ..."

„Den Sensenmann überlisten?", fiel ihm Julia wieder ins Wort.

„Ich merke, dass Sie keine Ahnung haben, wenn Sie mir diese bescheidene Anmerkung gestatten."

Julia zog die Augenbrauen hoch, doch ganz unrecht hatte ihr Assistent nicht, sie kannte schließlich nur das Wort. Der sprach schon weiter: „Leute, denen der Tod zuwinkt und ihnen kurz darauf die Hand reicht, lassen sich einfrieren. Man schickt sie ins Eis, daher kryos und Kryostase!"

„Kann man denn im Eis überleben?"

„Offenbar schon", erwiderte Vlassi, „wie ich gelesen habe, wird der Körper auf 196 Grad heruntergekühlt, und das Blut wird durch ein Frostschutzmittel ersetzt."

„Frostschutzmittel? Das hört sich aber gruselig an", bemerkte Julia.

„Wenn man dem Sensenmann ein Schnippchen schlagen will, muss man gruselig sein, sogar zu sich selbst", erwiderte Vlassi, und dabei fiel ihm sein Traum wieder ein. Vielleicht sollte er beim nächsten Treffen dem Tod als Hase erscheinen? Vielleicht erschreckte ihn das? Ja, ja, würde er rufen, ich kann auch anders, Herr Tod, und wenn Sie nicht verständlich mit mir reden, zücke ich mein Frostschutzmittel und werde Sie einfrieren.

„Frostschutzmittel als Blutersatz", sagte die ihm gegenübersitzende Julia, stand auf und machte ein paar Schritte zum Fenster, um von dort zu fragen: „Funktioniert das denn?"

Vlassi zuckte mit der Schulter: „Keine Ahnung. Man müsste einen Eingefrorenen fragen, ich meine, wenn er wieder aufgetaut wird."

Julia ging nicht auf seine Bemerkung ein: „Es handelt sich bei den Leuten, die das machen, also um Schwerkranke, die nicht mehr lange zu leben haben."

„Genau", erwiderte Vlassi und prangte mit seinem Wissen aus dem Internet, „sie werden direkt nach ihrem Tod eingefroren. Die Kryostase hält die Zeit an, bis die Medizin so weit ist, um ihre Krankheit zu heilen."

„Jedenfalls ist das die Hoffnung", fügte Julia an.

„Ohne Hoffnung kann man nicht leben", erklärte Vlassi philosophisch, um gleich fortzufahren: „Noch etwas habe ich herausgefunden. Die Kryostase ist ein ziemlich neues Verfahren. Am Wichtigsten ist es, das Gehirn zu erhalten, das Gehirn darf auf keinen Fall geschädigt werden. Deshalb werden die Patienten kopfüber gelagert."

Julia kam mit verwundertem Blick vom Fenster zurück, doch Vlassi sprach gleich weiter: „Ich fand das auch komisch, da fließt denen ja das Frostschutzmittel in den Kopf und die laufen blau an."

„Ja, ja", murmelte Julia nachdenklich.

Doch Vlassi hielt nicht inne: „Ich habe mich gründlich über die ganze Prozedur informiert. Es beginnt mit der sogenannten Vitrifikation, der Körper wird bei minus 196 Grad, wie schon gesagt, in flüssiges Stickstoff getaucht, es muss alles sehr schnell gehen, denn je schneller der Verstorbene in die Kälte kommt, desto bessere Chancen für die Wiedergeburt …"

„Könnte man denn den toten Herrn Neumann noch in die Kryostase schicken?", unterbrach ihn Julia.

Vlassi schüttelte den Kopf: „Nee, es muss wie gesagt alles ziemlich schnell gehen, die Geschwindigkeit spielt eine wesentliche Rolle. Je schneller der Verstorbene ins Eis kommt, desto fröhlicher ist er bei der Wiedergeburt. Der Neumann hat zu lange an der Decke gehangen. Der war länger tot, als ihm guttat, will sagen, als die Wissenschaft erlaubt. Da hilft auch kein Frostschutzmittel mehr."

Julia kam zurück zum Schreibtisch: „Wie viel kostet denn so eine Einfrierung? Haben Sie das auch rausgefunden?"

Vlassi hatte auch nach dem Preis gesucht, aber keinen gefunden, wollte das aber seiner Chefin gegenüber nicht zugeben und sagte deshalb: „Also billig ist es nicht gerade, das ewige Leben. Ich meine, wenn man es dem endgültigen Tod vorziehen will. Es geht da um sechsstellige Beträge."

Julia gab sich mit seiner Auskunft zufrieden: „Für arme Leute also nichts. Aber Neumann hatte offenbar Geld, wie man ja schon an seinem Haus sehen konnte." Sie räusperte sich: „Also gut, der tote Herr Neumann hat sich mit der Kryostase beschäftigt, wollte sich in sie … wie sagt man eigentlich?"

„In die Kryostase versetzen lassen", vervollständigte Vlassi ihren Satz.

„Ja, ja", murmelte Julia, „aber genau hier wird der Fall noch rätselhafter. Warum wurde Neumann umgebracht, obwohl er sterbenskrank war."

„Sterbenskrank war er?", fragte Vlassi.

„Ich wollte es Ihnen sagen, bin aber nicht dazu gekommen, weil Kriminalrat Feuer zu uns ins Zimmer raste. Neumanns Leber war kaputt, wie mir Doktor Hauswaldt erklärte, solche Menschen haben nur noch wenige Jahre zu leben."

Vlassi sah Julia staunend an: „Und nach seinem normalen Tod wollte er ab in die Ewigkeit."

„Obwohl falsch formuliert, ist es gar nicht so verkehrt, was Sie sagen", stimmte ihm Julia zu, „die Kryostase sehen gewisse Menschen offenbar als Weg zum ewigen Leben." Sie hielt inne: „Haben Sie herausgefunden, ob man Menschen aus dem Eis zurückgeholt hat?"

Vlassi wurde wieder dienstlich: „Meine Recherchen im Internet haben ein eindeutiges Ergebnis erbracht. Es lautet Nein." Er setzte lässig hinzu: „Mit dem ewigen Leben ist es vermutlich nicht weit her."

Julia nickte zu seinen Worten und murmelte: „Jedenfalls nicht auf diese Weise."

„Oder man kann sie noch nicht aus dem Eis holen", ergänzte Vlassi, „weil ihre Krankheit immer noch unheilbar ist."

Seine Chefin saß längst wieder am Schreibtisch, stand jedoch jetzt auf, um zu sagen: „Dennoch bleibt die Frage, warum man einen todkranken Kellermeister umbringt."

Vlassi erwiderte gravitätisch: „So wie ich es nicht gewusst habe, hat vermutlich auch der Mörder nichts von Neumanns baldigem Ableben gewusst."

„Auf diesen Gedanken ist auch Frau Doktor Hauswaldt gekommen", sagte Julia, „warum fällt es mir so schwer, auch daran zu glauben?"

„Frau Wunder", sagte Vlassi mit einfühlsamer Stimme, „manche Frauen sind in Glaubensdingen nicht so stark?"

Zu seiner Verwunderung antwortete Julia: „Da könnten Sie recht haben. Dafür sind sie gedanklich stärker."

„Natürlich", stimmte ihr Vlassi zu, dachte aber: Einbildung ist auch 'ne Bildung, und gegen die ist kein Kraut gewachsen.

Julia sprach bereits weiter: „Könnte es nicht sein, dass der Mörder sowohl von der Krankheit Neumanns als auch von der Kryostase gewusst hat?"

„Ich greife Ihren Gedanken unverzüglich auf", teilte Vlassi mit, „und ergänze ihn: Der Mörder hat von allem gewusst, wollte sich auch einfrieren lassen, war sich aber nicht sicher, ob er putzmunter in dreißig Jahren aus dem Eis kommt und einen ebenso putzmunteren Konrad Neumann vorfindet, um ihm endgültig das Lebenslicht auszublasen. Und deshalb ist er auf Nummer sicher gegangen und hat ihn lieber in unserer Zeit, in der Vor-Eiszeit möchte ich sagen, umgebracht und eine Weile hängen lassen, damit er gewiss sein konnte, dass Neumann nicht doch noch in die Kryostase flüchtet und somit wiederkehrt."

„Sind Sie fertig mit Ihren profunden Überlegungen?", fragte Julia lächelnd.

„Noch nicht ganz“, erklärte Vlassi, „ich finde diese kryostatischen Gedanken ganz abwegig, ich meine für den Mord. Aber wir sollten da ansetzen, wo Barthel den Most holt …“

„Und wo holt er den Most?“, fragte Julia in seine Worte.

„Das Wort Most sagt es schon“, erklärte Vlassi großmäulig, „wir kommen weiter beim Wein und diesem Weingut-Besitzer Kirchrath, den Sie schon verhört haben.“

„Vielleicht haben Sie recht“, stimmte Julia zögerlich zu.

„Mit Sicherheit habe ich recht, hier geht es um Weinpanscherei, da bin ich ganz auf Feuers Linie…“

„Das kommt überraschend für mich. Herr Spyridakis ist der gleichen Meinung wie Kriminalrat Feuer“, sagte Julia mit ironischem Unterton.

„Mitunter, mitunter – dieser Feuer muss nicht immer falsch liegen, auch wenn er als Chef hier herumlungert.“

„Also gut, dann will ich Ihnen noch etwas sagen. Als ich in Rüdesheim war, hat sich nach dem Gespräch mit Kirchrath ein Mann zu mir ins Auto gesetzt …“

Vlassi unterbrach sie: „Eine unsittliche Attacke?“

„Nein, nein“, wehrte Julia unwillig ab, „ein Mann namens Bernd Hartung. Er sagte mir, dass Kirchrath ein Lügner sei und Neumann weiterarbeiten wollte.“

„Bitte, da haben wir's“, triumphierte Vlassi, „der Tote wollte weiterarbeiten, aber Kirchrath hat's nicht zugelassen. Konrad Neumann hat vermutlich von seiner Weinpanscherei gewusst und ihn erpresst oder irgendein Ultimatum gestellt, sodass Kirchrath nichts anderes übrig blieb, als ihn umzubringen.“

Julia sah ihn so verdutzt wie erheitert an: „Dass Tote weiterarbeiten wollen, ist mir neu. Doch ich habe geahnt, dass Sie den Fall mit großer Geste lösen würden, aber dass Sie ihn dermaßen, ich möchte sagen, handstreichartig niederringen, ist selbst für mich eine kleine Überraschung."

Vlassi streckte sich im Sitzen: „Frau Wunder, ich wusste, dass Sie mir sprachlich zwar nicht voraus sind, aber doch mithalten können. Handstreichartig niederringen – eine großartige Formulierung! Geradezu shakespearisch! Und sie ist, so darf ich hinzufügen, absolut zutreffend."

9 Die Angst vorm Tod

Während Kommissar Spyridakis seiner Chefin ein enormes Lob aussprach, das natürlich nichts anderes als ein Selbstlob war, geschah an einem anderen Ort, den wir bereits kennen, etwas Ungewöhnliches.

„Ihr Gesicht!“, rief ein groß gewachsener, schlanker Mann mit einer Halbglatze, „ich sehe gar nichts in Ihrem Gesicht!“

Der Angesprochene trug einen kleinen Oberlippenbart und richtete sich in seinem Sessel auf. Gerade hatte ihm eine Frau ein Messer in die Brust gestoßen. Seltsamerweise konnte er dennoch sprechen: „Ich bin zusammengesunken und tot, was soll ich denn noch machen?“

„Lieber Herr Wiesel“, sagte der Großgewachsene, bei dem es sich um Johannes Schädler handelte, „diese Attacke kommt völlig unerwartet für Sie. Da müssen Sie mimisch was bieten.“

Die Dame, die Herrn Wiesel gerade erstochen hatte, rollte die Augen: „Und mir tun schon die Hände weh vom vielen Zustechen, das Morden fällt bei Herrn Wiesel wirklich schwer.“

„Frau Scheuermann, Sie haben Ihre Sache gut gemacht“, tröstete sie Herr Schädler, „aber wir müssen die Szene noch mal proben, es geht nicht anders.“

„Wenn Sie meinen, Herr Schädler, dann steche ich eben noch mal zu", sagte Frau Scheuermann mit trostlosem Gesichtsausdruck, „aber es ist schon das achte Mal, allmählich müsste Herr Wiesel wirklich tot sein." Bei Frau Scheuermann handelte es sich um eine pummelige Mittvierzigerin, die im schwarzen Hosenanzug agierte.

Aus dem Hintergrund meldete sich ein kleiner dicklicher Mann mit Vollglatze zu Wort: „Vielleicht ist Herr Wiesel doch nicht die richtige Besetzung, er spielt zu statisch."

„Ja, wollen Sie die Rolle übernehmen?", fragte Johannes Schädler.

„Geht nicht, ich hab' doch schon zwei Rollen", erwiderte der Angesprochene.

„Richtig, die eine mit Toupet", murmelte Schädler.

Frau Scheuermann meldete sich zu Wort: „Wenn Herr Wiesel nicht richtig sterben will, wird die Premiere ein Reinfall. Sein Tod muss echt wirken."

„Im Grunde bräuchten wir noch einen Spieler", sagte der kleine Dicke, „einen, der was von Schauspielerei versteht."

Vom Mann mit dem Oberlippenbart bekam er sofort eine Antwort, die sich etwas beleidigt anhörte: „Bitte, bitte, Herr Singer, mir genügt sowieso eine Rolle, ich muss nicht noch als Leiche auftreten."

„Obwohl Ihnen das gut steht", brummelte der kleine Dicke mit der Glatze, was allerdings Herr Wiesel überhörte.

In dem Moment klingelte es an der Haustür. Johannes Schädler warf einen unwilligen Blick in Richtung Flur, immer diese Störungen zur unrechten Zeit, um sich dann doch in Bewegung zu setzen. Seine Mitspieler schauten ihm einen Moment nach, doch Frau Scheuermann hob bereits wieder das Messer und teilte dem nach wie vor im Sessel sitzenden Herrn Wiesel mit: „Ich ermorde Sie jetzt noch mal."

Sie überlegte einen Augenblick und wiederholte dann, was der offenbar als Regisseur agierende Johannes Schädler schon sagte: „Zeigen Sie uns endlich mal mimisch was. Denken Sie daran, dass der Tod gleich mit seinen Knochenhänden nach Ihnen greift, das muss Sie doch ängstigen."

Herr Wiesel nickte artig, Frau Scheuermann zog ein grimmiges Gesicht, hob das Messer, das natürlich eine einfahrbare Klinge besaß, und stach zu.

Johannes Schädler öffnete derweil die Haustür und sah ein bekanntes Gesicht vor sich.

„Herr Spyridakis … das ist ja eine Überraschung."

„Ja, Herr Schädler, ich war gerade in Mainz und dachte, ich komme einfach mal bei Ihnen vorbei, ich hab' da noch eine kleine Frage."

„Kommen Sie doch herein. Ist Ihr Kollege diesmal nicht dabei?"

„Heute komme ich ohne ihn aus", erwiderte Vlassi beschwingt.

Die beiden Männer schlenderten zu dem weitläufigen Wohnzimmer des Hauses, wo gerade Herr Singer betrübt den Kopf schüttelte, während Frau Scheuermann mit einem Messer in der Hand murmelte „Nein, nein, nein." Im Sessel saß mit geschlossenen Augen ein zusammengerutschter Herr Wiesel, der gerade die Augen öffnete und fragte: „Na, war das was?“

Vlassopolous Spyridakis hielt sofort an der Tür inne, um mit sehr dienstlicher, vielleicht etwas zu theatralischer Stimme in Richtung Frau Scheuermann zu erklären: „Was ist denn hier los? Komme ich im falschen, vielmehr richtigen Moment? Habe ich Sie auf frischer Tat erwischt?“

Auf diesen Moment schien Herr Wiesel im Sessel nur gewartet zu haben: „Na, echter als ich kann man nicht sterben, Sie hören es ja gerade aus berufenem Mund.“

Auch Herr Schädler reagierte keineswegs bestürzt auf Vlassis Frage, sondern hocherfreut, jedenfalls in dessen Richtung: „Wunderbar, wie Sie das eben sagten. In Ihren Adern fließt Schauspielerblut!“

„Sie morden hier herum und sprechen von Schauspielerblut“, erwiderte Kommissar Spyridakis mit hocherhobenem Kopf.

Jetzt meldete sich Herr Wiesel vom Sessel: „Ich war diesmal als Ermordeter offenbar nicht ganz schlecht.“

Vlassi warf ihm einen ernsten Blick zu: „Ein Spiel nur. Sie haben ein Mordopfer gemimt?“

Johannes Schädler klärte auf: „Wir proben gerade ein Stück. Wissen Sie, wir haben eine Leidenschaft für die Schauspielerei.“ Dann sagte er zu Frau Scheuermann, indem er auf Vlassi deutete: „Das ist Kommissar Spyridakis, die anderen kennen ihn ja schon.“ Und zu Vlassi gewandt, teilte er mit: „Margot Scheuermann, eine talentierte Dame in unserer Runde.“

Vlassi stellte sich sofort auf die neue Situation ein, nickte zustimmend und dachte an sein vor Kurzem erwachtes

Theaterinteresse: „Was spielen Sie denn? Ich will hoffen, dass Sie sich der Faust-Geschichte hingeben."

„Na ja", sagte Herr Schädler, „man muss nicht gleich zu den Sternen greifen, wir haben uns ein Kriminalstück ausgesucht."

„Ein Kriminalstück?", murmelte Vlassi und dachte: Die irren bestimmt ahnungslos in meinem Metier herum.

„Ja, ein Kriminalstück von Lothar Schöne", klärte Schädler auf. Den Autor kennen Sie sicher."

„Nie gehört. Wer soll das sein?", erwiderte Vlassi.

„Sie werden ihn kennenlernen. Er sollte Pflichtlektüre an den Schulen werden", erklärte Schädler und fuhr fort: „Aber wissen Sie, was ich gerade festgestellt habe?"

„Auch hier kann ich mit einer Antwort nicht dienen", antwortete Vlassi formvollendet.

„In Ihren Adern fließt Theaterblut!", konstatierte Schädler, „ich sagte es schon, wiederhole mich aber gern."

Vlassi sah Johannes Schädler in einer Mischung aus Zweifel und Entzücken an: „Meinen Sie?"

„Ja, das meine ich! Theaterblut! Ich habe es an Ihrer Rede gemerkt. Und ich will Ihnen gleich einen Vorschlag machen."

Er hielt inne, während es Vlassi durch den Kopf rauschte: Theaterblut, Theaterblut, und das in meinen Adern. Wahrscheinlich torkele ich im falschen Beruf herum, hechte irgendwelchen Gangstern nach, dabei könnte ich sie alle auf der Bühne ermorden, was viel befriedigender wäre. Und letztlich auch angenehmer für mich. Denn ins Kittchen käme ich nimmermehr, alles nur Lug und Trug, Schein und Maskerade, alles nur rote Farbe, alles nur Kunstblut.

Was Schädler sagte, machte ihn neugierig: „Einen Vorschlag?“

„Was halten Sie davon“, sagte Johannes Schädler, „bei uns einzusteigen? Ich meine mitzuspielen.“

Vlassi setzte eine nachdenkliche Miene auf, aber auch das war gespielt, denn seine Antwort stand längst fest. Nach einer kleinen Pause erwiderte er: „Geeignet wäre ich wohl schon. Doch was mache ich mit meinem derzeitigen Beruf – ich vermute, dass man als Schauspieler nicht viel verdient.“

Johannes Schädler reagierte diplomatisch: „Machen Sie sich darüber keine Sorgen. Ihren Beruf behalten Sie natürlich, wir können auch am späten Nachmittag und Abend proben, und die Vorstellungen finden sowieso abends statt. Bedenken Sie, dass Schauspieler zu Beginn immer wenig verdienen, aber das steigert sich im Laufe der Zeit.“

„Wie wenig ist es denn am Anfang?“, wollte Vlassi wissen.

„Wenig muss man hier leider mit nichts übersetzen“, erläuterte der freundliche Herr Schädler und lächelte ihn an, „aber der Ruhm, bedenken Sie den Ruhm, der Ruhm ist mit Geld nicht aufzuwiegen...“

„Natürlich, der Ruhm“, fiel ihm Vlassi ins Wort, „wir bei der Polizei arbeiten ja ganz ohne Ruhm. Die schlimmsten Verbrechen klären wir auf oder verhindern sie – völlig ohne Ruhm. Nicht mal einen kleinen Dank ernten wir.“

„Sehen Sie“, stimmte Johannes Schädler zu, während Frau Scheuermann, die inzwischen Gefallen an dem jungen Kommissar gefunden hatte, mitteilte: „Es ist sehr befriedigend, auf der Bühne zu stehen und den Beifall entgegenzunehmen."

„Mitunter ist er tosend", schaltete sich jetzt Herr Wiesel ein, der die Chance erkannte, von seiner zweiten Rolle loszukommen.

„Ich würde es ebenfalls begrüßen, wenn Sie in unserem Stück mitspielten", ließ sich Herr Singer hören und verstieg sich zu einer gewagten Formulierung, „Ihr Theaterblut spritzt einem geradezu entgegen."

„Nun ja", sagte Vlassi geschmeichelt, „ich könnte es möglicherweise einrichten, bei Ihrer Truppe dabei zu sein. Unmöglich ist das nicht." Und er fügte mit theatralischer Stimme hinzu: „Das Theaterblut will schließlich gebändigt sein."

Frau Scheuermann sah den jungen künftigen Kollegen verliebt an: „Ach, Sie könnten auch als Theaterdichter Furore machen, Sie würden sicher ein besseres Stück als dieser Schöne schreiben."

„Sie machen doch keine Scherze?", fragte Vlassi, der allmählich der Schmeicheleien überdrüssig wurde.

Margot Scheuermann schüttelte den Kopf: „Aber nein, wie käme ich dazu. Ich bin lediglich angetan und sage es."

„Nun gut", ergriff Johannes Schädler wieder das Wort, „wir sind uns also einig. Ruhm kann keinem Menschen schaden." Er ging einen Schritt auf Vlassi zu und reichte ihm die Hand: „Herzlich willkommen bei der Truppe."

„Bitte nicht voreilig sein", entgegnete Vlassi mit überlegener Miene, und Schädler dachte, dass sein neuer Adept vermutlich erst bei seinen Vorgesetzten nachfragen müsse, doch er irrte sich.

Denn Vlassi rief aus: „Ich muss vorsprechen! So ist das üblich. Nehmen Sie mich erst auf nach einer kleinen Kostprobe meines Könnens." Und er fügte bescheiden hinzu: „Natürlich können Sie mich auch ablehnen."

Während Frau Scheuermann ihn bei seinen Worten anstrahlte, fühlte sich der Hausherr in seiner Einschätzung des Kandidaten bestätigt und teilte ihm mit: „Bitte, bitte, legen Sie los."

Und sofort griff sich Vlassi mit der rechten Hand an die Stirn, legte dieselbe in Falten, zog eine gedankenschwere Miene und begann zu deklamieren: „Habe nun, ach!, Kriminalistik, Waffen- und Giftkunde und leider auch Psychologie studiert mit heißem Bemühn. Gar manch ein Mordbube ging mir in die Fänge, und doch steh' ich hier, ich armer Tor, und bin so klug als wie zuvor …"

Er kam nicht weiter, denn Frau Scheuermann klatschte laut, und Regisseur Schädler sprach in ihr Klatschen hinein seine Analyse des Dargebotenen: „Sehr gut. Goethe in unserer Zeit. Die Worte des Gelehrten Faust in zeitgenössischer Weise, ich möchte sagen, abgewandelt in eine kriminalistische Form."

Margot Scheuermann kommentierte: „Ungewöhnlich und großartig."

Und Herr Singer fügte nachdenklich hinzu: „Und so wahr."

„Danke", nickte Vlassi, war aber von seiner ersten Sprechprobe so angetan, dass er gleich mit Bühnenstimme weitermachte: „Kann ich Polizeiheere aus der Erde stampfen? Wächst mir ein Kriminalrat auf der flachen Hand? Nein, ich ertrag' es nicht länger, ich sag' mich los von dieser Kette, an der ich häng'. Spät komm' ich, doch der weite Weg entschuldigt mein Säumen, Graf Schädleran. Mir blutet in der Brust das tapfre Herz und glühende Tränen möcht' ich weinen …"

„Danke, danke!", rief der Regisseur Schädler.

„Habe ich Sie überzeugt?", fragte Vlassi.

„Vollkommen", erwiderte Johannes Schädler, „und ich wiederhole mich abermals gern: Willkommen bei der Truppe. Sie werden eine Bereicherung sein."

Vlassi wollte sich seine innere Freude nicht anmerken lassen, konnte aber nicht verhindern, dass sich ihm ein kleiner zufriedener Seufzer entrang. Doch gleich fiel ihm eine Frage ein: „Welchen Part soll ich spielen, welche tragende Rolle haben Sie mir zugedacht?"

Regisseur Schädler musste nicht lange überlegen: „Nun, Sie werden Herrn Wiesel ersetzen, er ist mit seiner Rolle überfordert. Sie, Herr Spyridakis, spielen den Ermordeten. Setzen Sie sich in den Sessel, wir wollen das gleich mal proben."

„Und ich darf Sie umbringen", ergänzte Frau Scheuermann mit seligem Gesichtsausdruck.

*

Als Vlassi wieder im Auto saß und gerade die Schiersteiner Brücke überquerte, fiel ihm ein, dass er bei der Schädlerschen Schauspieltruppe gar nicht dazu gekommen war, seine Frage zu stellen. Aber dafür hatte er als Leiche eine großartige Figur abgegeben! Sein Augenrollen, das herunterfallende Kinn und sein Stöhnen hatten die Mitspieler nicht nur überzeugt, sondern hingerissen, wie er am Beifall erkennen konnte. Das war nicht nur ein Vorgeschmack von Ruhm, wie Schädler prophezeit hatte, der Ruhm galoppierte bereits! Diese Margot Scheuermann war sofort ein Fan von ihm geworden, wenn sie's nicht schon vorher war.

Ich bin eben ein Naturtalent, überlegte Vlassi, wenn ich's nicht zum Polizeipräsidenten schaffe, was soll's – dann werde ich eben ein Schauspiel-Gigant, ein Theaterstar. Nun ja, die Rolle, die er bei der Schädler-Truppe zu spielen hatte, war im Moment noch etwas bescheiden. Aber so fängt man an. Demnächst sieht mich die Menschheit als Faust oder als Hamlet.

Vlassi war mittlerweile auf der anderen Rheinseite angekommen und nahm die Abfahrt Richtung Eltville und Rüdesheim. Das Autobahnstück verschlankte sich und entwickelte sich zu einer normalen Landstraße. Vor ihm lag der Rheingau, und obwohl diesiges Wetter herrschte, konnte er schon weiter hinten die Weinberge sehen. Sein Handy meldete sich mit dem gewohnten Samba-Ton. Vlassi nestelte es aus seiner inneren Jackentasche und meldete sich.

„Herr Spyridakis", hörte er Julia Wunders Stimme, „ich höre gar nichts von Ihnen. Haben Sie schon diesen Herrn Hartung gesprochen?"

„An den Mann ist ganz schwer ranzukommen", log Vlassi, „es scheint, als wäre er abgetaucht, von der Bildfläche verschwunden."

Er wollte seiner Chefin nicht mitteilen, dass er gerade ein glänzendes Theaterdebüt gegeben, gewissermaßen seine Geburt als Theaterstar gefeiert hatte – und das verschlang nun mal eine gewisse Zeit.

„Sie sind doch jetzt schon ewig unterwegs", hörte er prompt Julias Entgegnung und das war nicht nur fragend, sondern auch kritisch gemeint.

Vlassi wusste sich zu helfen: „Ich krauche jetzt …", sagte er und machte eine kleine Pause, in der er sein Handy aus dem offenen Fenster hielt, um die Windgeräusche einzufangen. Dann hielt er es wieder ans Ohr: „Hö-ören Sie mich no-hoch."

„Ja natürlich!"

„Ich hö-öre nichts me-her", ächzte Vlassi, „schle-hechter Empfang."

Seine Chefin fragte: „Sie krauchen? Wo krauchen Sie denn herum? Oder sind Sie mal wieder in ein Weinfass gefallen?"

Vlassi, eingedenk seiner theatralischen Fähigkeiten, ließ ein ziemlich perfektes Knack- und Knurrgeräusch ertönen, um dann auf den Aus-Knopf seines Handys zu drücken. „Wozu bin ich Schauspieler?", sagte er laut zu sich, „wenn ich nicht mal meine Chefin abhängen kann." Dann rief er sich zur Ordnung und gab Gas. Diesen Bernd Hartung, den er befragen wollte, würde er bestimmt noch antreffen. Obwohl, ja, ja, die Zeit war ihm ein wenig davongelaufen. Aber diesen Zeitverlust würde er wieder aufholen, schließlich lag Rüdesheim vor der Haustür, und das Weingut von Kirchrath befand sich nicht auf einem fernen Kontinent.

Nach einer knappen halben Stunde fuhr Kommissar Spyridakis in Rüdesheim ein, fragte nach der Breslauer Straße und fand sie auch schnell. Allein – als er vor dem Weingut Kirchrath ankam, strahlte ihm dort kein einziges Lichtlein entgegen. Es war schon duster, und auf dem Parkplatz vor dem Gebäude herrschte sogar Dunkelheit. Mit der Arbeit haben die's offenbar nicht, ging es Vlassi durch den Kopf. Dann schaute er auf seine Armbanduhr: kurz vor halb sieben zeigte sie an. Da sieht man mal wieder, dachte Vlassi, wie eifrig unsereins seinen Dienst versieht. Während andere Leute sich um die Zeit in einer Weinstube zuprosten, arbeite ich bei Nacht und Nebel, und nebenbei beglücke ich die Menschheit noch als Schauspieler.

Er stellte seinen Opel Corsa an der Straße ab und machte ein paar Schritte in Richtung Eingangstor. Vielleicht war dieser Bernd Hartung, den er aufsuchen sollte, ein Spätschicht-Arbeiter. Vielleicht rollte er noch diensteifrig ein Weinfass über den Hof, die Dunkelheit missachtend. Aber sosehr sich Vlassi auch anstrengte, den düsteren Hof blickmäßig zu durchdringen – er konnte kein menschliches Wesen erkennen.

Sei's drum, sagte sich Vlassopolous Spyridakis, wenn ich schon in Rüdesheim bin, will ich nicht versäumen, in eine Weinstube zu schauen. Und da man hier bestimmt keinen Moringa-Tee ausschenkt, werde ich mir ein Gläschen Wein genehmigen. Da hat der Kollege Lustig recht, so was ist krankheitsvorbeugend und vermutlich sogar lebensverlängernd. Der Frau Wunder erzähle ich morgen, dass ich den Hartung bis in eine dunkle Kaschemme verfolgt und dort verhört habe. Und was hat er mir erzählt? Das muss ich mir noch überlegen, und am besten geht das bei einem guten Glas Wein. Gedacht, getan. Natürlich wollte er nicht in der Drosselgasse landen, die kam nur für Touristen infrage. Er ließ das Auto vor dem Kirchrath'schen Gebäude stehen und machte sich zu Fuß auf. Ein kleiner Spaziergang würde ihm nach der hitzigen Fahrt gut tun.

Vlassi kam auf eine breitere Straße, ging sie hinunter und erreichte eine recht schmale Gasse mit dem Namen Klunkhardshof. Der Name gefiel ihm, er bog in sie ein und kam nach wenigen Minuten an einer Weinstube vorbei, die sich Jakobsklause nannte. Das hörte sich für ihn ziemlich untouristisch, also einladend, an. Ohne zu zögern betrat er die Klause. Sein Instinkt hatte ihn gut geführt, denn hier saßen offenbar echte Rüdesheimer, Vlassi erkannte das am hier gesprochenen Dialekt, der ihm zu Ohren drang. Der Lautstärkepegel war erheblich, und leider war die Weinstube auch voller Menschen. Doch da hinten, erkannte er spähend, befand sich ein kleiner Tisch, an dem nur eine Person saß, ein Mann. Vlassi steuerte auf den Tisch zu und fragte: „Ist hier noch ein Plätzchen frei?"

Der Unbekannte schaute nicht hoch bei seiner Antwort: „Aber natürlich, für Sie frei gehalten."

Vlassi wunderte sich nur einen ganz kurzen Moment über diese Antwort, wusste er doch, dass die Rüdesheimer und die Rheingauer generell humorvolle und entgegenkommende Zeitgenossen sind, die gern auch mal übertreiben. Frei gehalten für ihn? Na, dann wollte er keine Sekunde zögern und Platz nehmen.

„Danke", sagte er und setzte sich dem Mann gegenüber.

Kaum saß er, erschien schon eine Kellnerin, es handelte sich um eine dralle Mittfünfzigerin, deren Gesicht wie eine Speckschwarte glänzte.

„Was derf ich bringe?", fragte sie.

„Einen guten Wein", antwortete Vlassi und setzte mit großzügiger Miene hinzu: „Suchen Sie einen für mich aus. Und die Karte bitte, vielleicht sollte ich auch etwas essen."

„Mach ich", sagte die Kellnerin und verschwand.

Vlassi warf einen Blick auf sein Gegenüber. Der hatte allerdings inzwischen ein Buch hervorgezogen und hielt es sich vors Gesicht. Dieser Bursche scheint nicht sehr kommunikativ zu sein, dachte Vlassi, wer liest denn in dieser Umgebung ein Buch? Aber dass er in ein Buch guckt, spricht im Grunde für ihn. Wer Bücher liest, hat seinen nichtlesenden Mitmenschen was voraus, er ist ihnen überlegen. Vlassi schaute auf den Umschlag, um zu erkennen, was sein Tischgenosse da las. Doch der Einband zeigte weder Autor noch Titel. Vlassis Neugier erwachte, ich sollte ihn danach fragen, dachte er, ich kann mich schließlich als Leser ausgeben oder als eifriger Theatergänger, vielmehr als kommender Gigant des Schauspiels. Na ja, das würde vielleicht doch zu weit führen.

Die Kellnerin kam und reichte ihm ein unscheinbares Blatt, das in eine wackelige Folie eingeschweißt war.

„Ah ja", sagte er, als würde ihm eine Kostbarkeit kredenzt werden, „sprechen Sie eine Empfehlung aus?"

Die Kellnerin nahm seinen Sprachduktus sogleich auf: „Ich spreche eine Empfehlung aus. Meine Empfehlung lautet Hirschgulasch mit Klößen und Rotkraut." Sie machte eine kleine Pause und beugte sich ein wenig zu ihm: „Ganz frisch. Müsse Sie esse."

Vlassi gefiel diese Kellnerin, die seinen Humor verstand und so tat, als würde sie ihm ein Geheimnis verraten. Zufrieden teilte er ihr mit: „Ihre Empfehlung ist mir ein Befehl. Bitte Hirschgulasch mit allem Drum und Dran."

Die Kellnerin grinste ihn an: „Befehl wird unverzüglich ausgeführt." Um im Abgehen wieder im Dialekt anzufügen: „Kann abber e bißche dauern."

„Sie haben gut gewählt", hörte Vlassi eine Stimme. Sie gehörte dem Mann hinter dem Buch. Wollte der etwa Kontakt aufnehmen?

Vlassi erwiderte in launigem Ton: „Sie haben nicht nur frei gehalten, Sie können auch sprechen."

„Aber natürlich, ich will sogar mit Ihnen sprechen", sagte sein Gegenüber und nahm das Buch von seinem Gesicht weg.

Die Stimme kam Vlassi irgendwie bekannt vor – wo hatte er sie schon mal gehört? Aber das Gesicht, das er sah, war ihm unbekannt. Es war ein bartloses, schlankes und gut geschnittenes Gesicht, und die vollen, nach hinten gestrichenen Haare des Mannes schimmerten nahezu schwarz. Das Alter des Mannes zu schätzen war schwer, er konnte vierzig oder jünger oder auch sechzig sein, eigentlich wirkte er alterslos.

Etwas verunsichert fragte Vlassi: „Kennen wir uns eventuell?"

Der Unbekannte nickte: „Sie haben mich wohl schon vergessen."

„Ich muss gestehen", erwiderte Vlassi, „dass ich mich nicht an Sie erinnere."

Bernd Hartung vom Weingut Kirchrath konnte es nicht sein, dachte er, den hatte er ja noch gar nicht kennengelernt.

„Das ist schade, sogar bedauernswert", sagte sein Gegenüber, „mich sollte man nie vergessen. Ich jedenfalls bin kein Geist, der vergisst oder gar verneint. Ich bin einer, der weiß, dass alles, was entsteht, auch mal zu Ende geht."

Diese Worte irritierten Vlassi, aber nur für einen Moment, dann entgegnete er: „Einen philosophischen Tischnachbarn habe ich mir schon immer gewünscht. Und Sie scheinen mir so einer zu sein. Ich leide etwas darunter, dass ich immer nur mit Alltagskram behelligt und von ungeistigen Menschen gepiesackt werde." Und dabei dachte Kommissar Spyridakis an Kriminalrat Feuer und seinen Mainzer Kollegen Lustig.

Zu seiner Verwunderung sagte sein Gegenüber: „Das weiß ich doch."

Vlassi starrte ihn an: „Sie wissen das?"

„Ich weiß einiges. Zum Beispiel auch, dass Sie Furcht vor Krankheiten haben."

„Nun ja", erwiderte Vlassi und wollte ausweichend auf ein anderes Thema kommen, als die dralle Kellnerin erschien und ein Glas Wein vor ihn auf den Tisch stellte.

„Mit Liebe ausgewählt, ich will hören, dass er Ihne schmeckt!", sagte sie im Befehlston.

„Muss ich gleich trinken?", wollte Vlassi wissen.

Die Kellnerin grinste ihn an: „Kleiner Scherz von mir, Sie sind schließlich im Rheingau. Lasse Sie sich nor Zeit."

Sie drehte sich um und ging in Richtung Tresen. Vom Unbekannten ihm gegenüber ertönte ein leises Hüsteln, das in Vlassi eine vage und nebelhafte Erinnerung auslöste.

Seine Gegenüber sagte: „Stimmt es etwa nicht? Sie haben doch Angst vor Krankheiten."

„Wer hat die nicht", murmelte Vlassi und griff zum Weinglas.

„Wer Angst vor Krankheiten hat, hat Angst vorm Tod."

Dieser einfache Satz des Unbekannten löste in Vlassi eine Art Bestürzung aus. Und zugleich eine Erkenntnis, die ihm bisher noch nicht gekommen war. Hatte dieser Bursche vielleicht recht? Verbarg sich hinter seinem, Vlassis ureigenem hypochondrischen Wesen, nicht in Wirklichkeit die Angst vorm Tod? Er griff zum Glas, schnüffelte am Wein, dann nippte er mit einem Schlotzgeräusch, um schließlich einen kräftigen Schluck zu nehmen.

Kaum getrunken, sagte sein Gegenüber: „Das ist richtig, was Sie machen."

Vlassi setzte das Glas ab: „Was meinen Sie denn nun schon wieder?"

Der Unbekannte strich sich leicht übers Haar: „Man sollte doch denken, dass Menschen, die besonders intensiv und gerne leben, die größte Furcht vor dem Tod haben. Hingegen jene, die das Leben als schmerzliche Last empfinden, den Tod willkommen heißen."

„So ist es wohl", bestätigte Vlassi seine Rede.

„So ist es leider nicht", erwiderte der Unbekannte, „es ist genau umgekehrt."

Vlassi schaute sein Gegenüber erstaunt an. Sein Tischnachbar war offensichtlich nicht nur philosophisch angehaucht, sondern ein kundiger und lebenskluger Zeitgenosse. Aber warum kam er dauernd auf den Tod? Vlassi schürfte in seinem Gedächtnis. Kannte er diesen Typ etwa doch …?

10 Sollen wir es Löbon nennen?

Während Vlassopolous Spyridakis bei seinem Gespräch in der Rüdesheimer Jakobsklause eine Art Erleuchtung hatte oder es ihm jedenfalls so vorkam, griff Julia Wunder in ihrem Dienstzimmer in Wiesbaden erneut zum Telefon. Sie hatte ihren Assistenten inzwischen zwei weitere Male zu erreichen versucht, jedesmal ohne Erfolg. Da sie seine Schusseligkeit kannte, vermutete sie, dass sein Handy wieder mal den Geist aufgegeben hatte oder er vergessen hatte es aufzuladen. So hoffte sie. Möglich schien ihr aber auch, dass er auf Abwege geraten war. Das konnte man bei ihm nie ausschließen, und ihr kam der Senf-Fall in den Sinn, wo Kommissar Spyridakis im kalten Rhein gelandet war und sich eine Verkühlung mitsamt Schnupfen eingehandelt hatte, was ihn an den Rand des Todes gebracht hatte. Wenigstens glaubte er das, wollte dem Tod aber ein Schnippchen schlagen und beeilte sich, schnell wieder auf dem Posten zu sein. Denn Kommissar Spyridakis war der Auffassung, dass der Tod, wenn er denn überhaupt sein musste, etwas für später war – für sehr viel später.

Jetzt aber, als Julia nach dem Telefonhörer griff, hatte es bei ihr geklingelt. Es würde doch nicht Spyridakis sein?

„Hier Hillberger“, sagte eine bekannte Stimme, „Vater Hillberger.“

„Ach, Papa, du bist es."

„Enttäuscht?", fragte Wolfgang Hillberger, der ihre Stimmlage sofort richtig deutete.

„Niemals", entgegnete Julia, „ich hab' zwar gehofft, dass mich Herr Spyridakis anruft, aber …"

„Aber ich bin dir auch recht?", fiel ihr Hillberger fragend ins Wort.

„Natürlich."

„Dein Assistent lungert wahrscheinlich in Teestuben herum und trinkt literweise Moringa-Tee", teilte ihr der Vater mit, „er ist doch ein Fan von diesem Zeug. Mach dir keine Sorgen um ihn, der will von Tag zu Tag gesünder werden."

„Vielleicht hast du recht", erwiderte Julia mit einem Lächeln.

„Sag mal, bist du weitergekommen im Neumann-Fall? Mir geht die Sache nach, du weißt ja, dass wir Kaffeebrüder waren …"

Julia ließ ihn nicht ausreden: „Ist dir noch was eingefallen?"

„Obwohl ich meine kleinen grauen Zellen unentwegt befrage, geben die mir keine Antwort, jedenfalls keine befriedigende. Aber bei meiner Selbstbefragung kam mir der Gedanke, dass wir mal wieder ins Theater gehen sollten …"

Vater Hillberger ließ seinen letzten Satz offen ausklingen, er erwartete offenbar eine Frage seiner Tochter. Die aber sagte nur: „Gerne."

„Frau Hauptkommissarin", erhob Hillberger wieder das Wort, „ich sage das deshalb, weil unsere Theatergänge uns in der Vergangenheit immer weitergeführt haben. Darin besteht meine Hoffnung auch diesmal."

„Du hast recht", erwiderte Julia und schmunzelte innerlich. Längst wusste sie, dass ihr Vater reges Interesse an ihrer Arbeit zeigte, und diesmal ging es ja sogar um einen Bekannten von ihm.

„Ich bin mir nicht sicher", sprach ihr Vater schon weiter, „ob das Stück, das ich ausgesucht habe, uns weiterbringt. Aber im Grunde bringt jede gescheite Literatur den suchenden Menschen weiter."

„Herr Oberstudienrat", nahm Julia seinen Dozier-Stil auf, „ich bin ganz Ihrer Meinung, und ich sage das, weil ich in jüngeren Jahren entsprechende Erfahrungen gemacht habe."

„Erfahrungen mit dem Herrn Vater wohl?", neckte Wolfgang Hillberger seine Tochter.

„Aber natürlich, mit wem sonst!"

„Gut gesprochen", meinte Hillberger zufrieden.

„Hast du diesmal wieder ein Shakespeare-Stück ausgesucht oder was Modernes wie beim letzten Mal?", wollte Julia wissen.

„Kein Shakespeare, aber was in seiner Gewichtsklasse." Er machte eine kleine Pause, um nachzuschieben: „Ich habe Karten für den Faust, der Tragödie erster Teil. Ein Drama, das selten gespielt wird. Seltsamerweise. Na, du weißt ja, wie ich über die Theater denke. Die wissen nicht mehr, was wichtig und bedeutsam ist."

„Aber es wird doch gespielt", flocht Julia ein.

„Deshalb müssen wir hingehen. Wer weiß, vielleicht findet der Intendant es morgen schon wieder unwichtig. Solche Leute haben doch keine Überzeugungen."

„Für wann hast du denn die Karten?", wollte Julia wissen.

„Für heute Abend."

„Heute Abend schon?"

„Na, wir wollen doch weiterkommen, vielmehr: Du willst doch weiterkommen."

„Du tust ja gerade so, als würde uns jemand von der Bühne den Namen des Mörders verraten", sagte Julia.

„Warum denn nicht!", erklärte Hillberger mit Stentorstimme, „man muss nur Ohren dafür haben und ein Oberstübchen, das versteht."

Julia schaute auf ihre Armbanduhr: „Also gut, wann wollen wir uns treffen?"

„Zehn Minuten vor halb acht erwarte ich dich in den Kolonnaden vorm Großen Haus."

„Da bleibt mir gerade noch Zeit für einen Kaffee", erwiderte Julia, „muss schließlich mein Oberstübchen etwas auffrischen."

Zur verabredeten Zeit sah man ihren Vater mit suchendem Blick die Kolonnaden vorm Wiesbadener Staatstheater abschreiten. Er konnte Julia nirgendwo erblicken. Das sieht ihr gar nicht ähnlich, dachte er, Pünktlichkeit hat sie doch von mir gelernt. Schließlich, es ging erbarmungslos auf halb acht zu, eilte sie von der Grünanlage vor dem Theater auf die Kolonnaden zu, erkannte von Weitem ihren unruhig hin und her gehenden Vater und rief ihm zu: „Bin schon da."

„Wo steckst du denn, Julchen? Ich dachte schon, es sei dir was dazwischengekommen."

„Kann man so sagen", erwiderte sie etwas außer Atem.

„Komm, wir müssen uns beeilen."

Die beiden gingen schnellen Schritts zum Eingang des Großen Hauses, und als sie an der Garderobe ihre Mäntel abgaben, fragte Wolfgang Hillberger: „Bin neugierig. Was ist dir dazwischengekommen?"

Julia antwortete: „Kommissar Spyridakis hat angerufen. Aus Rüdesheim. Er hat wirr gesprochen, und plötzlich ist die Verbindung abgebrochen."

„Der wird zu viel von seinem Gesundheits-Tee getrunken haben", sagte ihr Vater, „der Frau Becker, die mich mit diesem Gesöff belästigt, werde ich das demnächst stecken. Moringa-Tee macht wirr."

Inzwischen waren sie im wunderbaren Inneren des Großen Hauses angekommen, Hillberger ging mit seiner Tochter zu den Plätzen in der fünften Reihe, einige distinguierte Blicke, wie für Wiesbaden üblich, streiften die Spätkommenden, und kaum hatten sie Platz genommen, öffnete sich der Vorhang. Auf der Bühne sah man einen grämlichen alten Knaben mit weißem Vollbart und seltsamer Kappe auf dem Kopf hin und her gehen, bis er schließlich sprach: „Habe nun, ach!, Philosophie, Juristerei und Medizin, und leider auch Theologie durchaus studiert mit heißem Bemühn. Da steh ich nun, ich armer Tor, und bin so klug als wie zuvor!"

*

In der Rüdesheimer Weinstube, jener Jakobsklause, hätte Vlassi ebenfalls den Eingangsmonolog aus dem Faust sprechen können. Vielleicht sogar mit größerem Recht und auf jeden Fall mit mehr Theaterblut. Denn er war trotz heißem Bemühn und eifrigem Schürfen in seinem Gedächtnis doch nicht darauf gekommen, woher er seinen Tischnachbarn kannte. Doch war er deshalb ein armer Tor und so klug als wie zuvor? Niemals! Seine Unkenntnis musste er sich ja nicht anmerken lassen. Wozu war er Schauspieler?

„Jetzt verstehe ich", sagte Vlassi schmunzelnd, „ich trinke Wein, und das finden Sie gut."

„Sie trinken nicht, Sie genießen ihn. Das meine ich", entgegnete sein Tischnachbar.

„Und wer Wein genießt, genießt auch das Leben – wollen Sie das sagen?", fragte Vlassi interessiert.

„Es ist ein Zeichen. So wie die Angst vor Krankheiten ebenfalls ein Zeichen ist."

„Verstehe", murmelte Vlassi, „ich neige fast dazu, von meinem gesunden Moringa-Tee abzulassen."

„Sie können ihn ruhig trinken, aber denken Sie dabei nicht, dass er Sie vor dem Tod bewahrt. Trinken Sie ihn, weil er Ihnen schmeckt."

„Er schmeckt mir ja gar nicht."

„Dann müssen Sie umdenken", beschied ihm sein Gegenüber.

Eine Weile herrschte Stille an ihrem Tisch, und Vlassi drangen umso lauter die Geräusche in der Weinstube in die Ohren. Er hatte bis eben noch das Gefühl gehabt, mit seinem Tischnachbarn ganz allein hier zu sitzen. Wo war eigentlich die Kellnerin? Die gab es doch hoffentlich noch.

Sein Gegenüber sah einen Moment nach oben, als ob er an der Decke eine Inschrift entziffern wollte, dann sagte er: „Lebensfreude ist das beste und einzig wirksame Mittel gegen die Todesfurcht."

Vlassi nickte nachdenklich: „Das leuchtet mir irgendwie ein."

Sein Gegenüber hüstelte leicht und sprach weiter: „Ich sagte es Ihnen schon. Viele Menschen haben eine falsche Vorstellung vom Tod. Sie glauben, er ziehe den endgültigen Schlussstrich unter das Dasein und lasse sie für immer von der Bildfläche verschwinden."

Vlassi kam dieser Gedanke bekannt vor, das hatte er doch schon mal gehört. Wieder kramte er in seinem Gedächtnis, und jetzt fiel ihm etwas ein … aber das war unmöglich, ganz und gar unmöglich … dieser Mann sprach ja geradeso wie … der Hase aus seinem Traum. Im nächsten Moment griff er zu seinem Weinglas und nahm hektisch einen Schluck. Im Trinken noch wurde ihm klar, dass man auch in einem Traum Wein trinken konnte – es war also kein Beweis, dass er nicht träumte. Träume ich das alles etwa nur?, überlegte er, glaube ich, in einer Weinstube zu sitzen, während ich mich in Wirklichkeit in meinem Bett hin und her wälze und vor mich hin träume.

„Jetzt trinken Sie zu hastig", stellte sein Tischnachbar fest.

Vlassi stellte das Glas zurück und bemerkte etwas widerwillig: „Er schmeckt mir eben so gut."

Sein Gegenüber nickte, schien aber ein wenig betrübt zu sein von seiner Lüge.

In Vlassis Kopf ratterten einige Gedanken durcheinander. Wie konnte er feststellen, ob er sich in einem Traum befand? Während man träumt, kommt einem doch alles ganz real vor, man hält es für die wirklichste Wirklichkeit. Irgendwie müsste er diesen Kerl auf die Probe stellen, nur wie? Nach ihm greifen, bis er feststellt, dass sein Tischnachbar sich in Luft auflöst? Oder sollte er vielleicht fragen: Sagen Sie, sind wir uns schon mal in einem Traum begegnet? Sie sind doch bestimmt in Wirklichkeit ein Hase. Und kann es sein, dass ich auch jetzt träume, und Sie verwandeln sich gleich wieder in einen Hasen und hoppeln mit einem Glas Wein in der Pfote davon?

Vlassi überwand seine abstrusen Gedanken und sagte schließlich behutsam: „Glauben Sie auch, dass der Tod kein Schlusspunkt, sondern nur ein Komma ist?"

Der Mann bog seinen Kopf leicht vor: „Sehr gut gesagt, der Satz könnte von mir sein."

Immer diese Konjunktive, dachte Vlassi, könnte, würde, wäre. Warum sagt er nicht, dass der Satz sehr gut ist, weil er von ihm stammt. Ich würde das machen! Schließlich hatte Vlassi diesen Satz gewählt, weil ihn der Hase in seinem Traum ausgesprochen hatte, nachdem er sich in den Herrn Tod verwandelte.

Vlassi entschloss sich zur Direktheit: „Kommt der Satz nicht von Ihnen?"

„Wenn ich mich recht erinnere, haben Sie ihn eben gesagt", antwortete der Unbekannte. Er machte eine kleine Pause, um fortzufahren: „Wichtig allein ist der Inhalt, den der Satz transportiert. Der Tod ist im Leben nur ein Komma. Darum geht es."

Vlassopolous Spyridakis schaute sein Gegenüber nachdenklich an, griff dann zu seinem Glas Wein und trank bedächtig. Der Unbekannte sah ihm zu, doch nach einer kurzen Weile sprach er weiter: „Es gibt Menschen, die wollen immer weiterleben, sie irren durch ihr Leben wie ein Gespenst und können den Tod nicht akzeptieren. Sie streben nach …“

Vlassi stellte das Glas ab und sprach den Satz seines Gegenübers zu Ende: „Sie streben nach dem ewigen Leben, das meinen Sie doch?“

Der Mann nickte: „Ja, aber sie streben es in ihrer jetzigen Form an. Wer in dieser Weise immer weiterleben will, weiß nichts von der Magie des Todes.“

„Magie, ist das nicht etwas übertrieben?“, fragte Vlassi.

Der Unbekannte drehte leicht den Kopf, was eine Verneinung andeuten sollte: „Alles Vergängliche ist nur ein Gleichnis. Der Tod ist gut, vielleicht sogar großartig für den, der sich nicht bitterlich über ihn beklagt und gegen ihn ankämpft.“

„Ja, ja“, murmelte Vlassi, „aber der Tod ist doch grausam und ein bösartiger Räuber – er raubt schließlich das Leben.“

„Er raubt das, was die Menschen Leben nennen.“

„Wie sollen wir es denn sonst nennen?“, begehrte Kommissar Spyridakis auf, „sollen wir es vielleicht Löbon nennen?“

Wieder hörte er ein leichtes lachartiges Hüsteln des Unbekannten. Muss ich mir einprägen, dieses Hüsteln, ging es Vlassi durch den Kopf, einprägen und proben, das hört sich sehr theaterwirksam an und wird meine Rolle bei der Schädler-Truppe bedeutender machen. Kurz bevor die Scheuermann mich ersticht, werde ich auch so hüsteln und jeder im Publikum wird nur Augen und Ohren für mich haben.

„Sie sind ein einigermaßen witziger Zeitgenosse“, hörte er von seinem Gegenüber.

Vlassi lehnte sich zurück und schnitt ein empörtes Gesicht: „Einigermaßen? Können Sie das Wort nicht durch ein zutreffenderes ersetzen? Ich schlage sehr vor oder wenigstens ziemlich.“

„Einverstanden. Sagen wir also ein ziemlich witziger Zeitgenosse.“

Vlassi zeigte sich einigermaßen zufrieden, griff wieder nach seinem Weinglas und hob es hoch, als ihm etwas einfiel: „Sagen Sie, trinken Sie eigentlich nichts?“

„Ich habe schon getrunken, allerdings nur ein Fläschchen Wasser, die Kellnerin hat die leere Flasche schon abgeräumt.“

Vlassi trank allein und dachte für sich: Besser so – wenn vor ihm auch ein Glas stände, hätte er vielleicht mit mir anstoßen wollen. Und wenn er doch der Hase aus meinem Traum ist, wäre das eine Berührung der soundsovielten Art, die mir vermutlich gar nicht munden würde, die mich eventuell in ferne Galaxien befördert oder eventuell sogar auch zum Hasen macht.

„Was ich noch sagen wollte“, hörte er sein Gegenüber, der eine kleine Pause machte, um höflich mitzuteilen: „Aber ich sage es nur, wenn Sie interessiert sind.“

„Unbedingt“, erwiderte Vlassi, „ich bin sehr interessiert, was Sie über das Löbon, ich meine das Leben noch zu sagen haben.“

„Sie glauben, der Tod sei grausam und ein Räuber. Dem entnehme ich, dass Sie den Tod falsch einschätzen.“

„Ja, liege ich denn so verkehrt?“, fragte Vlassi.

Sein Tischnachbar hob und senkte leicht den Kopf, was seine Zustimmung bekundete.

„Der Tod ist ein Segen, wenn ich so sagen darf", sprach er dann, „allerdings mit einer kleinen Einschränkung …"

Aha, jetzt kommt die Rolle rückwärts, dachte Vlassi, gab aber keinen Laut von sich.

„Sie fragen nicht, haben keine vorschnellen Einwände?", sagte sein Gegenüber, „das gefällt mir, es zeigt, dass Sie mir zuhören wollen."

Wieder kam von Vlassi kein Ton, er nickte lediglich.

„Ich sagte, der Tod ist ein Segen. Ich könnte auch sagen: Wer den Tod ablehnt, lehnt auch das Leben ab. Das Leben aber – worin besteht es?"

Sein Gegenüber machte eine kleine Pause und Vlassi dachte: Den könnte ich wirklich zur Schädler-Truppe mitnehmen, der würde sich auf jeder Bühne gut machen, der ist ja so gut wie ich, na ja, fast so gut.

Doch schon sprach sein Tischnachbar weiter: „Das Leben besteht in nichts anderem als der Entwicklung. Ich meine damit die Entwicklung des Einzelnen."

Jetzt meldete sich Vlassi zu Wort: „Ist das die kleine Einschränkung, von der Sie sprachen?"

Das Gesicht seines Gegenübers wurde sehr ernst, ja, seine Miene gefror regelrecht: „Nur für den, der sich nicht entwickelt in seinem Leben, ist der Tod ein grausamer Räuber."

Obwohl Vlassi seine kalte Miene etwas bestürzte, raffte er sich zu einer weiteren Frage auf: „Was meinen Sie genau mit Entwicklung?"

Die Antwort kam prompt: „Ein Fortschreiten im Verständnis des Lebens."

„Hmm", machte Vlassi, „das klingt ja recht philosophisch. Ich habe mich wohl nicht geirrt, als ich zu Beginn sagte, Sie seien ein philosophischer Tischgenosse."

Sein Gegenüber zeigte eine kleine wegwerfende Handbewegung: „Philosophie ist alles, was das Leben betrifft."

Vlassi versuchte sich unverzüglich auch in philosophischer Rede: „Man muss also im Laufe des Lebens das Leben und seinen Sinn immer besser verstehen, ja durchdringen – habe ich mich verständlich ausgedrückt?"

Die Mundenden seines Tischnachbarn zogen etwas nach oben, was offenbar ein Lächeln andeuten sollte: „Anzustreben ist ein Tod ohne Besorgnis und ohne panische Angst."

„Und wenn man die Angst nicht ablegen kann?", wollte Vlassi wissen.

Sein Gegenüber bezog die Vokabel Angst sofort auf den Fragesteller: „Haben Sie Angst vor dem Wein und dem Essen?", fragte er Vlassi.

„Warum sollte ich?"

„Eben. Warum also sollten Sie Angst vor dem Tod haben? Er gehört zum Leben."

Vlassi dachte unversehens an den Moringa-Tee, den er aus Gesundheitsgründen trank, die, wie er inzwischen wusste, in Wirklichkeit Todesabwehr-Gründe waren, doch der Unbekannte sprach schon weiter: „Menschen, die sich am Leben festkrallen, an ihrem bisher gelebten und bekannten Leben, die also den Tod nicht akzeptieren, lehnen in Wirklichkeit auch das Leben ab. Sie wollen sich nicht eingestehen, dass Leben nichts anderes als Entwicklung ist."

Bei seinen Worten fiel Vlassi der tote Konrad Neumann ein und was er über dessen Einstellung zum Tod wusste. Die Kryostase – ging es bei ihr nicht darum, immer weiterleben zu wollen? Man musste halt für einige Zeit ins Eis, das Kunststück fertigbringen, als Toter am Leben zu bleiben. Aber danach konnte man beruhigt zurückkehren in sein altes Dasein.

Er überlegte, ob er den Begriff Kryostase ins Spiel bringen sollte, als sein Gegenüber ihm mit einem komischen Lächeln mitteilte: „Der Tod ist ein harmloser Geselle, wenn man ihn zu nehmen versteht. Er ist nur ein Komma, wie Sie feststellten."

„Verstehe", murmelte Vlassi, „nach einem Komma geht es in einem Satz auch weiter … also grammatikalisch gesehen."

Der Unbekannte nickte: „Sie haben verstanden."

In dem Moment erschien die Kellnerin mit einem Teller in der Hand, aus dem es verlockend herausdampfte.

„Das Essen kommt!", sagte sie zu Vlassi, „das gute Hirschgulasch samt Rotkraut und Klößen."

„Wunderbar", stöhnte Vlassi auf, „ich habe inzwischen einen Bären-Appetit. Wenigstens konnte ich mich mit meinem Tischnachbarn angeregt unterhalten."

Die dralle Kellnerin sah ihn irritiert an: „Welchen Tischnachbarn?"

Vlassi machte eine Geste zur anderen Tischseite: „Mit ihm."

Dann schaute er in die Richtung, in die seine Hand wies – aber er sah niemanden mehr. Die Kellnerin freilich wollte in seinem Verhalten jenen Witz erkennen, den sie schon zu Beginn bei ihm gespürt hatte: „Soll ich mal wieder eine Empfehlung aussprechen?"

Vlassi nickte verwirrt.

Sie gab ihre Empfehlung im Dialekt, wohl, um sie wirkungsvoller zu machen: „Esse Sie in aller Ruhe und trinke Sie noch en Schoppe – so komme Sie widder zu Kräfte."

11 Was ist der Sinn des Lebens?

Fast zur gleichen Zeit, als Vlassi mit dem seltsamen Unbekannten in der Rüdesheimer Jakobsklause ein aufschlussreiches Gespräch führte, saßen Julia und ihr Vater im Ristorante Venezia in der Nähe des Wiesbadener Staatstheaters. Der Besuch des Venezia gehörte längst zu ihrem Theaterprogramm. Es handelte sich gewissermaßen um den vierten Akt im Spiel.

Und der Kellner Salvatore begrüßte nicht nur Julia wie eine alte Freundin, sondern reichte auch Wolfgang Hillberger die Hand. Dieser ältere Herr konnte kein Mordbube, ja nicht einmal ein Verdächtiger sein, für den ein spezielles Essen zubereitet werden musste. Denn die Commissaria hatte ihn schon beim letzten Mal dabei, und obendrein schien ihr Begleiter italienisch zu sprechen, es jedenfalls zu versuchen, was Salvatore entzückte.

Auch Hillberger kannte natürlich den Kellner, erinnerte sich sogar an seinen Namen: „Buonasera Salvatore", sprach er, „vogliamo pranzare. C'é un tavolo libero per due persone?"

„Aber natürlich habe ich einen freien Tisch für Sie", erwiderte Salvatore.

Und Wolfgang Hillberger lächelte leutselig, hielt sich aber mit weiteren fremdsprachlichen Exkursionen zurück. Man musste sich ja nicht zu weit vorwagen, am Ende stellte der Kellner fest, dass es mit seinem Italienisch nicht so weit her war. Nein, nein, freundlich lächeln musste fürs Erste und Weitere genügen. Salvatore führte sie an einen kleinen Tisch, nahm ihnen die Mäntel ab, brachte ihnen die Speisekarten und zog sich diskret zurück.

„Man soll bei dem bleiben, was sich als gut und nahrhaft bewährt hat", sagte Vater Hillberger, die Karte studierend.

„Ich bin der Meinung, dass man auch mal was anderes essen sollte", widersprach Julia.

„Also nicht die Tagliatelle?", fragte Hillberger.

Seine Tochter lächelte ihn an: „Aber doch! Ich nehme sie allerdings mit Pilzen."

„Wie ich das letzte Mal?", lächelte ihr Vater zurück.

„Wie du das letzte Mal", bestätigte Julia.

„Hier sitze ich, ich kann nicht anders!", trompetete Hillberger. „Dann nehme ich diesmal die Tagliatelle mit Lachs."

„Musst du mir denn alles nachmachen?", fragte Julia mit heiterer Stimme.

„So bleibt es in der Familie", nickte Hillberger und setzte mit Ironie in der Stimme hinzu: „Wir wissen eben, was sich gehört."

Salvatore erschien am Tisch: „Haben Sie schon gewählt?"

Wolfgang Hillberger wollte ihn ein wenig foppen und sagte: „Auch diesmal haben wir uns nicht für das Gericht Abermals entschieden ..."

Salvatore stutzte einen Moment, dann aber erinnerte er sich und grinste: „Ich weiß, worauf Sie anspielen."

Hillberger teilte mit: „Abermals kann ich Sie loben. Ihr Gedächtnis funktioniert."

Denn Wolfgang Hillberger war von dem Wörtchen abermals sehr angetan, das der Kellner bei ihrem letzten Besuch benutzt hatte.

Salvatore sagte mit jetzt ernster Miene: „Die deutsche Sprache ist mir hoch und heilig."

„Ich freue mich schon, wenn die Vokabel abermals jemandem gefällt und er sie verwendet", erwiderte Hillberger, der natürlich den Gran Ironie in Salvatores Satz mitgehört hatte, „hoch und heilig muss es nicht gleich sein."

Nun lächelte Salvatore wieder: „Und ich freue mich, ich möchte sogar sagen, ich freue mich abermals, dass Ihnen meine Sprachkenntnisse gefallen und im Gedächtnis geblieben sind."

Hillberger ließ sich nicht lumpen und entgegnete: „Ihre Rede ist würdig und ehrenvoll, man spürt, dass Sie einem Kulturvolk entstammen."

Jetzt wurde es Julia etwas zu bunt: „Vielleicht könnt ihr ein Sprachseminar veranstalten mit dem Titel: Wie der Italiener deutsch spricht und der Deutsche italienisch."

Sofort fühlte sich Salvatore angesprochen: „Natürlich bin ich wegen der Bestellung zu Ihnen geeilt und nicht wegen eines Seminars."

„Sprachseminar ist aber auch wichtig", wollte sich Vater Hillberger nicht von dem Thema abbringen lassen.

„Wichtig ist vor allem, dass wir Appetit haben und bestellen wollen", klärte ihn seine Tochter auf und wandte sich an Salvatore: „Ich nehme diesmal die Tagliatelle mit Pilzen."

„Und ich die Tagliatelle mit Lachs", vervollständigte Hillberger die Bestellung, konnte sich aber nicht verkneifen hinzuzufügen: „Das Gericht Abermals sparen wir uns abermals auf."

In Salvatores Gesicht zog ein Grinsen: „Merke ich mir vor, es muss ja nicht für immer sein. Darf ich Ihnen auch zwei Gläser vom Montepulciano bringen?"

„Aber natürlich", sagte Hillberger, „den sparen wir uns nicht auf."

Salvatore wollte von dannen eilen, als ihm noch etwas einfiel. Er drehte sich zum Tisch und sagte: „Kürzlich war jemand von der Familie da, auf Empfehlung der Commissaria. Ein großer dünner Mann in Begleitung einer jungen Frau."

Julia wusste sofort, um wen es sich handelte, auch ihr Vater nickte und murmelte: „So groß wie er scheint, ist er nicht."

Salvatore verschwand, und Wolfgang Hillberger brummelte: „Dein Spyridakis glaubt jetzt schon, zur Familie zu gehören. Unglaublich."

Doch Julia grinste: „Polizeifamilie hat er sicher gemeint."

Hillberger überwand seinen leichten Grimm: „Aber Salvatore gefällt mir immer besser. Dieser Bursche versorgt unsereins nicht nur lukullisch, sondern auch sprachlich geradezu vorzüglich."

Julia nickte, sie wusste ja längst, dass ihr Vater ein sprachbewusster Mann war, dem es Vergnügen machte, über selten benutzte Wörter zu parlieren.

„Sag mal, beim Faust, den wir gerade gesehen haben", sprach sie, „ist mir eingefallen, dass ich ihn als Schülerin gar nicht gern gelesen habe. Ich frage mich, ob das wegen der Thematik …"

Ihr Vater ließ sie nicht ausreden: „Wer etwas erzählt, muss immer darauf gefasst sein, dass man seine Glaubwürdigkeit anzweifelt. Das wissen natürlich gute Autoren, dieser Zweifel reizt sie, und sie versuchen ihn zu brechen, indem sie provozieren und gerade das Unwahrscheinliche zum Besten geben."

„Du meinst den Mephisto, der sich dem Faust in Gestalt eines Pudels nähert."

„Ganz genau", erwiderte ihr Vater, „wer kann schon behaupten, einem Pudel zu begegnen, der sich als Teufel herausstellt." Er machte eine kleine Pause: „Aber dieser Faust, den wir eben auf der Bühne gesehen haben, hat mir nicht besonders gefallen …"

„Den Schauspieler meinst du?"

Ihr Vater nickte: „Weißt du, was der bedeutende Schauspieler Josef Kainz einmal auf die Frage, warum er nie den Faust spielt, geantwortet hat?"

Julia schüttelte den Kopf.

„Er hat gesagt, den Faust kann nur ein wirklich bedeutender Mensch spielen, und ein wirklich bedeutender Mensch wird kein Schauspieler."

„Ein Mann mit Einsicht offenbar", sagte Julia, „vielleicht hat ihm die Figur auch nicht gefallen, ich hab' den Faust als Schülerin auch nicht gern gelesen, wahrscheinlich wegen der altmodischen Sprache."

„Der Blankvers ist doch nicht altmodisch", teilte Hillberger mit, „höchstens etwas veraltet, aber das war er schon zu Goethes Zeiten." Er hielt einen Moment inne, um weiterzusprechen: „Aber so wie dir geht's vielen. Soll ich dir ein Geheimnis verraten?"

Julia nickte: „An Geheimnissen bin ich immer interessiert."

„Ob einem ein Stück Literatur gefällt oder nicht", sagte ihr Vater, „das hängt auch vom eigenen Alter ab."

„Aber sollte Literatur nicht etwas für alle Altersklassen sein?"

„Eben nicht!", erwiderte ihr Vater entschieden, „wenn man jung ist, interessiert man sich meist nicht für die Thematik des Faust, obendrein halten Junge die Sprache für überholt. Ich spreche aus Erfahrung."

Wolfgang Hillberger war vor nicht allzu langer Zeit noch Lehrer, Oberstudienrat für Deutsch und Englisch, und hatte offenbar immer mal wieder versucht, seine Schüler mit dem Faust-Drama zu ködern.

Jetzt sagte er: „Wenn man älter wird, erkennt man, dass der Faust einen doch sehr angeht …"

Julia warf ein: „Wenn Kommissar Spyridakis jetzt bei uns wäre, würde er wahrscheinlich sagen: Der Faust ist ein Stück für alte Knacker."

Hillberger ließ sich nicht aus der Ruhe bringen: „So unrecht hätte er nicht. Aber warum sind die Alten eigentlich Knacker?" Er hob nachdenklich den Kopf, um dann weiterzusprechen: „Aber auch dieses Wort ist nicht verkehrt. Die Alten knacken die Probleme besser – dank ihrer Lebenserfahrung. Wenn man es so versteht, hat die Wendung von den alten Knackern einen guten Sinn."

Julia lächelte, aber nach innen. Ihr Vater war eben ein Sprachmensch durch und durch, und hatte er mit seiner Deutung so unrecht?

Sie fragte: „Warum kann man eigentlich als Junger mit dem Faust nicht so viel anfangen?“

„Du hast doch gerade gesehen, um was es geht. Ein alter Knacker, ein Gelehrter, kommt auf seinem Gebiet nicht weiter. Er ist ziemlich am Ende. Da kommt es ihm gerade recht, dass er wieder jung werden kann.“

„Ist das nicht ein Menschheitstraum?“, fragte Julia.

„Na bitte – schon haben wir die Aktualität. Eine Aktualität, die es schon immer gab und die nur die Alten erkennen. Sie identifizieren sich mit dem Faust, sie verstehen ihn, denn am liebsten würden sie auch wieder jung werden.“

„Willst du das eigentlich auch?“, beugte sich Julia fragend vor.

Ihr Vater lehnte sich zurück, um dann zu sagen: „Du solltest es besser wissen, du kennst mich doch schließlich.“

Julia räusperte sich: „Du hast recht, ich frage schon wie eine Kommissarin, die einem Verdächtigen eine Information zu entlocken versucht.“ Sie machte eine kleine Pause: „Nein, du willst dich nicht wie der Faust verjüngen.“

„Ich glaube“, sagte Hillberger nachdenklich, „dass alles im Leben seine Zeit hat. Die Jugend mit ihren Problemen und Wünschen hat ihre Zeit, das Alter ebenso mit seinen Nöten und Vorstellungen. Wer im fortgeschrittenen Alter auf jung macht, der zeigt damit nur, dass er eine Heidenangst vor dem Tod hat.“

Julia überlegte einen Moment, um dann zu sagen: „Ich glaube, du hast schon wieder recht.“

„Die Frage ist", überlegte ihr Vater, „zu welchem Preis?"

„Wie meinst du das, zu welchem Preis?"

„Na ja, der alte Faust will wieder jung werden, er geht auf das Angebot von Mephisto ein, ihn zu verjüngen – aber welchen Preis muss er dafür zahlen? Was sagt er denn zum Schluss?"

Julia antwortete wie eine gelehrige Schülerin: „Oh wär' ich nie geboren."

„Ja", nickte Wolfgang Hillberger, „das erscheint ihm die bessere, die richtige Variante zu seinem tölpelhaften Verhalten. Lieber nicht geboren, als sich auf das Versprechen der Jugend einzulassen."

„Das noch dazu vom Teufel kommt", ergänzte Julia.

Ihr Vater nickte: „Der Mephisto im Stück ist eine geniale Erfindung von Goethe. Weil er ihn als Gegenspieler zu Gott einführt, und Gott ihn gewähren lässt. Es ist ein Bild, das uns der Autor gibt. Haben wir in unserem Leben nicht immer die Möglichkeit, das eine oder das andere zu tun? Wir besitzen die Freiheit, uns auch für das Falsche zu entscheiden."

„Aber das weiß Faust ja nicht", sagte Julia.

„Es irrt der Mensch, solang er strebt", erwiderte der Vater, „auch das wird uns durch sein Verhalten deutlich gemacht."

„Mit fällt da etwas ein", sagte Julia, und ihr ging durch den Kopf, dass das Versprechen auf Jugend auch etwas mit Unsterblichkeit zu tun hat – und spielte der Gedanke an Unsterblichkeit nicht eine Rolle in ihrem Mordfall?

Doch in dem Moment erschien Salvatore an ihrem Tisch, der den letzten Satz Hillbergers gehört hatte.

„Ich hoffe, dass ich mich nicht geirrt habe und den richtigen Wein bringe", teilte er mit und servierte ihnen zwei Gläser.

Hillberger schaute auf: „Haben Sie auch nach dem bestellten gestrebt – darauf kommt's an, aufs Streben."

„Es irrt der Kellner nicht, solang er guten Mutes strebt", erwiderte Salvatore.

Wolfgang Hillberger schmunzelte: „Auch nicht schlecht. Sie werfen die Frage auf, wie man streben soll. Der Streber in der Schule ist unbeliebt, weil seine Mitschüler den Eindruck haben, dass er sich nur beim Lehrer beliebt machen will. Wer aber guten Mutes strebt, tut's wegen der Sache."

Dem Kellner Salvatore kam das offenbar etwas hoch und unverständlich vor, er murmelte deshalb: „Bin immer guten Mutes und bald zurück."

„Den hast du vergrault", sagte Julia zu ihrem Vater, nachdem Salvatore rasch verschwunden war.

„Warum? Der Mann spricht hervorragend Deutsch, der hat mich verstanden, und ich hab' ihm seine dunkle Rede überhaupt erst klargemacht. Er wird darüber nachdenken."

Julia griff nach ihrem Weinglas und dachte, dass ihr Vater doch ein unverbesserlicher Lehrer war. Dann stieß sie mit ihm an und die beiden tranken von ihrem Montepulciano.

„Wunderbar", ließ sich Hillberger vernehmen und zeigte auf die Weise, dass er auch ein Genießer war, während Julia ein nachdenkliches Gesicht schnitt.

„Schmeckt dir der Wein nicht?", fragte ihr Vater.

„Doch, doch, mir ist nur etwas durch den Kopf gegangen."

„Raus mit der Sprache! Was ist dir durch deinen edlen Kopf gerauscht?"

Julia sagte: „Mir ist ein Zusammenhang in den Sinn gekommen. Du hast gerade über den Faust gesprochen, seine Motive für den Pakt mit Mephisto. Jung werden heißt ja auch, nicht sterben wollen. Und mir ist dazu ein Wort eingefallen, das du mir bei unserem letzten Treffen in Eltville genannt hast."

„Was für ein Wort?"

„Du sagtest Kroistase …"

„Ja, ich erinnere mich", fiel ihr Hillberger ins Wort.

„Es heißt aber Kryostase …"

„Kann auch sein", nickte ihr Vater, „was ist mit dieser Kryostase?"

„Unheilbar Kranke lassen sich nach ihrem Tod einfrieren", antwortete Julia, „und wenn man ihren Krebs, oder worunter sie sonst leiden, erfolgreich behandeln kann, werden sie wieder aufgetaut."

„So etwas gibt es?", fragte Hillberger.

„Es handelt sich um ein relativ neues Verfahren", sagte Julia und protzte ein wenig mit dem Wissen, das ihr Vlassi mitgeteilt hatte, „kryos ist Altgriechisch und heißt Eis oder Frost."

Hillberger zog eine erstaunte Miene: „Man kann im Eis überleben?"

„Mir war das auch neu. Das Blut wird durch ein Frostschutzmittel ersetzt …"

„Genug! Hört sich ja schaurig an", bemerkte ihr Vater und griff zu seinem Weinglas wie nach einem Rettungsring. Dann sagte er: „Der Mensch ist das einzige Lebewesen, das um die eigene Endlichkeit weiß. Die Frage ist doch, was stellt man mit seinem Leben an? Und nicht, wie ersetze ich am besten mein Blut durch ein Frostschutzmittel, wenn ich abtreten muss."

Julia sah ihn aufmerksam und prüfend an.

„Zweifelst du an meinen Worten?", fragte Hillberger und sprach weiter: „Die wahre Aufgabe des Menschen ist es, zu sich selbst zu kommen. Nein, das ist zu ungenau", korrigierte er sich, „ich muss sagen: Man muss mit sich selber weiterkommen, sich selbst voranbringen, sich entwickeln. Das ist der Sinn des Lebens."

Julia nickte jetzt: „Das leuchtet mir ein. Aber die Todesangst von vielen …"

Ihr Vater ließ sie nicht ausreden: „Der Tod ist nichts anderes als eine Art Anwalt! Wie gesagt, nur wir Menschen wissen um unsere Endlichkeit, neigen aber dazu, sie zu vergessen oder zu verdrängen …"

Nun fiel ihm Julia in die Rede: „Man sollte also öfter an den Tod denken, den du Anwalt nennst. Er erinnert uns an unsere Endlichkeit."

„Richtig, wir sind Sterbliche, und er erinnert uns daran. Nicht wenige werden sich von ihm gemahnt fühlen. Das ist genau seine Absicht. Denn die Gemahnten stellen sich dann Fragen. Habe ich genug gewagt? Habe ich genug gegeben? Habe ich genug geliebt?"

Julia griff zu ihrem Weinglas und trank.

Ihr Vater sah ihr zu und fragte: „Mein Kaffeebruder Neumann wollte also in die Kryostase und sich mit einem Frostschutzmittel das Überleben sichern?"

„Offenbar ja", nickte Julia, „er war ja …"

In dem Moment erschien Salvatore mit zwei Tellern in der Hand. Er stellte sie formvollendet auf den Tisch und wollte gerade wieder gehen, als Hillberger fragte: „Sagen Sie, Salvatore, wollen Sie auch ewig leben?"

Der Kellner hielt diese Frage für eine weitere Kuriosität des alten Herrn, wollte aber nicht unhöflich erscheinen und antwortete genau so wie bei der letzten Unverständlichkeit seines Gastes: „Bin immer guten Mutes und bald zurück."

Mit diesen Worten und einem Lächeln entfernte er sich vom Tisch, während Hillberger seiner Tochter zumurmelte: „Und ich dachte, der hätte was drauf. Dabei wiederholt er sich nur."

Julia dagegen sagte: „Bin bald wieder zurück, sagte er. Vielleicht liebäugelt er auch mit der Kryostase."

Wolfgang Hillberger sah sie unwillig an, dann warf er einen Blick auf seinen Teller: „Oh, das sieht ja wunderbar aus. Wer am Essen Freude hat, kann noch nicht in der Kryostase sein."

Die beiden begannen, sich ihrer Tagliatelle, den Pilzen und dem Lachs zu widmen, doch schon nach der ersten Gabel fragte Hillberger: „Du wolltest doch noch was sagen. Was war mit Konrad los?"

„Er war sterbenskrank."

„Tatsächlich?", fragte ihr Vater und ließ sich eine weitere Gabel Tagliatelle schmecken.

„Soll ich weitersprechen oder willst du dich erst dem Essen hingeben?", wollte Julia wissen.

„Sprich nur, ich höre zu."

„Er hatte Leberzirrhose. Maximal noch ein paar Jahre zu leben. Ich weiß das von unserer Rechtsmedizinerin."

Hillberger hielt inne: „Aber akut ist er daran nicht gestorben?"

Julia senkte ihre Stimme: „Nein, sein Tod ist durch Rizin hervorgerufen worden."

„Ein Gift?"

Julia nickte: „Man kann Rizin-Samen ins Essen mischen."

Hillberger legte die Gabel ab: „Wie? Ins Essen?"

Julia sah die Gelegenheit gekommen, ihren Vater ein wenig zu foppen: „Das kann überall passieren. Rizin-Samen schmeckt man nicht. Und Kellner, die man vergrault, vergessen nicht."

„Unsinn", brummte Hillberger und begann wieder zu essen, „der Tod ist kein hinterlistiger Geselle."

„Der Tod vielleicht nicht, aber die Menschen schon", kam es von Julia zurück, „ich müsste von Hartz-IV leben, wenn es nicht so wäre."

Ihr Vater ging auf ihre Rede nicht ein, gönnte sich stattdessen einen Schluck Wein und trank mit Genuss. Dann sagte er: „Der Fall ist wahrlich rätselhaft. Wieso wird ein Todkranker umgebracht?"

„Das frage ich mich auch. Was kann das Motiv …"

Ihr Vater ließ sie nicht aussprechen: „Siehst du, und schon wieder profitieren wir von unserem Theaterbesuch. Faust lässt sich mit dem Teufel ein – warum?"

„Sein Motiv ist: Er will verjüngt weiterleben", antwortete Julia, „und er will ein Mädchen gewinnen."

„Sehr richtig! Mit anderen Worten: Er erträgt den Gedanken nicht, alt zu sein und bald sterben zu müssen."

„Kann man sagen, er hadert mit dem Tod?", fragte Julia.

„Ausgezeichnet diese Formulierung! Mephisto versenkt ihn in ein Meer des Wahns, wie es im Stück heißt. Und obwohl Faust mit ihm wie mit einem Kaffeebruder redet, durchschaut der gelehrte Faust ihn nicht, er glaubt sogar, er sei ihm überlegen. Nebenbei ist das auch eine köstliche Satire auf die Gebildeten und Wissenschaftler, die ja immer alles besser wissen."

Julia nickte zustimmend und dachte dabei, dass es im Grunde so auch bei ihrem Vater und dem toten Konrad Neumann war. Ihr Vater hatte ihn auch nicht durchschaut. Allerdings kam ihr der Gedanke doch etwas verwegen vor, ihren Vater mit Mephisto zu vergleichen.

Hillberger war schon einen Schritt weiter, mit funkelnden Augen fragte er: „Und was kommt bei alldem raus?" Er wartete nicht auf eine Antwort, sondern gab sie selbst: „Fausts eigener Untergang."

Julia, die eben zu ihrem Weinglas greifen wollte, fragte: „Meinst du, der Mephisto ist im Neumann-Fall die Kryostase?"

„Warum denn nicht!", erwiderte ihr Vater überzeugt, „du musst nicht an Personennamen hängen, große Autoren stellen Fragen und geben Antworten, ob Mephisto oder Kryostase – das Versprechen auf ewiges Leben in dieser Welt hat doch was absolut Teuflisches."

12 Furchtbar, das ist ja furchtbar!

Kommissar Vlassopolous Spyridakis fuhr derweil am Rhein entlang, er war auf dem Rückweg nach Wiesbaden. Von Rüdesheim hatte er genug, und spät war's geworden. Ja, nicht nur spät, sondern der Abend hatte sich mehr und mehr verrätselt. Zwar konnte er in der Jakobsklause nicht über sein Hirschgulasch, das Rotkraut und die Klöße klagen, doch seine Gedanken schweiften beim Essen immer wieder zu dem seltsamen Tischgenossen, der nicht mehr bei ihm saß.

Saß er überhaupt jemals bei ihm? Vlassi war sich nicht mehr sicher. Aber wenn er sich das alles eingebildet hatte – dann musste er furchtbar krank sein. Vielleicht sollte er morgen einen Nervenarzt aufsuchen. Herr Doktor, ich bin dem Wahn verfallen. Ich sehe Tischgenossen, die im nächsten Moment nicht mehr da sind. Gibt es Möglichkeiten, wieder normal zu werden und meinem furchtbaren Leiden zu entfliehen, ich wäre so gern gesund wie alle anderen Gesunden.

Im nächsten Moment fiel ihm ein, was der Unbekannte gesagt hatte. Wer Lebensfreude besitzt, ist gefeit gegen Krankheiten. Oder so ähnlich. Er, Vlassi, hatte doch mit Appetit das Hirschgulasch gegessen. Handelte es sich da nicht um Lebensfreude? Gehört Hunger nicht auch zur Lebensfreude? Er hätte das Gulasch ja auch miesepetrig herunterwürgen können. Und den Wein hatte er doch ebenfalls genossen. Und sogar innerlich dem Moringa-Tee Ade gesagt. Ihm fiel ein weiterer Satz seines Tischnachbarn ein: Wer Wein genießt, genießt das Leben. Ach, vielleicht musste er sich gar nicht so viele Sorgen machen. Vielleicht sollte er dem Nervenarzt sagen: Ich trinke und esse sehr gern, aber seit gestern nicht mehr in Rüdesheim. Nein, nein, nicht wegen der Touristen. Ich bin lediglich zu Ihnen gekommen, um Sie zu warnen. Kehren Sie nimmer in der Jakobsklause ein! Schauriges wird Ihnen widerfahren, sodass Sie am Ende an sich selbst zweifeln.

Vlassi hatte mittlerweile Geisenheim am Rhein hinter sich gelassen und fuhr in Oestrich-Winkel ein. Warum nicht hier ein Päuschen einlegen, es war zwar schon dunkel, aber ein Spaziergang würde ihn gut durchlüften, vielleicht sogar auf ein paar gesunde Gedanken bringen. Die Nacht am Rhein, dachte er, ist immer was Besonderes. Und die Lichter auf der anderen Seite des Rheins blinkten wunderbar, geradezu großstädtisch. Um welchen Ort handelte es sich da drüben? Ingelheim!, fiel ihm ein, das konnte nur Ingelheim sein.

Vlassi fand schnell einen Parkplatz in der Nähe des Rheins und machte sich zu einem Spaziergang auf. Die Nacht, die Nacht, ging es ihm durch den Kopf – ich bin eben doch ein Nachtmensch. Carola wird sich in ihrem Bett nach mir verzehren, aber, liebste Carola, ich muss dir leider sagen, dass die Nacht meine wahre Geliebte ist. Es heißt ja auch die Nacht und nicht der Nacht.

Ihm fiel ein, als er auf den dunkel schimmernden und träge dahinfließenden Rhein schaute, dass sein Rüdesheim-Besuch ihm im Grunde nichts eingebracht hatte. Im Weingut Kirchrath war's so gut wie zappenduster, und diesen Bernd Hartung hatte er auch nicht angetroffen. Was hätte dieser Hartung ihm auch schon sagen können? Hätte er ihn nach der Kryostase gefragt, hätte der wahrscheinlich geantwortet: Versteh' nicht. Buchstabieren Sie das Wort mal.

Aber so ganz überflüssig war seine Fahrt vielleicht doch nicht gewesen, fiel Vlassi ein. Denn nach seinem mit Genuss verspeisten Hirschgulasch kam die Kellnerin an seinen Tisch, wollte wissen, ob er wieder Kraft getankt hätte, was er übersetzte mit: Ob er wieder zu Verstand gekommen sei. Er bejahte, und sie sagte: „Ein Schoppe von unserm gute Riesling rollt für Sie an."

Dieser neuerliche Schoppen brachte Vlassi auf eine Idee. Warum nicht die Kellnerin befragen? So ein Personal weiß oft mehr, als es scheint, vor allem in Weinstuben. Und Vlassi dachte dabei an die Besuche im Mainzer Weinhaus Michel, zu dem ihn der Kollege Lustig öfter hinzerrte. Gar nicht verkehrt! Da lernt man die Menschen kennen, da stülpt sich ihr innerstes Wissen nach außen, ja, im Grunde ist der Besuch von Weinstuben ein Studium in Menschenkunde. Nachdem er sich selbst so instruiert hatte, war er gerüstet für das nächste Kommen der drallen Kellnerin.

Er lächelte sie an und sprach: „Hab' ich doch wirklich gedacht, dass ich mit dem Mann am Tisch saß, nach dem ich suche. Ich heiße übrigens Vlassi, und Sie müssen Brigitte sein."

Vlassi sprach Brigitte französisch aus, er glaubte, dass die welsche Aussprache bei ihr Eindruck machte.

Die aber sagte: „Brischitt? Lasse Sie die Ferz, ich heiße Lisbeth."

„Lisbeth, auch ein angenehmer Name, eigentlich noch schöner als Brischitt."

„Aber Ihren", erwiderte Lisbeth, „finde ich kurios. Vlaaasi? Was ist denn das für ein Name? Der klingt nach nem flachgekloppte Teig."

Der Kommissar erläuterte: „Kein Teig. Ein griechischer Name. Die Koseform von Vlassopolous."

„Ei, soll ich Sie jetzt kose?", grinste die Kellnerin.

Vlassi behielt sein Lächeln im Gesicht: „Warum nicht? Mein Name lädt dazu ein."

„Na, da will ich net so sein", erwiderte Lisbeth, „und setz mich mal zu Ihne, wenn's recht iss."

„Aber bitte", sagte Vlassi und ihm ging durch den Kopf: Die hab' ich schon mal zum Sitzen gebracht, jetzt kann's weitergehen.

Und er dachte dabei ausschließlich an eine geschickte Befragung der Kellnerin. Lisbeth nahm bei ihm Platz und sah ihn auffordernd an. Sie wollte doch hoffentlich nicht gekost werden? Vlassi nahm einen Schluck vom Wein, dann sagte er: „Ach, wissen Sie, mir geht so viel im Kopf herum, da dachte ich schon, ich sitze mit dem Herrn Hartung hier am Tisch." Er hielt einen Moment inne: „Kennen Sie ihn vielleicht?"

Lisbeth legte den Kopf etwas nach hinten, dann sagte sie: „Hartung, Hartung … meinen Sie Klaus oder Bernd Hartung?"

„Ich dachte an den Bernd, wer ist denn Klaus Hartung?"

„Das sind Brüder, nur zwei Jahr auseinanner."

Das war für Vlassi neu: „Ach so, arbeitet denn der Klaus auch beim Weingut Kirchrath?"

Lisbeth sah ihn skeptisch an: „Sie frache, als wär'n Sie von de Polente."

Vlassi erinnerte sich an sein Schauspieler-Debüt bei der Schädler-Truppe, wozu war er ein anerkannter Mime? Er lachte laut auf: „Das ist gut! Polente. Da wär' ich nie drauf gekommen." Er stellte das Lachen ein und beugte sich zu Lisbeth vor, aber nicht, um sich kosen zu lassen, sondern anzudeuten, dass er ihr ein Geheimnis verraten wolle: „Komme aus Erbach, im Vertrauen: Bin ein Konkurrent von Kirchrath."

Doch Lisbeth reagierte nicht wie erwartet: „Der Erbacher Wein schmeckt mir garnet!"

„Oh, da sollten Sie mal meinen probieren", erwiderte Vlassi und tat so, als wäre er geschmeichelt.

„Habbe Sie e Fläschche dabei?"

„Leider nicht, ich labe mich ja gerade an Ihrem Wein – der ist übrigens ausgezeichnet."

„Freut mich, der stammt ja auch net vom Kirchrath."

„Der Kirchrath-Wein ist nicht so gut, gell?", versuchte sich Vlassi in Lisbeths Stil.

Die Kellnerin machte eine abwehrende Handbewegung: „Noin, noin, ich krieg Sodbrenne davon."

Vlassi gab ihr unverzüglich Recht: „Der Magen brennt nach einem Schluck lichterloh, das ist auch meine Meinung."

Lisbeth kam zum Thema zurück: „Was wollte Sie dann vom Hartung?"

„Oh, das ist etwas sehr Geheimes. Sie müssen mir versprechen, es nicht auszuplaudern."

„Na klar, bleibt unner uns.“

„Ich wollte ihn“, sagte Vlassi und überlegte fieberhaft, welche Lüge er ihr auftischen konnte, „ich wollte … gewissermaßen … also … ihn für meine Weinmanufaktur gewinnen.“

„Weinmanufaktur – iss der für so was Hohes geeichnet?“, fragte Lisbeth erstaunt.

Vlassi dachte, dass er sich bloß nicht auf kenntnisreiche Einzelheiten einlassen dürfe und antwortete deshalb: „Mir ist etwas zu Ohren gekommen …“ Er beugte sich wieder vor und murmelte: „Herr Hartung wollte wohl das Weingut Kirchrath verlassen.“

„Das kann sein“, bestätigte Lisbeth, um gleich hinzuzusetzen: „Mit dem Kirchrath hat der sich net verstande, soweit ich gehört hab.“

„Warum denn nicht?“, wollte Vlassi wissen, der jetzt aus reiner Neugier fragte.

Lisbeth schnitt ein betrübtes Gesicht: „Dess iss eine traurige Geschichte …“

„Ach“, machte Vlassi und wirkte ebenso betrübt, was nur für seine schauspielerische Einfühlung sprach, „erzählen Sie mir mehr.“

„Der hat doch seine Tochter verlorn. Die iss in de Rhein gegange. Ertränkt hat se sich.“

„Furchtbar, das ist ja furchtbar“, beeilte sich Vlassi zu sagen.

„Und der Hartung hat den Kirchrath dadefür verantwortlich gemacht“, sprach Lisbeth weiter.

„Hat er denn recht damit?“

„Das weiß kein Mensch.“

„Warum arbeitet er dann noch beim Kirchrath?“, fragte Vlassi und schob nach: „Wenn er den für den Mörder seiner Tochter hält.“

„Na ja, en Mord war's ja net, die iss ja freiwillig ins Wasser gegange.“

„Der Kirchrath hat sie doch ins Wasser getrieben“, erklärte Vlassi, als wüsste er's genau.

„So glaube es viele, ja, ja“, nickte sie.

Vlassi sah ein, dass er so nicht weiterkam, also fragte er: „Der Kirchrath hat wohl einiges auf dem Kerbholz?“

„Wie meine Sie dess?“

„Ich denke da an seinen ehemaligen Kellermeister ...“, antwortete Vlassi und tat so, als müsse er überlegen, „ich glaube Neumann hieß er.“

„Lebt der auch net mehr?“

„Wie kommen Sie darauf?“

„Na, Sie redde in der Vergangenheitsform.“

„Ach so“, erwiderte Vlassi und stellte fest, dass er einen Fehler gemacht und Lisbeth ein gutes Ohr hatte, „ich hab ihn mal kennengelernt in vergangenen Zeiten, deshalb.“

Lisbeth sah ihn skeptisch an, als würde sie seinen Ausführungen nicht ganz trauen.

Vlassi merkte, dass er erläutern musste: „Ach, die Vergangenheit – sie holt einen immer wieder ein. – Kannten Sie denn diesen Neumann?“

„Neumann. Konrad mit Vornamen, gell?“

Vlassi bestätigte durch Nicken.

„Er kam früher ab und zu hierher, abber jetzt hab' ich ihn schon längere Zeit net mehr gesehn.“

Kein Wunder, dachte Vlassi, jetzt müsste er sich ja als Verstorbener in die Jakobsklause begeben, und das Trinken und Essen würde ihm vermutlich auch etwas schwerfallen. Im nächsten Moment fiel ihm ein, dass Neumann ja noch bei Frau Dr. Hauswaldt weilte, aber wenn der Tote der Rechtsmedizinerin mitteilte, dass er noch ein letztes Mal in seine alte Rüdesheimer Klause wollte, würde die ihn vielleicht begleiten.

Laut sagte er allerdings und zog dabei ein betrübtes Gesicht: „Die Menschen vergessen schnell. Dabei kann man hier so gut essen."

Sein letzter Satz erfreute Lisbeth: „Jetzt muss er wahrscheinlich mit irgendeinem Fraß vorliebnehmen und auf Hirschgulasch verzichten."

Vlassi senkte und hob zustimmend den Kopf, um dann zu sagen: „Dieser Konrad Neumann, ist der auch mal vom Kirchrath ins Wasser getrieben worden?"

„In de Rhein?"

„Könnte doch sein", bestätigte Vlassi, „wie ich schon sagte, der Kirchrath macht nicht nur üblen Wein, der macht vermutlich auch andere üble Sachen."

Lisbeth schüttelte den Kopf: „Dadevon weiß ich nix."

„Schade", sagte Vlassi, der gehofft hatte, dass ihm die Kellnerin einige Anhaltspunkte geben würde, die den verdächtigen Kirchrath noch verdächtiger machten.

„Ich kann Ihnen nur eines sagen", ergriff Lisbeth wieder das Wort, „der Kirchrath ist nicht sehr beliebt." Sie beugte sich etwas vor: „Und soweit ich gehört hab', hatte er zu diesem Neumann auch kein gutes Verhältnis."

Sie machte eine kleine Pause, grinste frech und sagte dann: „Vielleicht hat der Neumann mal einen Mutanfall gehabt und ihm gesagt, wie sauer sein Wein iss. Dess hörn Weingut-Besitzer net gern, da werden die selbst sauer."

„Aber der Neumann ist doch Kellermeister", erwiderte Vlassi und lobte sich innerlich, dass er nicht wieder in die Vergangenheitsform gerutscht war, „da hätte er doch selbst Hand anlegen können."

„Glaube Sie denn, so jemand hat was zu sache? Der Wein muss verkauft werden, und billig geht immer am beste."

Vlassi zeigte ein erstauntes Gesicht, sodass Lisbeth eine weitere Erklärung lieferte: „Viele Leut aus nah und fern komme hierher und trinke Wein, dadefür iss der Rheingau ja berühmt. Die habbe aber keine Ahnung, könne garnet einschätze, ob en Wein gut oder schlecht iss. Bei dene fehlt der Gaume."

„Das sind keine Genießer so wie ich", fügte Vlassi an.

Lisbeth sah ihn zweifelnd an, entschied sich dann aber doch zu einem Nicken.

„Wolle Sie noch en gute Schoppe?", sprach sie, „für Sie hab ich noch einen."

Die Frau ist nicht übel, überlegte Kommissar Spyridakis, die ist so wie ich, die denkt ans Geschäft.

„Ich würd' ja so gern", sagte er, „Ihr Wein mundet mir, ich spüre ihn bis in den kleinen Zeh, aber ich muss noch …"

Lisbeth ahnte schon, was er noch sagen wollte und unterbrach ihn: „Wenn Sie noch fahrn müsse, und Sie ihn jetzt schon im kleine Zeh spürn, rate ich von einem weitere Schoppe ab." Sie machte eine kleine Pause und grinste: „Ich will ja, dass Sie wiederkomme ... wechem kose."

Durch Vlassis Kopf eilte der Gedanke, dass er bei dieser Lisbeth aufpassen müsse, beim nächsten Mal legte die ihn glatt flach.

„Ja", sagte er und grinste ebenfalls, „die Koserei liegt den Leuten mit Kosenamen im Blut. Übrigens haben Sie vollkommen recht. Der kleine Zeh ist ein untrügliches Zeichen, und wenn er beschwipst auf und nieder geht ..."

Wieder ließ ihn Lisbeth nicht ausreden: „Sie gefalle mir! Sie habbe Humor, scheint's. So was liegt mir. Sie könne bald widderkomme."

Mit ernster Stimme fragte Vlassi: „Halten Sie auch ein Hirschgulasch für mich bereit?"

„Ei natürlich, Vlaasi, dem Hirsch sach ich Bescheid, dass er sich für den Abschuss bereithält. Ich brauch ihn ja dringend für den Mann mit der Koseform."

Vlassi befand sich nach wie vor in Oestrich-Winkel am Rheinufer, als ihm das mit Lisbeth geführte Gespräch durch den Sinn ging. Jetzt sah er nach drüben auf die andere Rheinseite. War da nicht ein Licht ausgegangen? Na ja, es war ja auch schon spät, da gingen allmählich die Lichter aus. Zumindest auf der rheinhessischen Seite. Aber hier, auf der rheingauer Scholle, kam es ihm noch ziemlich hell vor. Er fasste an das Geländer vor sich, als könnte ihm das seine Auffassung bestätigen. Leider griff er daneben.

Es ist dunkler, als ich dachte, hell ist es nur in meinem Kopf, wurde ihm klar. Und er drehte sich herum und musste feststellen, dass auch in Oestrich-Winkel zwei Lichter der Straßenlaternen ihren Geist aufgegeben hatten. Das kann mich nicht davon abbringen, mich weiter durchlüften zu lassen, am nächtlichen Rhein ist es im Grunde wie am Meer, man schaut in die Ferne, sieht am anderen Ende ein Lichtlein und denkt: Ah, Amerika! Die Lichter vom Broadway. Ich sehe sie von hier aus. Was stört's mich, dass es sich bloß um Ingelheim handelt. Dem Kreativen geht seine Fantasie über alles, die pure Realität nimmt er achselzuckend hin.

Aber leider, fiel Vlassi ein, war er gezwungen, sich mit seiner Realität, dieser mörderischen, zu beschäftigen. Lisbeth hatte ihm doch auch einige Anhaltspunkte gegeben. Mit diesem Kirchrath war offenbar nicht gut Kirschen essen, mit dem konnten offenbar nur wenige. Und wahrscheinlich hatte er auch seine Finger im Spiel beim Tod der Hartung-Tochter. Miesen Wein produzierte er ebenfalls. Wer miesen Wein produziert, dem war auch anderes Mieses zuzutrauen. Und belehren wollte er sich auch nicht lassen. Der tote Konrad Neumann hatte es wohl versucht, war aber elend gescheitert. Elend – diese Vokabel schien Vlassi hier absolut am Platz, mit Fug und Recht konnte man sein Scheitern als elend bezeichnen. Denn ist es nicht elend, mit einem guten Gedanken Schiffbruch zu erleiden? Einem Vorschlag zur Verbesserung des Weins! Aber Neumann war nicht nur gescheitert, überlegte Vlassi, scheitern ist ein viel zu harmloses Wort, sein Scheitern hieß Tod.

Auf einmal tat Vlassi dieser Konrad leid. Handelte es sich bei ihm nicht um einen Mann mit edler Absicht? Er wollte offenbar Kirchraths Wein verbessern. Und wer den

Wein verbessern will – der will die Welt verbessern. Nun ja, das war ein bisschen idealistisch gedacht, aber nicht ganz verkehrt. Jeder Weingenießer, dachte Vlassi, wird mir sofort zustimmen. Und Weinverächter sollen bei ihrem schalen Bier bleiben. Oder dem Moringa-Tee, dem ich den Laufpass gegeben habe.

Vlassi war inzwischen ein Stück an der Uferpromenade des Rheins weitergegangen. Von hinten spendeten noch ein paar Laternen ein müdes Licht, als wollten sie bald auch schlafen gehen. Um diese Zeit war kein Mensch mehr zu erblicken, Kommissar Spyridakis blieb stehen, sog die Nachtluft ein und lobte sich innerlich für sein Innehalten in Oestrich-Winkel. Wo kann man gesündere Luft einatmen als hier am nächtlichen Rhein?

Doch da vorn, bewegte sich da nicht eine Gestalt? Vlassi, der sich eben noch seinen Gedanken und dem Atmen hingegeben hatte, beendete abrupt sein gesundes Tun. Jetzt kam die Gestalt sogar auf ihn zu. Wer konnte das sein? Gab es etwa noch andere Geister, die sich am nächtlichen Rhein und den Luftverhältnissen labten? Seltsamerweise wurde die Gestalt immer kleiner, je näher sie kam. Und da ging Vlassi ein Licht auf. Natürlich, sein Tischnachbar aus der Jakobsklause musste es sein, er war im Begriff, sich ihm als Hase zu nähern. Immer diese Verstellungen! Aber Vlassi wusste Bescheid, er würde verhindern, dass ihn der Hase übersah und mir nichts, dir nichts an ihm vorbeihoppelte. Geehrter Unbekannter, halten Sie inne! Ich habe Sie erkannt, wir können reden.

Solche intelligenten und verwandlungsfähigen Hasen konnte man nicht einfach laufen lassen. Inzwischen war die Gestalt tatsächlich auf Hasengröße geschrumpft und blieb in einigen Metern Entfernung vor ihm stehen. Auch Vlassi rührte sich nicht von der Stelle, glaubte aber, das Gespräch eröffnen zu sollen.

„Guten Abend", sagte er, „so sieht man sich wieder."

Er machte eine kleine Pause und setzte hinzu: „Ich freue mich über das Wiedersehen. Sie waren in der Jakobsklause plötzlich verschwunden, und ich hatte Mühe, mich zu rechtfertigen. Bei Lisbeth, wissen Sie."

Der Hase vor ihm setzte sich auf die Hinterläufe, er schien aufmerksam zuzuhören.

„Ich habe dann noch einen Wein getrunken, vielmehr genossen und es sehr bedauert, dass Sie nicht mehr am Tisch saßen."

Der Hase hob jetzt seinen Kopf und ließ ein schnupperndes Geräusch hören, das Vlassi als Zustimmung deutete.

„Ein Jammer, dass Sie so früh gegangen sind. Ich wollte Sie nämlich noch etwas fragen. Zum Beispiel, welches Buch Sie gelesen haben, als ich kam …"

Vlassi hielt inne, weil er eine Antwort erwartete oder wenigstens das bekannte Hüsteln. Doch er hörte nichts. Na ja, ich habe in der Jakobsklause ja auch geschwiegen, als er redete, dachte Vlassi, jetzt hört er mir eben zu.

„Ihre Ausführungen", hob Vlassi an, „waren für mich hochinteressant. Sie sprachen vom Tod als harmlosen Gesellen, ein ungewöhnlicher Gedanke, wie Sie zugeben müssen …"

Und Vlassi dachte: Jetzt müsste er meinen Satz bringen, der Tod als Komma – und wir wären wieder im Gespräch.

Doch der Hase vor ihm ließ sich stattdessen auf die Vorderläufe fallen und hoppelte wortlos davon.

„Hallo“, rief Vlassi ihm hinterher, „haben Sie's wieder mal eilig?“

Und nachdem der Hase hinter einer Hecke verschwunden war, sprach Vlassi zu sich selbst: „Wie in der Jakobsklause. Der verduftet plötzlich. Wenigstens hätte er mal hüsteln können. Aber vermutlich war ich ihm diesmal nicht witzig genug.“

13 Sie hing fliegend im Wasser

„Sie brauchen unbedingt ein neues Handy!“, sagte Julia Wunder tadelnd in Richtung Kommissar Spyridakis.

Die beiden saßen am Vormittag des nächsten Tages in ihrem Büro. Vlassi gab keine Antwort, nickte stattdessen pflichtgemäß.

„Plötzlich waren Sie weg, vorher sind Sie irgendwo rumgekraucht“, fuhr Julia fort, „jedenfalls haben Sie mir das noch zugenuschelt, bevor ich Sie nicht mehr hörte.“

Sie machte eine kleine Pause, um dann mahnend zu sagen: „Polizeiarbeit sieht anders aus.“

Wieder nickte Vlassi, rang sich dann aber doch zu einer Antwort durch: „Ich brauche unbedingt ein Smartphone, mein Handy gibt wirklich öfter mal den Geist auf.“

Julia warf ihm einen skeptischen Blick zu. Wenn Vlassopolous Spyridakis ihr so schnell recht gab, stimmte etwas nicht.

„Wo sind Sie denn rumgekraucht?“, fragte sie misstrauisch.

„Natürlich dort, wo ich sollte“, antwortete Vlassi, „in Rüdesheim beim Weingut Kirchrath.“

„Na und? Haben Sie mit dem Hartung gesprochen?“

„Ich hab’ ihn überall gesucht, ich wollte sogar in Weinfässer klettern, um ihn zu finden, in die leeren meine ich …“

Julia wurde es zu lang: „Die vollen hätten Sie vermutlich vorher leer getrunken, nehme ich an."

Vlassi merkte, dass er seine Chefin etwas erheitern musste, um sie von ihren Misstönen abzubringen: „Hab' ich ja auch versucht, aber die Fässer waren mir über. Und dann ist mir mein guter Moringa-Tee eingefallen."

Tatsächlich spielte jetzt ein leichtes Lächeln um Julias Mund: „Die vollen Fässer haben Sie doch hoffentlich nicht beschwipst gemacht?"

Vlassi dachte sofort an die letzte Nacht: „Sie meinen, dass ich mir etwas eingebildet habe durch Beschwipsung?"

„Vielleicht haben Sie sich den ganzen Rüdesheim-Besuch eingebildet. Könnte es sein, dass Sie ganz woanders rumgekraucht sind?"

Vlassi atmete auf, er wusste, dass er Frau Wunders Vermutung mit Fug und Recht widersprechen konnte, denn ihm fiel sein Gespräch mit Lisbeth ein.

„Aber natürlich war ich in Rüdesheim! Habe sogar eine Zeugin dafür, die ich strengstens vernommen habe", teilte er mit.

Julia warf ihm einen interessierten Blick zu, dann wiederholte sie: „Strengstens vernommen?"

„Es handelte sich um die Chefin eines Weinlokals, der Jakobsklause. Ich musste bei ihr recherchieren und war gezwungen, ein Glas Wein zu trinken. Da kam ich nicht drumrum. Bei der Gelegenheit habe ich sie, nun ja, nicht gerade streng vernommen, aber äußerst intensiv befragt."

„Das hört sich schon besser an. Mit welchem Ergebnis?"

„Die Dame heißt Lisbeth, den Namen Brischitt hat sie abgelehnt, obwohl er von mir kam“, hob Vlassi an.

„Weiter, was hat sie gewusst?“

„Ich hab mich als Konkurrent vom Kirchrath ausgegeben, Sie müssen wissen, dass ich neuerdings eine Weinmanufaktur in Erbach besitze“, erläuterte Vlassi.

Julia schmunzelte, Einfälle hatte ihr Spyridakis, wenn er auch öfter mal in die Irre ging.

„Diesen Bernd Hartung kannte die Lisbeth. Der hat übrigens einen Bruder, Klaus heißt er …“

„Ist der auch in den Fall verwickelt?“, wollte Julia wissen.

„Offenbar nicht. Aber dieser Bernd Hartung hatte eine Tochter, die sich im Rhein ertränkt hat …“

Julia sprach dazwischen: „Na, so weit waren Sie ja auch schon mal.“

Sie spielte auf jenen Fall an, als Vlassi einen Verdächtigen mit dem Fahrrad verfolgte, dabei im Rhein landete und beinahe ertrunken wäre – jedenfalls nach seiner Auffassung. „Ich wollte mich doch nicht ertränken“, widersprach Vlassi sofort, „in gewissenhafter Ausübung meiner Pflicht habe ich einen Mordverdächtigen verfolgt, der mich in den eiskalten Rhein gelotst hat.“

„Dem Sie eilends entstiegen sind“, ergänzte Julia.

„Mit üblen Folgen für mich. Ich habe mich wochenlang todkrank in unser Büro geschleppt.“

„Na, wochenlang nicht gerade, und todkrank haben Sie sich nur gefühlt.“

„Der Tod lauert überall“, stellte Vlassi überzeugt fest, „in welcher Form auch immer.“

Julia nickte begütigend: „Berichten Sie weiter von dieser Lisbeth."

„Also die Lisbeth erzählte mir bei meiner einfühlsamen Befragung, dass einige in Rüdesheim glauben, dass der Kirchrath am Tod der Hartung-Tochter schuld war."

„Der hat sie in den Rhein getrieben?"

Vlassi nickte bedächtig: „Wer weiß, vielleicht hat sie ein Kind von ihm erwartet, der Kirchrath wollte sie aber nicht heiraten …"

„Ach, das sind doch alles nur Vermutungen", wehrte Julia mit unwilliger Miene ab.

„Wieso? Die Tochter vom Hartung kann doch in fliegender Stellung im Wasser gefunden worden sein, fliegend wie unser Toter, der Neumann. Und schon haben wir die Parallele."

Julia schaute ihn spöttisch an: „Fliegend im Wasser?"

„Ist auch nicht viel anders als fliegend in der Luft", ließ sich Vlassi zu einer kühnen Behauptung hinreißen.

„Hat man die Tochter so gefunden?", fragte Julia resigniert.

Vlassi räusperte sich: „Ich meine, die Lisbeth hat so was erwähnt."

„Was heißt denn, ich meine? Hat diese Lisbeth das erwähnt oder nicht?", wollte Julia streng wissen.

Vlassi hatte dieses Detail erfunden, um seiner Chefin deutlich zu machen, wie hart er recherchiert hatte. Jetzt merkte er, dass er übers Ziel geschossen war.

„Ich bin … also … nicht mehr ganz sicher."

„Aha", nickte Julia, „Sie haben in dieser Jakobsklause mehr als ein Glas Wein getrunken, das merke ich, und da

Sie nichts vertragen, weil Sie immer nur Ihren Tee trinken, verschwimmt die Befragung und Sie tischen mir aberwitzige Behauptungen auf."

„Aber überhaupt nicht", wehrte sich Vlassi, „Sie können die Lisbeth konsultieren, die wird alles bestätigen, was ich gesagt habe."

Julia erwiderte nichts, erhob sich stattdessen, ging zum Fenster und schaute hinaus. Eine Weile war es still im Zimmer, dann drehte sie sich herum und sagte: „Kommen wir mal zu den harten Fakten, sagen Sie mir alles, was Sie in Rüdesheim herausgefunden haben."

Vlassi setzte aufs Neue an und berichtete, ließ aber vorsichtshalber den Unbekannten an seinem Tisch in der Jakobsklause weg. Wenn er von dem erzählte, würde Frau Wunder erst recht an seine Beschwipstheit glauben, ja vielleicht sogar denken, dass er völlig besoffen war und sich mit einem Unbekannten in einen Rausch getrunken hatte.

„Also gut", sagte Julia, nachdem er seinen Bericht beendet hatte, „es scheint so zu sein, dass Kirchrath schlechten Wein gemacht hat, seinen Kellermeister Neumann loswerden wollte, ihn offenbar als lästig empfunden hat …"

„So sehe ich das auch", stimmte Vlassi eifrig ihrer Rede zu, „und ich habe bereits über die Frage nachgedacht, warum er ihn umgebracht hat … ich meine haben könnte."

„Ich bin natürlich aufs Äußerste auf Ihr Denkergebnis gespannt, Herr Spyridakis, aber es ist doch klar, dass der Neumann ihm Verbesserungsvorschläge machte und ihn möglicherweise sogar …"

Die Tür ging mit einem Ruck auf und Kriminalrat Robert Feuer stürmte ins Zimmer.

„Lieber Herr Feuer", sagte Julia, „meine Ohren würden es Ihnen danken, wenn Sie die Tür etwas behutsamer öffnen könnten."

„Könnte ich, könnte ich", entgegnete Feuer, „aber ich will nicht."

Er warf einen Blick auf den müde und schlaksig dasitzenden Kommissar Spyridakis: „Gewisse Mitarbeiter muss man am Einschlafen hindern."

Vlassi ließ sich nicht beirren, machte seine langen Beine noch länger und hielt sich die Hand vor den Mund, als müsse er gähnen. Feuer sah es und verkündete mit lauter Stimme: „Das hier ist ein Dienst- und kein Schlafzimmer. Wach sein und hart arbeiten, das ist unsere Losung. Es gilt, einen schwierigen Fall zu lösen."

Mit dösiger Stimme erklärte Vlassi: „Sind unentwegt dabei."

„Sie auch?", fragte Feuer in seine Richtung, doch da er keine Antwort von Spyridakis erwartete, wandte er sich an seine Chefin: „Er auch?"

Julia verteidigte stets ihren Vlassi, so auch diesmal: „Kommissar Spyridakis hat sich die letzte Nacht um die Ohren geschlagen, er war in Rüdesheim …"

„Rüdesheim, Rüdesheim", ließ Feuer sie nicht ausreden, als ihm etwas einfiel: „Da waren Sie doch schon", sprach er in Richtung Julia, „bei diesem Weingut Kirchrath."

„Und der Wein hat mir nicht geschmeckt."

Feuer reckte sich: „Weiß ich, weiß ich. Ich habe doch nach Ihrem Besuch sofort ein Motiv herausgefiltert."

„Aus dem Wein?", ließ sich Vlassi hören.

„Sind Sie wieder wach?", fragte Feuer, um gleich weiterzureden: „Ich habe ein Motiv für den Mord an diesem Neumann herausgefiltert, sehr richtig. Weinpanscherei!"

„Ja, ja, das sagten Sie", stimmte Julia zu, und Vlassi ließ sich auch gleich hören: „Sie liegen da vermutlich gar nicht verkehrt."

Feuer wandte sich zu Kommissar Spyridakis: „Warum sollte ich auch verkehrt liegen? Haben Sie meine Vermutung bestätigt gefunden?" Und mit Ironie in der Stimme fügte er hinzu: „Als Sie sich die Nacht um die Ohren schlugen."

Vlassi nickte und machte auf hellwach: „Voll und ganz. Ich habe verschiedene Personen vernommen und deren Aussagen deuten auf die Richtigkeit Ihrer Analyse, ich meine Ihrer Herausfilterung hin."

Feuer warf ihm einen skeptischen Blick zu: „Etwas genauer bitte. Dieser Kirchrath wird Ihnen doch wohl nicht gesagt haben, dass er seinen Wein panscht."

„Aber nein, Herr Feuer, Sie sollten mich besser kennen. Ich habe den indirekten Weg gewählt. Habe in einer Weinstube recherchiert …"

Julia hatte den Dialog mit innerem Schmunzeln verfolgt, jetzt aber glaubte sie eingreifen zu müssen, ehe Vlassi aus Schusseligkeit etwas sagte, was den Kriminalrat auf die Palme trieb.

So erklärte sie: „Kommissar Spyridakis hat mir eben berichtet, dass Kirchrath offenbar die Tochter eines Mitarbeiters in den Tod getrieben hat."

Prompt erwiderte Feuer: „Da haben wir's." Er machte eine kurze Pause: „Wie waren die Todesumstände? Hing sie auch fliegend in der Luft?"

Vlassi meldete sich zu Wort: „Sie hing fliegend im Wasser."

„Was?"

„Herr Spyridakis meint", übersetzte Julia, „dass man die Tochter ertrunken im Rhein gefunden hat."

„Nun ja, immerhin", brummelte Feuer, um sich zu seiner ganzen, allerdings nicht sehr großen, Größe aufzurichten, „eine gewisse Ähnlichkeit erkenne ich hier. Da hat der Kollege Spyridakis gar nicht so unrecht mit seiner Formulierung."

Vlassi dankte ihm den Beistand mit einem souveränen Nicken, was Julia erfreute, da sie befürchtet hatte, dass Kommissar Spyridakis zu einer weiteren grotesken Erläuterung ansetzen würde.

Robert Feuer machte zwei Schritte im Zimmer, um sich dann wieder zum Schreibtisch seiner Mitarbeiter zu drehen: „Also gut, es hat sich offenbar bestätigt, was ich von Anfang an vermutet habe. Bei diesem Kirchrath handelt es sich um einen Weinpanscher, der seinen Kellermeister in die Wüste geschickt hat, weil der ihm auf die Schliche gekommen ist …"

Vlassi stimmte eifrig zu: „Vermutlich hat dieses Weingut sogar mit Glykol gearbeitet. Glykol ist …"

Feuer schickte ihm einen anerkennenden Blick: „Ich weiß, ich weiß. Sehr gut, Herr Spyridakis. Sie sind wieder wach, merke ich." Und gleich fuhr er fort: „Der tote Neumann hat jedoch hat keine Ruhe gegeben, ich meine, als er noch am Leben war. Der Kirchrath war ihm zu gierig, zu sehr Business-Mensch, wahrscheinlich wollte Neumann seinen ehemaligen Chef sogar anzeigen."

Jetzt schaltete sich Julia in Vlassi-Manier ein: „Ausgezeichnet, Herr Feuer, das ist eine glänzende Analyse, der ich vollkommen zustimme."

Feuer fühlte sich geschmeichelt: „Nun ja, wir wollen nicht übertreiben. Auch Sie und sogar Kommissar Spyridakis haben ja einen Anteil daran, wenn auch einen minimalen." Er hielt kurz inne: „Jetzt können Sie Ihren Anteil vergrößern. Wir müssen diesen Kirchrath nur noch überführen, wir brauchen ein paar kleine Beweise. An die Arbeit!"

Mit diesen Worten rauschte Kriminalrat Robert Feuer aus dem Zimmer. Kaum war er draußen, fragte Vlassi seine Chefin: „Warum haben Sie ihm denn so enthusiastisch zugestimmt, das ist doch sonst gar nicht Ihr Stil?"

„Ich wollte mal wie Sie sein, man muss zwischendurch immer was Neues ausprobieren."

Vlassi sah sie zweifelnd an: „Ich glaube eher, Sie wollten ihn durch Zustimmung vertreiben. Ist ja auch 'ne Methode."

Julia grinste: „Sie sind und bleiben ein wertvoller Spürhund. Und auch jetzt sind Sie auf der richtigen Fährte."

Vlassi hob den Kopf: „Die Vokabel Spürhund bitte ich zu vermeiden, Spürnase ist treffender."

„Einverstanden", nickte Julia, „sagen wir also, Sie sind eine wertvolle Spürnase."

Vlassi war sich nicht sicher, ob er ihr glauben konnte. Solches Süßholzraspeln war er gar nicht von ihr gewohnt.

Und hatte Feuer so unrecht mit seiner glänzenden Analyse, wie Frau Wunder selbst sagte? Das war doch im Grunde auch seine, Vlassis ureigene Idee, die Feuer nur plump ausgesprochen hatte. Ihm ging durch den Sinn, dass Julia Wunder möglicherweise schon einen Schritt weiter war als er.

„Ich bin auf der richtigen Fährte?“, fragte er zögernd.

„Ja, Sie haben erkannt, dass ich Feuer zum Gehen animieren wollte.“

„Schon. Aber warum? Er hat doch was Richtiges gesagt.“

Julia sah ihn spitzbübisch an: „Ich habe in jungen Jahren von meinem Vater etwas Wichtiges gelernt. Misstraue Menschen, die oft das Wörtchen zu verwenden. Feuer sagte, zu gierig, zu sehr Business-Mensch – Sie wissen, was ich meine?“

Natürlich erinnerte sich Vlassi an Feuers Worte. Ja, so hatte er gesprochen.

„Sie meinen, diese Übertreibung …“

„… macht mich misstrauisch“, vollendete Julia seinen Satz, „Übertreibungen machen mich immer misstrauisch.“

Nach einer kleinen Denkpause teilte Vlassi mit: „Jetzt, wo Sie’s sagen, macht mich das eigentlich auch misstrauisch.“

„Na, da stimmen wir ja mal überein.“ Sie lächelte Vlassi an: „Ich wusste doch, dass Sie lernfähig sind, darin besteht Ihre gute Eigenschaft.“

„Hab ich denn nur eine?“, fragte Vlassi etwas pikiert.

„Mitunter haben Sie noch eine – aber ich sag Ihnen nicht, welche.“

Welche hab ich denn noch?, ging es Vlassi durch den Kopf, während Julia sich erhob und zum Fenster ging. Sie denkt nach, wahrscheinlich über mich, und da wird ihr einfallen, dass ich nicht nur zwei, sondern eine Menge guter Eigenschaften besitze. So gute Eigenschaften, dass man nur schwer Worte dafür finden kann.

Julia verharrte eine Weile bei ihrem Fensterblick, Vlassi wollte es ihr im Sitzen gleichtun und auch nachdenken, aber ihm fiel nur ein, dass er seinem bärbeißigen Mainzer Kollegen Lustig mitteilen musste, dass er neuerdings in einer Schauspieltruppe eine Hauptrolle spielte, seine schauspielerische Begabung war entdeckt worden. Hinzufügen konnte er bei Lustig noch, dass eine Amerika-Tournee geplant war, nach Hollywood sollte es ebenfalls gehen, da schien es heftiges Interesse zu geben. Kein Wunder, könnte er Lustig erklären, ein Agent hat mich in dem Stück gesehen.

Als es Vlassi zu lang mit dem Nachdenken wurde, sagte er vorsichtig in Richtung Fenster: „Wenn ich mal kurz stören darf, Frau Wunder, ich habe mich verausgabt in Rüdesheim, was haben Sie eigentlich gestern Abend gemacht?"

Julia drehte sich zu ihm und sagte: „Ich war im Theater. Mit meinem Vater."

„Ein schönes Vergnügen", erwiderte Vlassi und setzte eine strafende Miene auf.

„Sie sollten wissen, Herr Spyridakis, dass meine Theaterbesuche mich immer in dem jeweiligen Fall weiterbringen."

Sie hatte vom Fenster aus geantwortet, jetzt aber machte sie zwei Schritte auf Vlassis Schreibtisch zu: „Danach waren wir natürlich noch gut essen im Ristorante Venezia. Der Kellner dort hat mir mitgeteilt, dass sich meine Familie vergrößert hat – Sie gehören jetzt dazu."

Vlassi war um eine Antwort nicht verlegen: „Ja, stimmt, ich hege für Ihren Vater eine gewisse Sympathie, und für Sie natürlich auch. Da liegt das Familiäre nicht weit weg."

Julia schmunzelte: „Jetzt sind wir also auch verwandt. Oder könnte es sein, dass Sie sich eine bevorzugte Bedienung erhofften?"

„Zur Familie gehört gutes Essen und gute Bedienung", antwortete Vlassi unverdrossen, „ich bin im Grunde nur Ihrem hervorragenden Geschmack gefolgt. Venezia, ich komme wieder!"

„Aber doch nicht etwa mit mir?", fragte Julia besorgt.

„Mit Ihnen und Ihrem Vater, und ich verspreche sogar, Ihrem Vater keinen Moringa-Tee zu bestellen, denn ich weiß, dass er ihn verabscheut."

Er machte eine kleine Pause, um nachzuschieben: „Aber wenn er sich schändlich mir gegenüber benimmt, bestelle ich ihm doch Moringa-Tee."

Julia ließ den Kopf sinken und erwiderte nichts. Doch Vlassi fragte eifrig: „Hat Sie das Essen und der Theaterbesuch weitergebracht?"

„An Salvatore hatte vor allem mein Vater sein Vergnügen, er ist entzückt von Salvatores Sprachkenntnissen, die in dem Wort abermals gipfeln und will ein Sprachseminar mit ihm abhalten."

„Ungewöhnlich", ließ sich Vlassi hören, „sehr ungewöhnlich."

„Sie sagen es – mir war dagegen wichtiger, was mein Vater zum Faust sagte."

Vlassi richtete sich abrupt in seinem Schreibtischstuhl auf und begann zu deklamieren: „Die schönen Tage in Aranjuez sind nun zu Ende. Und Eure königliche Hoheit verlassen es nicht heiterer. Wir sind vergebens hier gewesen. Brechen Sie dies rätselhafte Schweigen …!"

„Soll das der Faust sein?", fragte Julia unvermittelt, „dann muss ich Ihnen leider mitteilen, dass Ihre Theaterkenntnisse mangelhaft sind. Außerdem wollte ich mein rätselhaftes Schweigen gerade brechen."

Vlassi erwiderte vornehm: „Es ist nicht der Faust, ich weiß. Ich habe einen anderen Klassiker zitiert, der mir gerade eingefallen ist. Ich wollte damit Ihr Schweigen brechen – was mir auch gelungen ist."

Und insgeheim dachte er: Ich muss für meinen Auftritt bei der Schädler-Truppe proben, wo ich nur kann. Wenn mir ein Stichwort hingeworfen wird, dann stürze ich mich wie ein hungriger Wolf drauf. Ich muss in Übung bleiben. So machen es schließlich alle Schauspieler. Die fackeln nicht lange, sondern machen aus jedem kleinen Sätzchen einen bühnenreifen Auftritt.

Laut sagte er allerdings, indem er sich lässig zurücklehnte: „Was sagte Ihr Vater denn zum Faust? War es hilfreich?"

„Weiß ich noch nicht", murmelte Julia.

Wenn sie sagt, dass sie es noch nicht weiß, dann weiß sie es längst, dachte Vlassi und sagte: „Sie sind doch bestimmt weitergekommen!"

Julia hatte sich mittlerweile an ihren Schreibtisch ihm gegenüber gesetzt. Sie schaute auf: „Wussten Sie, dass gute Autoren Unwahrscheinliches zum Besten geben?"

„Ich dachte es mir", erwiderte der ahnungslose Vlassi.

„Der Mephisto nähert sich dem Faust als Pudel", erläuterte Julia, „wer begegnet schon einem Pudel, der sich als der Teufel herausstellt?"

„Völlig unwahrscheinlich! Da sieht man mal, was diese Autoren sich für einen Unsinn ausdenken", trompetete Vlassi, doch im nächsten Moment fiel ihm ein, dass sein Erlebnis in der Rüdesheimer Jakobsklause im Grunde ganz ähnlich war, ganz zu schweigen von seinem Traum.

„Obwohl", fuhr er nachdenklich fort, „es vielleicht gar nicht so unwahrscheinlich sein muss."

Hauptkommissarin Wunder nahm ihn in den Blick: „Sie widersprechen sich und brauchen nur einen Atemzug dafür."

„Das spricht doch nur für mich", erklärte er, „ich brauche eben nur einen Atemzug, um mich eines Besseren zu besinnen."

Julia wollte nicht auf seine Bemerkung eingehen, sie wusste längst, dass ihr Vlassi schnell seine Auffassung ändern konnte, und in der Tat häufig sogar zum Besseren. Dann aber fragte sie doch: „Wieso muss der Pudel-Mephisto nicht unwahrscheinlich sein?"

„Nun ja … also … ordentliche Autoren, und dazu zähle ich diesen Goethe, haben groteske Einfälle, die dem Leser … gewissermaßen eine Erkenntnis …"

Julia fiel ihm ins Wort: „Jetzt reden Sie schon wie mein Vater. Vielleicht haben Sie den Beruf verfehlt und hätten Lehrer werden sollen."

Nicht Lehrer, sondern Schauspieler, dachte Vlassi, unterließ es jedoch wohlweislich, seinen Gedanken laut werden zu lassen.

„Auf jeden Fall", fuhr Julia fort, „habe ich meinem Vater gesagt, dass Sie wahrscheinlich den Faust als Stück für alte Knacker bezeichnet hätten."

„Das haben Sie gesagt?" Vlassi streckte sich im Stuhl: „Dabei bin ich, wie Sie wissen sollten, seit kurzem Theater-Liebhaber, um nicht zu sagen ein Enthusiast der Bühne. Niemals würde ich den Faust ein altes Knacker-Stück nennen."

„Wollen Sie die Reaktion meines Vaters hören?", fragte Julia unbeeindruckt.

„Unbedingt. Er kennt meinen edlen Geist."

„Er hat Ihnen mit dem Knacker-Stück recht gegeben."

„Was?", entrüstete sich Vlassi und ließ sich in den Stuhl zurücksinken, „ich merke, er hat doch keine Ahnung von meinem edlen Geist."

Julia grinste ihn an: „Er hat die Vokabel Knacker allerdings umgedeutet – ins Positive."

„Ich wusste es", sagte Vlassi und bäumte sich im Stuhl auf, „Ihr Vater ist ein Geistesverwandter von mir."

„Die Alten knacken die Probleme besser", fuhr Julia fort, „so sagte er."

„Sie erkennen sie überhaupt erst!", fügte Vlassi schnell an.

„Wie Sie, wollen Sie sagen?", fragte Julia.

„Wie ich!“, bestätigte Vlassi.

„Das heißt, Sie sind vorgealtert.“

Jetzt kamen Vlassi Zweifel. Vorgealtert war er? Dabei war er im letzten Fall noch als Student durchgegangen. Aber vielleicht nur in seiner Sicht. Vermutlich hatten seine Mitstudenten ihn als Greis herumschleichen sehen.

„Finden Sie denn auch, dass ich vorgealtert bin?“, fragte er mit bangem Blick seine Chefin.

Die aber lächelte ihn an: „Sie können ruhig noch ein bisschen voraltern, dann kommen Sie allmählich in das richtige Alter für unseren Beruf.“

Statt zufrieden mit dieser Antwort zu sein, störte sich Vlassi an dem Wort Beruf. War er denn im richtigen Beruf? Gerade war er doch als Schauspieler entdeckt worden, eine große Karriere stand ihm bevor, auf den Bühnen dieser Welt würde man ihn feiern, er konnte Babys spielen und Uralte, ganz gleichgültig, immer würde man ihm zujubeln.

Julia sprach in seine Überlegungen hinein: „Mein Vater entwickelte noch einen ganz interessanten Gedanken. Er sagte, dass man öfter an den Tod denken solle …“

„Warum denn das?“, ließ Vlassi sie nicht ausreden.

„Den Tod hat er als eine Art Anwalt bezeichnet. Das Denken an ihn erinnert uns an Versäumnisse, etwa, dass wir mehr lieben sollen.“

Vlassi hob den Kopf: „Das muss ich der Carola sagen. Ich glaube, die liebt mich etwas zu wenig.“

Julia erwiderte mit spöttischer Stimme: „Sagen Sie ihr doch: Du liebst mich mehr, wenn du an den Tod denkst.“

Vlassi ging sofort auf Julia ein: „Ich kann ja noch anhängen, dass diese Worte von einem Großen stammen, von Goethe im Gewand des Herrn Hillberger."

Julia nickte: „So ist's richtig, das wird sie überzeugen."

Eine kleine Pause entstand in ihrem Arbeitszimmer, es schien ganz so, als hätte sich ihr Witz erschöpft. Doch nach einer Weile meldete sich Kommissar Spyridakis zu Wort: „Kann man sagen, dass Ihr Faust-Besuch im Theater nicht viel erbracht hat?"

„Wie kommen Sie auf dieses Fazit?"

Vlassi machte eine Miene, die andeuten sollte, dass er eben Bescheid wusste.

„Nein, nein," sprach Julia weiter, „der Faust will wieder jung werden, er will also nicht sterben, und genau hier liegt die Parallele zu unserem aktuellen Fall. Die Kryostase ist doch nichts anderes als …"

„… ein Fall für die Unsterblichkeit", sprach Vlassi ihren Satz zu Ende.

„Sie sagen es. Und so wie Faust den Gedanken an den Tod nicht erträgt, so wollte unser Neumann auch nicht einsehen, dass er sterblich ist."

„Was ihm erst recht den Tod eingebracht hat", kommentierte Vlassi, machte eine kleine Pause und fuhr mit angespannter Miene fort: „Es ist halt die Frage, wie man den Tod versteht …"

„Wie man ihn versteht? Wollen Sie auf Philosoph umsatteln?", fragte Julia.

Nein, das wollte Vlassi nicht, doch ihm war das Gespräch mit dem Unbekannten in der Jakobsklause in den Sinn gekommen, und so erklärte er, indem er seinem

Gesicht einen Ausdruck äußerster Nachdenklichkeit gab, ganz so, als befände er sich auf einer großen Bühne: „Wer den Tod ablehnt, lehnt auch das Leben ab. Wer Angst vor dem Tod hat, der müsste auch Angst vor Essen und Trinken haben. Der Tod ist doch nichts anderes als ein Komma im Leben."

Julia konnte nicht verhindern, dass ihr Mund bei seinen Worten aufklappte, doch schnell hatte sie sich wieder im Griff: „Aus welchem Theaterstück haben Sie denn diese Weisheiten her?"

Vlassi sah sie von weit oben an: „Ja, glauben Sie denn, ich könnte nicht selbst denken, und auch das Dichterische liegt mir nicht fern."

Julia stöhnte leicht auf: „Auf jeden Fall sind Sie immer wieder für eine Überraschung gut."

„Das will ich doch hoffen!", erklärte Vlassi mit erhobenem Haupt und nach wie vor im Theatermodus.

Julia dagegen sagte ganz beiläufig: „Aus dem Stück von Goethe kann man jedenfalls einiges lernen, etwa, dass Namen gleichgültig sind. Ob Kryostase oder Mephisto, das spielt keine Rolle. Die Sache selbst hat was Teuflisches, wie mein Vater sagte, und führt in den Untergang."

Gravitätisch erwiderte Vlassi: „Ich stimme Ihrem Vater vollinhaltlich zu, es stellt sich immer wieder heraus, dass wir Geistesverwandte sind."

Mit dem nächsten Satz dimmte er sich sprachlich herunter, denn jetzt klang er nur noch neugierig: „Ich frage mich bloß, wer den Konrad Neumann per Mord von seinem teuflischen Vorhaben abbringen wollte."

Julia schickte ihm ein Grinsen: „Der Teufel selbst kann's nicht gewesen sein, da hätte er sich ja selbst ins Handwerk gepfuscht."

„Mir fällt ein Stein vom Herzen", sagte Vlassi erleichtert, „das ist doch ein ziemlich beruhigender Gedanke. Wer will denn schon gegen diesen Mephisto antreten?"

In die Miene seiner Chefin schlich sich ein spöttischer, ja vielleicht sogar teuflischer Zug: „Sie wären dafür der richtige Kandidat."

14 Frau Gärtner stöhnt auf und will reden

Julia hatte das Dienstzimmer verlassen, und Vlassi wusste, dass sie auf die Toilette gegangen war. So etwas teilte sie nicht mit. Im Gegensatz zu ihm, der stets verkündete: Ich geh mal wohin, Sie wissen schon, wo Sie mich erreichen können.

Vlassi erhob sich und schlenderte zum Fenster. Er wollte es seiner Chefin nachmachen und hoffte, dass der Fensterblick ihm neue Einsichten bescherte. Er schaute hinaus, draußen herrschte diesiges Wetter, doch den Neroberg konnte er in der Ferne erkennen. Er war also der richtige Kandidat, ging es ihm durch den Kopf, der richtige Kandidat für Mephisto, wie Julia Wunder gesagt hatte. Ihm fiel sein Rüdesheim-Erlebnis ein. Vielleicht verbarg sich hinter dem Unbekannten an seinem Tisch ja Mephisto? Dieser Mephisto war kein Dummkopf, und so wie er sich an Faust gewandt hatte, probierte er es jetzt bei ihm. Ein Mann von Welt eben, dem vollkommen klar war, dass man nicht einen x-Beliebigen ansprechen konnte, sondern den Richtigen. Eben mich, Vlassopolous Spyridakis.

Nur habe ich nicht ganz verstanden, was er mir eigentlich sagen wollte, überlegte Vlassi. Eigentlich etwas beschämend bei meiner Intelligenz und meinem Spürsinn. Er hat ein bisschen viel über den Tod geredet. Vielleicht hätte ich doch die Vokabel Kryostase ins Spiel bringen sollen – aber plötzlich war er ja weg. Wenn dieser Typ mir noch mal begegnet, muss ich einen Dreh finden, um ihn fürs pure Leben zu gewinnen, nämlich fürs Theater – die Schädler-Truppe wäre geeignet. Der Mann könnte an meiner Seite eine gewisse, natürlich kleinere Rolle ganz gut ausfüllen. Dieses Hüsteln von ihm … grandios. Ich habe es immer noch im Ohr.

Das Telefon klingelte, und Vlassi verließ seinen Fensterplatz.

„Spyridakis", meldete er sich.

„Ach, Sie sind's bloß", hörte er eine bekannte Stimme, „ich habe gehofft, meine liebwerte Kollegin zu erreichen."

„Wie reden Sie denn? Liebwert ist doch ein Wort aus dem letzten, vielmehr vorletzten Jahrhundert."

„Da sehen Sie mal, wie traditionsbewusst ich bin. Was man von Ihnen wohl nicht behaupten kann."

Bei dem Anrufer handelte es sich natürlich um Ernst Lustig, der es für überflüssig hielt, sich mit seinem Namen zu melden.

„Sie müssen mit mir vorliebnehmen, Herr Lustoog, ich bin Ihr liebwerter Ansprechpartner."

„Akzeptiert, Herr Spyridokolous. Ich bin neugierig wie jeder intelligente Mensch, und deshalb rufe ich an. Was ist denn aus Ihrem Eltviller Toten geworden?"

„Also lebendig ist er nicht wieder geworden, so viel kann ich Ihnen verraten."

„Schade", murmelte Lustig, „ich hätte es uns gewünscht."

„Warum denn? Wollen Sie, dass die Toten uns als Nachtmahre auflauern?“

„Nachtmahre“, erwiderte Lustig, „auch en altmodisches Wort. Im Übrigen ist Ihre Vermutung ganz verkehrt. Wenn dieser Neumann wieder lebendig wäre, könnten wir uns mit ihm zum Skat treffen und ihn beiläufig fragen, wer ihn denn umgebracht hat.“

Er machte eine kleine Pause: „Ja, ja, lieber Kollege. So denkt ein echter Kriminalist!“

„So denken Sie!“, erklärte Vlassi mit überlegener Stimme, dachte aber: Eigentlich gar kein blöder Gedanke von dem Lustig, man müsste die Umgebrachten ins Leben zurückrufen und zum Reden bringen, das würde uns eine Menge Arbeit ersparen. Eventuell ist die Kryostase doch kein so schlechter Weg. Man müsste den Mord eben voraussehen und sich vorher einfrieren lassen.

Er hörte Lustigs Stimme: „Vielleicht sogar bei einem Glas Wein, Wein löst die Zunge.“

„Sie meinen“, sinnierte Vlassi laut, „wir treffen uns mit dem Toten beim Wein und da erfahren …“

„Wein löst die Zunge auf wohltuende Art“, ging ihm Hauptkommissar Lustig dazwischen, „das sollten Sie doch längst wissen.“

„Ich kann leider nicht ganz widersprechen, der Wein erweist sich sogar als ein gewisses Therapeutikum im Gegensatz zum …“

Lustig unterbrach ihn und seine Stimme wurde dienstlich: „Sie babbeln vom Wein, als würden Sie mir was Neues erzählen. Ich merke, dass Sie im Trüben fischen, wenn

Sie überhaupt fischen. Sagen Sie's doch graderaus, dass Sie nicht weitergekommen sind."

„Aber keineswegs. Wenn Sie's genau wissen wollen: Ich war inzwischen in Rüdesheim, habe hochinteressante Menschen kennengelernt, die mir einige Anhaltspunkt geliefert haben."

„Papperlapapp", schnarrte Lustig durch die Leitung, „wenn Sie so reden, weiß ich als erfahrener Kriminalist, dass Sie nichts wissen."

Jetzt wurde es Vlassi zu viel, dieser Lustoog erdreistete sich, seine Nachforschungen anzuzweifeln, seine Gespräche mit Lisbeth und dem Unbekannten, der eventuell auch ein Hase sein konnte, sich aber maskiert hatte wie bei der Mainzer Fastnacht. Sollte er ihm das berichten? Nein, denn Lustig in seiner kriminalistischen Beschränkung würde ihm nicht glauben, ja möglicherweise sogar von einem Lachanfall dahingerafft werden. Und wer wäre schuld an seinem plötzlichen Tod? Natürlich der unschuldige, aber wahrheitsliebende Vlassi. Doch da kam ihm ein anderer Gedanke.

„Ich kann nicht länger mit Ihnen plaudern", sagte Vlassi, „Dienstliches treibt mich davon, Dienstliches hebt mich von dannen …"

„Wie redde Sie denn so geschwolle?", fuhr ihn Lustig durchs Telefon an, „Sie hören sich an, als wollten Sie in einem altmodischen Stück auftreten."

Vlassi konnte es nicht unterdrücken, es rutschte ihm gewissermaßen raus: „Nicht ganz verkehrt, Herr Kollege. Ich bin dabei, ein Theaterstar zu werden."

„Was!? Sind Sie jetzt ganz von der Rolle?", schnaubte Lustig.

„Keineswegs“, erwiderte Vlassi und setzte formvollendet hinzu: „Im Gegenteil, ich schicke mich gerade an, auf die Rolle zu kommen.“

„Ich bin ja einiges von Ihnen gewohnt“, hörte er von der anderen Seite, „das letzte Mal sind Sie als rothaariger Student durch die Wiesbadener Fachhochschule getingelt, und wenn Sie mich nicht gehabt hätten, wären Sie elendiglich in diesem Sumpf zugrunde gegangen. Aber jetzt gestehe ich: Ich bin entsetzt.“

„Warum denn?“, fragte Vlassi gelassen, „wir spielen alle Rollen. Ich spiel sie eben jetzt auf der Bühne. Man hat meine glänzenden Eigenschaften erkannt.“

„Was für glänzende Eigenschaften? Bei Ihnen glänzt doch vor allem die Einbildung. Das kann doch nur ein Schuss nach hinten werden“, brummte Lustig.

„Bitte, bleiben Sie ruhig bei Ihrer vorsintflutlichen Meinung. Ich spiele derweil eine tragende Rolle in einem wesentlichen Stück.“

Auf der anderen Seite ertönte Gelächter, dann sagte Lustig: „Das möchte ich sehen, Sie als tragender Held, das kann nur tragisch werden.“ Und mit Spott in der Stimme schob er nach: „Wo kann ich denn den Theaterstar Spyridakis erleben?“

„Sie werden sich wundern, Herr Lustig, aber ich bin engagiert worden von Leuten, die Sie kennen.“

„Ich kenne weder den Intendanten vom Wiesbadener noch den vom Mainzer Theater.“

„Aber Sie kennen doch Johannes Schädler, den Regisseur.“

„Meinen Sie den Mann, den wir befragt haben zum toten Neumann?“

„Eben den."

„Regisseur ist der? Ich dachte, der wär' Pensionär."

„Dieser Mann vereint die Rolle des Pensionärs mit der des Regisseurs", erwiderte Vlassi.

„Was es net alles gibt, wenn die Leut nix zu tun haben", stöhnte Lustig.

„Lassen Sie den Banausen nicht so stark heraushängen", mahnte Vlassi, „jeder kreative Pensionär sucht sich ein neues Betätigungsfeld."

„Als Regisseur? Na ja, vielleicht nicht ganz verkehrt", brummte Lustig, „aber Sie sind doch noch kein Pensionär."

„Da haben Sie ausnahmsweise recht", teilte Vlassi leger mit, „und jetzt müssen Sie mich entschuldigen."

„Augenblick mal! Wo wird denn gespielt?"

„Gespielt wird derzeit noch nicht", hob Vlassi an, „zunächst in bunten Bildern wenig Klarheit, viel Irrtum und ein Fünkchen Wahrheit." Und mit ernster Stimme klärte er seinen Mainzer Kollegen auf: „Echte Theatermenschen proben erst, bevor sie die johlende Menge beglücken."

„Das mein' ich doch, die Probe. Sie sind mal wieder hartleibig und wollen mich nicht verstehen."

„Na gut, Sie sind theaterfremd und Laie", erwiderte Vlassi, „ich sehe Ihnen Ihre Unkenntnis nach. Und weil ich nicht nur ein liebwerter, sondern auch ein herzensguter Kollege bin, gebe ich Ihnen sogar preis, wo Sie mich bewundern können …"

Lustig wurde es zu lang, er schnaubte: „Reden Sie schon, Sie Folterknecht!"

Vlassi ließ sich nicht aus der Ruhe bringen: „Sie können mich an dem bekannten Ort erleben. Im vorgelagerten Ort Gonsenheim der unheiligen Stadt Mainz – Sie wissen schon wo.“

„Im Haus vom Schädler?“

„In eben demselben.“

Jetzt hielt es Ernst Lustig für angebracht, seinem jungen Kollegen klarzumachen, dass er auch theaterdeutsch konnte: „Ich werde in Erscheinung treten! Ich werde mir als Rächer der Ermordeten und Enterbten ein Bild von den Zuständen im Hause Schädler machen. Und ich werde einem Wiesbadener Kommissar, der sich unter die Ahnungslosen geschmuggelt hat, die Maske des unbegabten Theaternarren vom Schädel reißen.“

„Gut gebrüllt, Löwe!“, konnte sich Vlassi eines Kommentars nicht enthalten.

„Wann treffe ich Sie denn dort an?“, fragte Lustig mit normaler Stimme.

Vlassi antwortete ebenso: „Muss mich hier bald loseisen, Frau Wunder hat nichts übrig für meine Theaterambitionen, ich werd' ihr erklären, dass ich zu Frau Gärtner fahre zwecks neuerlicher Vernehmung.“

„Da sehen Sie mal, was Sie an mir haben“, hörte er Lustig erwidern, „ich bin ein verständnisvoller, weintrinkender Genießer, der nicht nur für Ihre Eskapaden viel Verständnis zeigt, sondern sich sogar mit Ihnen bei der Gärtner …“

Die Leitung war plötzlich tot, Vlassi hatte offenbar aufgelegt. Aber nicht, weil ihm Lustigs Genießer-Rede zu viel wurde, sondern weil die Tür aufging und Julia ins

Zimmer spazierte. Sie warf ihm einen neugierigen Blick zu.

„Habe gerade ein interessantes Telefonat gehabt", erklärte Vlassi.

Julia sagte nichts, ging stattdessen zu ihrem Schreibtisch.

„Wollen Sie denn nicht wissen, mit wem?", fragte Vlassi.

„Sie werden es mir gleich sagen."

„Nicht gleich, sofort sage ich es Ihnen."

Er machte eine Pause, um seine Chefin auf die Folter zu spannen, wozu war er Folterknecht, wie Lustig sagte. Doch Julia setzte sich seelenruhig auf ihren Stuhl, schob ein Papier zur Seite und fragte nicht nach. Sie wusste, dass sie Vlassi so am ehesten zum Sprechen brachte.

„Ich hatte gerade einen Anruf von Frau Gärtner", fuhr der fort, „sie will mir etwas Wichtiges mitteilen, wie sie sagte, aber nicht am Telefon."

„Warum nicht?"

„Es ist offenbar so wichtig, dass sie es nur persönlich mitteilen kann."

Julia warf Vlassi einen missmutigen Blick zu.

„Ich habe ihr versprochen, dass ich komme." Und er fügte geheimnisvoll hinzu: „Man muss ihr Gehör schenken, sie ist schließlich die Nahtstelle zum ermordeten Neumann."

„Sie wollen weg?", fragte Julia ungerührt.

„Ich glaube, es wäre für unseren Fall hilfreich und von großem Vorteil, wenn ich ihr mein Ohr leihen würde."

Julia schaute zum Kleiderständer, als ob sie prüfen wolle, ob ihr Kaschmirhut im Leopardenmuster noch dort hing. Vlassis Blick folgte ihrem.

„Oh, ein neuer Hut?“, fragte er.

„Nicht mehr ganz neu.“

„Apart, sehr apart“, erklärte Vlassi, „und noch dazu im Leo-Stil.“

„Am liebsten würde ich Sie begleiten“, sagte sie.

Die Zeit war gekommen, dachte Vlassi, ihr ein Kompliment zu machen: „Und ich wäre begeistert von einer Begleiterin mit einem Leoparden-Hut.“

Er hätte gern noch nachgeschoben, dass dieser neue Hut Julia Wunder ein recht animalisches Aussehen verschaffe, ließ es dann aber doch besser bleiben.

„Warum können Sie mich denn nicht begleiten?“, fragte Vlassi scheinheilig, doch in Wirklichkeit jubelte er innerlich über diese Info.

„Ich bin gerade Feuer auf dem Gang begegnet, er wollte zur Toilette und kündigte an, dass er danach ein Wörtchen mit uns reden müsse.“

„Verstehe“, sagte Vlassi, „da wäre ich Ihnen als Sparringspartner lieber.“

Julia zeigte ein leichtes Lächeln: „Ausnahmsweise liegen Sie richtig.“

„Dann will ich mich ruckzuck davonmachen, bevor Feuer hier hereinwalzt“, sagte Vlassi.

„Eilen Sie sich“, murmelte Julia, „und drehen Sie sich auf dem Gang nicht um.“

Ich mache sogar auf taubstumm, dachte Vlassi, ich höre nichts, wenn er ruft, und ich sage nichts – ich eile nur.

Natürlich verschwendete Vlassi keinen Gedanken daran, Sabine Gärtner aufzusuchen, sondern fuhr schnurstracks nach Gonsenheim in die Händelstraße zum Haus von Johannes Schädler. Schon nach dem ersten Klingeln summte der Türöffner und der Hausherr begrüßte ihn mit jovialem Lächeln und einem festen Händedruck: „Ah, unser neuer Mitspieler. Wunderbar, dass Sie kommen. Ich war noch unterwegs, und wir haben gerade angefangen."

Hauptkommissar Ernst Lustig allerdings glaubte, dass er Vlassi bei Sabine Gärtner antreffen würde, und dass sie nach neuerlicher Befragung gemeinsam zu Schädler fahren könnten, um dort in die bizarre Welt des Spyridakis-Theaters einzutauchen. Also kramte er in seinem Gedächtnis nach der Adresse von Frau Gärtner, bis ihm einfiel, dass er sie noch nie gewusst hatte, sie hatten sich ja mit ihr im Dom-Café getroffen. Er machte sich auf den Weg zur Pforte, um dort dem Kollegen mit dienstlicher Stimme mitzuteilen: „Mein Smartphone ist mir abhandengekommen, wahrscheinlich hat's mir ein Spitzbube geklaut."

Der Kollege an der Pforte nickte: „Smartphones sind begehrt, die werden gern und oft gestohlen."

Er konnte nicht wissen, dass Lustig noch nie ein Smartphone besessen hatte, allerdings wusste, dass man mit einem solchen Gerät alles Mögliche herausfinden konnte.

„Lieber Kollege, schauen Sie doch mal grad nach, wo eine Sabine Gärtner wohnt."

„Eine Verdächtige?", fragte der Mann an der Pforte.

„Sie wird immer verdächtiger", erwiderte Lustig mit strenger Miene, „ich muss sie aufsuchen und verhören."

Der Kollege drückte ein paar Tasten seines Computers und murmelte: „Ich habe hier mehrere Gärtners …“

Lustig fiel ein, dass das Dom-Café in der Nähe der Mainzer Altstadt lag, und vermutlich wohnte die Dame auch da. Er sagte: „Eine Adresse in der Altstadt sollte es sein.“

„Hab sie schon“, teilte der Pfortenmann mit, „die wohnt im Nasengässchen 12.“

„Nasengässchen, aha. Da haben Sie mir sehr ausgeholfen nach dem Verlust meines Smartphones.“

„Gern geschehen.“

Ernst Lustig machte sich auf den Weg und lobte sich innerlich, dass er so schnell und ohne selbst den Computer anwerfen zu müssen, die Adresse dieser Frau Gärtner herausgefunden hatte. Natürlich wusste er, wo das Nasengässchen war, er musste zu Fuß dorthin, die Altstadt war für Autos gesperrt. Keine fünfzehn Minuten später erreichte er die Gaugasse, die die Mainzer Altstadt wie eine Schlange durchzog. Nach weiteren fünf Minuten erreichte er das Nasengässchen, dessen Name von seiner Form herrührte. Zuerst ging es geradeaus, dann machte die Gasse eine abrupte Wendung – mit etwas Fantasie konnte man glauben, einen menschlichen Gesichtserker zu beschreiten.

Bei der Nummer 12 handelte es sich um ein kleines, zweistöckiges Haus, das keinen üblen Eindruck machte, auf den Fenstersimsen standen sogar Blumentöpfe. Lustig schaute nach seinem Kollegen Spyridakis aus, aber in der Gasse tummelte sich keine Menschenseele. Er wird schon bei ihr sein, überlegte er, ging zur offen stehenden Haustür und trat ein. Er musste nur wenige Stufen nach oben gehen, bis er eine Tür erreichte, an der ein Namensschild angebracht war. In verschnörkelten Lettern las er den Namen Gärtner. Aber wo war eine Klingel? Lustig sah keine. Also klopfte er. Keine Reaktion. Er probierte es noch einmal. Dieser Spyridakis wird doch nicht schwerhörig geworden sein?, dachte Lustig, und die Gärtner doch hoffentlich auch nicht. Ehe ich die Tür eintrete, sollte ich es noch einmal mit Klopfen versuchen.

Sein neuerliches Klopfen hörte sich eher wie ein Hämmern an – doch war nicht ganz erfolglos. Denn plötzlich öffnete sich die Wohnungstür auf Spaltbreite.

„Frau Gärtner?", fragte Lustig vorsichtig, um dann laut nachzuschieben: „Herr Spyridakis, hören Sie mich?"

Keine Antwort. Nun fühlte sich Ernst Lustig berechtigt einzutreten. Er drückte gegen die Tür, die überaus schwergängig war. Oder befand sich da was hinter der Tür? Würde ihn gleich ein Riesenköter anfallen und an ihm knabbern? Nein, nein, der hätte vorher gebellt. Der kräftige Lustig schob die Tür nach innen und sah eine Person auf dem Boden liegen, er hatte sie bereits halb weggeschoben. Sofort ging der Mainzer Hauptkommissar in die Knie: „Frau Gärtner, was ist passiert?"

Tatsächlich handelte es sich um Sabine Gärtner, ihr Blick richtete sich nach oben, und ihr Mund formte sich zu einer Antwort, sie versuchte offenbar etwas zu sagen. Lustig schob seine Hand unter ihren Kopf, um sie zu stützen. Ganz im Unterschied zu ihrer ersten Begegnung behandelte er sie äußerst feinfühlig.

„Reden Sie", bat er, „was ist geschehen?"

Frau Gärtner stöhnte leise auf, sie machte den Versuch zu reden, aber es kam nichts über ihre Lippen. Lustig spürte, wie ihr Kopf zur Seite glitt, er beugte sich nach unten, als ob er so vielleicht noch ein Flüstern vernehmen konnte. Aber es war zu spät, ihre Augen brachen, und der erfahrene Kriminalist Ernst Lustig erkannte, dass er zu spät gekommen war. Diese Frau hatte die Schwelle zum Jenseits überschritten.

15 Ein Messer! Ein Dolch! Sie wollen mich meucheln?

Vlassi hatte natürlich keine Ahnung von den Ereignissen im Mainzer Nasengässchen. Im Hause von Johannes Schädler führte ihn der Hausherr ins Wohnzimmer, wo die Szene wie beim letzten Mal hergerichtet war, Frau Scheuermann hielt das Textbuch in den Händen und schürzte die Lippen, als wolle sie eine Sprechprobe geben, Herr Wiesel schaute seine Mitspielerin neugierig an, während Herr Singer klein und dick im Hintergrund verharrte, geradeso, als wolle er sich gleich überraschend nach vorn stürzen und dabei groß und schlank werden. Margot Scheuermann schaute beim Eintritt Vlassis auf, und als sie ihn erblickte, schien sie beglückt.

„Herr Spyridakeijis – Sie sind gekommen!"

„Aber natürlich. Mein Name ist allerdings Spyridakis."

„Ach, das Griechische ist nicht mein Fall. Entschuldigen Sie. Sie können mich übrigens Margot nennen, Scheuermann klingt überhaupt nicht schauspielerisch, es hört sich an, als sei ich eine alte Marktfrau."

Vlassi überlegte einen Moment, dann erwiderte er: „Nun, wenn Ihnen das Griechische solche Probleme macht und ich Sie Margot nennen darf, dann nennen Sie mich einfach Vlassopolous."

„Wunderbar“, ächzte Frau Scheuermann auf, „Vlassopolous – das klingt ja, als seien wir mitten in einer griechischen Tragödie.“

Herr Singer teilte aus einiger Entfernung mit: „Dabei sind wir nur in einem Lustspiel, das sich als Krimi ausgibt …“

„Von diesem Schöne, ich weiß“, vollendete Vlassi dessen Satz.

Johannes Schädler glaubte eingreifen zu müssen: „Bitte, bitte, es handelt sich um eine Kriminalkomödie.“

Vlassi dachte kurz daran, ob er fragen sollte, ob es einen Unterschied zwischen Lustspiel und Komödie gab, entschied sich aber dann, die Frage ungestellt zu lassen, schließlich sollte er als Theaterstar so etwas selbst wissen, und vermutlich handelte es sich doch nur um Pipifax. Aufs Spielen kam's an, das war der Kern der Sache, ob's Lustspiel heißt oder Komödie.

„Komme ich denn zur rechten Zeit, Margot?“, fragte er und wunderte sich kein bisschen, dass er so schnell ihren Vornamen aufnahm.

„Aber natürlich, Vlassopolous“, antwortete sie, „wir können ja gleich mal die Szene proben, wo ich Sie ersteche.“ Sie schaute zu Johannes Schädler: „Ich meine, wenn unser Regisseur einverstanden ist.“

„Warum nicht“, sagte der und gab die Devise seiner künstlerischen Bemühungen kund: „Theater gespielt wird überall schlecht, aber an den Staatsbühnen in Wiesbaden und Mainz sind sie noch stolz darauf – wir werden ihnen ein Beispiel geben, wie man wahrhaft stolz sein kann.“

„Sehr richtig!“, applaudierte Vlassi.

„Alles auf die Plätze!“, ordnete Schädler an, „den Stuhl nach vorn, da setzt sich Herr Spyridakis drauf, Frau Scheuermann kommt von der Seite, gelassen, aber mit blitzenden Augen, Sie sprechen zuerst normal, Frau Scheuermann, dann immer mehr mit Wut in der Stimme …“

„Ich weiß, ich weiß“, unterbrach ihn Margot, „und dann ziehe ich mein Messer und steche drauflos.“

„Ach, Frau Scheuermann“, erwiderte Schädler ungeduldig, „von drei Sachen, die ich Ihnen beizubringen suche, machen Sie fünf falsch. Nicht drauflosstechen, das wäre ja völlig unrealistisch …“

„Und untheatralisch“, ergänzte Vlassi mit wissender Miene.

„Sehr gut“, lobte der Regisseur, „drauflosstechen, da ist keine Spannung drin. Sie wollen doch nicht ein Ferkel abstechen, Frau Scheuermann, sondern einen Mörder überlisten.“

Margot drehte ihrem Regisseur beleidigt den Rücken zu, während Vlassi wissen wollte: „Bin ich denn ein Mörder?“

„Leider ja“, nickte Schädler, „auf jeden Fall glaubt das Frau Scheuermann.“

Vlassi schien nicht ganz zufrieden: „Aber sollte ich mich nicht wehren, es wäre doch normal und bringt action in die Sache, wenn man einer mordlüsternen Frau und ihrer Klinge Paroli bietet.“

„Der Angriff kommt doch ganz überraschend für Sie! Sie haben keine Zeit, Paroli zu bieten“, erwiderte Johannes Schädler.

Vlassi gab nicht auf: „Aber ein wenig Text könnte ich vertragen. Ich könnte doch ausrufen: Lassen Sie das! Ich bin noch nicht bereit für den Tod. Ich bin zu jung dafür. Muss unbedingt noch eine Weile leben! Sogar meine Freundin erwartet das."

„Lieber Herr Spyridakis", sagte Schädler milde, „wir halten uns an das Textbuch."

„Ach, kommen Sie mir nicht mit diesem Schöne! Weiß der denn, was einem durch den Kopf geht, wenn man gerade erstochen wird?"

Regisseur Schädler merkte, dass er es mit einem widerspenstigen Mordopfer zu tun hatte, so befand er nachdenklich: „Also gut, ändern wir ein wenig ab. Sprechen Sie das, was Ihnen gerade durch den Kopf geht, wenn Frau Scheuermann zusticht."

„Eine großartige Idee!", stimmte Vlassi zu, „das macht es authentisch."

Doch im nächsten Moment schien es ihm, als sei er vor ein neues Problem gestellt. Was sollte ihm durch den Kopf gehen, wenn Margot das Messer zückte? Häufig ging ihm ja gar nichts durch den Kopf. Schauspieler haben's überhaupt nicht einfach. Der Laie denkt, die mimen sich da mit Leichtigkeit einen ab, dabei haben es Schauspieler mit profunden Fragen und Überlegungen zu tun, bevor sie sich ein nachdenkliches Runzeln in die Stirn drücken können.

„Wir proben das jetzt mal", teilte Johannes Schädler der Runde mit, „diese Szene ist wichtig, die muss sitzen."

„Und wir bleiben im Hintergrund", sagte Herr Wiesel, „und kommen erst, wenn Herr Spyridakis tot ist."

„Wenn ich ihn sanft erstochen habe", schmunzelte Margot Scheuermann.

Herr Singer nickte: „Bitte nicht zu sanft, lassen Sie Gewalt walten."

„Ich soll doch nicht drauflosstechen", murrte Margot.

„Ich korrigiere meine Aussage von vorhin", klärte Schädler auf, „von vier Sachen, die ich Ihnen sage, machen Sie sieben falsch."

Er ging zwei Schritte nach vorn und sagte: „Ja, natürlich, Herr Wiesel und Herr Singer bleiben erst mal hinterm Vorhang." Und mit Blick auf Vlassi ergänzte er: „Diese Szene gehört ganz allein Herrn Spyridakis! Also los."

Vlassi setzte sich auf den Stuhl, immer noch dachte er daran, was ihm gleich durch den Kopf gehen sollte, bis ihm etwas anderes einfiel. Er drehte sich zu Frau Scheuermann: „Wo haben Sie die Mordwaffe eigentlich versteckt?"

Margot hob den Kopf und grinste: „Das würden Sie wohl gern wissen."

Vlassi sackte etwas zusammen und dachte: Verstehe, wahrscheinlich hat sie das Messer im Unterrock.

Prompt fuhr Margot fort: „Ich sag's Ihnen nicht, so ist die Überraschung für Sie perfekt und das zeigt sich dann auf Ihrem Gesicht."

„Sind wir fertig?", fragte Regisseur Schädler ungeduldig.

Margot und Vlassi nickten.

„Und action!", gab Schädler das Startkommando.

Doch just in dem Moment ertönte ein schrilles Klingeln, das von der Haustür kam, und sich nach wenigen Sekunden wiederholte.

„Immer diese Störungen", murrte Margot, „gerade wenn's am schönsten ist."

„Ja, wenn ich umgebracht werde", pflichtete ihr Vlassi bei.

„Ich weiß nicht, wer das sein könnte", sagte Johannes Schädler, „aber ich seh' mal nach, sonst werden wir hier noch in Grund und Boden geklingelt."

Er verließ ihren Proberaum, und Vlassi wollte schon Margot auffordern, ihr Messer aus dem Unterrock zu holen, ihm war nämlich gerade ein passender Satz für seine Ermordung eingefallen, aber da kam Schädler schon zurück, und in seinem Schlepptau befand sich kein anderer als Hauptkommissar Ernst Lustig.

„Herr Lustig", begrüßte ihn Vlassi, „Sie kommen spät und doch richtig, denn Sie können gleich meiner Ermordung beiwohnen."

Lustig verzog keine Miene, während Schädler ihn aufforderte, Platz zu nehmen und wie nebenbei sagte: „Ihr Kollege hat Sie sicher hierher bestellt, weil Sie noch etwas zu besprechen haben. Machen Sie sich's gemütlich und erleben Sie Herrn Spyridakis als Mordopfer."

„Ja, ja", brummte Lustig, während er sich setzte, „das Theater hat's leicht mit seinen Mordopfern."

Schädler ging auf seine Bemerkung nicht ein, sondern sagte in Richtung Vlassi und Margot: „Auf mein Zeichen. Jetzt will ich was von Ihnen sehen."

„Und hören", fügte Vlassi hinzu.

Schädler nahm neben Lustig Platz und wiederholte seine Anweisung von vorhin: „Und action!"

Margot Scheuermann kam von der Seite auf Vlassi zu, sie versuchte, mit ihren Augen Blitze zu schicken, wie

Regisseur Schädler es gefordert hatte, Blitze, die allerdings etwas komisch wirkten, weil sie die Blitze durch Augenrollen zu erzeugen versuchte und dabei den Kopf hob und senkte.

„Halt!", rief Schädler, „seien Sie doch normaler, Frau Scheuermann, nicht so affektiert. Wir sind doch nicht im Zirkus."

„Ich muss doch Blitze schicken!", erwiderte die.

„Das sieht komisch aus bei Ihnen. Lassen Sie die Blitze weg. Nähern Sie sich Herrn Spyridakis und schauen Sie … meinetwegen gequält."

„Gequält", wiederholte Margot, „das ist sicher geeigneter für mich."

„Bitte noch mal!", forderte Schädler.

Wieder kam Frau Scheuermann von der Seite, sie zog nun ein Gesicht, als hätte sie gerade eine Kanne sauren Wein trinken müssen. Von Schädler hörte man kein Wort, er schien zufrieden. Doch Vlassi musste sich äußern: „Margot, jetzt sehen Sie aus, als wollten Sie mir die letzte Ölung verpassen."

„Ach", sagte sie und schaute Vlassi gar nicht mehr liebevoll an, „müssen Sie denn so furchtbar kritisch sein?"

Vlassi hob die Schulter: „Na ja, es gibt sicher auch Mörder, die ihre Tat als letzte Ölung verstehen."

Johannes Schädler stimmte zu: „Sehr richtig!"

Er wandte sich an Margot: „Dieser Einfall von Herrn Spyridakis ist gut. Frau Scheuermann, Sie begreifen den Mord als letzte Ölung. Das ist Ihre innere Einstellung."

Der bis jetzt schweigsame Ernst Lustig pflichtete bei: „Mord aus Überzeugung. So was hatten wir schon." Und nach einem kleinen Innehalten fügte er hinzu: „Wenn auch selten."

Schädler drehte sich zu ihm: „Na also, wir sind nah an der Realität."

Er wandte sich an die Akteure: „Action bitte! Frau Scheuermann behält ihr Gesicht von eben."

Margot nickte zufrieden, kam mit ihrem letzten-Ölungs-Gesicht wieder von der Seite und sprach ihre einstudierten Sätze auf den dasitzenden Vlassi ein. Ob er denn nicht wüsste, was Leben bedeute, der Tod sei ein grausamer Verbrecher, das Hier und Jetzt sei das Höchste, niemand dürfe es mit Gewalt nehmen.

Sie macht das ziemlich gut, dachte Vlassi ihr zuhörend, die wird mir doch nicht die Schau stehlen wollen. Aber wenn sie das Messer zückt – dann bin ich dran, dann kommt mein großer Moment. Denn mir ist inzwischen vollkommen klar, was ich sagen werde. Der Moment kam immer näher, denn Margot griff mit einem Mal in ihre Bluse, die sie zuvor bis auf zwei Knöpfe geöffnet hatte, und zog einen Dolch hervor.

Vlassi fuhr auf und donnerte: „Ein Messer, ein Dolch! Sie wollen mich meucheln?"

Er machte eine kleine Pause und strich sich übers Haar: „Ich habe keine Angst vor dem Tod! Er ist so wie Essen und Trinken. Ich weiß, dass alles was entsteht, auch mal zu Ende geht. Der Tod ist im Leben nur ein Komma. Nur ein Komma!"

Vlassi war nämlich mittlerweile das eingefallen, was ihm der Unbekannte in der Jakobsklause in Rüdesheim gesagt hatte. Dieser Bursche hatte ja absolut theaterreif gesprochen, und einen guten Text sollte man nie verschmähen. In Vlassis Erinnerung drang noch ein anderes Schnipsel, das er sogleich verwendete. Er hüstelte nämlich, wobei er sich auf dem Stuhl lässig zurücklehnte, bis ihm einfiel, dass der Unbekannte eher versteckt gehüstelt hatte. Ein minimaler Fehler, den er alsbald korrigieren würde.

Regisseur Schädler hatte mit immer mehr offen stehenderem Mund der Rede Vlassis zugehört, jetzt sagte er: „Erstaunlich, erstaunlich, Herr Spyridakis, was Sie da von sich geben. Ich bin geradezu …"

Margot Scheuermann fiel ihm ins Wort: „Aber es ist doch ganz verkehrt! Vlassopolous darf doch nur aufschreien, wenn ich zusteche."

Ernst Lustig, der die Szene gespannt beobachtet hatte, teilte mit: „Also ich muss leider sagen, dass ich die Szene ganz gut finde. Hätte ich meinem Kollegen gar nicht zugetraut."

Margot gefiel nicht, was sie da hörte: „Aber er ist ja einverstanden mit seinem Tod. Er hat keine Angst. Hat das denn niemand bemerkt?"

Johannes Schädler fühlte sich gefordert: „Nicht ganz verkehrt, was Sie sagen, Frau Scheuermann. Und doch – es gefällt mir. Herr Spyridakis gibt dem Stück eine neue Wendung."

„Eine falsche Wendung", widersprach Margot, „in dem Stück geht es doch um Tod und Mord."

Jetzt schaltete sich Vlassi ein: „Man muss das Stück vom Schöne eben umschreiben. Sie haben doch gerade erlebt, wie ich in sein Stück Substanz reingebracht habe, Substanz und Tiefe. Das wäre ihm nie eingefallen."

„Nun ja", ließ sich Schädler hören, „gar nicht falsch, was Sie einwenden. Sie haben einen neuen Aspekt hineingebracht, der Knackpunkt ist, dass der Tod hingenommen wird, es gibt ein Einverständnis mit ihm."

Lustig meldete sich wieder zu Wort: „Wenn ich mal was sagen darf. Einverständnis mit dem Tod – schön und gut. Aber wer ist mit seiner Ermordung schon einverstanden?"

Margot warf dem Mainzer Hauptkommissar einen dankbaren Blick zu: „Genau! So sehe ich das auch."

„Wieso?", fragte Vlassi, der um seinen Text fürchtete, „wir haben hier ein Opfer, das weiß, dass der Tod zum Leben dazugehört, auch der gewaltsame. Ein einsichtiges Opfer eben."

Schädler besann sich auf seine Regisseur-Rolle, er musste den Konflikt auflösen und diplomatisch dabei vorgehen, also sagte er: „Sie haben in gewisser Weise beide recht. Wir machen es am besten so, dass Herr Spyridakis ausruft: Ein Messer, ein Dolch! Wollen Sie mich umbringen?"

„Mehr soll ich nicht sagen?", fragte Vlassi pikiert.

„Das ist schon zu viel!", erklärte Margot.

„Herr Spyridakis", teilte Johannes Schädler nachsichtig mit, „die normalen Menschen haben meist Angst vor dem Tod …"

Vlassi fuhr ihm in die Rede: „Ich bin eben kein normaler Mensch."

„Da hat er nicht unrecht", brummelte Lustig.

„Sie spielen eine Rolle", beharrte Schädler, „und in dieser Rolle sind Sie ein ganz normaler Mensch."

„Ja, soll ich denn nur vor Angst schlottern?“, widersetzte sich Vlassi.

Ernst Lustig fühlte sich nun berufen, seinen Kollegen zu verteidigen, er teilte mit: „Schlottern tut er normalerweise nicht, der ist meist aufsässig.“

Schädler ging nicht darauf ein, sondern sprach in Richtung Vlassi: „Nein, nein, Sie sollen nicht schlottern, aber entsetzt ausrufen: Ein Messer, ein Dolch.“

„Jetzt hab’ ich ja noch weniger Text“, monierte Vlassi.

„Fügen Sie halt noch an: Wollen Sie mich umbringen?“, sagte Schädler.

„Und meine profunden Ergänzungen alle weglassen?“, fragte Vlassi.

„Leider ja“, erwiderte Schädler.

„Alles weglassen, so ist es richtig!“, fügte Margot mit heiterer Miene an, „der Autor hat sich schließlich was dabei gedacht, als er das zu Papier brachte.“

Herr Singer, der im Hintergrund der Auseinandersetzung stumm gefolgt war, räusperte sich jetzt und sagte zu Herrn Wiesel, der neben ihm saß: „Ich glaube, jetzt stimmt es.“

Herr Wiesel gab ihm recht: „Zu viel Text bringt den Zuschauer nur durcheinander.“

„Vor allem diese Passage über den Tod als Komma und das Essen und Trinken“, fügte Herr Singer an, der noch Vlassis Rede im Ohr hatte.

Schädler ergriff wieder das Wort: „Wir sind uns also einig. Herr Spyridakis spricht lediglich das, was ich benannt habe und zwar mit entsetzter Stimme …“

„Aber hüsteln kann ich doch noch?“, versuchte Vlassi wenigstens dieses Detail zu retten.

„Ja, meinetwegen“, stimmte Schädler genervt zu, „hüsteln Sie noch vor sich hin, bevor Sie umgebracht werden.“

„Auf einen komischen Effekt sollte man nie verzichten“, belehrte Vlassi den Regisseur.

Schädler schickte ihm einen nachsichtigen Blick und ordnete an: „Auf die Plätze! Gleich noch mal mit den besprochenen Änderungen.“

Wieder kam Margot Scheuermann von der Seite auf die Szene und sprach diesmal mit verquälter Miene ihren Text. Vlassi hatte sich, wenn auch widerwillig, mit den Streichungen seiner Rede abgefunden, allerdings hüstelte er jetzt so vernehmlich, dass Margot verwundert feststellte: „Ich hab' noch nie jemand so laut hüsteln hören vor seinem Tod.“

Was Vlassi zu der Antwort verführte: „Ich hüstele eben todesbewusst.“

Regisseur Schädler verkündete: „Pause. Wir machen eine kleine Pause. Wir brauchen Erholung.“

Ernst Lustig erhob sich, machte ein paar Schritte zu seinem Kollegen Spyridakis und zog den gerade Ermordeten aus seinem Stuhl.

„Sie leben, Sie Theaterleiche“, sagte er stirnrunzelnd, „aber ich habe gerade eine echte Leiche gefunden.“

„Was?“

„Sie hören recht, ich war bei Frau Gärtner, wo ich Sie vermutete.“

„In der Wohnung von ihr waren Sie? Und sie ist tot?“, fragte Vlassi.

Lustig nickte: „Eben dort war ich und habe sie sterbend hinter der Wohnungstür gefunden. Sie wollten doch auch zu ihr.“

Vlassi machte eine wegwerfende Handbewegung: „Ach, das hab' ich doch nur so gesagt, ich musste auflegen, weil Frau Wunder gerade ins Zimmer kam."

Lustig beugte sich etwas zu ihm vor: „Frau Gärtner war noch nicht ganz ins Jenseits übergesiedelt und wollte mir etwas sagen …"

„Aber Sie haben's nicht mitgekriegt", ergänzte Vlassi grimmig, „ja, ja, Ihre Ohren müssen hin und wieder überholt werden."

In dem Moment trat Johannes Schädler zu ihnen, er hatte offenbar ihr Gespräch teilweise mitbekommen und fragte neugierig den Mainzer Hauptkommissar: „Höre ich recht, Sie haben eine Leiche, eine echte?"

Lustig legte seine Stirn in Falten, als müsse er nachdenken, dann aber sprach er: „Na ja, Ihnen kann ich's ja sagen. Ich habe die Freundin von Herrn Neumann sterbend aufgefunden."

„Die Freundin?", wiederholte Schädler, „heißt sie Sabine Gärtner?"

„Kennen Sie sie?"

„Nein", wehrte Schädler ab, „ich kenne sie nicht persönlich. Aber Konrad hat mir von ihr erzählt."

Johannes Schädler zog ein Etui aus seiner Jackentasche, in dem sich Zigarillos befanden. Er zog eines heraus, kramte in der anderen Tasche und fand nicht das, was er suchte.

„Mein Feuerzeug", murmelte er, „immer verlege ich es."

„Ich kann mit Streichhölzern aushelfen", sagte Lustig und zog eine Schachtel aus seiner Hosentasche, „Streichhölzer sind besser für Zigarren und Zigarillos."

„Danke“, sagte Schädler und hielt Lustig sein Etui hin: „Wollen Sie auch eine?“

Lustig griff sofort zu, brachte ein Streichholz zum Glimmen, gab Feuer und teilte dem Hausherrn erklärend mit: „Herrn Spyridakis brauchen Sie nichts anzubieten. Er raucht nicht. Aus Gesundheitsgründen, vermute ich.“

Vlassi nickte grimmig, die ganze Prozedur dauerte ihm schon zu lang, außerdem war ihm eingefallen, dass er eigentlich Kriminalist und Schauspieler nur nebenbei war, er wollte von Schädler wissen: „Was hat denn Konrad Neumann von der Frau Gärtner erzählt?“

„Ich weiß gar nicht, ob ich das sagen soll“, zierte sich Schädler und ließ eine kleine Rauchwolke steigen, „es macht ja Konrad nicht lebendig und seine Freundin auch nicht.“

Vlassi streckte sich zur vollen Größe: „Rollentausch, Herr Schädler, jetzt bin ich mal der Regisseur, und ich streiche Ihnen von Ihrem Text auch nicht den kleinsten Satz. Legen Sie los, wenn ich action sage!“

Johannes Schädler lachte auf, und auch Lustig konnte sich ein Grinsen nicht verkneifen.

„Also gut“, sagte der Hausherr, „ich beuge mich den Anweisungen des Pausen-Regisseurs.“ Er hielt kurz inne und teilte leise mit: „Zwischen den beiden gab es Zoff, ich weiß das von Konrad. Soviel ich verstanden habe, wollte die Frau Gärtner aus ihm einen anderen Menschen machen, die wollte ihn umbauen …“

„Umbauen?“, ließ sich Vlassi hören, „hatte sie was Künstliches mit ihm vor?“

Lustig schnarrte: „Unsinn. Frauen denken anders. Die wollte, dass er kocht und putzt und wäscht."

Er steckte sich sein Zigarillo wieder zwischen die Zähne, aber so, als wolle er es nicht paffen, sondern totkauen.

„Ehrlich gesagt", teilte Schädler betrübt mit, „ich weiß nichts Genaues, ich weiß nur, dass es ein gespanntes Verhältnis war, zwischen den beiden gab es wohl öfter Streit."

Er machte eine kleine Pause: „Und Sie wissen ja, was aus einem kleinen Streit alles entstehen kann."

„Der kleine Streit wird immer größer, bis man sich in den Haaren liegt", erklärte Vlassi und fügte theatergerecht hinzu, „und ein Dolch aufblitzt."

Ernst Lustig sah seinen Kollegen nachdenklich an, während Johannes Schädler sagte: „Nun ja, es gibt Affekt-Taten, und umbringen kann man einen Menschen auf vielerlei Weisen."

Lustig hatte sein Nachdenken beendet und nahm sein totgekautes Zigarillo aus dem Mund: „Ich halte es für möglich, dass die Gärtner den Neumann umgebracht hat, anschließend vor Gewissensbissen nicht mehr schlafen konnte und selbst Hand an sich gelegt hat."

Während Johannes Schädler bedächtig den Kopf senkte, fragte Vlassi seinen Kollegen Lustig: „Wie ist denn Frau Gärtner zu Tode gekommen?"

„Weiß ich noch nicht. Die Rechtsmedizin wird das herausfinden."

„Aha", murmelte Schädler.

„Was wollen Sie mit Ihrem Aha andeuten?", fragte Lustig.

„Nichts, gar nichts. Mir ist nur gerade ein Gedanke durch den Kopf gegangen."

„Reden Sie!", befahl Vlassi, „der Pausen-Regisseur erwartet den ganzen Text von Ihnen."

„Ich dachte gerade", sagte Johannes Schädler und entließ wieder eine kleine Rauchwolke aus seinem Mund, „dass, wenn Frau Gärtner durch …"

Er kam nicht weiter, denn Vlassi unterbrach ihn: „Wie reden Sie denn so umständlich? Diesen Satz muss ich Ihnen streichen. Bitte denken Sie ans Publikum, das will schließlich alles schnell verstehen."

Lustig nickte zu seinen Worten und dachte, es gibt Situationen, wo sogar der Spyridakis nicht verkehrt liegt.

Schädler fühlte sich nicht gemaßregelt: „Sie haben recht, Herr Spyridakis. Ich wollte sagen, wenn bei Konrad und dieser Frau Gärtner die gleiche Todesursache vorliegt, dass man da Rückschlüsse ziehen kann."

„Sehr richtig", stellte Ernst Lustig fest, „und ich gehe sogar noch einen Schritt weiter. Wenn Frau Gärtner auf die gleiche Weise wie Herr Neumann den Tod gefunden hat, dann haben wir es mit demselben Täter zu tun – nämlich ihr."

Vlassi störte sich etwas an Lustigs Rede. Er fragte sich, ob man den Tod finden konnte – war es nicht umgekehrt? Fand nicht der Tod den Menschen? Und ihm fiel sein Erlebnis in der Jakobsklause ein. Dieser Unbekannte an seinem Tisch – vielleicht war das der Herr Tod gewesen? Aber er hatte ihn nicht mit sich gerissen, er hatte sich nur mit ihm unterhalten. Weshalb eigentlich? Gab es auch Tode, die nur quatschen wollen? Und noch ein anderer Gedanke schwirrte durch seinen Kopf, ein Gedanke, den er gleich aussprach.

„Wir haben es eventuell mit demselben Täter zu tun", sagte Vlassi, „aber Herr Neumann hing fliegend an der Decke, während Frau Gärtner hinter der Tür am Boden lag."

Lustig steckte sein totgekautes Zigarillo wieder in den Mund, sah seinen Kollegen Spyridakis mit einem Lehrer-Blick streng an und nuschelte: „Daraus kann man doch nur eines schließen: Beim zweiten Mord ist dem Täter, will sagen der Täterin, die Fantasie ausgegangen."

16 Ermordete haben einen grossen Nachteil

Julia Wunder wusste nichts von den theatralischen Eskapaden ihres Vlassi, sie wusste auch nicht, dass der Kollege Lustig von der anderen Rheinseite inzwischen eine weitere Leiche gefunden hatte, die in einem gewissen Verhältnis zur ersten stand. Sie hatte in ihrem Büro mittlerweile einen knurrigen Kriminalrat Feuer erlebt.

„Wie weit sind Sie gekommen in dem Weinpanscher-Mord?", wollte er wissen.

„Wir verfolgen mehrere Spuren …", antwortete Julia und versuchte, gewisse Zweifel bezüglich der Weinpanscherei hinzuzufügen, doch Feuer ließ sie nicht ausreden.

„Ich habe Ihnen doch das Motiv geliefert!", erklärte er, „das Motiv ist immer das Wichtigste, ohne Motiv kein Mord und kein sonstiges Verbrechen. Das ist das kleine Einmaleins für uns Kriminalisten."

Julia nickte, wollte aber doch nicht ganz ihre Bedenken verschweigen: „Wissen Sie, worüber ich mir Gedanken mache?"

„Lassen Sie's raus."

„Ich finde", sagte Julia, „dass die Todesart nicht zum Wein passt."

Feuer richtete sich auf: „Ja hätte man den Neumann in Wein ersaufen müssen, damit Ihnen die Todesart passend erscheint?“

„Das nicht gerade, aber der Tote hing an der Decke, als wollte er irgendwohin fliegen.“

Robert Feuer machte zwei Schritte im Raum, drehte sich dann zu ihr und sagte: „Na und? Ich hielt das beim letzten Mal noch für eine mysteriöse Angelegenheit. Ich muss mich korrigieren. Wir haben doch schon abstrusere Fälle gehabt. Denken Sie nur an diesen Mona Lisa-Fall.“

„Fanden Sie, dass der abstruser war?“, fragte Julia mit naiver Stimme.

„Wie auch immer. Hier geht es nicht um Abstrusitäten, sondern um einen Mord. Einen Mord, der aufgeklärt werden muss.“ Feuer machte eine kleine Pause und fügte an: „Je länger ich darüber nachdenke, umso mehr bin ich davon überzeugt, dass dieser Neumann seinem Chef auf die Schliche gekommen ist – und das hat er eben mit dem Tod bezahlt.“

Julia sah ihn nachdenklich an, blieb aber stumm.

„Haben Sie mir schon gesagt, was zu seinem Tod geführt hat?“, fragte Feuer, „die Aufhängung kann’s ja wohl nicht gewesen sein.“

Julia antwortete mit einem Wort: „Rizin.“

„Ah, Rizin“, tat Feuer wissend, „ein Gift, nicht wahr?“

„Es ist geschmacklos, man kann es prima ins Essen mischen.“

„Sehr interessant“, erklärte Feuer, „da sollten wir jetzt Vorkoster engagieren. Für uns, meine ich. Wir sind ja schließlich sehr gefährdet.“

„Die Vorkoster kosten vor allem Geld – das wird dem Bouffier zu teuer sein", teilte Julia trocken mit.

Feuer schüttelte den Kopf und streckte sich: „Dieser Ministerpräsident hat Sinn für uns Kriminalisten. Das weiß ich von einem Empfang bei ihm."

Julia erwiderte nichts, dachte aber: Jeder Politiker redet doch den Leuten nach dem Mund, die gerade bei ihm stehen. Er sieht sie vor allem als Wähler und sein ganzes Streben geht dahin, wiedergewählt zu werden.

„Also gut", fuhr Feuer fort, „dieses Rizin passt nicht ganz ins Bild, da kann ich nicht umhin, Ihnen zuzustimmen. Andererseits, warum sollte ein Weingut-Besitzer immer nur an Wein denken, warum sollte er nicht auch mal einen kreativen Mordgedanken haben?"

Julia wollte ihren Chef loswerden, denn wenn Feuer schon von kreativen Mordgedanken sprach, konnte nicht viel Kreatives von ihm folgen.

Sie sagte allerdings und versuchte dabei, jeden Spott aus ihrer Stimme zu tilgen: „Auf jeden Fall werde ich Ihren kreativen Gedanken folgen, Herr Feuer. Diesen Kirchrath in Rüdesheim muss ich noch einmal aufsuchen."

„Ganz meine Meinung! In diesem Rüdesheim, das die Touristen besuchen, um sauren Wein zu schlürfen, was sie natürlich nicht merken, da weinunkundig – in diesem Rüdesheim liegt der Schlüssel für unseren Fall."

Kriminalrat Feuer schickte sich an zu gehen, drehte sich aber an der Tür um: „Wo steckt eigentlich Spyridakis? Macht er wieder einen auf Schleiereule?"

„Oh nein", erwiderte Julia, „Schleiereule ist diesmal überflüssig. Herr Spyridakis hat sich zu Frau Gärtner aufgemacht, der Freundin des Toten. Er wird sicher bald mit neuen Erkenntnissen zurückkommen."

„Hoffentlich, hoffentlich", brummte Feuer, als er das Zimmer verließ, „bei diesem Spyridakis weiß man nie."

Keine Viertelstunde später machte sich Julia ebenfalls auf. Sie wusste, wo sie hinwollte. Über den Rhein hinüber zum Mainzer Vorort Gonsenheim. Und dort zu ihrem Freund, dem Apotheker Jürgen Stockmann. Stockmann war nicht nur ein pharmazeutischer Fachmann, Julia schätzte ihn vor allem als klugen Zeitgenossen, der oft mit überraschenden Ideen aufwartete. Und in gewissen Situationen ist es ratsam, mit solchen Freunden zu reden.

Sie suchte einen Parkplatz in der Breiten Straße und fand tatsächlich einen ganz in der Nähe der Römer-Apotheke. Der Treffpunkt für Kranke und Scheinkranke war wie üblich proppenvoll. Vordrängeln galt hier nicht, das wusste Julia natürlich von ihren anderen Besuchen. Jürgen war auch nicht zu sehen, es half nichts, sie musste sich in einer der beiden Schlangen einreihen.

Ihr ging durch den Kopf, was der Kollege Spyridakis bei Frau Gärtner herausgefunden haben könnte. Konnte die ihm überhaupt Neues mitteilen? Sie hatte ja schließlich immer von selbst angerufen, wenn sie was zu vermelden hatte. Spyridakis würde doch wohl nicht auf Abwege geraten sein, Altstadt-Abwege, bei denen ihm Ernst Lustig die Hand gereicht hatte? Sie verwarf den Gedanken schnell wieder, nein, nein, ihr Vlassi arbeitete zwar unkonventionell und intuitiv, aber letzten Endes doch recht effektiv. Und würde nicht im Weinhaus Michel mit dem Kollegen

Lustig versackt sein. Was könnte er da auch trinken? Wein hielt er wohl immer noch für ein nicht ungefährliches Getränk, und Moringa-Tee im Weinhaus zu ordern, war doch mehr als exotisch. Sie warf einen Blick auf ihre Armbanduhr, außerdem wäre es für solche Exotik auch noch zu früh.

Julia schaute wieder nach vorn. Warum ging es denn in der Schlange nicht weiter? Wurden die Medikamente bei Jürgen neuerdings versteckt und mussten mühsam gesucht werden? Ihr fiel weiter vorn ein Damenhut auf, den sie kannte. Es handelte sich um eine maritime Damenglocke in dunklem Grün. War das etwa …? Julia hustete vernehmlich, aber ihr Husten zeigte keine Wirkung. Die Glocke in dunklem Grün drehte sich nicht herum.

„Ach!“, sagte sie laut, um Aufmerksamkeit zu erregen, „jetzt finde ich doch nicht mein Rezept.“

Die Frau hinter ihr beugte sich vor: „Sie habbe ja auch koi Tasch dabei.“

„Ich finde es nicht in meinem Mantel“, seufzte Julia überlaut und hoffte, dass die Dame unter der Glocke in Grün ihre Stimme erkannte.

Ihre Hoffnung wurde nicht enttäuscht, denn tatsächlich drehte sich die Damenglocke in dunklem Grün um. Und wahrhaftig, es war ihre Bekannte von den früheren Besuchen, die Dame in fortgeschrittenem Alter.

„Hallo“, winkte sie.

Julia winkte zurück, und die grüne Glocke sagte, indem sie ihren Kopf hob: „Kommen Sie doch zu mir.“

„Vordrängele wolle Sie sich?“, fragte die Frau hinter Julia mit drohender Stimme.

„Aber nein", beruhigte Julia sie und rief der Glocke in Grün zu: „Kommen Sie zu mir!"

Die machte sogleich einige Schritte nach hinten und teilte mit: „Ich steh' halt ein bisschen länger an, das macht mir nichts aus." Sie musterte die Frau hinter Julia: „Im Gegensatz zu anderen Personen."

Dann lächelte sie Julia an und fragte: „Wissen Sie noch meinen Namen?"

„Aber natürlich. Rita."

„Sehr gut. Und Sie sind Julia."

„Wir können schon mal feststellen", sagte Julia, „dass wir kein Gedächtnis-Medikament brauchen."

„Genau", erwiderte Rita, „Sie haben mich am Hut erkannt. Aber ich hätte Sie von hinten nicht erkannt." Sie zog eine genießerische Miene: „Denn Sie haben einen neuen Hut."

„Stimmt", bestätigte Julia, „er nennt sich Mayser-Kaschmir-Damenhut."

„Apart, sehr apart, und noch dazu im Leoparden-Stil." Rita machte eine kleine Pause, um zwinkernd nachzuschieben: „Sie werden sich doch nicht in ein Raubtier verwandelt haben?"

Mit ernster Miene antwortete Julia: „Ich verwandele mich immer in ein Raubtier, wenn's drauf ankommt. Der Hut gibt mir das Signal."

„Herrlich!", schwärmte die alte Dame, „ich mag Frauen, die so denken." Und gleich schob sie flüsternd nach: „Ob ich mir auch so einen Hut zulege?"

„Ich bin sicher, dass er Ihnen nicht nur stehen, sondern auch passen würde."

Rita schmunzelte: „Verstehe – Sie sind nicht nur hutmäßig auf der Höhe, sondern auch sprachlich. Er steht mir und passt zu mir."

Julia lächelte sie an: „Ich weiß doch, dass Sie sprachlich gewieft sind, da muss ich mich ein bisschen anstrengen, um mitzuhalten."

Rita war von diesem Kompliment begeistert: „Ja, ich bin Leserin. Leser sind sprachlich immer ihren Mitmenschen voraus. Und wissen Sie, was ich gerade lese?" Sie wartete keine Antwort ab, sondern sprach gleich weiter: „Ich lese den Krimi ‚Mona Lisa stirbt im Rheingau'. Kennen Sie ihn?"

„Einen Krimi lesen Sie?", fragte Julia.

„Ja, natürlich. Man darf nicht denken, Krimis seien schlappe Literatur …"

„Aber das ist landläufige Meinung", fiel ihr Julia ins Wort.

„Es gibt schwache und starke Produkte in jedem Genre", erwiderte Rita, „schlechte Krimis bieten lediglich dürftige Spannung, der Krimi, den ich gerade lese, aber bietet mehr. Spannung, Witz, Vergnügen, und er behandelt ein wichtiges Thema unserer Zeit. Kunst und Kunstfälschung!"

Julia nickte: „Dann sollte ich ihn vielleicht auch mal lesen, das Thema interessiert mich auf jeden Fall."

„Unbedingt", stimmte Rita zu, „da kommt sogar eine Kommissarin drin vor, die Ihnen ähnelt."

„Unglaublich, was sich Autoren so alles ausdenken. Ich bin doch gar nicht krimigen", murmelte Julia.

Rita lachte: „Krimigen – originelles Wort, so wie telegen." Dann fuhr sie fort: „Sie wissen ja, dass ich mal für

Zeitungen geschrieben habe und auf dem Kultur-Gebiet aktiv war."

„Ich erinnere mich, dass die hiesigen Zeitungen Sie enttäuscht haben ..."

„Ach ja, das ist alles Schnee von gestern. Ich kann mich nur so schwer an das Lesen vorm Computer gewöhnen. Dieses Schnipsel-Lesen. Für mich gehört zum Caféhaus-Besuch eine gescheite Zeitung in Papier."

„Aber das gibt es doch noch", sagte Julia.

„Noch! Aber wie lange wird das gehen? Die jungen Leute lesen überhaupt keine Zeitungen mehr. Irgendwann werden die Museen Zeitungsleser ausstellen nach dem Motto: Das war einmal." Auf Ritas Gesicht zeichnete sich ein Schmunzeln ab: „Dann brauchen die mich. Als Mumie, die eine Zeitung in der Hand hält, können Sie mich dann im Museum besuchen."

Julia lächelte: „Ich werde dann statt in die Apotheke ins Museum kommen, und ich bin sicher, dass wir uns genauso lebendig unterhalten wie jetzt."

Rita lachte: „Das ist kein Erinnerungsort für uns! Wir beide machen aus dem Museum eine Sache der Gegenwart."

Julia nickte, und Rita sprach weiter: „Mir tut jeder leid, der nicht liest. Nicht nur, weil er viel verpasst, sondern vor allem, weil Nichtleser so furchtbar passive Menschen sind, ich meine geistig passiv. Der echte Leser denkt ja die Gedanken des Autors mit, er stimmt zu oder stört sich daran, er entwickelt kritische Fähigkeiten, er fragt sich, ob das stimmt, was er liest, oder ob er ganz andere Erfahrungen gemacht hat."

Sie hielt inne: „Jetzt rede ich schon selbst wie ein Buch. Tut mir leid."

„Ich höre Ihnen gern zu", sagte Julia, „beim letzten Mal haben Sie dem Leser sogar noch eine weitere Eigenschaft zugeschrieben, ich erinnere mich, dass Sie von Kreativität gesprochen haben."

„Ja natürlich, das ist ein weiterer Effekt. Der Leser wird durchs Lesen kreativ, vor allem bei Krimis. Weil er sich ja fragt, wer den Mord begangen hat und warum."

„Jetzt kommt es mir fast so vor", erwiderte Julia, „als hätte ich gewusst, warum ich diese Apotheke aufsuche." Sie machte eine kleine Pause und schob zwinkernd nach: „Sie sind hier und so anregend."

Rita schmunzelte und beugte sich zu ihr: „Manche Leute kommen hierher, um sich ein paar Abführ-Pillen zu holen. Wir beide wissen, dass es um geistige Gesundheit geht. Die sollte man anstreben. Der Geist führt, der Körper folgt."

Die Frau hinter ihnen hatte ihr Gespräch so gut sie konnte und mit schräg gestelltem Kopf mitgehört, beim letzten Satz von Rita schnaubte sie ein wenig, wohl um ihre Missachtung kundzutun, mischte sich aber vorsichtshalber nicht in die Unterhaltung der beiden ein.

Auch Julia gingen die letzten Worte ihrer Apotheken-Freundin durch den Kopf, allerdings bewirkten sie etwas ganz anderes. Leser sind geistig gesünder – das muss ich unbedingt dem Kollegen Spyridakis mitteilen, dachte sie, da kann er auf seine Tees und andere Gesundheitselixiere verzichten.

Vorn erschien der Apotheken-Chef Jürgen Stockmann. Er ließ seinen Blick schweifen, sah sofort Julia, überlegte einen Moment und sagte dann in ihre Richtung: „Ah, Frau Wunder, Sie kommen wegen der Beerdigung."

Julia nickte ergeben.

„Wegen einer Beerdigung sind Sie hier?", fragte Rita verwundert.

„Ach, ich habe es häufig mit Beerdigungen und Toten zu tun", antwortete Julia, während ihr Freund Jürgen sie zu sich winkte.

„Bis auf bald", flüsterte Julia ihrer Apotheken-Freundin zu und bewegte sich nach vorn zu Jürgen.

Rita sah ihr etwas ratlos hinterher und wiederholte dann im Flüsterton: „Bis bald und hoffentlich nicht zu Ihrer eigenen Beerdigung."

Die Frau hinter ihr brummte: „Ist doch klar, diese Frau arbeitet in 'nem Beerdigungsunternehmen. Solche Leute werden uns Kranken immer vorgezogen. Als wär' der Tod wichtiger als die Krankheit."

Kaum war Stockmann mit Julia in seinem Büro verschwunden, fragte er mit leichter Empörung in der Stimme: „Wird ja höchste Zeit, dass du mich mal wieder besuchst."

„Und ich freue mich, dass ich wegen einer Beerdigung komme", sagte Julia.

„Du weißt doch, dass ich einen Grund finden muss, um dich vorzuholen."

„Gar kein schlechter. Meiner Bekannten Rita habe ich verraten, dass ich es häufig mit Toten zu tun habe. Gelogen habe ich nicht."

Jürgen sah sie spitzbübisch an: „Keine Lüge, nur eine Verschleierung der Wahrheit. Diese Rita denkt doch jetzt, dass du in einer Pietät dein Geld verdienst."

„Manchmal kommt es mir auch so vor", stimmte Julia zu, um gleich zu fragen: „Bietest du mir keinen Kaffee an?"

„Aber natürlich, ich musste dich nur erst mal zurechtweisen. Nimm Platz, liebe Julia. Normalen Kaffee oder Espresso?"

„Eher Espresso, geneigter Jürgen! Ich brauch was Starkes."

„Bei mir ist auch der Kaffee stark. Du bist schließlich bei Jürgen Stockmann."

„Dein Kaffee ist stark, dein Espresso ist stärker, doch du bist der Stärkste", lächelte Julia ihren Freund an.

„Na endlich sprichst du vernünftig", sagte der und begab sich zur Kaffeemaschine.

Während er sie anließ und die Maschine schon zu blubbern anfing, fragte er: „Was gibt es Neues im Reich der Ermordeten?"

„Ach", sagte Julia, „die Ermordeten haben einen großen Nachteil. Sie wollen einfach nicht reden, sie erzählen mir partout nicht, wer sie umgebracht hat."

„Kriminelle Energie noch im Tode", erklärte Jürgen.

„Dabei waren sie zu Lebzeiten meist gar nicht kriminell."

„Na, bei deinem Banken-Fall aber schon", widersprach Jürgen, „ich erinnere mich noch gut an die Frau hier in Gonsenheim … wie hieß sie noch mal … ah, Kremer und ihre Schwester, diese Frau von Rattay."

„Gutes Gedächtnis“, lobte Julia, „aber diese Frauen waren eine Ausnahme.“

„Du hast doch nie simple Fälle, du musst doch immer die Toten zum Reden bringen.“

„Ich nehme das als Kompliment, Jürgen, aber ich wünschte, ich könnte die Toten zum Reden bringen, würde mir viel Arbeit ersparen.“ Sie hielt kurz inne, um dann zu sagen: „Vielleicht hast du eine Arznei dafür.“

„Die du den Toten mit einem Kaffee reichst …“

„Worauf sie drauflosplappernd mir alles erzählen, was ich wissen muss“, ergänzte Julia.

Jürgen Stockmann grinste und kam mit zwei Espresso-Tässchen zu der Sitzecke, in der sich Julia inzwischen auf einem winzigen Sessel niedergelassen hatte.

„Beschwer dich nicht, Arbeit macht das Leben süß“, teilte er genießerisch mit, setzte die Tässchen auf dem kleinen Tisch ab und nahm ihr gegenüber ebenfalls Platz.

„Ich hasse solche Plattitüden“, sagte Julia.

„Sind sie deshalb verkehrt? Stell dir nur mal vor, was wir den ganzen Tag machen würden, wenn wir keine Arbeit hätten.“

„Wir würden vielleicht Mörder werden“, murmelte Julia, „und keiner würde uns suchen.“

„Ins Mordgeschäft einsteigen, gar keine schlechte Idee. Ist aber auch eine Arbeit, die man nicht unterschätzen sollte.“

Julia griff nach ihrem Espresso und sagte: „Du bist heute gut drauf, merke ich.“

„Und du kommst mir etwas resignativ vor.“

„Wirklich?“, fragte Julia.

„Vielleicht wegen deinem neuen Fall. Bei mir werden die Kranken nie alle, und Medikamente gibt's immer neue."

„Aber heilen deine Medikamente auch die Kranken?", fragte Julia.

„Soll ich das als Apotheker etwa verneinen? Klar heilen sie." Jürgen legte den Kopf leicht nach hinten: „Man muss allerdings auch daran glauben."

„Siehst du", entgegnete Julia, „bei mir müssten die Toten dran glauben, dass sie wieder lebendig werden. Ein ziemlich aussichtsloses Unterfangen, vor allem, wenn Frau Doktor Hauswaldt ihren Tod amtlich bestätigt hat. Aber es gibt Tote, die trotzdem an ihre Wiederauferstehung glauben."

Jürgen nahm einen Schluck von seinem Espresso: „Ich merke schon, dass du wieder an einem kniffligen Fall sitzt. Erzählst du mir was?"

„Warum nicht." Julia beugte sich vor: „Es bleibt ja unter uns."

„Du weißt doch, dass ich schweige wie ein Grab."

Auch Julia trank von ihrem Espresso. Dann sagte sie nur ein Wort: „Rizin."

Stockmann war diese Vokabel natürlich bekannt, er erklärte: „Rizin ist ein giftiges Protein aus dem Samen des Wunderbaums. Gelangt Rizin in den menschlichen Organismus bringt es die Zellen zum Absterben, es genügt wenig, um eine Person damit umzubringen, etwa ein halbes Milligramm."

Julia schmunzelte: „Du bist ein wandelndes Lexikon, Jürgen, willst du nicht wissen, ob und wer damit umgebracht wurde?"

„Du schmeißt mir doch dieses Wort nicht absichtslos vor die Füße, natürlich ist jemand damit ermordet worden. Das wär' meine nächste Frage gewesen."

„Und sofort beantworte ich sie dir", erwiderte Julia, „ein Mann in Eltville ist durch Rizin ums Leben gekommen. Aber das Merkwürdige daran ist, dass er an einem Kronleuchter von der Decke hing."

„Das wäre bei Rizin nicht nötig gewesen", stellte Jürgen Stockmann fest.

„Das dachte ich mir auch schon …"

Jürgen fiel ihr ins Wort: „Es gibt kein Antidot, ich meine kein Gegenmittel zu Rizin."

Julia nickte: „Unsere Rechtsmedizinerin hat mich zwar schon darüber aufgeklärt, aber gut, dass du mir das noch mal sagst. Ich weiß auch, dass man Rizin in Speisen unterbringen kann …"

„Orale Aufnahme ist möglich, aber auch Inhalation und Injektion", erklärte Jürgen fachmännisch.

„Was mich nachdenklich macht", sagte Julia, „ist der Umstand, dass er an der Decke hing, das ist doch sehr ungewöhnlich."

„Kannst du mir den Namen dieses Deckenhängers sagen?"

„Weil du's bist", nickte Julia, „er heißt Neumann, Konrad Neumann. Kennst du ihn etwa?"

„Nein, kenne ich nicht", überlegte Jürgen, „Neumann, Neumann … ein neuer Mann eben."

Julia sah ihren Freund interessiert an, er hatte gerade intuitiv etwas gesagt, was für den Fall nicht unbedeutend war, wie sie glaubte.

„Soll ich dir noch etwas sagen?“, fragte sie.

„Ich bin ganz Ohr!“, forderte Jürgen sie auf.

„Du hast gerade den Namen des Toten ganz in dessen Sinn interpretiert.“

„Kann dir nicht ganz folgen“, sagte Jürgen und griff zu seinem Espresso-Tässchen.

„Dieser Neumann wollte in die Kryostase …“

„Ich weiß, was das ist!“, unterbrach sie Jürgen.

„Neumann wollte sich einfrieren lassen“, fuhr Julia fort, „um in ein paar Jahren oder Jahrzehnten ein neuer Mann zu werden – das meine ich.“

„Verstehe“, murmelte Jürgen, „da sieht man mal, wie richtig die Sprichwörter sind. Nicht ohne Grund heißt es Nomen est Omen.“

Julia nickte, ihr gebildeter Freund hatte den Nagel auf den Kopf getroffen.

„Aber“, sagte sie, „wir müssen weiterdenken, über den Namen hinaus …“

„Da hast du recht“, bestätigte sie Jürgen, „ich halte übrigens nichts von dieser Kryostase. Wer weiß, mit welchen Krankheiten man aus der Gefriertruhe kommt.“

„Das sehe ich auch so, und ich überlege, ob hier nicht das wahre Motiv für den Mord liegen könnte.“

„Wie meinst du das?“, fragte Jürgen.

„Sag du es mir. Erweise dich als mein wahrer Assistent.“

Jürgen schnaufte: „Jetzt degradierst du mich schon zu deinem Assistenten, und ich dachte, ich könnte bald dein Liebhaber werden. Dabei soll ich dir nur eine Idee geben.“

„Wahre Liebhaber sind voller Ideen, mit der sie ihre Liebste überraschen“, erwiderte Julia.

Jürgen legte abermals leicht den Kopf nach hinten, er überlegte heftig. Warum Julia nicht bezwingen mit einer Idee, durch die er ihr näherrücken könnte, allerdings dürfte diese Idee nicht aus Blumen bestehen oder erotischer Art sein, so etwas verfing bei ihr nicht. Auch als pharmazeutischer Fachmann konnte er ihr nicht imponieren, er musste als Denker, als kriminalistischer Problemlöser in Erscheinung treten.

Schließlich sagte er nach gebührender Pause: „Ich könnte mir denken, dass der Mörder diesen Neumann verabscheut hat, selbst in die Kryostase will und Neumann auf keinen Fall in späteren Zeiten, da unsereins auf dem Friedhof ruht, wieder begegnen will."

Julia hatte seine Rede aufmerksam verfolgt, doch jetzt erklärte sie mit leichtem Kopfschütteln: „Ich dachte, du könntest dich als Liebhaber wie auch als Assistent etwas profilieren. Leider hast du es nicht geschafft. Wären wir in der Schule, würde ich sagen: Stockmann, fünf minus, setzen!"

„Aber ich sitz doch schon", erwiderte Jürgen verdattert.

17 Ich bin da, und doch bin ich nicht da

Es war früh am nächsten Morgen, Julia Wunder öffnete gerade die Glastür, die zum Kellergeschoss des Rechtsmedizinischen Instituts führte. In ihrem Schlepptau befand sich Vlassopolous Spyridakis, die beiden waren auf dem Weg zu Dr. Silke Hauswaldt.

„Ich hab' Sie gestern Abend noch angerufen", sagte Vlassi von hinten, „aber nicht erreicht."

„Dafür haben Sie mich heute morgen erreicht, und Sie waren überraschend früh im Büro."

„Und außerdem", lobte sich Vlassi selbst, „habe ich den Lustig angewiesen, die Leiche unverzüglich nach Wiesbaden zu überstellen."

„Lobenswert, ausgesprochen lobenswert. Nicht nur, dass Sie erkannt haben, dass die neue Leiche im Zusammenhang mit der alten steht …"

„Aber Frau Wunder, Sie sollten doch längst wissen, dass Sie es bei mir mit einem gewieften Kriminalisten zu tun haben, der eigentlich nur von einem gewissen Kriminalrat unterschätzt wird."

Julia nickte: „Aber wie haben Sie den Lustig so schnell an den Apparat gekriegt, der verbringt doch seine Nachmittage am liebsten in Weinhäusern?"

Nun musste Vlassi zu einer Lüge greifen: „Nun ja, ich habe ihn vorher schon zu Frau Gärtner beordert, er kam natürlich nach mir an, ich machte mich gerade an der Wohnungstür zu schaffen … na ja, den Rest wissen Sie ja."

Julia und Vlassi waren im Kellergeschoss angelangt und brauchten nur wenige Schritte, bis sie vorm Arbeitsraum von Dr. Hauswaldt standen. Julia wollte gerade förmlich anklopfen, doch bevor sie ihre Finger an die Tür setzen konnte, hörte sie die Stimme der Rechtsmedizinerin.

„Kommen Sie herein."

Die beiden Wiesbadener Kripoleute traten ein, Dr. Hauswaldt stand in einigen Metern Entfernung an einem Tisch, und Julia sagte: „Kompliment, Sie haben gute Ohren."

„Ich höre sogar die Flöhe niesen, und wenn ich solch tapsende Schritte höre, weiß ich sofort, dass es nur Ihr Assistent sein kann, Herr Spyridakis."

Vlassi richtete sich auf: „Tapsen tu ich? Ich würde eher sagen, ich nähere mich Ihrem Leichendomizil vorsichtig und mit angemessener Würde."

Ehe der Dialog ausarten konnte, sagte Julia schnell: „Auf jeden Fall haben Sie uns sofort erkannt. Haben Sie die Leiche schon inspiziert?"

„Sie schicken mir immer neue Leichen, es nimmt gar kein Ende, ich weiß gar nicht, wo mir vor Leichen der Kopf steht", klagte Dr. Hauswaldt.

„Liebe Frau Doktor Hauswaldt, daran kann ich nichts ändern, diesen Beruf haben Sie sich selbst gewählt."

„Wer ist die Frau denn?", wollte die Rechtsmedizinerin wissen.

„Ihnen sage ich es, aber nur, um Ihr Leid zu mindern", antwortete Julia.

Vlassi wiederholte mit fester Stimme: „Um Ihr Leid zu mindern!“

Frau Dr. Hauswaldt schickte ihm einen giftigen Blick, sodass Vlassi dachte: Bei der möchte ich selbst als Toter nicht landen und unter ihren Fingern ausgeweidet werden.

Julia sprach weiter: „Bei der Toten handelt es sich um Sabine Gärtner.“

„Hat die was mit dem letzten Toten zu tun?“, fragte Dr. Hauswaldt.

„Ja, sie war die Freundin von Konrad Neumann.“ Julia machte eine kleine Pause: „Habe ich Ihre Neugier einigermaßen befriedigt?“

„Ich muss schließlich wissen“, verteidigte sich die Rechtsmedizinerin, „wer hier bei mir einkehrt!“

Vlassi wollte schon bemerken, ob sie die Einkehrenden auch ordentlich mit Speise und Trank versorgt, ließ es aber doch bleiben, denn er merkte, dass mit Frau Dr. Hauswaldt heute nicht gut Kirschen essen war. Man muss ihr offenbar immer Leichen aus dem Kunstbetrieb bringen, bei der Mona Lisa im letzten Fall war sie doch viel engagierter, ja geradezu enthusiastisch. Ach ja, Frauen begeistern sich eben mehr für Kunstleichen als für normal Dahingemeuchelte.

Die Rechtsmedizinerin streifte ihre Latexhandschuhe ab und sagte in überlegenem Ton: „Diese Frau Gärtner ist ein leichter Fall, ich habe das schnell herausgefunden.“

„Wenn Sie geruhen, uns etwas mehr Information zu geben“, bat Julia.

Und Vlassi setzte hinzu: „Wir dürsten nach mehr Information.“

Die Rechtsmedizinerin machte zwei kleine Schritte und deutete auf einen durch ein Leinentuch verdeckten Leichnam auf der Liege: „Diese Frau hatte keine Schrumpfleber. Keine Leberzirrhose! Wie das bei jenem Herrn Neumann der Fall war …“

„Sie war also pumperlgesund“, schob Vlassi ein.

Zu seinem Erstaunen schien Dr. Hauswaldt nicht gestört in ihren Ausführungen, sondern fuhr fort: „Da sie nicht sterbenskrank war, bedingt durch eine Schrumpfleber, hätte sie noch lange leben können.“

„Immer diese Morde“, teilte Vlassi bekümmert mit, „sie verhindern ein langes und gesundes Leben.“

Julia schmunzelte einen kurzen Moment, um dann leise zu sagen: „Aber was würden wir ohne den Tod machen? Wer will denn schon bis in alle Ewigkeit weiterleben?“

„Bitte, bitte, Frau Wunder!“, ertönte die Stimme von Dr. Hauswaldt, die mit ihren guten Ohren auch der Flüsterstimme Julias gefolgt war, „hier geht es doch, wie ich annehme, um Mord, um ein übles Verbrechen.“

Julia war für einen Moment die Idee der Kryostase in den Sinn gekommen, deshalb hatte sie so gesprochen. Auch Vlassi verwunderte sich über ihre Rede, doch er dachte dabei an seinen gestrichenen Text bei der Schädler-Truppe, man hatte ihm das Zitat des Unbekannten verweigert, das eine gewisse Ähnlichkeit mit Julias Bemerkung besaß.

Julia sagte: „Ja, es geht um Mord, Frau Doktor Hauswaldt. Wie ist denn Frau Gärtner ums Leben gekommen?“

„Auch hier kann ich Ihnen erschöpfend Auskunft geben“, antwortete die, „ich habe im Magentrakt der Leiche Rizin gefunden.“

„Wie bei Konrad Neumann“, stellte Julia fest.

Die Rechtsmedizinerin nickte, und auch Vlassi bewegte seinen Kopf leicht von oben nach unten. Doch kein Laut kam über seine Lippen. Er wollte nicht vor Frau Dr. Hauswaldt reden – die könnte seine Erkenntnisse vielleicht madig machen. Nein, er würde abwarten und seinen Triumph auskosten, wenn er allein mit Julia Wunder war. Sie konnte ganz ermessen, wozu er fähig war, was seine kleinen grauen Zellen hervorbringen konnten.

„Dann haben wir es vermutlich mit dem gleichen Täter zu tun“, fasste Julia zusammen.

Dr. Hauswaldt stimmte zu: „Das möchte ich doch sehr annehmen. Wir haben ja schon häufig festgestellt, dass die Tatwaffe den Täter verrät.“

„Danke“, sagte Julia, „jetzt müssen Sie mir nur noch den Namen des Täters verraten.“

„Liebe Frau Wunder“, erwiderte Dr. Hauswaldt mit süßsaurer Miene, „Sie kann ich nie zufriedenstellen, und wenn ich mich noch so anstrenge.“

Vlassi schaltete sich ein und teilte mit einer Stimme mit, die er sich wohl von Kriminalrat Feuer geborgt hatte: „Geehrte Frau Doktor Hauswaldt, ich meinerseits möchte sagen, dass Ihre Enthüllungen uns ein mordsmäßiges Stück weitergebracht, wenn nicht sogar die Lösung des Falles offengelegt haben.“

Die Angesprochene sah ihn verwundert an: „Herr Spyridakis, so habe ich Sie ja noch nie erlebt. Sie können offenbar durchaus auch anerkennen. Ich möchte meinerseits Ihnen nicht verheimlichen, dass Sie mir gerade ein Stück sympathischer geworden sind."

Julia schaute die beiden an und sagte: „Na wenigstens sind Sie sich ein bisschen näher gekommen. Das ist doch ein großartiges Ergebnis für diesen neuen Mord."

„Ja, ja", schob Vlassi nach, „Frau Doktor Hauswaldt und ich sind im Grunde nah beieinander ..."

Die Rechtsmedizinerin hob den Kopf: „Hoffentlich nicht zu nah."

Julia machte dem etwas zwielichtigen Komplimente-Austausch ein Ende: „Herr Spyridakis, Sie sagen, Frau Doktor Hauswaldt hat uns mordsmäßig weitergebracht – würden Sie das bitte etwas genauer ausführen."

Eigentlich wollte Vlassi die genaue Erklärung vor seiner Chefin draußen auf der Straße ausbreiten, aber jetzt war er in der Bredouille, denn auch die Rechtsmedizinerin warf ihm einen neugierigen Blick zu, der geradezu ins Fordernde ging.

„Nun", sagte er, besann sich auf seine Theaterkarriere und machte eine wirksame Pause, „wir haben durch Frau Doktor Hauswaldt erfahren, dass die Tatwaffe, will sagen die Todesursache, die gleiche ist, ein Gift namens Rizin. Das aber deutet auf ein und denselben Täter hin ..."

Julia unterbrach ihn: „Herr Spyridakis, proben Sie gerade für einen Auftritt auf einer Kleinkunstbühne?"

„Nie und nimmer", antwortete Vlassi, „ich trete nur im Großen Haus auf."

„Wohl in der Schmieren-Abteilung", fügte Dr. Hauswaldt hinzu.

Vlassi warf ihr und auch Julia einen beleidigten Blick zu – was verstanden diese kunstfremden Personen denn schon vom Theater und seinen höheren Idealen. Dann redete er unbeirrt weiter: „Die Damen sollten ihre Ohren öffnen, um alles zu verstehen, was ich zu Gehör bringe. Es deutet, sagte ich, alles auf ein und denselben Täter hin …"

„Haben wir ja verstanden", fiel Julia wieder in seine Rede, „kommen Sie auf den Täter, den wollen wir wissen."

„Sogleich, sogleich", erwiderte Vlassi und hob den Kopf, „der Täter entpuppt sich als Täterin. Denn aus der gleichen Todesursache ziehe ich gewisse Rückschlüsse …"

„Welche?", warf Julia ein.

„Dazu braucht man etwas Hintergrundwissen, über welches ich verfüge", sagte Vlassi mit einem gewissen Stolz, „und ich geruhe nun, Sie einzuweihen."

Dr. Silke Hauswaldt runzelte die Stirn und öffnete gleichzeitig die Augen: „Sie sind ja ein richtiger Komödiant, merke ich gerade."

„Bitte, bitte, ich bin doch eher ein Tragöde", korrigierte sie Vlassi.

„Na, ich weiß nicht", beharrte die Rechtsmedizinerin auf ihrem Eindruck, „von Tragöde rate ich ab, das sind doch Schauspieler, die nichts verdienen."

Julia sagte ungeduldig in Richtung Vlassi: „Geruhen Sie bitte, uns weiter einzuweihen."

Vlassi nickte ergeben wie ein Kammerdiener, er fühlte jetzt deutlich, dass er ein Bühnenmensch war, und so sprach er: „Uns liegt die gleiche Todesursache vor. Wenn man dazu noch weiß, dass es zwischen Herrn Neumann und seiner Geliebten Unstimmigkeiten gab, die vermutlich in üble Auseinandersetzungen ausarteten, dann liegt es nicht fern …“

Aufs Neue fiel ihm Julia in seine Rede: „Wollen Sie sagen, dass Frau Gärtner den Neumann umgebracht hat?“

Vlassi senkte mit betrübter Miene sein Haupt. Eine kleine Weile war es still im Kellerraum von Dr. Hauswaldt. Dann sagte die Rechtsmedizinerin langsam: „Gar … nicht … übel.“

„Das ist noch nicht alles!“, hob Vlassi mit unheildräuender Stimme an, er erinnerte sich gerade daran, was der Regisseur Johannes Schädler ihm und Lustig mitgeteilt hatte, „Sie wissen ja, was aus einem kleinen Streit alles entstehen kann. Schlimme und schlimmste, ja furchtbarste Dinge! Die anschließend bitter bereut werden. Aber Reue macht keinen Toten wieder lebendig.“

Vlassi hielt einen Moment inne und dachte daran, dass er gerade einen großartigen Monolog hingelegt hatte, einen Monolog, der nicht nur für die Schädler-Truppe infrage kam, sondern fürs Große Haus, ja fürs Größte Haus, ob in Wiesbaden oder anderswo.

Er hob priesterlich die Arme nach oben: „Und was ist die Folge all dessen für einen sensiblen Menschen? Einen Menschen, den das Gewissen quält, den das Gewissen nicht zur Ruhe kommen lässt. Er sieht nur einen Ausweg.“

Wieder machte Vlassi eine kleine Pause, um dann die Arme sinken zu lassen und zu erklären: „Nämlich, Hand an sich selbst zu legen.“

Einen Moment zog wieder Stille bei Dr. Hauswaldt ein. Dann aber äußerte sich die Rechtsmedizinerin: „Außergewöhnlich, was Sie da sagen. Ich muss … also, ich gestehe … ich habe Sie wohl unterschätzt."

Vlassi senkte bescheiden sein Haupt, dachte aber: Der Hauswaldt hab ich's gegeben. Die sieht mich jetzt mit anderen Augen. War ja auch höchste Zeit.

Julia allerdings musterte ihn nicht ganz unkritisch, sagte jedoch: „So haben wir den Fall also gelöst. Und der Ruhm gehört ganz Ihnen, Herr Spyridakis."

*

Zur gleichen Zeit schlenderte ein Mann, vom Dom herkommend, in die Gaugasse der Mainzer Altstadt hinein. Sein Schritt war von der Art, dass man denken konnte, er suche ein geeignetes Weinlokal. Doch eigentlich war es zu früh, um einen Schoppen zu sich zu nehmen. Tatsächlich bog der Mann ins Nasengässchen ein, wo es überhaupt kein Weinlokal gab, und schaute sich dabei um, ob irgendjemand ihm folgen würde. Sein Schlenderschritt verwandelte sich, nachdem er keine Person hinter sich gesehen hatte, jetzt in einen eiligen Gang.

Als er sich einem bestimmten Haus näherte, schritt er wieder ruhiger aus und sah sich abermals um. Doch weder war ihm jemand gefolgt noch befand sich überhaupt ein Mensch in dieser schmalen Straße. Er drückte die Haustür auf, die nicht abgeschlossen war und warf einen Blick hinauf ins erste Stockwerk. Niemand war zu sehen, auch keine Schritte von oben waren zu hören. Und doch hatte der

Mann ein Problem, denn er erkannte sofort, dass die Tür jener Wohnung, die offenbar das Ziel seines Strebens war, nicht nur abgeschlossen, sondern auch versiegelt war.

Er überlegte nur einen Moment, dann wusste er, was er tun musste. Es ging nicht anders. Vorsichtig stieg er die wenigen Stufen zum ersten Stock hinauf, verharrte, doch nach wie vor blieb es still im Haus, sodass ihm schon die Idee kam, ob vielleicht auch die anderen Mietparteien ins Jenseits übergesiedelt waren. Der Mann warf einen Blick auf die Versiegelung und sah schnell, dass sie seinen kundigen Händen nicht standhalten würde. Es dauerte keine Minute, und er hatte sie gelöst. Er griff in seine Manteltasche und zog eine kleine Apparatur hervor, die ihm als Dietrich diente. Einen Moment später öffnete er die Tür und glitt in den Flur der Wohnung hinein.

Es herrschte vollkommene Stille. Weder von draußen konnte man einen Ton vernehmen noch von den zwei Stockwerken darüber. Der Mann bemühte sich ebenfalls, sehr leise zu sein. Er machte einige Schritte ins Wohnzimmer, beugte sich zu einem Sessel und tastete ihn in den Ecken ab. Dann ging er in die Knie und spähte unter den Tisch.

Ganz offenbar suchte er etwas. Er erhob sich wieder, legte den Kopf in den Nacken und schien zu überlegen. Gerade wollte er in die Küche gehen, als eine Stimme ihn innehalten ließ.

„Suchen Sie etwas, das Sie hier verloren haben?“

Jetzt schreckte der Mann zusammen, er sah sich um, doch konnte niemanden sehen, der zu ihm sprach.

„Ich bin da, und doch bin ich nicht da“, hörte er wieder die Stimme.

Bilde ich mir das ein?, dachte er, höre ich jetzt schon die Toten reden?

„Ja bitte?", sagte er förmlich und ganz ohne Sinn.

„Um was bitten Sie denn?", wurde von der Stimme zurückgefragt.

„Sind … Sie das, Frau Gärtner?", wollte der Mann zaghaft wissen.

„Was denken Sie denn, wer ich bin?"

„Ich bin … mir … nicht sicher", antwortete er.

„Oh doch, Sie sind sich sicher. Sie erkennen doch meine Stimme."

„Aber … Sie sind doch … tot", erklärte der Mann und sprach das letzte Wort ganz leise aus.

„Glauben Sie das wirklich?", kam es zurück, „Sie sollten es eigentlich besser wissen."

Der Mann war sich nicht sicher, ob dieses Gespräch tatsächlich stattfand oder sich nur in seinem Kopf abspielte. Aber auch, wenn diese Unterhaltung nur seiner Imagination entsprang, sollte er Haltung bewahren.

„Ich sollte es besser wissen?", fragte er.

„Sie sind doch ein Gegner der Kryostase, ein Feind solcher unnatürlichen Lebensverlängerung", erklärte die Stimme in einem geradezu beschwingten Ton.

„Das stimmt", murmelte er.

„Aber mussten Sie Konrad umbringen?"

„Umbringen?", fragte der Mann, als würde er nicht verstehen.

Einen kleinen Moment war es still, dann sagte die Stimme: „Jetzt müssen Sie nur noch einen kleinen Schritt machen, um alles zu verstehen."

„Einen kleinen Schritt …“, wiederholte der Mann.

„Ja, einen ganz kleinen“, hörte er.

Auf der Stirn des Mannes zeigten sich einige Falten, er schien angestrengt nachzudenken.

Schließlich sagte er: „Sie … leben.“

Als Antwort hörte er ein Gelächter, ein geradezu unangenehm lautes Gelächter, das ihn erstarren ließ.

„Bitte …“, setzte er an, doch das eben noch so laute Gelächter wurde schwächer und schwächer und verlor sich schließlich ganz.

„Sind Sie noch da?“, fragte er leise.

Doch keine Antwort erfolgte. Der Mann räusperte sich und lauschte in die Stille. Er lauschte so angestrengt, dass es ihm nach etlichen Sekunden so vorkam, als würden seine Ohren wehtun. Vielleicht würde er doch noch etwas hören. War da nicht ein Rascheln in der Ecke? Er machte zwei leise Schritte in diese Richtung, blieb stehen und lauschte wieder. Dann schüttelte er den Kopf. Hielt er sich selbst zum Narren? Von der Kryostase hatte die Stimme gesprochen – ja, das war genau das Thema, um das es ihm auch beim letzten Mal ging. Und er war nicht nur ihr Feind, er hasste diese Form der Lebensverlängerung sogar. Einen Moment war er unschlüssig, was er tun sollte. Dann begab er sich zur Tür des Wohnzimmers und ließ seinen Blick durch den Raum schweifen. Dort auf dem Sessel hatte er gesessen, vielleicht lag das, was er suchte, darunter. Sofort machte er zwei Schritte und ging in die Knie, tiefer, noch tiefer musste er hinunter. Den Sessel durfte er nicht verrücken, das könnte einem aufmerksamen Polizisten auffallen. Er spähte unter den

Sessel, tastete mit den Händen an den Sesselbeinen entlang – nichts.

Der Mann richtete sich wieder auf. In die Küche musste er, dort wollte er sowieso hin, obwohl er bei seinem letzten Besuch die Küche gar nicht betreten hatte. Aber vielleicht hatte irgendjemand sein verlorenes Stück dort abgelegt? Er lauschte in Richtung Flur, bevor er die wenigen Schritte zur Küche machte. Sie war klein, geradezu winzig. Auf der Anrichte sah er nichts, und als er die Schranktür öffnete, erblickte er außer Tellern, Tassen und Gläsern auch nichts. Es fehlte auch ein Behältnis, wo manche Leute Schmuck oder Geld aufbewahren.

Dem Mann standen mittlerweile kleine Schweißperlen auf der Stirn, die sich anschickten, den Weg nach unten auf seine Nase anzutreten. Wo sollte er noch suchen? War alles vergeblich? In dem Moment hörte er etwas. Es war ein verhaltenes Lachen, das er sofort erkannte. Sollte er irgendetwas sagen? Aber was, was konnte er sagen? Nichts fiel ihm ein. Und das Lachen wurde jetzt lauter, es wurde so laut, dass er sich mit beiden Händen an die Ohren griff. Doch selbst, wenn er nichts mehr hörte, dieses Lachen mussten andere hören, im Haus und auf der Gasse draußen.

Nach wenigen Schritten stand der Mann vor der Wohnungstür, öffnete sie leise, spähte hinaus, sah niemanden auf der Treppe und befestigte so gut er konnte wieder die Versiegelung. Dann ging er leise die Stufen hinunter, und kaum hatte er die Haustür geöffnet, den Blick auf das leere Nasengässchen gerichtet, verstummte das furchtbare Lachen in seinen Ohren.

18 Welche vielversprechende Fährte?

So haben wir den Fall also gelöst. Und der Ruhm gehört ganz Ihnen. – Diese Sätze, von keiner Geringeren als seiner Chefin gesprochen, gingen Vlassi nach dem Besuch bei der Rechtsmedizinerin Dr. Hauswaldt eine Weile durch den Kopf. Vielleicht eine zu lange Weile, denn ihm fiel ein, dass er bislang keinen Fall so schnell gelöst hatte wie diesen. Aber die Worte von Frau Wunder, beruhigte er sich gleich wieder, waren ihm heilig oder sollten ihm wenigstens heilig sein. Und heilig oder nicht, hatte sie nicht einfach sein Genie erkannt?

Als die beiden ins Polizeipräsidium zurückkehrten, sagte er auf dem Weg in ihr Dienstzimmer: „Dann können wir den Kirchrath im Grunde jetzt vergessen, und wir müssen uns die Nachmittage auch nicht mehr in Rüdesheim um die Ohren schlagen."

Zu seiner Überraschung erwiderte Julia: „Da bin ich mir nicht so sicher."

„Aber warum? Der Fall ist doch gelöst. Haben Sie selbst gesagt."

Julia öffnete die Tür zu ihrem gemeinsamen Büro und teilte mit: „Ich sage manches, was für ungeübte Ohren so klingt. Sie sollten doch inzwischen meine Stimmlage besser einschätzen können. Jedenfalls würde ich mir das wünschen."

Vlassi hatte es geahnt, ja befürchtet. Die Zustimmung seiner Chefin war eine Finte. Julia Wunder hatte vom Ruhm gesprochen, der ihm ganz allein gehört – doch in Wirklichkeit meinte sie nicht Ruhm, sondern Ruin. Der Ruin gehört ganz allein Ihnen, das wollte sie eigentlich zum Ausdruck bringen.

„Sie haben sich mit der Vokabel Ruhm vergaloppiert?", fragte er, „Sie meinten eher Ruin?"

Julia legte ihren Mantel ab und hängte ihren Leoparden-Kaschmir-Hut an den Kleiderhaken: „Wie kommen Sie denn auf Ruin?"

Vlassi richtete sich auf: „Weil ich eben doch auf Ihre Stimme achte, und das Wort Ruin sehr gut zu Ihnen passt."

„Zu mir passt es?", Julia ging zu ihrem Schreibtisch und ließ sich nieder. „Passt es nicht eher zu Ihnen?"

„Überhaupt nicht, ich verkneife mir jede ruinöse Anwandlung!"

Vlassi stand immer noch nahe der Tür und hatte seine Regenjacke nicht ausgezogen.

„Ich merke schon, Sie wollen sich mit mir streiten", sagte Julia in bekümmertem Ton.

„Wer hat denn von Ruin gesprochen?", erwiderte Vlassi und kam zwei Schritte näher.

Julia schaute auf: „Wenn mich mein Gedächtnis nicht trübt, dann waren Sie das. Gerade eben."

Vlassi kam dieser Gesprächsverlauf irgendwie bekannt vor. Und ihm fiel auch gleich ein, woher er ihn kannte. Der Unbekannte in der Rüdesheimer Jakobsklause hatte auch so geredet. War es etwa möglich, dass sich dieser verwandlungsfähige Bursche ihm jetzt in Gestalt der Hauptkommissarin Wunder näherte?

„Sie müssen jetzt nur noch sagen, dass mein Satz sehr gut ist und von Ihnen stammen könnte", erklärte er mit fester Stimme.

„Na gut, er könnte auch von mir stammen", erwiderte Julia und griff nach einem Bleistift.

Jetzt war Vlassi elektrisiert: „Sagen Sie, Frau Wunder, verwandeln Sie sich ab und zu auch mal in einen Hasen?"

Julia warf ihm einen erstaunten Blick zu: „Ich bin ja einiges von Ihnen gewohnt, aber dass Sie mir eine Hasenfigur zutrauen, ja zumuten, finde ich ja doch ein wenig absonderlich."

„Eine Verwandlung! Eine Verwandlung!", rief Vlassi aus und setzte mit normaler Stimme hinzu: „An Ihrer Figur habe ich ansonsten nichts auszusetzen."

„Das freut mich. Aber wie kommen Sie denn auf den Hasen?"

In Vlassis Kopf rotierten die Gedanken. Wie konnte er seiner Chefin seine Begegnung mit dem Unbekannten erklären, und dass ihm diese Gestalt später in Oestrich-Winkel als Hase aufgelauert war, als Hase, der plötzlich nicht mehr reden wollte. Sollte er etwa mitteilen, dass er bei seinem Rüdesheim-Gang eine hochinteressante Person kennengelernt hatte, die sich auch mal gern als Hase zeigte? Da würde sie doch gleich denken, dass er mit Kirchrath oder Hartung in einem Weinkeller versackt war, sich dort einen angetrunken hatte und plötzlich lauter Hasen um sich herumhoppeln sah.

„Ach", sagte er, „es war nur so eine Idee …"

„Nur so eine Idee? Glaube ich nicht. Ihre Ideen ankern meist in der Realität."

Genau das ist das Problem, überlegte Vlassi, die Realität – wenn ich von dem Unbekannten erzähle, der mich über den Tod aufgeklärt hat und mir vorher schon begegnet ist im …

„Jetzt weiß ich wieder", sagte er, „woher ich diese Hasenidee habe. Ich habe davon geträumt."

„Sie haben von mir als Häsin geträumt?", fragte Julia.

„Ich war selbst überrascht", machte Vlassi einen auf ungläubig. Und setzte hinzu: „Aber Ihr Gesicht war unverkennbar."

„Hatte ich ein Hasengesicht?", wollte Julia wissen.

Jetzt konnte Vlassi nicht mehr zurück: „Nein, nein, Sie hatten Ihr wunderbares Gesicht. Nur der Rest war … also gewissermaßen … häsisch."

Julia schmunzelte vor sich hin, längst wusste sie, dass ihr Vlassi unübertroffen in seiner Fantasie war.

Der erkannte an ihrer Miene ihre Gedanken und setzte einen drauf: „Da sieht man mal, was für seltsame Träume einen im Schlaf überfallen. Und was sie bewirken können. Und nicht selten kommen sie einem vor wie die pure Realität."

„Ja, ja", murmelte Julia und wollte damit andeuten, dass Träume im Alltag des Kriminalisten keine Rolle spielen.

Vlassi war zufrieden mit ihrem hingemurmelten Ja, ja, und er war zufrieden mit sich selbst. Ein weiteres Ausweichmanöver wäre ihm vielleicht schwergefallen.

Doch Julia ließ nicht locker: „Was ich Sie noch fragen will, Herr Spyridakis, bei Doktor Hauswaldt sprachen Sie davon, dass es Unstimmigkeiten, vielleicht sogar Streit zwischen Herrn Neumann und Frau Gärtner gab …"

Vlassi nickte.

„Woher wissen Sie das? Soviel ich weiß, hat Frau Gärtner davon nichts erzählt."

„Unstimmigkeiten kommen doch in den besten Familien vor", erwiderte Vlassi, „vor allem bei einem Liebespaar."

„Ja, aber diese Unstimmigkeit hat nach Ihrer These zum Mord geführt – kommt das auch in den besten Familien vor?"

Vlassi schnitt ein ernstes Gesicht: „Wenn die beste Familie ein Liebespaar ist, dann scheint mir das sogar sehr wahrscheinlich." Er hielt kurz inne: „Ich würde sofort Frau Gärtner zu diesem Thema befragen, aber sie ist ja nicht mehr imstande, den Mund zu öffnen."

„Wenn Mord die Folge der Liebe ist, dann ist es mit der Liebe nicht weit her", erklärte Julia nachdenklich.

„Das ist es ja", stimmte Vlassi zu, „die Liebe ist ein wackliges Ding, man kann nie wissen, wann sie … umfällt."

„Umfällt", wiederholte Julia, „könnte es sein, dass Sie Ihr Liebesverständnis mal überprüfen sollten?"

Vlassi überlegte einen kleinen Moment, ob er Frau Wunder von Carolas seltsamem Liebesverständnis erzählen sollte, vor allem ihrem mangelnden Eingehen auf seine dienstlichen und gesundheitlichen Probleme – er ließ es sein, er käme nicht zu Ende damit.

Stattdessen fragte er: „Also, dann fahren Sie noch einmal zu diesem Kirchrath? Ich habe ja leider nichts bewirken können."

Julia legte den Bleistift weg, mit dem sie sich Notizen gemacht hatte, und sagte: „Ja, ich werde selbst noch einmal nach Rüdesheim fahren. Ich muss diesen Bernd Hartung erwischen."

„Dessen Tochter sich im Rhein ertränkt hat?", fragte Vlassi.

Julia nickte: „Das haben Sie mir doch erzählt. Eine Info ist das von dieser … wie hieß sie noch mal?"

„Lisbeth", ergänzte Vlassi, „Lisbeth in der Jakobsklause."

„Da werde ich auch auftauchen", murmelte Julia.

„Kriminalrat Feuer wird sich freuen, wir sind ganz auf seiner Linie", ergänzte Vlassi brummelnd.

„Ich weiß gar nicht, Herr Spyridakis, warum Sie so unzufrieden klingen. Sie haben doch ursprünglich Feuer zugestimmt. Weinpanscherei ist das Thema. Kirchrath wollte Neumann loswerden, weil der ihm gefährlich werden konnte …"

„Stimmt", fiel ihr Vlassi in die Rede, „aber inzwischen haben wir neue Erkenntnisse, ich möchte sagen, wir haben neues Wissen erworben."

„Das bedeutet nicht, dass das alte Wissen falsch ist", erklärte Julia und dachte dabei an ihren Vater, der ihr des Öfteren schon erklärt hatte, dass man beim ollen Shakespeare eine Menge lernen könne. Und wozu hatten sie sich Goethes Faust angesehen, das war ja auch nicht das allerneueste Stück.

Vlassi lehnte sich im Stuhl zurück und schaute zur Decke.

„Und schon fangen Sie an zu überlegen", sagte Julia, „ein angenehmer Zug von Ihnen."

„Für mich ist der Fall eigentlich gelöst, ich denke nur darüber nach, ob Kirchrath vielleicht wirklich schuld ist am Tod dieser Hartung-Tochter."

„Durch Nachdenken finden Sie das nicht heraus", belehrte ihn Julia, „nur durch eine Recherche. Die ich diesmal vornehmen werde."

„Sie sind die Richtige dafür!", erklärte Vlassi, „es könnte sein, dass ich zu nachsichtig in Rüdesheim war. Mit diesen touristikverwöhnten Rüdesheimern muss man ganz anders umspringen."

„Ich merke", sagte Julia trocken, „dass Sie die Fahrt dorthin scheuen, ich erkenne einen deutlichen Ausdruck von Zufriedenheit auf Ihrem Antlitz, Zufriedenheit darüber, dass ich das mache."

„Was Sie alles erkennen!", rief Vlassi grinsend aus und fügte listig hinzu: „Ich meinerseits erkenne, dass ich noch viel von Ihnen lernen kann."

„Hoffentlich tun Sie's auch", murmelte Julia.

„Ich tue es sofort", erwiderte Vlassi, „nicht untätig will ich sein, während Sie hart in Rüdesheim recherchieren. Ich werde mich ebenfalls auf eine Fährte begeben, ich möchte sagen, es ist eine vielversprechende Fährte."

„Welche vielversprechende Fährte?"

„Das", tremolierte Vlassi, der sich auf seine Theaterkarriere besann, „muss vorerst noch geheim bleiben." Und er fügte mit normaler Stimme hinzu: „Ich will Sie doch schließlich auch mal überraschen."

In Wirklichkeit war Vlassi heilfroh darüber, dass seine Chefin ohne ihn rheinabwärts fahren würde, da hatte er nämlich Zeit für etwas ganz anderes – was das war, brauchte er ihr nicht unbedingt zu sagen.

*

Natürlich wollte Kommissar Spyridakis seiner neuen Leidenschaft frönen, der Schauspielerei. Er als Leiche auf der Bühne, das würde grandios werden. Als er in seinen kleinen Corsa stieg und sich hinters Lenkrad klemmte, hörte er schon den rauschenden Beifall der Menge.

Aber bevor er sich zu seiner Mörderin aufmachte, dieser Margot Scheuermann und zu Schädler und seiner Truppe, wollte er seiner Buchhandlung im Vorort Schierstein einen Besuch abstatten. Sollte er nicht dem Buchhändler Andreas Dieterle von seinem geradezu unglaublichen Aufstieg zu einem Theaterstar berichten? Aber lässig, lässig würde er das machen. Durch mich, lieber Herr Dieterle, bekommt das Stück eine gewisse Tiefe, eine Bedeutung, die nur ein großer Menschendarsteller ihm verleihen kann. Der Mord als Kunstform! Sie wissen ja: Ohne Schauspieler wäre das Theater tot, ein nutzloser Kasten. Sie kommen doch zur Premiere?

Keine zwanzig Minuten später fuhr Vlassi auf den kleinen Parkplatz hinter der Buchhandlung mit dem Namen Buchecke. Nach wenigen Schritten betrat er den Laden.

Der Chef Dieterle stand mit einer Kundin im Hintergrund und pries offenbar gerade die Vorzüge eines gewissen Buches. Beim Eintritt von Vlassi schaute er kurz auf und nickte ihm zu. Der Kommissar merkte, dass er im Augenblick noch nicht gefragt war, sein Blick glitt über den Büchertisch nahe des Eingangs. Ein Buch fiel ihm auf, er nahm es in die Hand. Ewald Hetrodt hieß der Autor, der Titel des Buches war „Die Unverfrorenen“. Ein einladender Titel, unverfroren sind schließlich auch meine Mörder, dachte Vlassi, wenn diese Vokabel überhaupt ausreicht. Er schlug das Buch auf und las als Untertitel „Wie Politiker unsere Städte als Beute nehmen“.

Ein politischer Krimi offenbar, dachte Vlassi, genau mein Metier. Nach kurzer Lektüre stellte er fest, dass seine Vermutung ganz richtig war. Nur dass die geschilderten Vorgänge nicht erfunden waren, sondern auf purer Realität beruhten, und sich die Lokal- und Landespolitiker als Kriminelle herausstellten. Der Autor Hetrodt hatte herausgefunden, dass hochdotierte Posten in kommunalen Unternehmen an altgediente Parteisoldaten gehen. Der Grund? Man will ihnen das Politikerleben versüßen. Die braven Soldaten der Partei, die es in der Politik weder zum Leutnant und nicht mal zum Obergefreiten schafften, werden in Ämter gehoben und vergeben lukrative Millionenaufträge an befreundete Unternehmer. Man ist halt nett zueinander – ob es der Stadt und ihren Bewohnern gut tut, spielt keine Rolle.

Vlassi fiel sofort seine Freundin Carola ein, die ihm öfter schon geraten hatte, in die Politik zu gehen, da könne er Kasse machen und mit seinem naiven Wesen würde er gut ankommen, so wie der Oberbürgermeister Gerich. Naiv scheine ich nur, hatte er ihr widersprochen, bin es aber nicht! Genau das ist ja richtig, war ihre Antwort, ob ihm denn entgangen sei, dass in der Politik mehr Schein als Sein herrsche.

Jetzt in der Buchhandlung kam Vlassi ins Grübeln, eigentlich war das gar keine dumme Idee von Carola, würde er sie befolgen, könnte er statt seines Kleinwagens namens Corsa längst mit einem Ferrari durch die Gegend preschen und so tun, als würde er damit die Welt beglücken. Als hochbegabter Schauspieler würde er obendrein alle an der Nase herumführen und dem Wahlvolk klarmachen, dass sein Ferrari in Wirklichkeit nur ein getarnter Corsa sei.

In dem Moment näherte sich ihm Andreas Dieterle, sah sofort, in welches Buch Kommissar Spyridakis schaute und teilte mit: „Ein Bestseller bei mir, der Hetrodt."

„Tatsächlich?", fragte Vlassi.

„Ja, die Leute interessieren sich für solche Schweinereien in der Politik, darüber wollen sie mehr erfahren."

„Hätte ich nicht gedacht", murmelte Vlassi.

„Es muss nur einer kommen und die üblen Verhältnisse aufzeigen", fuhr Dieterle fort, „da sieht man mal wieder, wie wichtig Bücher sind." Er fügte gleich hinzu: „Und Schriftsteller, die sie schreiben."

Vlassi nickte und legte „Die Unverfrorenen" zurück auf den Tisch. Vielleicht war er mit seiner Bühnen-Schauspielerei auf dem falschen Weg, ging es ihm durch den Kopf, vielleicht sollte er besser die Schriftsteller-Laufbahn einschlagen, Leute, die schreiben, sind ja gar nicht unwichtig, sondern von äußerster Bedeutung, wie er gerade erfuhr. Der Laie denkt, die wollten nur unterhalten und für ihre Leser ein paar Grimassen schneiden – dabei üben die einen Einfluss auf Tausende aus, ja möglicherweise sogar auf Millionen.

„Was führt Sie zu mir, Herr Spyridakis?", hörte er die Stimme des Buchhändlers, „ein neuer Fall etwa, bei dem ich buchhändlerische Ratschläge geben kann?"

Vlassi wollte nicht sofort mit der Tür ins Haus fallen, so erwiderte er mit leichtem Theatertremolo: „Zwar sitze ich an einem kniffligen neuen Fall, doch Auskunft geben kann ich förderhin nicht."

Andreas Dieterle strich seine üppige Haarpracht nach hinten und lächelte: „Ich merke schon, woran Sie arbeiten. Könnte der Titel ‚Mord im Theater' sein?"

„Nun ja", erwiderte Vlassi geschmeichelt, „so ganz verkehrt liegen Sie nicht …"

Der Buchhändler ließ ihn nicht ausreden: „Wirklich? Gibt es einen Mord im Wiesbadener Staatstheater?"

„Verkehrt, ganz verkehrt", korrigierte Vlassi und fügte hinzu: „Obwohl … interessieren würde mich so etwas schon."

„Warum denn?"

Jetzt war der Moment gekommen, wo Vlassi mit seiner Enthüllung rausrücken konnte, mit Bedacht sagte er: „Ich spiele selbst Theater. Man hat mich engagiert …"

Wieder fiel ihm Dieterle in die Rede: „Man hat Sie engagiert! Ist ja hochinteressant. Wo spielen Sie denn? Im Großen Haus etwa?"

Vlassi behalf sich mit einem Sprichwort, wenn er es denn richtig hinbekam: „Weile mit Eile. Das Große Haus muss noch etwas auf mich warten."

„Spielt ja auch keine Rolle", teilte Dieterle mit, „große Mimen haben immer klein angefangen."

War das etwa ironisch gemeint?, dachte Vlassi und schaute Dieterle ins Gesicht, das dieser aber gerade abwandte: „Ich mache uns einen Kaffee, wir müssen das begießen."

Einen Kaffee hat der mir noch nie angeboten, überlegte Vlassi, da sieht man mal, wie man als Künstler aufsteigt, während man als Kommissar nichts gilt. Na, wenigstens habe ich als Kommissar ein minimales Einkommen, während ich als Schauspieler von einem Dieterle-Kaffee leben müsste.

Er schaute auf den Büchertisch vor sich und überlegte, ob er nach einem anderen Titel greifen sollte, als die Tür aufging und ein alter Bekannter hereintrat. Es war Andreas Berg, der gleich auf ihn zukam.

„Herr Spyridakis, freue mich, Sie mal wiederzusehen."

„Ich mich auch", erwiderte Vlassi.

„Haben Sie schon das Casino-Stück gesehen im Theater?", fragte Berg.

Ich interessiere mich zwar neuerdings sehr für Theater, wollte Vlassi antworten, unterließ es aber und sagte lediglich: „Nö."

„Da haben Sie was verpasst! Es geht um die Lokalpolitik, um den Oberbürgermeister Gerich, der wird da wunderbar dargestellt, vielmehr karikiert. Na ja, ist das Beste, was ihm passieren kann."

„Über den Gerich hat mich doch letztes Mal der Volker Born aufgeklärt", sagte Vlassi.

„Also wissen Sie Bescheid. Ein einziger Sumpf, in dem der Gerich und seine Hintermänner rumgewatet sind. Ein Skandal, der sich in unserer Stadt abgespielt hat."

„Ich erinnere mich“, nickte Vlassi, „dieser Gerich hat doch mit seinem Mainzer Freund für tausend Euro auf Staatskosten diniert.“

„Wenn's das nur wäre! In dem Stück Casino erfährt man viel mehr über unsere sauberen Herren Politiker und ihre Machenschaften. Und das ist ja überall so, nicht nur in Wiesbaden.“

Vlassi entgegnete: „Ich hab' gerade das Buch ‚Die Unverfrorenen' in der Hand gehabt, da geht es ja um Ähnliches.“

Der Kulturredakteur Andreas Berg schaute ihn streng an: „Da sehen Sie mal, wie wichtig die Kultur ist. Viele Leute glauben, dass Politik das Wichtigste sei. Nein! Kultur ist es. Es sind immer Kulturmenschen, die Unverfrorenes rausfinden und zu Papier bringen.“

„Und das Unverfrorene sind Schweinereien“, stimmte Vlassi zu.

Aus dem Hintergrund näherte sich der Buchhändler mit zwei Tassen Kaffee in den Händen.

„Ach, der Herr Berg“, sagte Andreas Dieterle, „und jetzt habe ich nur zwei Tassen gemacht.“

„Macht nichts, hab' sowieso nicht viel Zeit.“

Dieterle wollte Vlassi dessen Tasse geben, dem aber fiel ein, dass er kürzlich einen Zeitungsartikel gelesen hatte, in dem vor Kaffee gewarnt wurde. Wollte diese Tasse des schwarzen Getränks an seiner Gesundheit knabbern? Mit großer Geste trat er seinen Kaffee an Andreas Berg ab, der sofort zugriff.

„Sie kennen das Stück ‚Casino'?“, fragte Berg in Richtung Dieterle.

„Kenn's noch nicht, werd mir's aber angucken, auch wenn's auf Monate hinaus ausverkauft ist."

„Ausverkauft ist es?", fragte Vlassi, der sofort an seinen eigenen Auftritt bei der Schädler-Bühne dachte. Warum sollte das Stück, das sie probten nicht auch für Monate, wenn nicht sogar für Jahre ausverkauft sein? Vielleicht würde er da sogar als Leiche was verdienen.

„Solche Stücke wie das Casino", dozierte Andreas Berg, „sollten viel öfter zu sehen sein. Es ist die Aufgabe des Theaters, sich mit der Gegenwart zu beschäftigen und ihren krummen Geschäften …"

„Soll es denn nicht mehr den Faust spielen?", wollte Vlassi wissen.

„Auch den, natürlich", erwiderte Andreas Berg, „aber Rettung kann nur von neuen und das Theater erneuernden Stücken kommen. Die Bühne kann sich nur von zeitgenössischen Autoren her legitimieren. Ihre Arbeiten müssen ins Zentrum rücken!"

Der Buchhändler nickte: „Ein feuriges Plädoyer für's Theater der Zeit halten Sie da."

„Ja", fuhr Berg fort, „daran liegt mir! Ich will nicht, dass das zeitgenössische Theater zu einem Bildungs-Schrebergarten verkommt. Machen wir uns nichts vor, häufig ist das, was wir Theater nennen, ja nichts anderes als ein verstaubtes Museum. Wenn aber die richtigen Stücke gespielt werden, und das sind solche, die sich die Gegenwart vorknöpfen, wird es die Zeitgenossen fesseln, und die Schauspieler werden sich vor Zulauf nicht retten können."

„Ganz richtig, Sie sprechen mir aus der Seele", erklärte Vlassi, der allerdings an das Stück dachte, das er bei der

Schädler-Truppe probte. War das ein richtiges Stück, eines der Gegenwart? Oder nur eine olle Krimi-Komödie, wo er bei der Premiere nach Zuschauern Ausschau halten musste?

Prompt sagte der Buchhändler Dieterle: „Da habe ich eine Überraschung für Sie, Herr Berg. Unser Kommissar Spyridakis spielt jetzt auch Theater, man hat ihn engagiert."

Der Kulturredakteur musterte Vlassi verwundert: „Wirklich?"

Vlassi nickte und versuchte, sehr bescheiden zu wirken.

„Ja wo denn?", fragte Berg, „wo spielen Sie denn?"

„Wir proben derzeit noch", antwortete Vlassi, „wir müssen uns ja erst einspielen."

„Natürlich, natürlich – aber was spielen Sie denn?"

Vlassi überlegte schnell. Wenn er Krimi-Komödie sagte, sich als Leiche offenbarte und gar noch den Namen des Autors, diesen Schöne, nannte, würde der Kulturredakteur wahrscheinlich die Nase rümpfen. So entschloss er sich zu folgender Rede: „Ich darf noch nichts darüber sagen, das Projekt ist gewissermaßen geheim."

„Geheim!", trompete der Buchhändler, „ja, das passt zu einem Kommissar, der im Alltag Morde aufklärt."

„Aber wenn die Premiere ansteht, laden Sie uns doch ein!", forderte Andreas Berg, „vielleicht handelt es sich bei dem Geheimprojekt ja um ein Stück der Gegenwart."

Vlassi entschloss sich, etwas preiszugeben: „Die Gegenwart spielt eine Rolle darin, so viel kann ich verraten."

Andreas Berg nickte zustimmend: „Übrigens läuft gerade ein weiterer Skandal, der nach einem Theaterstück schreit. Ihr habt sicher von der AWO gelesen …“

„AWO?“, wiederholte Vlassi.

Der Buchhändler Dieterle bestätigte: „Ja, die AWO, ein einziger Sauhaufen.“

„Arbeiterwohlfahrt“, erläuterte Berg in Richtung Vlassi, „bei der geht es um doppelte Abrechnungen, geheime Kassen und dubiose Geschäfte. Der Chef ist mit einem Aston Martin rumgefahren und hat offenbar Millionen verdient.“ Er setzte mit ironischem Ton hinzu: „Alles zum Wohl der armen Arbeiter.“

Bei denen wäre ich vielleicht auch richtig, ging es Vlassi durch den Kopf, allerdings würde ich mich für einen Ferrari statt eines Aston Martin entscheiden. Doch schon sprach Andreas Berg weiter: „Darüber müsste man auch ein Theaterstück schreiben, es schreit danach. Was sich in Frankfurt bei der AWO abspielt – da handelt es sich um einen noch größeren Sumpf als dem bei uns hier, wo unser Oberbürgermeister sich besudelte.“

„Sie sprechen sich in Rage, das ist nicht gesund“, mahnte Dieterle.

„Sie haben recht“, nickte Berg, „warum sollte man sich von solchen Gestalten die Gesundheit verderben lassen.“

„Ja, ja“, stimmte Vlassi zu, der noch ein wenig dem entgangenen Ferrari nachsann.

„Es gibt Wichtigeres“, sagte der Buchhändler Dieterle, „heute Abend gibt es bei mir ein Theater ganz besonderer Art …“

Vlassi spitzte die Ohren: „Ach ja?“

Andreas Dieterle richtete sich auf: „Ich habe das Huub-Dutch-Duo eingeladen. Das Huub-Dutch-Duo aus Heidelberg. Die machen eine tolle Musik, haben gerade eine neue CD rausgebracht."

„Wohl Klassik der besonderen Art", flocht Vlassi ein.

„Vielleicht werden sie selbst mal Klassiker, wer weiß", fuhr Dieterle fort, „auf ihrer neuen CD haben sie Literatur vertont – Wilhelm Busch. ‚Max und Moritz got the Blues' heißt die Chose."

„Also ich komme", sagte Andreas Berg spontan, „vielleicht können die auch einen Song auf die AWO machen."

Dieterle sah ihn an: „Warum nicht! Bei deren Musik wackelt nicht nur die Wand, da geht diesen AWO-Fritzen auch der Arsch auf Grundeis." Er drehte sich zu Vlassi: „Kommen Sie auch?"

„Unbedingt", antwortete der, als ihm etwas einfiel, „aber ich habe noch einen anderen Termin, einen wichtigen, den ich nicht verpassen darf."

„Das Huub-Dutch-Duo dürfen Sie nicht verpassen!", mahnte Dieterle, „das dürfen Sie auf keinen Fall verpassen, das ist ein Jahrhundert-Ereignis."

„Jedenfalls hier in Schierstein", ergänzte Andreas Berg.

„Ich beeile mich mit meinem Termin", versprach Vlassi, „ich werde zusehen, dass ich auf jeden Fall noch etwas von diesem Jahrhundert-Ereignis mitkriege."

„Heben Sie sich hinfort", sagte der Buchhändler lächelnd, „aber vergessen Sie nicht, sich bald wieder hierher zu heben."

19 Der Tod als Verjüngungskur betrachtet

Vlassi schlenderte zum Parkplatz hinter der Buchecke, wo sein Auto stand, als ihm aus der Zeilstraße ein anderer Bekannter entgegenkam. Der hielt inne: „Herr Spyridakis, so sieht man sich wieder!"

„Ich hab' Sie in der Buchhandlung vermutet", erwiderte Vlassi.

„Da will ich ja gerade hin."

Bei dem Bekannten handelte es sich um Volker Born.

„Ein Jammer", sagte der Kommissar, „und ich muss gerade weg. Wir haben uns eben in der Buchhandlung über ein Thema unterhalten, das Sie garantiert interessiert. Mit Ihren Freunden Berg und Dieterle."

„Ein Thema, das mich interessiert?", fragte Volker Born mit einem Lächeln, „also Mord und Totschlag?"

„Schlimmer. Es ging um Politiker."

Borns Gesicht wurde ernst: „Wo liegt der Unterschied?"

Der Mann hat recht, dachte Vlassi, schon beim letzten Fall hatte er ihn darüber aufgeklärt, dass Lokalpolitiker krumme Hunde sind.

Doch schon sprach Born weiter: „Ich hab' Sie doch schon darüber belehrt, was die Leute, die sich Politiker nennen, alles machen, um ihre Pöstchen zu behalten und ihre Einkünfte zu vermehren."

„Stimmt, das haben Sie", sagte Vlassi, „wissen Sie auch, dass es ein Stück im Theater darüber gibt?"

„Natürlich weiß ich das. Hab das Casino-Stück auch schon gesehen. Sehr gut, sehr treffend. Danach gab's sogar eine Diskussion mit dem Publikum. Aber wissen Sie, was mir aufgefallen …"

Vlassi ließ ihn nicht ausreden, sein Schauspielerblut kochte hoch und ihm fiel das gerade gehörte Plädoyer von Andreas Berg ein: „Das zeitgenössische Theater darf nicht zu einem Bildungs-Schrebergarten verkommen! Unser Theater wurstelt ja nur noch als verstaubtes Museum herum. Wenn aber die richtigen Stücke gespielt werden …"

Jetzt fiel Born in seine Rede: „… dann wird das Publikum wieder wach und erkennt das Theater als ein Medium der Zeit! Es braucht halt nur einen Intendanten, der das erkennt."

„Wunderbar gesagt", stimmte Vlassi zu, „ich hätte noch angefügt, dass die Schauspieler sich vor Zulauf nicht retten können." Er hielt inne, um höflich zu fragen: „Aber ich habe Ihnen das Wort genommen, was wollten Sie noch sagen?"

„Mir ist aufgefallen, wollte ich sagen, dass bei der Publikums-Diskussion im Theater weder der Gerich noch sonst ein Verantwortlicher von der Stadt da waren."

„Ist doch klar", erklärte Vlassi wie ein Theaterkritiker, „die haben Angst, zerfleischt zu werden."

„Keine schlechte Idee", stimmte Volker Born zu, „man müsste es wie im alten Rom machen. Ab mit ihnen in die Arena zu den hungrigen Löwen."

„Aber es wachsen doch immer neue Kandidaten in der Politik nach, und die neuen sind oft noch schlimmer“, bemerkte Vlassi.

„Umso besser für die Löwen“, teilte Born majestätisch mit, „da haben sie immer neues Futter und kommen nicht aus der Übung mit dem Zerfleischen.“

Vlassi grinste, doch Volker Born ermahnte ihn mit strenger Stimme: „Das ist kein Grund zum Grinsen, sondern zum begeisterten Klatschen.“

Unverzüglich bewegte Vlassi seine Hände zum Klatschen. Born sah es, und da er über ein gutes Quantum Humor verfügte, klatschte er selbst auch: „Ich klatsche nicht mir, sondern Ihnen Beifall, Herr Spyridakis.“

Die beiden hatten bis jetzt auf einer kleinen Ausbuchtung der Zeilstraße gestanden, doch nun sagte Volker Born: „Wollen wir nicht einen Kaffee trinken gehen, Sie sind doch hoffentlich nicht in Eile?“

Vlassi überlegte einen kleinen Moment, dann fiel ihm etwas ein, wozu er Born befragen könnte. Zu dieser Thematik war er genau die richtige Person.

„Bin nicht in Eile“, teilte er ihm mit.

„Dann gehen wir doch gerade um die Ecke, da ist ein kleines Café.“

Gesagt, getan, nach fünf Minuten saßen die beiden Männer an einem Ecktisch in besagtem Café.

„Eigentlich wollte ich gar keinen Kaffee trinken“, brummelte Vlassi.

„Ach, ein Kaffee bringt Sie nicht um. Im Gegenteil, Spezialisten haben rausgefunden, dass Kaffee gesundheitsfördernd ist.“

„Wirklich?“, sinnierte Vlassi, dem einfiel, dass er das genaue Gegenteil gelesen hatte. Nach dieser neuen Info von Born fügte er hinzu: „Wenn ich's mir recht überlege, sollte ich mir schon einen Kaffee gönnen.“

Volker Born nickte, die Kellnerin kam, und die beiden bestellten je eine Tasse Kaffee.

„Woran arbeiten Sie denn gerade?“, fragte Born, „ich hoffe, an einem blutigen und grauenhaften Mord.“

„Ich weiß, dass Sie ein Faible für Schrecklichkeiten haben, aber leider muss ich Sie enttäuschen.“

Volker Born sah ihn betrübt an: „Kommen Sie mir etwa wieder mit Kunst wie beim letzten Mal?“

„Nein, nein, aber Sie sind doch eigentlich Kunstjünger, wenn ich mich recht erinnere.“

„Wir wollen nicht übertreiben“, erwiderte Born, „aber für Kunst interessiere ich mich schon.“

„Zumindest sind Sie Dadaist. Richtig? Funktioniert mein Gedächtnis noch?“, wollte Vlassi wissen.

„Stimmt. Aber Sie wollen mir doch nicht einen alten Kunst-Fall auftischen?“

„Überhaupt nicht. Ich wollte Ihnen nur sagen, dass Sie mich damals … also durchaus weitergebracht haben. Mit Ihren Erklärungen zu Kunst und Dada.“

„Tatsächlich?“, fragte Born und neigte sich vor, „da sollten Sie mir eine Stelle als Hilfskommissar anbieten.“

Warum eigentlich nicht?, dachte Vlassi, so wie ich als Schauspieler demnächst die Welt verblüffen werde, so könnte ein Theologe als Hilfskommissar vielleicht im Verbrechenswesen auch was bewirken. Unsere neue Aushilfe als Kommissar ist theologisch geschult, bitte achten

Sie auf Ihre Wortwahl und lassen Sie nicht den Glauben vermissen, könnte man den Dunkelmännern und Mordbuben erklären.

„Kleiner Scherz", sagte Born in dem Moment und fügte hinzu: „Sie können mich aber notieren für den Posten des Polizeipräsidenten."

Vlassi erwiderte geistesschnell: „Warum Präsident? Präsidenten gibt es doch wie Sand am Meer, so nennt sich doch heut' jeder, der nichts kann. Kriminalrat sollten Sie werden, da sehe ich eventuell eine vakante Stelle."

Natürlich dachte Vlassi an Robert Feuer, doch eine vakante Stelle gab es nicht. Es sei denn, man würde Feuer das Lebenslicht ausblasen.

„Kriminalrat ist auch nicht schlecht", teilte Born seinem Gesprächspartner mit, „da wäre ich vermutlich Ihr Vorgesetzter und könnte Sie ein bisschen herumkommandieren."

Der kommt auf Ideen, ging es Vlassi durch den Kopf, kaum steigen die Leute auf, wenn auch nur in Gedanken, wollen sie das Kommando übernehmen. Da bleibe ich besser bei Feuer, Lebenslicht ausblasen wird rückgängig gemacht, Feuer kenne ich in seiner verqueren Art wenigstens schon.

Volker Born grinste ihn an: „War eben auch ein Scherz von mir. Sie kennen doch meinen Humor."

„Ich liebe ihn", gestand Vlassi, „obwohl er gewöhnungsbedürftig ist."

Die Kellnerin brachte ihren Kaffee. Born schüttete sich etwas Milch in seine Tasse und sagte: „Am besten, man nimmt gar nichts, aber ich bin an Milch so gewöhnt."

Prompt erwiderte Vlassi: „Ich nehme schon seit Längerem weder Milch noch Zucker." Die Männer nahmen einen Schluck, dann fragte Volker Born: „Also kein blutiger Fall, an dem Sie arbeiten?"

Vlassi nickte: „Unblutig, aber rätselhaft."

„Können Sie mehr sagen?", fragte Born.

Ich darf ihn nicht ganz ausschließen und auf keinen Fall vor den Kopf stoßen, überlegte Vlassi, ich muss ihn stattdessen gefügig machen, muss ihm theologisch kommen, ihn gewissermaßen theologisch reizen.

„Ihnen", sprach Vlassi und dehnte das Wort etwas, „kann ich mehr sagen …"

„Manchmal denke ich", fiel ihm Born ins Wort, „dass Sie auch auf einer Bühne stehen könnten."

„Ich weiß, meine Fälle geraten mir zu Tragödien."

„Oder Komödien", fügte Volker Born hinzu und verzog den Mund zu einem schiefen Lächeln.

„Tragöde zu sein ist mir lieber", informierte Vlassi seinen Tischnachbarn, „es klingt doch viel dramatischer."

„Ah ja", nickte Born, nahm einen Schluck von seinem Kaffee und sagte: „Sie wollten mir gerade mehr sagen."

„Ich wollte Ihnen sagen, dass ich es mit einem Fall von Kryostase zu tun habe."

Vlassi hatte mit Bedacht diesen Satz gewählt, wie würde der Theologe auf das Reizwort Kryostase reagieren?

Volker Born legte den Kopf leicht nach hinten: „Kryostase … Kryonik … ja, ja, davon habe ich gelesen." Er verstummte wieder.

Es geht um den Tod, sinnierte Vlassi für sich, vielmehr um die Todverhinderung, das beschwert Born offenbar, vielleicht sollte ich ihn etwas unbeschwerter machen.

„Ich dachte zuerst", sagte er mit aufmunterndem Lächeln, „es handelt sich bei der Kryostase um eine Form der Ekstase."

Zu seinem Erstaunen erwiderte Born: „Gar nicht verkehrt. Für die, die es machen, ist es vermutlich eine Ekstase."

Vlassi räusperte sich: „Wie meinen Sie das?"

Born beugte sich nach vorn: „Nun ja, den Tod verhindern, erzeugt bei nicht wenigen Menschen ein ekstatisches Gefühl."

Vlassi nahm einen Schluck von seinem Kaffee, dann sagte er: „Sie meinen das Gefühl, unsterblich zu sein?"

Born ließ den Kopf sinken: „Nichts kränkt den Menschen mehr als seine Sterblichkeit, genauer gesagt, seinen Narzissmus kränkt es."

Vlassi nickte, sprach aber kein Wort, er hoffte auf weitere Erklärungen.

Volker Born hob den Kopf: „Unsterblich zu sein – man ist dann wie Gott. Nein. Man kann sich wie Gott fühlen."

„Verstehe", sagte Vlassi, „das hat ja direkt was Blasphemisches."

„So könnte man sagen", murmelte sein Tischnachbar.

„Ich muss gestehen", sagte Vlassi, „dass ich dachte, die Kryostase hat was mit Fortschritt zu tun."

„Ist der sogenannte Fortschritt denn immer ein wirklicher Fortschritt?", ließ sich Born hören.

„Sie meinen, die Kryostase ist eher ein Rückschritt?"

Volker Born lehnte sich zurück: „Na ja, wenn man sich einfrieren lässt, um irgendwann wieder aufgetaut zu werden, zweifle ich an solchem Fortschritt …"

„Aber jetzt geht doch ein Virus um", fiel ihm Vlassi ins Wort, „das Corona-Virus, da kann man dran sterben, und wenn man in die Kryostase geht, lebt man irgendwann mal wieder auf."

Born sah ihn spöttisch an: „Glauben Sie das wirklich?" Er machte eine kleine Pause: „Wissen Sie, dass die Kryostase eigentlich gar keine neue Idee ist? Schon im 17. Jahrhundert prophezeite der Philosoph Descartes, der Mensch werde bald unsterblich werden, sobald er sich seiner Maschinenartigkeit bewusst sei und wisse, wie die Bauteile zu warten seien."

Vlassi erwiderte: „Aber in der Zukunft kann man den Eingefrorenen von seinen Krankheiten befreien."

Volker Born beugte sich vor: „Also erstens würde ich Descartes sagen, wenn er es bis in unsere Zeit geschafft hätte und noch leben würde: Wir sind nicht maschinenartig und besitzen keine Bauteile, sondern Organe. Und was Sie eben über die Krankheiten der Eingefrorenen bemerkten: Das sagen nur fantasielose Leute, die an ihr jetziges Leben gewöhnt sind und sich kein anderes vorstellen können."

„Ein anderes Leben?", fragte Vlassi.

„Diese Leute können sich keine höhere Lebensform vorstellen. Für sie gibt es nur das Leben, das sie kennen, und das ist logisch, geordnet, langweilig und tüchtig, mit einem Wort – unerträglich."

Vlassi schaute nachdenklich drein.

„Als Theologe glaube ich an die Auferstehung …“, fuhr Born fort.

Vlassi unterbrach ihn: „Auferstehung hört sich für mich ganz ähnlich wie Kryostase an.“

„Aber nein“, widersprach Born, „Auferstehung ist doch nicht leiblich gemeint. Die Auferstehung hat nichts mit dem Körper zu tun, sondern mit der Seele.“

„Hmm“, machte Vlassi, nippte an seinem Kaffee und fragte sich, ob seine Seele dereinst auch am Kaffee nippen könnte?

„Wissen Sie eigentlich“, sagte Born, „dass der Körper leichter ist nach dem Tod?“

Kommissar Spyridakis schüttelte den Kopf.

„Das hat man festgestellt. Im Sarg gibt es eine Schicht mit Holzwolle …“

„Für die Seele?“, fügte Vlassi fragend ein.

„Nein, die Holzwolle nimmt die Flüssigkeit des Körpers auf.“ Born machte eine kleine Pause: „Mein Vater sah nach dem Tod jünger und schlanker aus.“

Vlassi ging durch den Kopf, dass der Tod offenbar eine Verjüngungskur darstellte, allerdings hatte sie einen gewissen Preis – sie kostete das Leben.

„Die Frage ist doch“, fuhr Volker Born fort, „weshalb sind wir in diesem Leben?“

„Das habe ich mich auch schon öfter gefragt“, stimmte Vlassi zu.

„Wir sind in diesem Leben“, sagte Born, „um das wohl Wichtigste … wie soll ich sagen … zu erlernen.“

Vlassi beugte sich vor: „Das Wichtigste?“

„Ich meine damit die Liebe“, erklärte Volker Born.

„Ah ja“, nickte Vlassi und dachte daran, dass die Liebe nach eigener Erfahrung ein wackliges Ding war, das öfter mal umfiel, aber mit so etwas wollte er Born nicht kommen. Stattdessen stellte er sofort eine andere Frage: „Kann man eigentlich aus Liebe morden?“

Born sah ihn nachdenklich an und überlegte einen Moment: „Es gibt sicher Menschen, die das tun, sie sind überzeugt, aus Liebe zu handeln. Aber es ist eine Verirrung.“

„Das glaube ich allerdings auch“, nickte Vlassi.

Born sprach weiter: „Weshalb sind wir in diesem Leben?, fragte ich, ich habe Ihnen meine Antwort gegeben. Und die Frage, die sich anschließt, lautet …“ Er hielt inne, wohl in der Hoffnung, dass Kommissar Spyridakis seinen Satz fortführt, doch der sah ihn nur mit großen Augen an.

„Sie lautet“, sagte Born, „sollen wir immer in das bekannte Leben zurückkehren?“

„Genau!“, bestätigte Vlassi, als habe er es längst gewusst.

Born sah sein Gegenüber ernst an: „Wenn ich unter diesem Aspekt die Kryostase betrachte, kann ich sie nur als Fehlentwicklung ansehen.“

Vlassi schwieg, sodass Volker Born hinzusetzte: „Ich rede nicht von technischen Problemen, die sich beim Auftauen aus dem Eis ergeben können. Ich rede vom Verstand, der sich mal wieder als Hofnarr der Menschheit erweist.“

Vlassi beendete sein Schweigen: „Das leuchtet mir ein, was Sie sagen. Mir ist schon ein anderer beängstigender Gedanke gekommen.“

„Sprechen Sie ihn aus!“, forderte der Theologe ihn auf.

„Wenn ich mich in die Kryostase begebe“, setzte Vlassi an, „und irgendwann wieder aus ihr rausgeholt werde, da wäre ich ja der Gleiche wie jetzt, hätte zwar ein Zipperlein weniger, aber müsste wieder mit meinem Corsa Verbrechern hinterherjagen …“

„Das wäre doch recht langweilig“, ergänzte Born, „Sie hätten sich zusätzliche Jahre verschafft, aber kein neues Leben.“

Vlassi nickte: „Sie sagen es. Ein immerwährendes Leben dürfte ich, aber ein langweiliges Leben müsste ich führen. Immer derselbe Trott.“

Born richtete sich auf: „Sie wären dazu verdammt.“

„Könnte man sagen“, wollte Vlassi wissen, „dass die Menschen, die unbedingt in die Kryostase wollen, gar nicht wissen, was für eine eintönige Zukunft sie ansteuern?“

„Weiß ich nicht, ob sie das wissen“, antwortete Born, „ich weiß nur, dass wir das Dasein des Menschen ohne den dunklen Hintergrund des Sterbens nicht verstehen können. Der Tod ist ein Teil des Lebens, und die Flucht davor ist ein Irrtum.“

Vlassi war seinen Worten begierig gefolgt und wiederholte: „Das Dasein des Menschen ohne Sterben …?“

Born war jetzt ganz Theologe: „Der geistige Mensch weiß, dass Unsterblichkeit eine Utopie ist und seine irdische Existenz nur einen vorläufigen Charakter besitzt. Sie ist so etwas wie ein Übergang in eine andere Dimension.“

„Dann leben wir also in einer Übergangswelt?“, fragte Vlassi.

„Wenn Sie es so nennen wollen. Auf jeden Fall hat die Jagd nach dem ewigen Leben per Kryostase etwas Mörderisches.“ Born hielt inne, als würde er sich selbst über seine Wortwahl wundern: „Mörderisches? Da sind wir ja bei Ihrem Metier."

„Ja, richtig", stimmte Vlassi zu, „aber ich wollte noch was zur Übergangswelt wissen …"

„Sie haben den richtigen Begriff gewählt", sagte Born, „wir müssen uns klarmachen, dass Tod ein Menschenwort ist, theologisch gesprochen eine menschliche Grenzbezeichnung. Aber der Tod ist nicht gleichzusetzen mit Existenzvernichtung. Er ist die Schwelle zu einer anderen Seinsweise."

Vlassi bezog Borns Rede vollkommen auf sich und zog eine nachdenkliche Miene: „Wenn ich Ihnen so zuhöre, kommt mir das Totsein ziemlich kompliziert vor. Wer weiß, ob ich nicht über die Schwelle stolpere oder an der Türklinke hängen bleibe und was anschließend noch auf mich zukommt."

Volker Born lächelte: „Wer an mich glaubt, wird leben, auch wenn er stirbt, und jeder der lebt und an mich glaubt, wird ewig nicht sterben."

„An Sie soll ich glauben?", fragte Vlassi spontan.

„Das war ein Zitat, Herr Spyridakis, ein Zitat aus dem Neuen Testament."

„Natürlich!", log Vlassi, als hätte er es gewusst, „eben fällt mir's sein – es kam mir gleich so bekannt vor."

Born zog eine nachsichtige Miene: „Ich wollte nur zum Ausdruck bringen, dass die Welt der Toten gar nicht so kompliziert ist, wie Sie vermuten. Und die Toten sind nur für die Zurückgebliebenen tot. Gott stößt den Menschen nicht von sich, er will, dass jeder Einzelne sich entwickelt und bei ihm ankommt."

Entwickeln soll man sich, dachte Vlassi, das kommt mir bekannt vor, vielleicht sollte ich mit meinem Corsa zufrieden, ja glücklich sein, da hätte ich mich allerdings vom Ferrari wegentwickelt.

Laut sagte er allerdings: „Gilt das Ankommen auch für Mörder?"

„Ich glaube schon", erwiderte Born.

„Da müsste ich ja mit meinen Mördern nachsichtig sein."

„Sie sind nicht Gott", teilte Born ihm trocken mit, „Sie müssen mit Mördern nicht nachsichtig sein, Sie vertreten die irdische Gerechtigkeit."

Jawohl, ging es Vlassi durch den Kopf, ich bin der starke Arm des Gesetzes auf Erden, und kann froh sein, dass der Born mir nicht noch meinen Beruf madig macht durch irgendwelche theologischen Scharmützel. Mein Beruf?, fiel es ihm im nächsten Moment ein. Er schaute auf seine Uhr am Handgelenk.

„Oh", sagte er zu Volker Born, „wir haben uns verplappert, ich meine, Sie haben mich über die Kryostase und ihre Folgen sehr gut aufgeklärt. Aber jetzt …"

„Müssen Sie weg?", fragte Born.

„Leider, leider", ächzte Vlassi.

„Was hat denn die Kryostase mit Ihrem Fall zu tun, darüber haben Sie mir noch kein Wort erzählt?"

Gehetzt erwiderte Vlassi: „Das hole ich nach. Aber jetzt muss ich dringend … ich bin schon viel zu …"

„Haben Sie es mit einem Fall von Ewigkeitstheologie zu tun?", wollte Volker Born wissen.

Doch Vlassi erhob sich bereits, und der Theologe machte mit der Hand eine großzügige Geste: „Gehen Sie, Herr

Kommissar, sicher wartet bereits eine neue Leiche auf Sie. Den Kaffee übernehme ich."

Die neue Leiche bin ich, aber ich sag dir's nicht, dachte Vlassi und war in Gedanken bei seinem Theaterauftritt. Dann eilte er von dannen, während Born nachdenklich nach seiner Tasse griff und trank, doch der Kaffee war mittlerweile nicht mal mehr lau. Er setzte die Tasse ab und murmelte „Dieser Spyridakis zieht mich in so heiße Gespräche, dass sogar der Kaffee erschrickt und kalt wird."

20 Warum wollen Sie sich ermorden lassen?

Während Vlassi sich zu seiner Theatermission aufmachte, war Julia schon unterwegs nach Rüdesheim Als sie in der Breslauer Straße ankam, ihren Passat abstellte und gerade die Stufen zum Eingang des mittelgroßen Gebäudes nahm, die ältliche Empfangsdame schon im Blick, öffnete sich die hintere Tür, und der Weingut-Chef Frank Kirchrath eilte ihr entgegen.

„Zu Ihnen wollte ich, Herr Kirchrath", sagte sie.

„Das trifft sich schlecht. Ich bin gerade auf dem Sprung."

„In den Weinkeller?", wollte Julia wissen.

„Nein, nein, ich habe einen auswärtigen Termin."

„Schade", sagte Julia, „in den Weinkeller hätte ich Sie zu gern begleitet."

Kirchrath hielt inne: „Können wir nachholen, Frau … wie war noch der Name?"

„Wunder", sagte Julia.

„Jetzt merke ich mir ihn für alle Ewigkeit", versprach Kirchrath.

„Denken Sie immer daran, dass Sie bei mir aus dem Wundern nicht herauskommen", teilte ihm Julia hintersinnig mit.

Kirchrath grinste: „Eine Anspielung auf Ihren kriminalistischen Beruf. Den habe ich natürlich nicht vergessen. Sie bearbeiten den Fall Neumann."

Julia nickte.

„Ist er immer noch tot?", fragte Kirchrath.

„Leider, leider", erwiderte Julia und wunderte sich ein bisschen über die laxe Rede von Kirchrath.

„Ich habe Ihnen doch bei Ihrem letzten Besuch schon alles gesagt."

„Sie wollten doch die Todesursache wissen", sagte Julia und hatte dabei einen bestimmten Gedanken im Sinn, „aber ich konnte sie Ihnen beim letzten Mal noch nicht nennen."

Kirchrath sah zur Empfangsdame, die schon wieder ihren klebrig-wissbegierigen Blick aufgesetzt hatte.

„Kommen Sie!", sagte er zu Julia, „wir gehen nach draußen."

Die beiden verließen den Empfangsraum, und die Dame mit dem klebrigen Blick schaute ihnen betrübt hinterher.

Nachdem sie einige Stufen nach unten genommen hatten, sagte Kirchrath: „Ja also, die Todesursache. Nennen Sie sie mir jetzt, Sie sind ja offenbar so weit."

„Herrn Neumann hat man durch ein Gift das Leben genommen."

„Durch ein Gift?"

„Wundert Sie das?", fragte Julia.

„Warum sollte es mich wundern, obwohl ich eher auf Alkohol getippt hätte", sagte Kirchrath und nahm zwei Stufen.

„Alkoholvergiftung meinen Sie? Wollen Sie sagen, dass Konrad Neumann zu tief ins Glas geschaut hat?"

Kirchrath merkte, dass er zu weit gegangen war: „Nun ja, wir genießen hier alle den Wein."

„Zwischen Genießen und Alkoholvergiftung besteht ein großer Unterschied“, erklärte Julia und setzte hinzu: „Bei meinem letzten Besuch sagten Sie mir doch, dass Sie Herrn Neumann gern weiterbeschäftigt hätten …“

„Ja, ja“, murmelte Frank Kirchrath.

„Aber er lehnte es ab“, fuhr Julia fort, „jedenfalls nach Ihren Worten.“

Kirchrath stand inzwischen unterhalb der Stufen zum Eingang des Gebäudes, Julia eine Treppenstufe über ihm.

„Sie haben mich angelogen“, sagte sie, „Herr Neumann hätte gern weitergearbeitet.“

Kirchrath wandte sich ihr ganz zu und fragte etwas gereizt: „Woher wollen Sie das denn wissen?“

„Wir sind nicht nur Weingenießer, wir ermitteln auch genussvoll“, teilte Julia lächelnd mit.

„Bei wem haben Sie denn das ermittelt?“

„Herr Kirchrath“, antwortete Julia, „ich sage Ihnen viel, aber doch nicht alles.“

Der Weingut-Chef machte zwei unwillige Schritte in Richtung Hof, es kam Julia so vor, als fände er sie lästig, als wolle er sie abschütteln, und sie dachte: Vielleicht liegt Kriminalrat Feuer nicht verkehrt mit seiner Vermutung, dass Konrad Neumann seinem Chef auf die Schliche kam und sein Wissen mit dem Tod bezahlen musste. Und hatte Feuer nicht mit seiner weiteren Behauptung ebenfalls recht? Warum sollte ein Weingut-Besitzer immer nur an Wein denken und keinen kreativen Mordgedanken entwickeln können?

„Wollen Sie denn gar nicht wissen, mit welchem Gift Herr Neumann umgebracht wurde?“, fragte sie.

Die Ungeduld von Kirchrath war in seinen Worten zu spüren: „Dann sagen Sie es mir eben."

Julia wusste, dass sie bei ihrem nächsten Wort genau aufpassen musste, wie Kirchrath reagierte. Sie ging einen Schritt auf ihn zu und sagte langsam: „Durch Rizin."

Kirchrath reagierte sofort, ein bisschen zu schnell, wie sie fand: „Sagt mir nichts. Was soll das sein?"

„So heißt das Gift, von dem ich vorhin gesprochen habe."

Sie schaute Frank Kirchrath ins Gesicht. Der spitzte den Mund, als ob er das Gift auf der Zunge spürte, erwiderte aber nichts.

„Ein Gift, das sehr tödlich ist", erläuterte Julia.

„Das glaub' ich Ihnen ja", sagte Kirchrath und griff in seine Hosentasche, als wolle er überprüfen, ob er da noch etwas Rizin finden könne.

Julia musterte ihn, wirkte er nicht etwas gehetzt, war ihm diese Aufklärung unangenehm, kannte er die Vokabel Rizin?

„Sie wollen weg", sagte sie, „aber eines muss ich Sie noch fragen, es geht auch ganz schnell."

Julia dachte an den Mann, der nach ihrem letzten Besuch in Rüdesheim zu ihr ins Auto gestiegen war, diesen Hartung.

„Fragen Sie", erwiderte Kirchrath und machte einen gequälten Eindruck.

„Arbeitet bei Ihnen ein gewisser Bernd Hartung?"

Kirchrath streckte sich, als müsse er überlegen: „Hartung, Hartung – der arbeitet nicht mehr bei mir."

„Warum denn? Haben Sie ihn entlassen?"

„Ich musste, der Mann war nicht tragbar, der hat zu viele Fehler gemacht."

Julia erinnerte sich daran, dass Bernd Hartung ihr gesagt hatte, dass Kirchrath ein geborener Lügner sei, dem sie kein Wort glauben solle.

Lässig und wie nebenbei erwiderte sie: „Verstehe, mit manchen Leuten kommt man einfach nicht zurecht, da hilft nur Trennung oder Tod."

Kirchrath warf ihr einen skeptischen Blick zu – hatte er ihre Anspielung verstanden? Seine Stimme wirkte jetzt mehr als gequält: „Ich muss jetzt wirklich weg, es tut mir leid."

Mit diesen Worten verließ er Julia und schritt über den Hof zu seinem Auto, das, wie Julia feststellte, ein großer Audi war. Er stieg ein und fuhr grußlos vom Hof.

Julia musste nur einen Moment überlegen, dann wusste sie, wohin ihre nächsten Schritte sie führen würden. Wie hieß noch mal die Weinstube, von der Kommissar Spyridakis gesprochen hatte? Jakobsklause – richtig.

Sie machte sich zu Fuß auf, fragte unterwegs einen Passanten, der ihr schnell und unkompliziert den Weg zu dem Lokal wies. Als sie die Gasse mit dem Namen Klunkhardshof erreichte, kam Julia in den Sinn, dass es vielleicht noch etwas früh war, vielleicht hatte die Jakobsklause noch nicht offen. Aber sie täuschte sich. Die Weinstube hatte geöffnet, und es saßen schon etliche Personen im Gastraum, die sich lebhaft unterhielten und an ihrem Wein labten. Ja, dachte sie, der Wein macht die Leute locker und gesprächig, hier könnte ich mehr erfahren.

Julia wollte an einem Tisch Platz nehmen, an dem auch andere saßen. Sie fragte, ob sie sich dazusetzen könne, was allseits bejaht wurde. Es ist schließlich gute rheingauer Art, Fremde willkommen zu heißen, noch dazu, wenn sie weiblich sind und gut aussehen. Julia entledigte sich ihres Macburn-Wollhuts, den sie heute trug, legte ihren Regenmantel ab und setzte sich.

Es verging höchstens eine halbe Minute und eine prallbrüstige Kellnerin um die vierzig erschien. Ihr Gesicht glänzte, und es war nicht auszumachen, ob das berufsbedingt war oder sie sich über den neuen Gast freute.

„Was derf's sein?", fragte sie.

„Ein Glas Wein bitte", antwortete Julia und fügte an, „vielleicht einen vom Kirchrath?"

„Vom Kirchrath wolle Sie Wein?", lautete die Gegenfrage.

„Raten Sie ab?"

Die Kellnerin beugte sich zu Julia: „Wir haben Besseres." Sie ging wieder in Normallage: „Ich bring' Ihne mal was Gutes, dess wird Ihne schmecke."

Julia war angetan von dieser Kellnerin, ihr wurde klar, dass sie sich mitten im Rheingau befand, wo die Leute aus ihrem Herzen keine Mördergrube machen.

„Prima", sagte sie, „bringen Sie mir was richtig Gutes."

„Auch was zu esse?"

„Noch nicht", erwiderte Julia, „muss mich erst am Wein stärken."

Die Kellnerin grinste, so war's recht, dieser Gast sprach sauber. Wer sich nicht am Wein stärkte, dem konnte auch ein Rinderfilet nicht weiterhelfen.

Bevor sie verschwand, wollte Julia wissen: „Sagen Sie, heißen Sie Lisbeth?“

„Die Lisbeth ist heut’ nicht da, ich bin die Clementine.“

„Freu’ mich, Sie kennenzulernen, Clementine“, sagte Julia und dachte: Hier in Rüdesheim ist man noch namensbewusst, wie konnte mein Vlassopolous nur auf einen so abartigen Namen wie Brischitt kommen?

Clementine verschwand, und Julia bedauerte ein wenig, dass sie nicht an Lisbeth geraten war, das wäre vielleicht einfacher gewesen. Sie überlegte, ob sie diese Clementine zu einem Plausch bringen konnte über Kirchrath und Hartung. Sie durfte jedenfalls nicht die Kommissarin raushängen lassen, vielleicht war ihr Macburn-Wollhut schon etwas zu viel des Guten für diese rustikale Weinstube. Hier durfte man nicht exklusiv erscheinen, hier musste man wie ein Fisch im Rhein neben den anderen mitschwimmen. Nach wenigen Minuten erschien Clementine mit dem Wein in einem Römerglas.

„Der wird Ihne schmecke.“

„Was richtig Gutes“, sagte Julia leutselig.

Clementine nickte, und Julia nahm einen Schluck. Nur nicht übertreiben, dachte sie, wenn ich gleich was dazu sage. Diese Leute haben ein gutes Ohr für Übertreibungen aller Art.

„Der ist aber …“, sagte sie und versuchte, viel Anerkennung in ihre Stimme zu legen.

„Der iss spitze, was!“, nahm ihr Clementine die scheinbare Formulierschwäche ab.

Julia nickte: „Wunderbar schmeckt der, fruchtig und süffig.“

„Hab' ich Sie angeloche, als ich Ihne was Gutes versprach?", fragte Clementine.

„Nein, überhaupt nicht."

Julia nahm ein weiteres Schlückchen, um dann zu fragen: „Der Kirchrath-Wein ist wohl nicht so gut?"

„Kein Vergleich", teilte Clementine energisch mit.

„Bei diesem Wein hier kommt man ins Schwärmen", bestätigte sie Julia, „bei der Gelegenheit fällt mir ein, ich dachte, dass ich hier vielleicht einen Herrn Hartung antreffe …"

„Hartung, Hartung", murmelte Clementine und schien heftig zu überlegen, um schließlich zu sagen: „Kenn' ich nicht."

Schade, dachte Julia, bei der Lisbeth wäre ich vermutlich weitergekommen. Die Kellnerin entfernte sich, doch ein Mann zwei Plätze neben ihr sagte: „Hartung suchen Sie? Bernd Hartung?"

„Ja", nickte Julia.

„Ich hab' mitgehört", sagte der Mann, ein Mittfünfziger mit Vollbart und vollem grauen Haarschopf, „entschuldigen Sie."

Julia lächelte ihn an: „Ich muss mich entschuldigen. Ich hab' so laut gesprochen."

Der Mann sah sie interessiert an: „So kommt man ins Gespräch."

„Durch laute Rede", sagte Julia.

Der Unbekannte grinste bestätigend und sagte: „Bernd Hartung kommt hin und wieder mal hierher, in letzter Zeit aber kaum noch."

„Weshalb denn?"

„Ich dachte, Sie kennen ihn? Seine Tochter ist doch gestorben."

„Richtig", bestätigte Julia, als würde es ihr brennend heiß einfallen, „sie ist soviel ich weiß ertrunken."

Ihr Tischnachbar hatte sich ihr zugewandt: „Ein Schicksalsschlag der übelsten Sorte. Wer will sein Kind verlieren und noch dazu auf die Art?"

Julia verzog den Mund, als würde sie diese Nachricht schmerzen. Aber sie musste sich weiter vorantasten, es ging nicht anders, wenn ihre Fahrt nach Rüdesheim sich lohnen sollte. Sie musste jetzt auf ein brisantes Verhältnis kommen, es ging um den toten Neumann und um Hartung und Kirchrath.

*

Vlassi war derweil im Mainzer Vorort Gonsenheim eingefahren. Natürlich wollte er in die Händelstraße zu seiner Theatertruppe. Es dunkelte bereits, aber er kannte ja den Weg, weder Nacht noch Nebel konnten ihn daran hindern, das angestrebte Ziel zu erreichen.

Als er in der besagten Straße ankam, fand er schnell einen Platz für seinen kleinen Corsa, er musste nur wenige Schritte bis zum Haus von Johannes Schädler gehen. Vlassi klingelte am Tor und bereitete sich innerlich auf seine Ermordung vor. Diese Szene konnte der Höhepunkt der Inszenierung werden. Und wem hatten sie das zu verdanken. Ihm, Vlassopolous Spyridakis! Er würde röchelnd und mit großer Geste dahinscheiden, gemeuchelt von dieser Scheuermann, deren Name auf dem Theaterplakat sehr klein erscheinen sollte. Scheuermann – so ein Name war nicht nur theaterfern, er war geradezu abschreckend. Viel Text hatte er ja nicht, überlegte Vlassi, aber vielleicht konnte er den Regisseur doch überzeugen, ihm zwei oder drei Sätze zuzugestehen. Bedeutende Sätze mussten es sein, die ihm noch einfallen würden, denn vom Autor, diesem Schöne, war nichts Bedeutendes zu erwarten.

An der Tür tat sich nichts. Kein einladendes Summen, keine Schritte von der Haustür her. Vlassi drückte wieder auf den Klingelknopf und schaute suchend durch die Stäbe des Gartentors. Hätte er vielleicht vorher anrufen sollen? Aber Theaterleute müssen proben, und abends ist die beste Zeit dafür. Er klingelte aufs Neue und reckte den Kopf vor. Da hinten am Fenster sah er doch ein Licht. Wollte man etwa ohne ihn auskommen?

Vlassi drückte ein weiteres Mal energisch auf den Klingelknopf, sah sinnend durch die Stäbe in den Garten hinein – doch nichts tat sich. Kein Johannes Schädler ließ sich blicken. Ja, bin ich denn ganz umsonst gekommen?, ging es Vlassi durch den Kopf, wir Schauspieler müssen doch auf der Matte stehen, wir müssen unentwegt proben, auch wenn es in meinem Fall überflüssig wäre. Er legte die Hände an die Stäbe, als wolle er das Tor mit brachialer Gewalt aufreißen und bemerkte, dass seine Finger nass wurden. Es hatte zu nieseln begonnen. Das schönste Wetter für ein Kriminalstück, dachte Vlassi, wir sollten im Freien proben, im Freien mache ich mich noch besser.

Doch seine scharfsinnigen Gedanken änderten nichts daran, dass das Tor verschlossen blieb und kein Hausherr aus der Tür trat. So muss ich denn ungeprobt zurück zum Dieterle und seiner Buchhandlung, überlegte Vlassi und drehte sich zur Straße.

Doch da näherte sich ihm eine dunkle Gestalt.

„Ah, Herr Schädler", sagte Vlassi und fuhr mit Theaterstimme fort, „Sie kommen mir von hinterwärts, wollen mich einstimmen auf meine schier unglaubliche Ermordung."

Die dunkle Gestalt trug einen schwarzen Schlapphut, der das Gesicht verdeckte und blieb etwa zwei Meter vor Vlassi stehen: „Wie kommen Sie denn darauf, dass ich Sie einstimmen will? Noch dazu auf Ihren Tod."

Die Stimme kam Vlassi bekannt vor, aber zu Schädler gehörte sie offenbar nicht.

„Wollen Sie mich nicht überraschen?", fragte Vlassi und dachte daran, dass das Überraschungsmoment im Theater doch ganz wichtig sei. Einen Moment überlegte er, um dann zu sagen: „Aber ich habe Sie wohl verwechselt. Ja, es ist dunkler, als man glaubt."

„So dunkel ist es gar nicht", erwiderte der Unbekannte, „und ich überrasche ungern."

Jetzt schien es Vlassi so, als würde er die Stimme erkennen. Klang so nicht der Mann aus der Jakobsklause in Rüdesheim? Wenn ja, musste er aufpassen, eventuell würde sich der Unbekannte gleich in einen Hasen verwandeln. Oder ganz von der Bildfläche verschwinden. Und er würde mal wieder ganz allein mit seinem Wissen dastehen, da nicht mal eine Jakobsklausen-Lisbeth bereit stand. Vorsichtig erkunden, um wen es sich handelte, das konnte nur seine Devise sein.

„Könnte es sein, dass wir uns kennen?", fragte er.

„Aber natürlich kennen wir uns", antwortete der andere, „aber glauben Sie nicht, dass ich Sie überraschen will."

Der hat's mit der Überraschung, dachte Vlassi, während seine Straßenbekanntschaft fortfuhr: „Das nächste Wort wäre dann nämlich ängstigen."

„Ängstigen?", wiederholte Vlassi begriffsstutzig.

„Die Überraschung geht in Ängstigung über – so meine ich das."

Vlassi richtete sich zu voller Größe auf: „Aber ich habe doch keine Angst vor Ihnen."

„Das ist gut", erwiderte der Unbekannte und schien im selben Moment ebenfalls zu wachsen, „Größe allein bedeutet nichts. Weder Macht noch Kraft noch Stärke. Manche Menschen ängstigen sich zu Recht vor kleinen Geschöpfen."

Kaum gesagt wurde sein Gegenüber wieder kleiner.

Der redet ein bisschen verquer, kann sich aber groß und klein machen, das ist ein echter Schauspieler, dachte Vlassi und fragte: „Wir kennen uns, sagten Sie?"

„Haben Sie mich denn schon vergessen?"

„Ja also … ich habe eine Vermutung … wo wir uns begegnet sind", antwortete Vlassi.

„Sie vermuten richtig", sagte der andere, ohne dass Vlassi seine Vermutung ausgesprochen hatte.

„Ich habe doch noch gar nichts gesagt", fügte Vlassi zaghaft an.

„Das ist auch nicht nötig."

Aha, dachte Vlassi, nicht nur Schauspieler ist er, ich habe es obendrein mit einem Gedankenleser und Hellseher zu tun.

Die Stimme seines Gegenübers klang jetzt fast etwas gekränkt, als er fragte: „Warum wollen Sie sich ermorden lassen?"

„Auf der Bühne! Es ist eine theatralische Ermordung."

„Weiß ich doch", erwiderte der Unbekannte, „dennoch verkehrt. Der Tod ist zu wichtig, man sollte sich keinen Spaß daraus machen."

„Bin ganz Ihrer Meinung", stimmte Vlassi etwas übertrieben zu, „deshalb versuche ich ja, im Augenblick vor meiner Ermordung einige bedeutsame Sätze zu sagen."

Ein leichtes Hüsteln war zu hören, und nun war sich Vlassi ziemlich sicher, dass es sich bei dem Burschen auf der Straße um denselben handelte wie den in der Jakobsklause. Wer konnte denn schon so hüsteln? Na ja, er, Vlassi würde es auch so hinkriegen – jedenfalls auf der Bühne.

„Bedeutsame Sätze wollen Sie sprechen?", hörte er von seinem Gegenüber.

„Ja, das ist meine Absicht! Aber bislang wurde ich in den Proben daran gehindert."

Der Unbekannte griff sich an den Hut, aber er wollte ihn nicht absetzen, sondern nur etwas geraderücken, doch von seinem Gesicht war nach wie vor kaum etwas zu sehen.

„Ich sagte Ihnen doch, dass der Tod ein Segen ist …"

„Ich erinnere mich, ja, ja", fiel ihm Vlassi ins Wort, „aber kann das einer sagen, der gerade umgebracht wird? Wir wollen doch realistisch bleiben."

„Lassen Sie mich doch ausreden. Sie sollten sagen: Der Tod ist ein Segen, aber nicht der gewaltsame. Wie finden Sie das?“

„Jaaa“, überlegte Vlassi, „das ginge eventuell.“

„Eventuell?“, fragte sein Gegenüber und seine Stimme klang empört, „das ist ein großartiger Satz.“

Vlassi sinnierte noch, doch schließlich erwiderte er: „Ich glaube, Sie könnten recht haben … der Satz passt auch zu meinem sonstigen Beruf.“

„Ich freue mich, dass Sie einsichtig sind. Einsichtige Leute finde ich selten.“

„Ich muss den Satz allerdings noch dem Regisseur unterjubeln“, erklärte Vlassi, „der ist ziemlich hartleibig gegenüber Verbesserungen. Und vom Autor will ich gar nicht reden. Von dem ist nichts zu erwarten.“

„Machen Sie sich um den Schöne keine Sorgen, dem werde ich alles erklären.“ Und der Mann mit dem schwarzen Schlapphut schob nach: „Zu gegebener Zeit.“

„Das würden Sie tun?“

„Aber natürlich. Der Autor ist einigermaßen vernünftig und weiß, dass der Tod kein schwarzes Loch ist, in dem man auf Nimmerwiedersehen verschwindet. Soweit ich ihn kenne, hat er allerdings was gegen den gewaltsamen Tod.“

In der Händelstraße spendeten mittlerweile zwei Straßenlaternen ein funzliges Licht, und es hatte aufgehört zu nieseln. Allerdings waberte am Ende der Straße ein leichter Nebel vor sich hin.

Vlassi sagte: „Wie ich! Ich hab’ auch was gegen den gewaltsamen Tod, gemeinhin Mord genannt.“ Und er fügte mit weit ausholender Geste hinzu: „Der ist mir geradezu ein Gräuel."

„Freue mich, das zu hören", sagte der Unbekannte, „der Tod ist schließlich ein Metier, das man Fachleuten überlassen sollte."

„Das finde ich auch", stimmte Vlassi zu und schob hintersinnig nach: „Sind Sie eventuell so ein Fachmann?"

„Schon wieder eventuell", murrte der andere, „können Sie nicht mal eine andere Vokabel verwenden?"

„Könnte ich. Aber will nicht", entgegnete Vlassi, „ich finde das Wörtchen eventuell hier sehr passend."

Der Mann ihm gegenüber ließ den Kopf sinken: „Sie sind starrsinnig, aber zeigen wenigstens Haltung ..."

„Bitte vergessen Sie nicht", ergänzte Vlassi, „dass Sie mich auch als witzig bezeichnet haben, zumindest als ziemlich witzig. Stimmt doch?"

Mit seiner Rede wollte er sein Gegenüber herausfordern, denn er war inzwischen ganz sicher, dass es sich um seine Jakobsklausen-Bekanntschaft handelte, den Herrn Tod. Wie würde der reagieren?

„Ich soll Sie als ziemlich witzig bezeichnet haben?", erwiderte sein Gegenüber, „offen gesagt, müssen Sie sich da etwas mehr anstrengen."

„Noch mehr?", fragte Vlassi, „ich tu schon mein Äußerstes. Außerdem haben Sie vorhin gehüstelt."

„Ihr Äußerstes ist zu wenig. Und hüsteln kann jeder."

Vielleicht ist das ein anderer Tod, dachte Vlassi, der hier kommt mir etwas sperrig vor, gar nicht besonders einfühlsam. Ich sollte ihn direkter angehen.

„Sagen Sie, haben Sie schon von der Kryostase gehört?"

Jetzt ertönte wieder das Hüsteln, das in ein seltsam abgehacktes Lachen überging.

„Ich korrigiere mich", sagte der Unbekannte, „Sie können doch ziemlich witzig sein."

„Wieso? Eben war ich's doch gar nicht", widersprach Vlassi.

„Sie sind's und merken's nicht."

Vlassi überlegte einen kleinen Moment: „Weil ich von Kryostase gesprochen habe?"

Der andere nickte leicht: „Ja, ja, es ist ein alter und törichter Menschentraum, nicht loszulassen."

„Ich verstehe nicht …", brummelte Vlassi.

„Ach, Sie verstehen schon." Der Unbekannte wirkte erschöpft und fügte mit ironischem Ton hinzu: „Manchmal hilft auch etwas nachdenken."

Vlassi dachte bereits nach und ihm waren die Worte Volker Borns eingefallen. Mit denen würde er den Herrn Tod von seiner Geisteskraft überzeugen. Mit theatralischer Geste sprach er: „Der Tod ist ein Teil des Lebens und Flucht ein Irrtum. Wir können das Dasein nicht ohne den schwarzen Hintergrund des Sterbens verstehen."

„Nicht schwarzer Hintergrund", korrigierte der Unbekannte, „dunkler Hintergrund muss es heißen. Zitieren Sie doch richtig."

Woher weiß der, dass ich den Born zitiere?, fragte sich Vlassi, dieser Herr Tod ist gar nicht unbeleckt, der könnte …

Sein Gedankenflug wurde von seinem Gegenüber unterbrochen: „Nicht loslassen, sagte ich. Der Tod besteht darin, etwas loszulassen, das man nie wirklich besessen hat."

„Ah ja“, nickte Vlassi, als würde er verstehen.

Der Nebel war inzwischen näher gekommen, er waberte über die Straße und schien noch dichter zu werden.

„Denken Sie über meine Worte nach“, teilte ihm die Straßenbekanntschaft mit, „die Kunst des Sterbens besteht darin, sich an nichts zu klammern, vor allem nicht an dieses Leben.“

Großartig gesagt, stellte Vlassi für sich fest und war jetzt vollkommen davon überzeugt, dass er diesen Burschen für die Schädler-Truppe gewinnen musste. Der sollte die Scheuermann ablösen, ihr albernes Gerede konnte sich ja nicht messen mit seinen Worten.

„Ich möchte Ihnen einen Vorschlag machen“, sagte Vlassi, „Sie wären genau der richtige Mann, ich meine, der richtige Schauspieler für unser Theaterstück, das wir hier im Haus Schädler …“

Wo war der Herr Tod? Er verschwand gerade nach hinten im Nebel, nur noch sein schwarzer Schlapphut war zu sehen.

„Hallo!“, rief Vlassi und folgte ihm, „bleiben Sie doch. Ich finde, dass Sie passend sind, ich meine genau der Richtige für meinen Tod … also für meine Ermordung auf der Bühne …“

Doch so sehr Vlassi auch den Nebel mit seinen Blicken zu durchdringen suchte – der Unbekannte war verschwunden.

21 Die Bühne – ein Ort für Scheusslichkeiten aller Art

In der Rüdesheimer Jakobsklause, wo Julia nach wie vor weilte, fragte gerade der Mann am Tisch: „Kannten Sie denn den Hartung?“

Es wäre übertrieben zu behaupten, dass Julia Bernd Hartung kannte, sie war ihm schließlich nur einmal begegnet.

„Flüchtig“, sagte sie, „nur flüchtig.“ Und nach kurzer Pause teilte sie mit: „Ich wollte ihm zum Tod seiner Tochter kondolieren.“

„Ach, das würde ich lassen. Es ist noch zu früh, man wühlt da nur alles auf.“

„Da haben Sie recht“, machte Julia auf einsichtig und überlegte fieberhaft, wie sie das Gespräch auf Kirchrath bringen konnte, den Hartung als Lügner bezeichnet hatte.

„Arbeitet denn Herr Hartung noch beim Weingut Kirchrath?“, fragte sie.

„Das kann ich Ihnen nicht sagen … ja, ja, er hat da gearbeitet, aber ich hab’ gehört, dass er sich mit dem Kirchrath überworfen hat.“

„Wissen Sie warum?“

Ihr Tischnachbar schaute sie skeptisch an: „Sie sind ja ganz schön neugierig. Sind Sie vielleicht ein Konkurrent vom Kirchrath?“

Jetzt griff Julia zur Vlassi-Methode. Was sich bei ihm bewährte, sollte auch bei ihr nicht versagen. Sie beugte sich etwas vor und sagte mit leiser Stimme: „Nun ja, es bleibt ja unter uns …"

Ihr Tischnachbar nickte eifrig: „Unbedingt, unbedingt."

Julia sprach leise weiter: „Ich vertrete ein Konsortium, das sich für das Kirchrath-Weingut interessiert, und wir wollen wissen, was sich hinter den Kulissen so abspielt."

Wider Erwarten schien ihr Nachbar überhaupt nicht erfreut von dieser Nachricht, er verzog das Gesicht: „Ein Konsortium vertreten Sie? Solche Gesellschaften wollen doch aufkaufen, immer nur aufkaufen, bis nichts mehr bleibt von unserem ureigenen Stil und unserer Rheingau-Romantik."

Julia schaltete sofort um: „Mein Konsortium ist nicht so, das will nicht die Firma aufkaufen, man will nur wissen, ob der Wein in Ordnung ist."

Der Mann hob den Kopf: „Die Clementine hat Ihnen doch schon gesagt, was vom Kirchrath-Wein zu halten ist."

„Sind Sie denn auch dieser Meinung?", fragte Julia und versuchte, ihre Stimme sehr sympathisch klingen zu lassen.

„Na klar. Der Wein von dem ist höchstens was für Touristen."

Julia nickte einverständlich: „Für Leute, die weder Gaumen noch Zunge haben für den wunderbaren Wein, der hier hergestellt wird."

Ihr Tischnachbar schien zufrieden mit ihrer Reaktion: „Sie sagen es. Es gibt wunderbaren Wein hier, man muss nur ein Näschen und die Zunge dafür haben."

Julia zwang sich ein Lächeln ins Gesicht: „Wie recht Sie haben."

Zur Bestätigung nahm sie ihr Glas in die Hand und versuchte, recht glücklich zu wirken. Auch ihr Nachbar nahm sein Glas, doch bevor er trank, sagte er: „Na, dann stoßen wir mal miteinander an."

Julia atmete innerlich auf, sie hatte den Zecher am Tisch wieder aufs richtige Gleis gebracht. Sie ließen die Gläser klingen und tranken, und Julia hielt es nicht für überflüssig mitzuteilen: „Oh, der ist ja wirklich hervorragend."

„Kein Kirchrath-Wein", kommentierte ihr Tischnachbar knapp.

Unverzüglich packte Julia die günstige Gelegenheit am Schopf: „Vielleicht hat der Hartung das dem Kirchrath auch gesagt, ich meine, dass sein Wein nicht besonders gut ist. Und den Kirchrath hat das verärgert."

„Kann schon sein, Kritik kann der Kirchrath nicht vertragen."

Julia beugte sich wieder vertraulich zu ihrem Mittrinker: „Ich habe schon ein bisschen nachgeforscht. Der Kirchrath hatte doch bis vor Kurzem einen Kellermeister … ich glaube, Neumann hieß er …"

„Weiß ich, weiß ich, mit dem hat sich der Kirchrath auch nicht verstanden."

Julia kam das Bild von dem toten und aufgehängt-fliegenden Konrad Neumann vor Augen, sie fragte: „Das war doch ein friedlicher Mann, der gern geflogen ist."

„Geflogen ist er? Mit einem Segelflieger?"

„Soviel ich weiß, ja", log Julia.

Ihr Nachbar gönnte sich den nächsten Schluck vom guten Wein: „Davon weiß ich nichts, aber es würde zum Neumann passen. Der hatte einen Sinn für Höheres, wollte wahrscheinlich in den Lüften segeln."

„Sie kannten den Neumann?"

„Nicht besonders gut."

„Der wollte ja gern beim Kirchrath weiterarbeiten", fuhr Julia fort, „aber es ging wohl nicht?"

„Der Neumann war ein Fachmann, was Wein angeht, das sagt jeder, der ihn kennt. Der Kirchrath dagegen versteht nicht viel von Wein."

Um ihren Nachbarn bei Gesprächslaune zu halten, flocht Julia ein: „Das ist mir ganz neu."

„Deshalb trinken Sie ja hier auch keinen Wein von ihm", erläuterte ihr Tischnachbar.

„Richtig", bestätigte Julia, „aber was meinten Sie, als Sie sagten, der Neumann habe Sinn für Höheres gehabt?"

„Sie haben doch selbst gesagt, dass er geflogen ist."

Dass dieser Rüdesheimer Zecher alles so wortwörtlich nimmt, dachte Julia, ich wollte doch eigentlich auf Geistiges hinaus und warum Neumann fliegend von der Decke hing, fliegend und tot.

Ihr Tischnachbar grinste sie an: „Verstehe schon, was Sie im Sinn haben. Also ... soviel ich weiß, wollte der Neumann einen wirklich guten Wein an den Kunden bringen, das war sein Sinn für Höheres. Aber der Kirchrath hat wohl was dagegen gehabt."

„Warum eigentlich?", fragte Julia, „guter Wein verkauft sich doch."

Die Antwort kam sofort: „Aber der gute Wein kostet auch. Und dieser Kirchrath ist ein Mann, der rechnet, wahrscheinlich von früh bis spät."

„Und der Neumann hat ihn vermutlich mit seinem Sinn für Höheres, ich meine besseren Wein, gepiesackt ...?", versuchte es Julia.

„Gut möglich", stimmte ihr Nachbar zu und setzte noch einen drauf: „Bis es ihm zu viel wurde."

Ist das ein Grund, jemanden umzubringen?, ging es Julia durch den Kopf, Kirchrath hat seinen Kellermeister Neumann doch nicht weiterbeschäftigt, damit war die Sache für ihn eigentlich ausgestanden.

Sie nahm einen Schluck aus ihrem Weinglas und fragte ihren Nachbarn: „Bis es ihm zu viel wurde – was meinen Sie damit?"

„Der Kirchrath ist ein rabiater Typ und Neumann ein hartnäckiger Bursche, so wird gesagt", erwiderte der, „wenn der Neumann was erreichen will, dann setzt er alles dran."

Und hat Kirchrath vielleicht mit seinem miesen Wein erpresst?, überlegte Julia, hat ihm die Pistole auf die Brust gesetzt – bis es dem Weingut-Chef zu viel wurde, und er ihn nicht nur nicht weiterbeschäftigen wollte, sondern ihn feuerte, nämlich ganz aus dem Leben.

Sie wollte fragen, ob ihr Tischnachbar eigentlich wüsste, dass Neumann nicht mehr lebt, entschied aber anders. Denn sie konnte sich schon vorstellen, wie ihr Rüdesheimer Zecher reagieren würde. Erstaunt wäre er, vielleicht etwas betrübt, und dann würde er murmeln: Ja, ja, so geht's, wenn man sich von seiner Hartnäckigkeit nicht trennen kann.

Julia griff nachdenklich zu ihrem Weinglas, ihr Nachbar tat dasselbe, stieß mit ihr an und sagte, als hätte er ihren Gedanken gehört: „Uns bleibt der gute Wein. Gesundheit und Wohlergehen!“

Doch mit diesem Trost wollte Julia sich nicht zufrieden geben.

„Eines interessiert mich noch“, sagte sie, nachdem sie getrunken hatte, „der Kirchrath hat sich mit dem Hartung überworfen …“

„Die konnten nicht mehr miteinander“, fiel ihr Nachbar in ihre Rede.

„Warum eigentlich?“

Ihr Rüdesheimer Zecher senkte seine Stimme: „Ihnen sag ich's, obwohl Sie Konsortiums-Frau sind … Sie sind mir irgendwie sympathisch.“

Na denn, dachte Julia, da sieht man mal, wie weit man mit Sympathie kommt. Sie beugte sich verschwörerisch zu ihm.

„Man munkelt, dass die Hartung-Tochter ein Verhältnis mit dem Kirchrath hatte“, erzählte ihr Nachbar leise, „sogar ein Kind von ihm erwartete. Der Kirchrath wollte es nicht und hat sich von ihr losgesagt. Und bald darauf hat sich die Tochter den Rhein als ihr Grab gewählt.“

*

Der Nebel im Mainzer Vorort Gonsenheim war inzwischen so dicht geworden, dass Vlassi sich zu seinem

Auto vorantasten musste. Warum war der Unbekannte verschwunden?, fragte er sich. Gerade, wo ich ihm ein so glänzendes Angebot für die Bühne gemacht habe. Er hätte mir das Leben nehmen … mich umbringen können. Da hätte er doch zugreifen müssen, das hätte doch in seinem Sinn sein müssen. Schließlich war Vlassi davon überzeugt, mal wieder dem Herrn Tod begegnet zu sein.

Vielleicht, überlegte Vlassi, hat ihn die Bühne abgeschreckt? Vielleicht hätte ich ihm das Wort Schauspieler nicht nachrufen sollen? Vielleicht lockt ihn das Theatralische nicht? Das muss ich ihm beim nächsten Mal austreiben. Ihm erklären: Lieber Freund, erst auf der Bühne entfalten Sie sich zu voller Wirksamkeit, ja Schrecklichkeit. Die Bühne ist der geeignete Ort für derlei Aktionen, ja, für Scheußlichkeiten aller Art. Aber nur mit mir als wunderbarem Opfer! Einem Opfer, das noch einige bedeutsame Sätze ausstößt. Und er überlegte weiter: Ja, muss man denn lahm und siech im Bett dahinwelken, bis schließlich die Knochenhand nach einem greift? Außerdem wäre das ja ganz ohne Publikum! Und auch der Beifall bliebe bei solch einsamem Sterben aus. Kann man nicht gewichtiger ins Jenseits übersiedeln? Und was wäre gewichtiger, als einen Bühnentod erleiden … vielmehr erleben, gekrönt durch heftigsten Applaus.

Wie aus weiter Ferne hörte Vlassi die Worte: Nicht der Bühnenmord … das Dahingehen wie die Wolken am Himmel …

„Wie bitte?“, murmelte Vlassi.

… ist die Kunst des Sterbens in höchster Vollendung.

Spricht der Nebel mit mir?, dachte Vlassi, entschied sich dann aber zu der Frage: „Hallo, Herr Tod, sind Sie das?“

Vlassi lauschte in das weiße Gespinst um sich herum, doch keine Antwort erfolgte. Er drehte sich nach allen Seiten und sagte schließlich: „Ich habe eine tolle Idee. Sie sprechen von der Kunst des Sterbens – ich bin ganz bei Ihnen. Was halten Sie davon, wenn ich bei meiner Ermordung ausrufe: Die Toten sind nur für die Lebenden tot. Der Tod will, dass jeder bei ihm ankommt.“

Vlassi hatte sich an die Worte Volker Borns erinnert, war sich aber nicht mehr ganz sicher, ob er richtig zitierte, hoffentlich merkte es der Herr Tod nicht. Wieder horchte er in den Nebel hinein, hörte aber nichts, sosehr er seine Ohrmuscheln auch spitzte.

„Sie schweigen“, sprach er, „wenn Ihnen das nicht zusagt, könnte ich auch was anderes Bedeutsames sagen. Was halten Sie davon, wenn ich ausrufe: Wer an den Tod glaubt, wird leben, auch wenn er stirbt! Und jeder, der lebt und an den Tod glaubt, wird ewig nicht sterben.“

Wieder hatte Vlassi die Worte von Volker Born benutzt, allerdings auf seine, leider falsche Weise.

Jetzt meinte er durch den Nebel das Wort schmeicheln zu hören. Wo…llen Sie … mir schmei…cheln?

„Nie und nimmer!“, rief Vlassi aus, „ich weiß doch, was sich gehört.“ Und wieder fielen ihm Sätze des Theologen Born ein, und er schob hinterher: „Den Tod stößt man nicht von sich, er will schließlich, dass man bei ihm ankommt.“

Das war schon wieder verkehrt, denn der Theologe Born hatte davon gesprochen, dass Gott den Menschen nicht von sich stößt, Gott wolle, dass jeder Einzelne sich entwickelt und bei ihm ankommt.

Ganz falsch lag der Herr Tod nicht mit seiner Bemerkung, ob Vlassopolous Spyridakis ihm schmeicheln wolle. Denn insgeheim war das schon die Absicht Vlassis. Er liebäugelte mit dem Unbekannten, wollte ihn vom Theater überzeugen, zu einer theatralischen Aktion bewegen, wollte mit ihm auf der Bühne stehen und sich von ihm und nicht von Frau Scheuermann umbringen lassen. Denn dieser Bursche war viel besser, dem Publikum würden die Nacken- und Barthaare senkrecht stehen, und dann käme der Höhepunkt mit Vlassis Rede. Er malte es sich bereits aus, wie großartig die Szene sein würde, mit dem Messer an der Kehle spricht er vollkommen angstlos die Worte: Den Tod stößt man nicht von sich …

Vlassi horchte in den Nebel, würde der Unbekannte, vielmehr der Herr Tod auf seine Idee eingehen? Doch kein Laut war zu hören.

„Sind Sie noch da?“, fragte er schließlich.

Nach einer langen Weile hörte er ein Hüsteln und die Worte: „Sie nehmen … mich nicht ernst.“

„Keinesfalls!“, erwiderte Vlassi sofort, „ich versuche nur, Ihre Wirksamkeit zu erhöhen, Ihnen zu größerem Einfluss zu verhelfen.“

Hörte er ein Lachen, dieses abgehackte Lachen, oder knackte der Wind einen Zweig in den Bäumen der Händelstraße?

Vlassi lauschte wieder, eine ganze Weile lauschte er, aber er hörte nichts mehr. Schade, dachte er, der Tod hätte doch wenigstens noch zu einer gehaltvollen Replik ansetzen können.

Da rappelte etwas in seiner Windjacke. Kam der Unbekannte ihm jetzt so? Machte er sich in seiner Jackentasche bequem? Dann wurde ihm klar, dass sein Handy sich meldete. Als er es hervorzog, merkte er, dass er den Samba-Ton abgestellt hatte. Vlassi drückte auf Empfang und sagte: „Sehr geehrter Herr Tod, mir war nicht bewusst, dass Sie so flexibel sind und mir auf diese Art antworten wollen."

Eine barsche Stimme antwortete: „Was reden Sie für verqueres Zeug? Und was für einen Herrn Toth meinen Sie?"

Vlassi erkannte die Stimme natürlich sofort und erwiderte: „Mit Ihnen hab' ich nicht gerechnet, Sie rufen zur unpassenden Zeit an, denn ich war mitten in einem hochgeistigen Gespräch."

Bei dem Anrufer handelte es sich um Hauptkommissar Lustig, der amüsiert wissen wollte: „Sind Sie wieder bei Ihrer Theatertruppe? Müssen Sie wieder Unsinn von sich geben?"

„Von Unsinn halte ich mich fern, bei mir geht es immer um Hochgeistiges", teilte Vlassi mit, „aber Theatertruppe ist einigermaßen richtig."

Er wollte seinem Mainzer Kollegen nicht mitteilen, dass er lediglich vor dem Eingang am Gartentor des Schädler'schen Anwesens stand, er wollte auch nicht erklären, dass er gerade mit einem Unbekannten einen Dialog geführt hatte, der sich mehr und mehr in einen Monolog verwandelt hatte.

„Ist die Probe denn beendet?“, fragte Lustig, „oder muss ich kommen und einen neuen Mord melden?“

„Ein neuer Mord?“, fragte Vlassi.

„Kleiner Scherz“, erwiderte Lustig, „Sie kann man doch nur durch einen Mord vom Theaterspiel ablenken.“

„Sie sehen das ganz falsch. In dem Stück, das wir zur Premierenreife bringen, wird ja gemordet. Deshalb bin ich da ja genau an der richtigen Stelle.“

„Wenn ich mich recht erinnere“, erwiderte Lustig, „sind Sie das Opfer, Sie haben keinen Text und werden doch nur umgebracht.“

„Das ist korrekt“, sagte Vlassi förmlich, „ich wollte es so, es ist die Rolle, auf die es ankommt, ich mache eine Hauptrolle daraus.“

Ernst Lustig merkte, dass er so nicht weiterkam: „Ich wollte eigentlich den armen Kollegen Spyridakolous zu einem Schoppen Wein abholen. Das aufreibende Theaterspiel sollte in einer Weinstube enden. Der Wein befördert das Nachdenken über den Fall, an dem Sie gerade sitzen.“

„Haben Sie denn was Neues entdeckt, Herr Lustoog?“

Wenn sich die beiden mit ihren verhohnepipelten Namen ansprachen, war im Grunde alles in Ordnung.

„Wer weiß?“, orakelte Lustig, „unsereins findet immer was raus.“

„Ich kann nicht mit Ihnen wieder im Weinhaus Michel versinken“, erklärte Vlassi, „ich muss nach meinem Theaterengagement sofort zu einer weiteren kulturellen Veranstaltung.“

„Sie versinken ja direkt in Kultur“, merkte Lustig an, „ist das so gesund?“

„Aber natürlich, Sie wissen doch, dass mir die Gesundheit über alles geht, ich blühe derzeit regelrecht auf. Mit Ihnen im Weinhaus Michel würde ich dagegen wieder zurückwelken."

Vlassi überlegte einen Moment, ob er Lustig mitteilen sollte, dass er mittlerweile sogar mit dem gesunden Tod auf vertrautem Fuß stand, ließ es dann aber bleiben. Stattdessen sagte er: „Lieber Herr Lustoog, auch Sie können gesunden und zwar mit mir. Begleiten Sie mich zur Kultur."

Ein Stöhnen war zu vernehmen, dann hörte Vlassi: „Gibt's da auch ein Glas Wein zu trinken?"

„Aber natürlich", erwiderte Vlassi, der überhaupt nicht wusste, ob es da, wo er hinwollte, auch den Rebensaft gab.

„Na gut", sagte Lustig, „dann mach ich mal einen auf Kultur."

„Kommen Sie zur Buchhandlung mit dem Namen Buchecke im schönen Wiesbadener Stadtteil Schierstein."

„Sie übertreiben schon wieder maßlos", hörte Vlassi Lustig sprechen, „wenn ich schon höre: schönes Schierstein. Aber sei's drum. Wann sind Sie denn dort?"

„Die Proben gehen gerade zu Ende, ich eile gleich von dannen. Aber draußen ist es sehr neblig."

„Neblig?", fragte Lustig, „schönster Abendhimmel ist. Oder haben Sie gerade ein Gastspiel in London?"

Vlassi ignorierte die ironische Frage des Kollegen, vielmehr ging ihm sofort durch den Kopf: London? Da müssen wir auch auftreten, das ist ja das Sprungbrett für Hollywood. Laut teilte er allerdings mit: „Ich stecke wohl in einem Nebelloch."

Auf der anderen Seite murmelte Lustig: „Sie stecken doch immer im Nebel und manchmal kommt ein Loch noch dazu." Er schob nach: „Hoffentlich gibt's bei Ihrer Kultur auch wirklich einen guten Schoppen."

Dann legte er auf.

Vlassi verstaute sein altmodisches Handy in der Jackentasche und tastete sich zu seinem Opel Corsa, der ihm im Nebel noch kleiner als sonst vorkam. Die Türklinke des Autos schon in der Hand, fiel ihm etwas anderes ein, denn das Gespräch mit dem Unbekannten hatte er noch im Sinn. Er bückte sich, vielleicht war der Nebel auf Schuhhöhe nicht so undurchsichtig, und er könnte einen Hasen sehen, der ihn mit schräg gelegtem Kopf beobachtete.

Ah, da sind Sie ja wieder, ich erkenne Sie sofort, Ihre Verwandlung nutzt nichts, würde er sagen und aufs Neue in ein Theatergespräch mit ihm eintreten, denn der Hase war natürlich nur Maskerade, eine Erscheinungsform des Herrn Tod, das wusste Vlassi ja längst. Er war mit dem Gesicht auf Reifenhöhe angelangt, drehte seinen Kopf hin und her und schaute unters Auto – aber konnte nichts entdecken, nicht mal einen klitzekleinen Hasen.

Er erhob sich und sprach in den Nebel hinein: „Schade, ich habe Ihnen mehr zugetraut!"

Dieser Herr Tod sollte ruhig wissen, dass er versagt hatte, versagt durch Verweigerung. Dann setzte sich Vlassi in seinen Corsa und fuhr aus der Händelstraße hinaus. Kaum war er auf der Breiten Straße angelangt, die für den Vorort Gonsenheim eine Art Avenue darstellt, bemerkte er, dass der Nebel sich lichtete und schließlich ganz verschwunden war. Lustig hatte recht. Schönster Abendhimmel, und man konnte sogar die Sterne sehen.

Vlassi wunderte sich, und bei der Weiterfahrt ging ihm durch den Kopf, dass sein Herr Tod wahrscheinlich nicht nur ein Verweigerer, sondern auch ein Typ war, der den Nebel anzog, ein nebliger Geselle eben. Eigentlich nicht schlecht, dachte er, man könnte auch auf der Bühne etwas Nebel wabern lassen, und aus diesem Nebel heraus würde er im Todeskampf, das Messer schon halb in der Kehle, seine bedeutsamen Sätze sprechen. Natürlich musste der Scheinwerfer dabei auf sein Gesicht gerichtet sein, nicht etwa auf den nebligen Gesellen.

22 Julia und das frostige Ende

Julia Wunder hatte derweil die Jakobsklause in Rüdesheim verlassen. Sie war auf dem Weg zu ihrem Auto, das in der Straße nahe beim Kirchrath-Domizil stand, und ihr gingen die Worte ihres Tischnachbarn durch den Kopf.

Kirchrath hat die Hartung-Tochter geschwängert, wollte sich aber nicht an sie binden, die Tochter hat sich daraufhin im Rhein ertränkt. Daraufhin? Es könnte auch einen anderen Grund gehabt haben. Aber welchen? Möglich wäre es allerdings schon, dass Kirchrath die Ursache für ihren Tod war. Aber selbst wenn – von einem Mord könnte man keinesfalls sprechen. Vielmehr von einem Selbstmord aus verschmähter Liebe. Und Julia fiel ihr Vater ein, der sie fragen würde: Das kennen wir doch aus der Literatur. Woran erinnert dich so ein Umstand? Und sie würde unverzüglich antworten: An Goethes Werther, da hatten wir so einen Fall schon mal. Ja, wer die Literatur kennt, weiß mehr von der Welt, ging es ihr durch den Kopf.

Sie überlegte weiter. Ihr Tischnachbar in der Jakobsklause hatte Kirchrath als rabiaten Typ bezeichnet, und der tote Neumann soll hartnäckig gewesen sein. Rabiat und hartnäckig, zwei wichtige Vokabeln. Bei so einer Konstellation ist es denkbar, dass der Hartnäckige dem Rabiaten so zuwider ist, dass er sich seiner entledigen will.

Entledigen durch Mord. Und was heißt schon hartnäckig? Vielleicht hat Neumann seinen Chef wirklich zu erpressen versucht. Hinzu kommt der Grund für die Hartnäckigkeit Neumanns, nämlich sein Wissen um die Mickerigkeit des Kirchrath-Weins, den er verbessern wollte. In der Jakobsklause hatte ihr diese Clementine jedenfalls bestätigt, dass der Kirchrath-Wein nicht viel taugte.

Julia dachte daran, dass der Geschäftsmann Kirchrath all diese Dinge wissen musste. Er wusste sie, und sie haben ihn nicht nur verärgert, sondern wahrscheinlich zur Weißglut gebracht. Im nächsten Moment fiel ihr ein, dass Kriminalrat Feuer ja bei der letzten Besprechung bereits von Weinpanscherei gesprochen hatte und dass Konrad Neumann seinem Chef auf die Schliche gekommen sei. Kirchrath müsste nur noch überführt werden. Leicht gesagt, schwer getan. Und was für ein Interesse hatte Kirchrath eigentlich am Tod dieser Frau Gärtner? Es war doch eher zweifelhaft, dass sie etwas von seinen dubiosen Praktiken wusste, es sei denn, ihr Freund Neumann hatte ihr davon erzählt.

Julia war sich nicht nur uneins, sie war regelrecht unzufrieden mit sich, als sie an ihrem Passat ankam. Was hatte ihr die Fahrt nach Rüdesheim gebracht? Der Fall schien eindeutig, aber irgendetwas stimmte hier nicht. In Gedanken versunken stieg sie in ihren Dienstwagen und fuhr los. Sie verließ Rüdesheim, kam auf die Geisenheimer Straße, die Strecke war vollkommen eben, und rechts von ihr floss träge der Rhein. Bald tauchte der Rüdesheimer Yacht-Club vor ihr auf, sie registrierte ihn kaum, der Verkehr um diese Zeit war gering, nur ab und zu leuchteten ihr Scheinwerfer entgegen. Sie trat aufs Gaspedal und wurde schneller.

Julia schreckte plötzlich auf. Was bewegte sich da vor ihr auf der Straße? War das ein Hase? Sie trat auf die Bremse, aber die Bremse reagierte nicht. Sie drückte wieder auf das Pedal, diesmal noch energischer. Nichts! Sie trat die Bremse bis zum Anschlag durch. Keine Reaktion. Das alles passierte in Sekundenschnelle, und ihr wurde klar, dass ihre Bremsen nicht funktionierten. Wie konnte das sein? Der Passat war doch erst vor Kurzem in der Werkstatt gewesen.

Hatte sie den Hasen schon überfahren? Auf ihrer Stirn zeigten sich Schweißperlen, sie versuchte, ihre Hände ruhig am Steuer zu halten. Nur nicht die Kontrolle verlieren! Handbremse ziehen? Ihr fiel ein, dass man das bei voller Fahrt nicht machen sollte, sie könnte sich überschlagen. Doch wenn sie den Fuß ganz vom Gaspedal nahm, würde sie ausrollen können. Hinter ihr blinkte ein Wagen auf, es war, wie sie im Rückspiegel erkannte, ein schwerer Geländewagen. Ich kann nicht schneller, hätte sie dem Fahrer am liebsten zugerufen, ich muss noch langsamer werden, ganz langsam, bis ich zum Stehen komme.

Doch der Fahrer des Geländewagens hinter ihr schien ein Witzbold zu sein. Er überholte nicht, sondern fuhr ganz dicht auf und schob Julias Passat an. Er wollte sie offenbar überzeugen, schneller zu werden.

„Idiot", zischte Julia, „wenn ich könnte, würde ich doch."

Abgesehen davon, dass der Fahrer sie nicht hörte, schien er davon überzeugt, sie noch etwas schneller machen zu müssen. Er gab jetzt richtig Gas, und Julia flog in ihrem Wagen regelrecht über die Straße.

Ihr ging kurz durch den Kopf, dass Geländewagen-Fahrer eigentlich immer grauenhaft sind, sie sehen sich als Könige der Straßen, dieser aber schien ihr inzwischen weder ein Witzbold noch ein König zu sein. Der wollte ihr ans Leder, der wollte sie von der Straße drängen, der wollte ihr das letzte aufheulende Motorlied spielen.

Wohin sollte sie? Die Möglichkeiten waren beschränkt, doch irgendwann kamen doch Rheinwiesen, erinnerte sie sich. Da könnte sie vielleicht …

Ihr kam in den Sinn, dass sie mit dieser Geschwindigkeit, die sie inzwischen schubweise erlebte, ganz selten auf dieser Straße, wenn überhaupt mal gefahren war. Wenn Kommissar Spyridakis dabei wäre, würde der wahrscheinlich sagen: So erleben Sie Geschwindigkeit auf ganz neue Art.

„Ich kann darauf verzichten", murmelte Julia, „ich kann auf diese Attacke verzichten." War es nicht eine? Wollte der Fahrer hinter ihr sie in den Rhein drängen? Julia konnte nicht weiter überlegen, denn die Rheinwiesen kamen in Sicht. Beherzt riss sie das Steuer nach rechts, machte mit dem Auto einen Sprung über den Radweg und rollte auf einer Wiese weiter. Doch ihr Wagen hatte eine solche Geschwindigkeit, dass er auf dem Gras nicht langsamer wurde, sondern immer weiterfuhr. Die Bremsen funktionierten nicht, und der Fluss kam näher und näher. Zu dieser Jahreszeit war das Wasser des Rheins eiskalt. Hatte sich der Tod für Julia ein frostiges Ende ausgedacht?

*

Vlassi fuhr, von keinem Tod gehetzt, inzwischen in den Wiesbadener Vorort Schierstein ein, fand schnell einen Parkplatz in der Nähe der Buchhandlung von Andreas Dieterle und eilte zu dessen Veranstaltung. Schon weit vor dem Eingang hörte er swingende Klänge – das war Musik, die ihm gefiel. Direkt vor dem Eingang stand eine kleine breite Gestalt, die Vlassi kannte. Es war Ernst Lustig.

„Sie kommen spät", begrüßte der ihn, „haben Sie aus Ihrem Nebel nicht rausgefunden?"

„Es war nicht ganz einfach", log Vlassi, „aber es zog mich mit Gewalt zu Ihnen."

„Wir kommen nicht rein, die sind überfüllt", erwiderte Lustig und schob brummend nach: „Ich sehe meinen Schoppen Wein entschwinden."

„Die Musik macht Sie poetisch", stellte Vlassi fest, „vertrauen Sie sich mir an, da kehrt der entschwundene Wein wieder zurück."

Mit diesen Worten öffnete er die Tür zur Buchhandlung, die tatsächlich proppenvoll war. Die Leute saßen in Stuhlreihen bis zum Eingang, und nicht wenige standen sogar an den Seiten. Zum Glück sah Vlassi den Chef Andreas Dieterle. Mit vorgestrecktem Kopf lauschte er einem Song, den der Wiesbadener Kommissar kannte, es war der Sloppy Drunk Blues. Aber so wunderbar hatte er ihn noch nicht gehört. Die beiden Musiker im Hintergrund verwandelten den Text in ein mitreißendes, dramatisches und zugleich witziges Musikstück. Wie hießen die noch mal, überlegte Vlassi, ah ja, das Huub-Dutch-Duo.

Die sollten auf Riesenbühnen auftreten, dachte Vlassi, die Buchhandlung vom Dieterle ist zu klein für deren große Musik. Er blieb an der Tür stehen, er wollte nur zuhören, und er hätte wahrscheinlich ganz seinen Mainzer Kollegen vergessen, bis der ihn am Ärmel zupfte: „Keine Sitzplätze, kein Wein."

Vlassi antwortete, ohne sich zu ihm zu drehen: „Wusste gar nicht, dass Sie im Hauptberuf Banause sind. Stehen Sie und hören Sie!"

Damit hatte er Lustig erst mal abgeschüttelt, denn der hüllte sich in Schweigen, hoffentlich handelte es sich um betretenes Schweigen. Wenn Künstler solche Musik zum Besten geben, sollte es wahrlich verboten sein, banausisch herumzuschwätzen. Nicht nur verboten, besser wäre es, eine Strafe über den Schwätzer zu verhängen: Eine Woche Kerker bei hartem Brot und einem winzigen Schluck Wasser, auf keinen Fall Wein.

Einer der beiden Musiker spielte Trompete, griff aber jetzt zu einem seltsamen Instrument, das er dem Publikum vorstellte. Es sei das Wäscheleinophon. Noch nie gehört, dachte Vlassi, die scheinen ja sogar Instrumente-Erfinder zu sein.

„Wir machen jetzt einen Abstecher nach New York", teilte der Mann mit, der das Wäscheleinophon in den Händen hielt. Er trug einen abgewetzten schwarzen Schlapphut, und Vlassi schaute jetzt geradezu begierig nach vorn, und dabei ging ihm ein Gedanke durch den Kopf. Ist das etwa mein Unbekannter aus der nebligen Händelstraße?

Dessen Kopfbedeckung war doch ganz ähnlich. Oder war sie sogar gleich? Der andere Musiker saß an einem kleinen Klavier, trug keinen Hut, aber eine Sonnenbrille und nickte zustimmend zu den Worten seines Kollegen.

Habe ich es hier mit zwei Herren Tod zu tun?, ging es Vlassi durch den Kopf, der eine mit, der andere ohne Hut. Vielleicht hat sich mein Unbekannter aus der Händelstraße diesmal nicht in einen Hasen, sondern in zwei Musiker verwandelt. Zuzutrauen wäre es ihm, dieser Bursche ist ja verwandlungsfähig. Dann kam ihm ein anderer Gedanke. Möglich wäre es auch, dass sich mein Gonsenheimer Unbekannter Verstärkung geholt hat. Ich war diesem Herrn Tod über, das hat er gemerkt, jetzt rückt er mit einem Kollegen an. Möglicherweise will er sogar auf mein Theaterangebot eingehen, und da er sicher 'ne Menge zu tun hat, will er sich die Rolle teilen mit einem Kollegen. Warum nicht? Und warum sollte es denn nur einen Tod geben? Der wäre ja vollkommen überlastet, der würde nicht nachkommen mit seiner normalen Arbeit.

An dieser Stelle verlassen wir Vlassis Gedankenakrobatik und wenden uns mit Hörgenuss dem Huub-Dutch-Duo zu. Die spielten jetzt den Song „An Englishman in New York", den Vlassi ebenfalls kannte, der ihm aber so frisch vorkam, als wäre er eben gerade ins musikalische Leben getreten. Besteht darin nicht das Wesen der Kunst?, flatterte es ihm durch den Kopf. Alles ist eigentlich schon gesagt und gesungen, und wenn einem trotzdem etwas neu und unbekannt und wunderbar vorkommt – dann kann es sich nur um Kunst handeln.

Sein Kollege Lustig schien inzwischen auch Gefallen an dieser Musik gefunden zu haben, er schwieg stille und lauschte, und sein Blick irrte nicht auf der Suche nach einer Flasche Wein herum. Gewisse Dinge sieht man eben nur mit den Ohren.

Der Mann mit dem Hut, der eben noch auf dem Wäscheleinophon gespielt hatte, teilte mit, dass man jetzt eine kleine Pause einlegen würde. Ernst Lustig brummte: „Schon jetzt?“ Vlassi drehte sich zu ihm: „Na, haben wir den Banausen abgestreift?“

Lustig verstand und hüllte sich in Schweigen. Einige Zuhörer in der Buchhandlung standen auf, wollten ins Gespräch miteinander kommen, und Andreas Dieterle sagte laut: „Meine Damen und Herren, hier an der Seite habe ich Wein für Sie vorbereitet, und Brezeln liegen ebenfalls bereit. Greifen Sie zu!“

Er schaute sich um, sah Vlassi und kam auf ihn zu.

„Herr Spyridakis, wunderbar, dass Sie's noch zu mir geschafft haben.“

„Hab' zwar nur die letzten Songs mitgekriegt“, erwiderte der, „aber dafür hat sich's schon gelohnt.“

Ernst Lustig hatte sich mit keiner Silbe geäußert und war auch nicht an die angegebene Seite geeilt, wo der Wein stand. Stattdessen schaute er sinnend auf die Bücherwände, als würde er darüber nachdenken, was er bisher alles nichtlesend verpasst hatte. Und ob er das eventuell noch aufholen konnte, bis die Knochenhand nach ihm griff.

„Darf ich Ihnen meinen Kollegen Herrn Lustig vorstellen“, sagte Vlassi zu Dieterle, „er ist extra aus Mainz hierhergeeilt, um Ihre Buchhandlung und das Huub-Dutch-Duo kennenzulernen."

Lustig streckte die Hand aus, doch Dieterle hob seine Arme: „Das Corona-Virus grassiert, wir schütteln uns nicht die Hände."

Stimmt, dachte Vlassi, Händeschütteln ist derzeit tabu. Aber man muss ja mit der Zeit gehen. Wenn meine Carola von mir eventuell demnächst ein Kind bekommt, sollten wir es Corona nennen, na ja, das geht nur bei einem Mädchen, bei einem Knaben könnten wir uns sicher auf Coronus verständigen. Das klingt für Außenstehende ziemlich griechisch, und ich könnte dem Coronus später erklären, dass er zu einer Zeit geboren wurde, wo die Menschheit glaubte, der Tod würde sich uns allen coronar nähern.

„Der Tod lebt", fuhr Andreas Dieterle mit bedächtiger Miene fort, „sogar bei uns hier im Rheingau." Er meinte damit natürlich das Corona-Virus.

„Richtig", nickte Vlassi zu seinen Worten und dachte: Der Tod lebt, ich weiß es aus eigener Erfahrung, bin ihm schon begegnet.

Lustig hatte längst seine Hand zurückgezogen und machte Dieterle ein Kompliment: „Wusste gar nicht, dass es in Wiesbaden so 'ne tolle Buchhandlung gibt."

„Danke, danke", erwiderte der, „die kleinen Buchhandlungen haben es heute schwer. Unsere Konkurrenten sind ja Giganten auf dem Buchmarkt."

Vlassi schob ein: „Haben es schwer, wissen sich aber zu helfen. Indem sie etwa das Huub-Dutch-Duo einladen."

Dieterle nickte: „Manchmal lad' ich auch den Autor Schöne ein."

„Ach, den Schöne“, murrte Vlassi, der sofort an die Schädler-Truppe dachte, das war doch der Autor von jenem Stück, das er, Vlassi, unbedingt bearbeiten, vielmehr mehr Text für sich herausschlagen musste.

Aus dem Hintergrund näherte sich ein anderer Bekannter, es war Andreas Berg, dem sofort auffiel, dass in Vlassis Schlepptau ein Unbekannter die Bücherwände inspizierte. Auch er gab keine Hand, sondern sagte: „Hallo, Herr Spyridakis, schön, Sie zu sehen, und Sie haben noch jemanden mitgebracht.“

„Meinen Mainzer Kollegen Lustig, er ist sehr an kulturellen Veranstaltungen interessiert, wollte unbedingt dabei sein.“

Ernst Lustig schaute auf, nickte in Richtung Berg und versuchte jede Verwunderung in seinem Gesicht zu vermeiden. Das hätte er Spyridakis nicht zugetraut, dass er ihn so vorstellte, sein Kollege schien sich ja zu einem Menschenfreund, um nicht zu sagen, zu einem Lustig-Freund zu entwickeln.

Andreas Berg teilte mit: „Ich habe auch jemanden mitgebracht, einen Mann, über den ich beim SWR einen Film gemacht habe, vielleicht kennen Sie ihn.“

Von der Seite näherte sich ein nicht mehr ganz junger, aber drahtig aussehender Bursche mit scharf geschnittenem Gesicht, der gute Laune ausstrahlte. Berg wies auf ihn: „Das ist Gert Ueding. Er ist aus Heidelberg gekommen.“

Vlassi nickte: „Ich darf Ihnen nicht die Hand geben, Sie wissen ja warum. Freu mich aber, Sie kennenzulernen. Ich heiße Spyridakis.“

„Herr Ueding ist Autor von vielen interessanten Büchern“, erklärte Berg, „und er hat auch einige über Wilhelm Busch geschrieben.“

Gert Ueding schmunzelte: „Wie wohl ist dem, der dann und wann sich etwas Schönes dichten kann.“

Ja, ja, dachte Vlassi, der das Busch-Zitat nicht erkannte, das würde ich auch gern, wie wohl wäre mir, wenn ich das Stück der Schädler-Truppe verschönern könnte.

Andreas Berg fragte Vlassi: „Sind Sie schon länger da? Haben Sie die Max und Moritz-Songs gehört?“

„Leider nicht. Hatte dienstlich so viel zu tun, bin fast im Nebel versackt.“

„Da haben Sie was verpasst!“, sprach Andreas Berg weiter, „aber was rede ich. Fragen wir doch unseren Spezialisten.“ Und er wandte sich zu Gert Ueding.

„Na ja“, sagte der, „was wir hier geboten bekommen, ist musikalischer Humor vom Feinsten. Südamerikanische Tanzrhythmen wechseln zu Rap, dann wieder glaubt man Louis Armstrongs Stimme und Trompete in einem Chicagoer Blues-Keller zu hören, und manchmal begleitet ein Dreivierteltakt die Brezel-Abenteuer von Max und Moritz …“

Zu Vlassis Erstaunen schaltete sich sein Kollege Lustig mit fachmännischer Stimme ein: „So würde ich es auch sagen. Der Sound hat mich mitgerissen, ja regelrecht fasziniert.“

Auch Berg sah sich von Ueding bestätigt und zeigte, dass er nicht ohne Grund Kulturredakteur ist: „Mit einem federnden Rhythmusgefühl wird die Sprache von Wilhelm Busch auf musikalisch unerhörte Weise artikuliert.“

Zum Glück lachte er sofort und sagte in Richtung Lustig: „Schade, dass Sie nicht die Lehrer-Lämpel-Geschichte gehört haben. Wunderbar! Ich hab' sie gehört wie zum ersten Mal."

Lustig stimmte zu: „Ja, ja, glaub' ich sofort – leider hab' ich nicht alles mitgekriegt."

Nun schaltete sich Dieterle ein: „Da sieht man mal, was ein Buchhändler bewirken kann." Und mit schmunzelnder Miene ergänzte er: „Mitunter kann er sogar seine Besucher glücklich machen, auch wenn die kein Buch bei ihm kaufen."

„Und was die für Instrumente haben", bemerkte Andreas Berg, „nicht nur Trompete und Klavier, auch Wäscheleinophon und Mundposaune."

„Also ich glaube", sagte Gert Ueding, „das Huub-Dutch-Duo hätte sogar Wilhelm Busch glücklich gemacht, auf jeden Fall würde der sich heute Abend köstlich amüsieren."

Andreas Berg nickte: „Wer darf so etwas sagen, wenn nicht Sie!"

Vlassi schaute sich um: „Ich sehe Volker Born gar nicht, ist der nicht da?"

„Dem ist was dazwischengekommen", antwortete Berg, „er musste nach Karlsruhe."

„Ob's da solche Buchhandlungen gibt wie die hier von Herrn Dieterle, bezweifle ich doch sehr", machte Vlassi dem Buchhändler ein Kompliment.

„Ich hoffe, dass er mich vermisst", stimmte Dieterle ein.

Aus dem Hintergrund näherte sich ein dunkelhaariger Bursche, es war der Mann, der am Klavier gesessen hatte. Seine Sonnenbrille, die ihm beim Spielen einen exotischen Look gab, hatte er abgesetzt. Hinter ihm entdeckte Vlassi den Mann mit dem schwarzen Schlapphut.

„Kann man mit den Musikern sprechen?", fragte Vlassi den Buchhändler.

„Ja, natürlich, die sind doch ganz von dieser Welt!"

Da bin ich mir nicht sicher, überlegte Vlassi, und ich will doch mal die Probe aufs Exempel machen, während sein Kollege Lustig ihn, obwohl viel kleiner, von oben ansah: „Wozu wollen Sie mit denen sprechen, Sie verstehen doch nix von Musik."

Vlassi erwiderte: „Deshalb will ich ja mit ihnen reden." Und er richtete sich zu voller Größe auf: „Sehen Sie, Herr Lustig, das unterscheidet uns, ich versuche, mein Wissen stets zu vermehren."

Andreas Berg bekam den kleinen Dialog nicht mit, da er sich schon anderen Leuten zugewandt hatte, sich jetzt aber umdrehte und Dieterle mitteilte: „Hier sind Bekannte von mir, Gerd Plachetka, Rainer Goldt und Bernd Schied, sehr interessante Leute, denen ich Bescheid gesagt habe, der Herr Goldt ist sogar aus Bad Kreuznach hierhergeeilt. Ich mach' Sie nachher mit ihnen bekannt." Und er flüsterte vertraulich: „Die sind sehr an kulturellen Dingen interessiert, das könnten Dauergäste werden."

Auch Ernst Lustig hatte sich langsam, aber stetig vom Kollegen Spyridakis und dem Buchhändler entfernt. Ihm war offenbar in den Sinn gekommen, dass es ja Wein und Brezeln gab.

Inzwischen hatte der Mann vom Klavier den Chef der Buchhandlung erreicht und fragte: „Sind Sie zufrieden mit der Veranstaltung?"

Andreas Dieterle bejahte und verheimlichte seine Begeisterung nicht. Vlassi dagegen schaute sich den Klavierspieler kritisch an. Trotz mittleren Baujahrs vom Typ her jugendlicher Liebhaber. Doch wer sich in einen Hasen verwandeln kann, der geht auch als jugendlicher Liebhaber durch, ging es ihm durch den Kopf, vielmehr kann er als solcher auftreten – von der Liebhaber-Maskerade lass ich mich nicht beirren.

In dem Moment sagte Dieterle zu dem Pianisten: „Hier habe ich einen besonderen Gast, einen Mann, der Mordbuben mit Eifer nachjagt und sie zur Strecke bringt." Er wies auf Vlassi: „Kommissar Vlassopolous Spyridakis."

„Freu' mich, Sie kennenzulernen", sagte der Klavierspieler und wollte wohl gerade seinen Namen nennen, als Vlassi sich vertraulich zu ihm beugte: „Schön, Sie hier zu erleben, Herr Tod."

„Nein, ich heiße Oettinger, Chris Oettinger."

Vlassi lächelte: „Natürlich. Verstehe. Ihr Künstlername."

Der Pianist zeigte sich nur kurz verwundert und ging sofort auf das von Vlassi Gesagte ein: „Wenn Sie so wollen – mein Künstlername."

Hab' ich mir's doch gedacht, überlegte Vlassi, vorm Schädler-Haus wollte er nicht mehr, aber hier beim Dieterle tritt er wieder in Erscheinung. Als Musiker diesmal. Ich hab's halt mit Künstlern, na ja, bin ja selbst einer. Jetzt nennt er sich Oettinger – ob ich mit ihm aufs Neue in ein Theatergespräch einsteige?

Jetzt trat der andere Musiker in die kleine Runde, es war der mit dem schwarzen Schlapphut. Und Vlassi dachte:

Dieser Herr Tod, erstaunlich, was er zuwege bringt, sogar als Duo kann er auftreten. Nie mehr werde ich glauben, dass der Tod nur ein Einzelner ist, ich hab' mir's ja schon immer gedacht. Und seine Arbeit ist ja auch sehr individuell, ja direkt kreativ, ich erleb's doch gerade bei meinem aktuellen Fall, der Neumann hing nicht nur tot, sondern auch fliegend von der Decke.

„Schön, hier zu sein", sagte lächelnd der Mann mit dem Schlapphut, „wunderbares Publikum."

Das sagst du doch jedem Publikum, dachte Vlassi, und ich werde es dir nachmachen, ich werde es auch nach meiner Ermordung sagen, wenn ich von der Bühne herunterwinke.

„Das ist Huub Dutch", teilte Buchhändler Dieterle mit, „der seine Instrumente erfindet und selbst baut."

Ebenfalls ein Künstlername, dachte Vlassi, senkte bescheiden den Kopf und nannte seinen Namen: „Spyridakis."

„Aus Griechenland kommen Sie?", fragte Huub Dutch.

Vlassis Stimme wurde vertraulich: „Nein, nein, ich komme nicht aus Griechenland, genauso wenig wie Sie aus Holland kommen."

Zu seinem Erstaunen widersprach der Angesprochene nicht: „Sie haben recht, ich lebe schon lange hier in Deutschland."

Ja, ja, der Tod ist ein Meister aus Deutschland, ging es Vlassi durch den Kopf, das kennt man doch, aber heute Abend erlebe ich es selbst. Doch mit leiser Stimme sprach er: „Ich habe Sie am Hut erkannt. Mein Angebot gilt."

„Ein Angebot? Sie meinen ein Engagement. Hier in Wiesbaden?"

Dem Tod muss man was bieten, überlegte Vlassi blitzschnell, warum denn nur ein Engagement in Wiesbaden oder gar Mainz? Und so antwortete er: „Es geht um eine Tournee durch ganz Deutschland." Warum sollten er und der Herr Tod mit der Schädler-Inszenierung denn nicht durch die Republik reisen?

„Eine Tournee?", fragte der Mann mit dem schwarzen Schlapphut, „sind Sie denn Impresario?"

Daran hatte Vlassi nicht gedacht, war er Impresario? Warum nicht. Schnell antwortete er: „Auch, auch."

Huub Dutch ergriff wieder das Wort: „Sie haben mich am Hut erkannt, sagten Sie. Haben Sie uns denn schon mal gesehen und gehört?"

Vlassi zwinkerte ihm zu: „Aber natürlich sind wir uns schon begegnet, Sie erinnern sich doch … nein, Sie wissen es."

Der Mann mit dem Schlapphut wirkte jetzt etwas ratlos, er schaute nachdenklich in die Luft. Vlassi legte nach, indem er leise zu ihm sprach: „Das Dahingehen wie die Wolken am Himmel … ist die Kunst des Sterbens in höchster Vollendung."

Er hoffte, dass sich sein Gegenüber erinnerte, es waren schließlich seine eigenen Worte, die er im Nebel zu Vlassi gesprochen hatte. Doch Huub Dutch schaute ihn verwundert an: „Sie sind Dichter und wollen uns einen Liedtext anbieten? Da muss ich Ihnen leider sagen, dass wir mit Wilhelm Busch schon einen Texter gefunden haben."

Der kommt mir mit Busch, der längst tot ist, deshalb habt ihr ihn gefunden, dachte Vlassi, und du, mein Lieber, bist mal wieder hartleibig, die vielen lebenden Menschen hier verwirren dich wahrscheinlich. Ich muss dich ködern, muss dir offenbar das mitteilen, was ich schon beim letzten Mal sagen wollte.

„Erst auf der Bühne entfalten Sie sich zu voller Schrecklichkeit", sprach er lässig zu seinem Gesprächspartner, „und zwar mit mir als Opfer."

Jetzt begann Huub Dutch zu lachen. War es dieses hüstelnde, abgehackte Lachen, das Vlassi kannte? Eher nicht, stellte er fest, der Bursche lachte ganz normal. Wahrscheinlich wieder eine Verstellung. Der Tod trat nicht nur im Duo auf, er war auch vielseitig, mal lachte er hüstelnd und abgehackt, dann wieder frei raus, daran muss ich mich wohl gewöhnen.

Der Buchhändler Andreas Dieterle, der sich mittlerweile anderen Gästen zugewandt hatte, drehte sich zu ihnen: „Das Musik-Genie lacht. Ja, der Herr Spyridakis kann gute Stimmung erzeugen."

Huub Dutch erwiderte glucksend: „Das kann man wohl sagen. Er hat mir gerade das Angebot für eine Bühnenshow gemacht, eine ziemlich groteske."

Vlassi dachte: Wieso grotesk? Ich bin doch ganz realistisch mit meiner Vorstellung. Die Bühne braucht nun mal Furcht, Grauen und Schrecken. Man wird mich mal feiern als Meister des Schauderns.

Der Musiker wandte sich zu ihm: „Wir spielen nächste Woche in der Rebellischen Bühne in Offenbach. Volker Rebell, der Chef dort, hat viel Sinn für Groteskes, da könnte man Ihren Gedanken aufgreifen."

Vlassi nickte: „Sehr gut. Rebellische Bühne passt!"

Und er dachte: Ich bin ja im Grunde auch ein Rebell, wenn auch ein stiller, dem man's nicht anmerkt. Laut jedoch sagte er: „Und vorher müssen wir proben."

Auch Andreas Berg hatte das laute Lachen des Musikers gehört und kam näher: „Hier wird sogar in der Pause gelacht. Selten so was. Das haben wir natürlich Huub Dutch und Chris Oettinger zu verdanken, den Helden dieses Abends."

Vlassi verzichtete darauf zu widersprechen, sein Handy hatte sich mit dem bekannten Samba-Ton gemeldet. Er fingerte es aus seiner Jackentasche, drehte sich ein wenig ab und meldete sich.

„Herr Spyridakis, ich bin's", hörte er die Stimme von Julia Wunder.

„Jaaa", erwiderte Vlassi und wunderte sich über den späten Anruf.

„Sie müssen nach Rüdesheim kommen."

„Da war ich doch schon", erwiderte Vlassi.

„Wo ich bin, da waren Sie bestimmt noch nicht."

„Hat Sie ein Hase überfallen und in eine Löwengrube geworfen?", fragte er.

„So ähnlich", stöhnte Julia.

„Immer diese Scherze am späten Abend", sagte Vlassi und schob mit leiser Stimme nach: „Ich genieße hier gerade ein musikalisches Duo, das sich als höchst verdächtig herausstellt."

„Ist Musik höchst verdächtig?"

„Es handelt sich um Leute, die mit dem Tod auf Duzfuß stehen, um nicht zu sagen …"

Julia unterbrach ihn: „Ach, was reden Sie! Den Tod hab' ich gerade vor Augen gehabt!"

„Aber Sie leben doch noch", erwiderte Vlassi, „oder ereilt mich Ihr Anruf aus dem Jenseits?"

„Herr Spyridakis, ich lebe! Aber wer weiß, wie lange noch. Sie müssen mich hier rausholen."

„Wenn es um den Tod geht, kenne ich keine Uhrzeit", erklärte Vlassi mit Dienststimme, „ich mache mich sofort zu Ihrer Rettung auf!"

Schon an der Tür nach draußen, tauchte Ernst Lustig mit einem Weinglas in der Hand auf: „Gehen Sie schon?"

„Muss meine Chefin retten."

Mit weinseliger Stimme teilte Lustig mit: „Ich wollte Ihnen doch noch was sagen ..."

„Jetzt nicht", unterbrach ihn Vlassi mit Dienststimme, „Frau Wunder ist wichtiger, die braucht mal wieder dringend meine Hilfe."

Mit diesen Worten verließ er das Domizil von Andreas Dieterle, während Lustig murmelte: „Verschieb ich's halt aufs nächste Mal." Dann drehte er sein Glas und sprach es mit warmer Stimme an: „Du bist gar nicht übel, du kleiner, kleiner Buchhandlungs-Wein."

23 Die Vorzüge der theatralischen Methode

Am anderen Morgen eilte Kriminalrat Feuer zum Dienstzimmer von Julia und Vlassi. Wie üblich riss er ohne anzuklopfen die Tür auf und wollte gerade zu einer Strafpredigt ansetzen, als er merkte, dass kein Mensch im Raum war.

Ist ja unglaublich, dachte er, die machen blau, und ich weiß nicht, wo sie sind. Abgemeldet haben sie sich jedenfalls nicht. Beim nächsten Mal erklärt mir dieser unselige Spyridakis wahrscheinlich, dass sie auf den Bahamas ermittelt haben. Aber nicht auf Staatskosten!, werde ich ihm entgegenschleudern, Sie sind schließlich kein James Bond, sondern lediglich ein Spyridakis. Den Vornamen lasse ich weg – so ist es wirkungsvoller.

Feuer schaute auf seine Armbanduhr, es ging auf elf Uhr zu, dann ließ er seinen Blick suchend im Raum schweifen, als könne er doch noch eine Spur seiner Mitarbeiter entdecken. Schließlich verließ er mit empörtem Grunzen das Zimmer von Hauptkommissarin Julia Wunder und Kommissar Vlassopolous Spyridakis. Natürlich kam er nicht auf die Idee, dass den beiden etwas passiert sein könnte, ja, dass sie eventuell sogar vom Tod bedroht waren.

Julia und Vlassi waren glücklicherweise nicht vom Tod bedroht, jedenfalls nicht aktuell. Sie saßen zur selben Zeit im kleinen Opel Corsa von Kommissar Spyridakis und waren unterwegs in Richtung Rüdesheim. Doch vorher hatte Julia ihren treuen Vlassi zum Frühstück eingeladen und zwar in das Café, wo ihr Fall begonnen hatte, das Café Schwab in Eltville.

„Wie konnte denn das passieren?“, fragte Vlassi und setzte seine Tasse ab.

„Das frag ich mich auch. Man wollte mir offenbar ans Leben.“

„Sie hätten leicht im Rhein landen können“, stellte Vlassi fest, „so ganz ohne Bremsen.“

„Dann hätte ich's Ihnen nachgemacht“, sagte Julia.

Sie spielte auf den vorletzten Fall an, wo Vlassi mit dem Fahrrad im Rhein gelandet war und sich schwimmend ans Ufer retten musste.

„Bitte beachten Sie den Unterschied“, klärte Vlassi seine Chefin auf, „ich habe damals einen Verdächtigen verfolgt, während Sie verfolgt wurden.“

„Recht haben Sie, aber dem Tod ist das einerlei, sowohl Sie wie ich hätten das Leben verlieren können.“

Bei mir ist das nicht so, ging es Vlassi durch den Kopf, ich stehe mit dem Tod auf gutem Fuß, auch wenn er das manchmal nicht wahrhaben will. Natürlich dachte er dabei an seine Begegnung am Abend zuvor in der Buchhandlung Dieterle.

Julia nahm einen Schluck von ihrem Kaffee und bemerkte: „Ich bin verwundert, dass Sie neuerdings auch Kaffee trinken. Ist das nicht gegen die Gesundheit?“

„Ich habe mich etwas umgestellt“, erwiderte Vlassi, „außerdem trinke ich Kaffee, um meinen Schock zu überwinden.“

„Was für einen Schock?“

„Den Schock, Sie beinahe nicht mehr lebend angetroffen zu haben.“

Das war schön gesagt von Vlassi und nicht nur als Kompliment gemeint. Sein Mitgefühl war echt. Denn tatsächlich hatte er Julia spät am Abend zuvor auf den Rheinwiesen nahe Rüdesheim vorgefunden mit dem Vorderteil ihres Autos im Wasser. Sie selbst stand etwas entfernt vom Fluss, als wollte sie nichts mit ihm zu tun haben. Und sie war dankbar, dass Vlassi so schnell gekommen war. Er hatte sie nach Wiesbaden zurückgefahren, und am nächsten Morgen hatte sie von daheim eine Werkstatt in Rüdesheim angerufen, die ihren Wagen bergen und reparieren sollte.

„Ja“, sagte sie, „ich war froh, dass ich nicht im kalten Rhein gelandet bin.“

„Und ich bin froh, dass Sie so gut reagiert haben.“

„Wollen Sie noch einen Happen essen?“, fragte Julia.

„Kein Ei mehr. Aber noch eine Tasse Kaffee könnte ich vertragen.“

„Sie neigen zur Übertreibung, Herr Spyridakis“, mahnte Julia, „entweder gar keinen oder gleich mehrere Tassen.“

„Mir ist so danach“, brummelte Vlassi.

Julia schaute nach der Kellnerin, die sofort näher kam.

„Bitte noch zwei Tassen Kaffee für uns.“

Die Kellnerin nickte und verschwand, und Julia teilte Vlassi mit: „Mir ist auch danach, ich brauche auch noch einen Kaffee.“

Vlassi legte zwei Finger seiner rechten Hand auf seine Lippen, als wolle er für eine nachdenkliche Pose proben.

Doch er blieb nicht stumm, sondern fragte: „Wer hat Sie verfolgt? Wer hat Sie von der Straße abgedrängt? Wer wollte, dass Sie im Rhein landen und jämmerlich ersaufen?“

„Ich neige nicht zu Spekulationen, wie Sie wissen“, erwiderte Julia, „aber diese Aktion kommt mir nicht zufällig vor. Das war ein Warnschuss, hier will mich jemand einschüchtern …“

„Wer Sie einschüchtern will, muss noch geboren werden“, fiel ihr Vlassi ins Wort.

Julia lächelte ihn dankbar an: „Ich glaube, da steckt Kirchrath dahinter.“

„Das glaube ich auch“, sagte Vlassi, „Sie waren ja vorher bei ihm und er hat sich eilig verabschiedet, wie Sie mir erzählt haben.“

„Aber er konnte nicht wissen, dass ich noch in die Jakobsklause gehe.“

„Ach, solche Leute haben doch überall ihre Augen“, sagte Vlassi, „wahrscheinlich hat er Sie beobachten lassen.“

„Die Frage ist: Wie können wir ihm das nachweisen …?“

„Ein Angriff auf Leib und Leben!“, schob Vlassi ein.

„Ich hab' das Nummernschild von dem Geländewagen hinter mir nicht gesehen“, sagte Julia.

Vlassi breitete theatralisch die Arme aus: „Eine Niederlage ist immer nur momentan.“

„Gut gesagt“, murmelte Julia, „aber wie verwandeln wir die momentane Niederlage in einen dauerhaften Sieg?“

Die Kellnerin kam mit dem Kaffee. Kaum standen die Tassen auf dem Tisch, ergriff Vlassi die seine und nippte daran.

„Sie trinken schwarz?“, fragte Julia.

„Ist gesünder."

„Ist schnelles Trinken auch gesünder?", fragte sie grinsend.

„Vermutlich schon. Aber das wissen nur wenige."

„Da bin ich ja froh, dass Sie zu den Wissenden gehören", erwiderte Julia, träufelte etwas Milch in ihren Kaffee, ließ ihn aber stehen, damit er sich abkühlte.

„Wollen wir denn noch mal zum Kirchrath?", fragte Vlassi, „ich meine, nachdem wir Ihr Auto in der Werkstatt abgeholt haben."

„Ich glaube, das hat wenig Sinn. Wir können ihm nichts beweisen, und mit Sicherheit hat er ein Alibi für die letzte Nacht."

„Vielleicht ein löchriges?", beharrte Vlassi.

Julia schaute ihn nachdenklich an: „Wir sollten versuchen, diesen Bernd Hartung aufzutreiben."

„Sie haben mir doch erzählt, dass er nicht mehr bei Kirchrath arbeitet."

„Deshalb müssen wir ihn ja auftreiben!"

„Ja", bestätigte Vlassi und sah sich schon durch die Drosselgasse in Rüdesheim eilen und die Touristen nach einem gewissen Hartung fragen.

„Seien Sie kreativ!", forderte ihn Julia auf, „haben Sie eine Idee, wo und wie wir diesen Hartung auftun können. Sie sind doch auch sonst findig."

„Habe bereits meine kleinen grauen Zellen angewiesen, mir Input zu geben. Mache sofort Meldung, wenn ein Ergebnis eintrifft."

Julia nahm ihre Tasse Kaffee in die Hand und trank, sie überlegte bereits selbst, wie sie Hartung näher kommen könnte. Mit raschem Ergebnis. Denn sie zog ihr Smartphone aus der Handtasche und googelte den Namen.

„Das wollte ich gerade vorschlagen", sagte Vlassi, „die Recherche mit dem Smartphone."

Julia gab keine Antwort, sodass er fortfuhr: „Meine Kreativität hätte mich auch dazu gebracht, aber ich besitze ja kein Smartphone."

„Immer noch nicht?", murmelte Julia.

„Mein dürftiges Gehalt lässt es nicht zu", erwiderte Vlassi. Mit erhobenem Haupt fuhr er fort: „Und ich gehöre nicht zu den Menschen, die den Höhepunkt einer Unterhaltung in der Kommunikation per Smartphone sehen."

„Sie wollen also trotz Ihrer Jugend altmodisch bleiben", stellte Julia fest, ohne ihn anzusehen.

„Unbedingt! Was Sie altmodisch nennen, ist die soziale, ja, ich möchte sagen, die menschliche Form des Miteinanders."

Er griff nach seiner Tasse Kaffee und setzte sie an die Lippen.

Julia schaute auf: „Vielleicht haben Sie gar nicht so unrecht."

„Aha", ließ sich Vlassi vernehmen, „späte Einsicht ist auch 'ne Einsicht."

„Ich wollte damit nur sagen, dass mein googeln kein Ergebnis in Sachen Hartung gebracht hat."

Keine zwanzig Minuten später fuhr Vlassi in Rüdesheim ein, und Julias Smartphone erwies sich jetzt als guter Führer zu der Werkstatt, wo ihr Passat repariert worden war und abgeholt werden konnte.

„Wir treffen uns vor der Jakobsklause, in der Straße kann man auch parken", sagte Julia.

„Und wenn die noch geschlossen haben?"

„Dann machen wir uns einen lustigen Rüdesheim-Tag", erklärte Julia, „und denken dabei nicht an Kriminalrat Feuer."

Das war ganz in Vlassis Sinn, und er hoffte inständig, dass sich in, vor und neben der Jakobsklause kein Mensch blicken ließ. Am besten wäre es, wenn die Weinstube vollkommen verrammelt war.

Seine Hoffnung erwies sich als nicht vergebens. Denn nachdem er seinen Corsa geparkt hatte und seine Chefin nach etwa fünfzehn Minuten vor der Weinstube antraf, teilte die ihm mit: „Sie hatten recht, alles geschlossen."

„Weinstuben sind im Grunde was für mich", machte Vlassi auf philosophisch, „die sind was für abendliche und nächtliche Genießer."

Dann fiel ihm etwas anderes ein: „Was hat denn die Werkstatt zu Ihrem Auto gesagt, ich meine zu den Bremsen?"

„Sie waren manipuliert, zerschnittene Bremsschläuche."

Vlassi nickte: „Die Bremsen konnten also ihren Dienst nicht mehr verrichten. Man wollte Ihnen ans Leben, wie Sie schon vermutet haben. Ich gehe noch einen Schritt weiter. Einen eisigen Tod wollte Ihnen dieser Kirchrath bereiten."

Julia nahm seine Rede nicht zur Kenntnis, denn sie hatte eben ein Geräusch im Hof gehört. Und dieser Hof gehörte offensichtlich zur Jakobsklause.

„Hallo!“, rief sie, „ich wollte bei …“

Sie wurde von einer weiblichen Stimme unterbrochen: „Geschlossen. Wir haben noch geschlossen.“

„Weiß ich“, rief Julia durch das eiserne Tor, „ich wollte eine Bestellung aufgeben für heute Abend.“

Natürlich wollte sie das nicht, sie wollte lediglich den Kontakt zum Inneren des Hofs nicht abreißen lassen.

„Überflüssig“, hörte sie als Antwort, „geben Sie Ihre Bestellung am Abend auf, da liegen Sie gut in der Zeit.“

„Und ich dachte, ich müsste bei Ihrem wunderbaren Essen rechtzeitig kommen.“

Das war als pures Kompliment gedacht in der Hoffnung, dass vielleicht das Tor doch aufging. Komplimente, so scheinheilig sie auch sind, wusste Julia aus Erfahrung, erweisen sich häufig als Türöffner. Ihre Vermutung erwies sich als richtig, denn plötzlich öffnete sich knarrend das Tor.

Eine Frau stand vor ihnen, die Julia nicht kannte, Vlassi dagegen sehr gut. Es handelte sich um Lisbeth. Sie warf kaum einen Blick auf Julia, musterte dagegen Vlassi und sagte: „Sie kenne ich doch.“ Lisbeth machte eine kleine Pause: „Sie wollten mich kosen.“

Julia zog die Augenbrauen nach oben: „Kosen?“

Vlassi reagierte schnell in Richtung Lisbeth: „Kosen, kosen – ja, ja. Weil ich so wunderbar bei Ihnen getafelt habe, und der Kollegin habe ich …“

„Ei, bei uns tafelt man doch nicht, man isst und lässt sich's schmecken“, fiel ihm Lisbeth ins Wort.

„Genau das meinte ich, man lässt sich's schmecken“, stimmte Vlassi zu und beugte sich vertraulich vor: „Ich habe der Kollegin davon erzählt, und die will unbedingt auch bei Ihnen essen und sich's schmecken lassen."

„Ich will aber nicht kosen", sagte Julia.

„Wenn die Glocke fünf schlägt, mache wir auf", erklärte Lisbeth.

„Dann müssen wir wohl warten", nickte Vlassi mit ergebener Miene und einem Augenaufschlag.

Julia war dieses Gespräch schon zu ausschweifend: „Wir wollten eigentlich Herrn Hartung besuchen."

„Nach dem hat mich Ihr Freund Vlaasi schon das letzte Mal gefragt", erinnerte sich Lisbeth.

„Ja … richtig", tat Vlassi, als würde er sich entsinnen. Mit ernster Miene fuhr er fort und deutete auf Julia: „Diese Dame ist übrigens nicht meine Freundin, sondern die Chefin jener Manufaktur, von der ich Ihnen erzählt habe."

Lisbeth musterte Julia: „Sie mache also in Wein?"

Die Hauptkommissarin antwortete prompt: „Ja, ganz genau. Und mein Mitarbeiter hat mir berichtet, dass Herr Hartung öfter bei Ihnen verkehrt."

„Aber ich hab' ihm auch gesagt, dass ich ihn in letzter Zeit nicht oft gesehen habe."

Julia lächelte Lisbeth an: „Sehen Sie, deshalb sind wir ja gekommen. Wir dachten uns, Sie könnten …"

Vlassi ging dazwischen: „… uns weiterhelfen! Sie könnten uns weiterhelfen. Sie sind genau die Richtige, Sie haben mir schließlich auch zum Hirschgulasch geraten. Und der war ein Hochgenuss."

„Sie haben sich's offenbar in der Jakobsklause gut gehen lassen", schob Julia mit gekräuselter Stirn in Richtung

Vlassi ein, „Kosen auf Hirschgulasch war wohl das Gericht."

„Nun ja", erwiderte der und sah zur Kellnerin, „bei der Lisbeth kann's einem nur gut gehen."

Die fühlte sich sogleich geschmeichelt: „Ich hab' Ihrem Mitarbeiter Vlaasi was Gutes tun wollen, er kam mir überanstrengt vor."

„Da hören Sie's", nickte Vlassi Julia zu, „überanstrengt!"

Sie beachtete ihn nicht, sondern sprach zu Lisbeth: „Sie wissen doch bestimmt, wo Herr Hartung wohnt."

„Sie wolle ihn aquisirieren", erwiderte Lisbeth, die offenbar mal ein Fremdwort benutzen wollte, es aber nicht richtig hinbekam.

„Darum geht es", bestätigte Julia, und Vlassi ergänzte mit trüber Miene: „Ich hab' Ihnen schon beim letzten Mal gesagt, dass meine Chefin nicht lockerlässt."

Wohlweislich ließ er weg, in welcher Beziehung Julia nicht lockerlassen wollte.

Lisbeth schnitt ein nachdenkliches Gesicht, als würde sie heftig überlegen. Schon mal ein gutes Zeichen, war sich Vlassi sicher.

Schließlich antwortete sie: „Hier finde Sie ihn nicht."

„Nicht", wiederholte Vlassi und setzte sein allerschönstes Lächeln auf: „Aber wo denn, liebe Lisbeth?"

Sie sah ihn an und man merkte, dass ihr dieser Vlaasi, wie sie ihn nannte, höchst sympathisch war: „Na gut, Ihnen sag ich's. Also … der wohnt in Oestrich-Winkel. Hier um die Eck."

„Oestrich-Winkel, ein herrlicher Ort und direkt am Rhein", schwärmte Vlassi, „aber ich würde da nie Hirschgulasch mit Klößen und Rotkraut essen wollen. Da komme ich lieber zu Ihnen, Lisbeth."

„Und lassen sich kosen", flocht Julia leise ein.

„Ich komme lieber zu Ihnen, Lisbeth", fuhr Vlassi unbeirrt fort, „und frage Sie zwischen zwei Klößen leise nach der Straße."

Lisbeth gefiel, wie Vlaasi mit ihr sprach, sie ging auf seine Tonlage ein und wisperte: „Und ich sage Ihnen ebenso leise, dass es die Untere Roppelsgasse ist."

„Da jauchze ich auf, lege Gabel und Messer beiseite, kose Sie und frage nach der Nummer", fuhr Vlassi fort.

„Die Nummer ist, ach, wenn ich sie nur richtig wüsst', Zahlen sind mir zuwider, ich glaub', es handelt sich um Nummer zwölf", säuselte Lisbeth.

„Und ich entferne mich mit Dank und Kuss", sprach Vlassi und machte einen Kratzfuß, wie ihn kein Schauspieler auf der Bühne besser hinkriegen würde.

Julia zog sich zurück, und Vlassi tat es ihr nach. Doch aus einigen Metern Entfernung winkte er Lisbeth noch einmal zu, und die winkte ihm zurück. Julia jedoch sagte: „Bin ich froh, dass es nur zwei Klöße bei Ihrem Essen gab."

„Zwei Klöße waren genug", erwiderte Vlassi, „zwei Klöße genügten, um Lisbeth zum Reden zu bringen."

„Sie tun ja gerade so, als hätten Sie eine Schwerverbrecherin gestellt."

„Nun ja", sagte Vlassi, „sie wusste etwas, und ich habe es mit gewissermaßen theatralischer Methode aus ihr rausgeholt."

„Theatralische Methode – ist das ein neues Verfahren bei Ihnen?", fragte Julia.

„Seien Sie doch nicht so übellaunig. Sie sehen doch, dass es wirkt. Die theatralische Methode ist Grundlage jedes kriminalistischen Vorgehens."

Julia erwiderte: „Bitte teilen Sie das unbedingt Kriminalrat Feuer mit – er soll doch auch was dazulernen."

Sie war bei ihrem Passat angelangt und teilte Vlassi mit: „Also auf nach Oestrich-Winkel."

„Fahren wir mit zwei Autos?", fragte Vlassi.

„Ja, natürlich, wir müssen unabhängig voneinander sein." Den Autoschlüssel schon in der Hand, setzte sie hinzu: „Und vielleicht befindet sich bei Hartung eine Dame, die Sie zum Hirschgulasch ausführen und kosen wollen."

Nach Oestrich-Winkel zu kommen war einfach, doch die Untere Roppelsgasse zu finden, erwies sich für Vlassi als schwierig. Denn im Gegensatz zu seiner Chefin besaß er kein Navi. Er musste dreimal die Scheibe herunterlassen, um Passanten nach der besagten Gasse zu fragen und erreichte das Ziel viele Minuten später als Julia.

Die stand schon vor der Nummer 12, als er schließlich zu Fuß ankam.

„Auf mein Klingeln meldet sich niemand", sagte sie.

„Haben Sie auch kräftig auf den Knopf gedrückt?", wollte Vlassi wissen, „die Klingeln in Oestrich-Winkel sind mitunter schwerhörig."

Julia sah ihn kopfschüttelnd an: „Was Sie alles wissen."

Vlassi erwiderte hochgemut: „Nicht nur die theatralische Methode gehört zu meinen kriminalistischen Verfahren, auch die Klingelmethode zähle ich dazu."

Er dachte dabei an seinen letzten Besuch des Schädler-Hauses, wo allerdings seine Klingelmethode schmählich versagt hatte, doch immerhin zu einem anderen Ergebnis führte. Das Klingeln lockte nämlich den Herrn Tod herbei. Hier in Oestrich-Winkel, mitten im Rheingau und am helllichten Tag, erwartete er ihn allerdings nicht, der tauchte eher bei Nacht und Nebel auf.

Vlassi schaute auf die Klingel, neben der kein Name stand. Dann drückte er sie kräftig und lang. Nichts tat sich. Er drückte abermals auf die Klingel. Es verging eine Weile, doch schließlich öffnete sich ein Fenster im ersten Stock und ein schläfriges Männergesicht blickte auf ihn und Julia.

„Was wolle Sie?", ertönte eine barsche Stimme.

„Wir wollen zu Herrn Hartung", sagte Julia.

„Müssen Sie mich im schönsten Schlaf stören", ächzte der Mann.

„Wohnt er denn nicht hier?", fragte Julia.

Eine unwillige Antwort erfolgte: „Nein, nein."

Vlassi beschäftigte ein anderer Umstand, er wollte wissen: „Warum schlafen Sie denn bei hellem Tag, ein Spaziergang am Rhein wäre jetzt richtiger, ich möchte sogar sagen angemessener."

„Sind Sie von der Heilsarmee?", knurrte der Mann, „wollen Sie mich bekehren?"

Vlassi erwiderte: „Nur ein guter Rat! Das helle derzeitige Licht fördert die Melatonin-Produktion im Körper, was wiederum die Gesundheit befördert. Da können Sie auf alle Pillen verzichten und den Schlaf brauchen Sie, wenn überhaupt, höchstens noch in der Nacht."

Er dachte dabei an den letzten Fall, wo er an Melatonin-Schwäche litt, sich allerdings durch etliche Medikamente zu kurieren suchte.

„Lassen Sie mich doch schlafen!“, sagte der Mann am Fenster im Befehlston.

Julia nickte begütigend: „Natürlich lassen wir Sie schlafen, Sie haben wahrscheinlich eine anstrengende Nacht hinter sich …“

„Das können Sie laut sagen“, stimmte der Mann zu.

„Wir sind gleich wieder weg“, fuhr Julia fort, „wir dachten eben, Herr Hartung wohnt hier …“

„Nicht hier. Nummer 9.“

Kaum gesagt, schloss sich das Fenster mit einem Ruck, als sei es nie offen gewesen.

„Wir haben“, sagte Vlassi zu Julia, „kein Nachtgespenst erlebt, sondern ein Taggespenst. So was gibt's auch.“

Julia wandte sich ab und ging die Untere Roppelsgasse entlang, schon nach wenigen Metern rief sie: „Hier ist die 9.“

Vlassi lief ihr nach, und suchte bereits mit vorgestrecktem Kopf die Klingelschilder an der Nummer 9 ab. Tatsächlich las er den Namen B. Hartung.

Er schaute Julia an: „Was wollen wir ihn eigentlich fragen?“

„Wir fragen ihn nicht aus, wir führen ein Gespräch, da ergibt sich manches.“

Julia drückte schon auf die Klingel, es dauerte nicht lange, und die Haustür öffnete sich. Sie erkannte den Mann sofort wieder.

„Guten Tag, Herr Hartung.“

Hartung sah sie skeptisch an: „Sie sind doch …"

„Ja, das bin ich", erwiderte Julia, „mein Name ist Wunder."

„Hauptkommissarin Wunder", ergänzte Vlassi, als legte er viel Wert darauf, dass Julia richtig angesprochen wird.

„Ich weiß, dass Sie von der Kripo sind", sagte Bernd Hartung.

„Dürfen wir vielleicht hineinkommen?", fragte Julia.

„Hier draußen zieht's so", ergänzte Vlassi, obwohl es völlig windstill war.

„Nein, das geht nicht", antwortete Hartung, „außerdem kann jeder hören, was ich zu sagen habe."

Wieder mal ein sperriger Kandidat, dachte Vlassi, der lädt uns nicht mal zu einem wässrigen Pfefferminz-Tee ein.

Julia versuchte es auf die liebenswürdige Art: „Als wir uns kennenlernten, sind Sie zu mir ins Auto gestiegen und haben etwas gesagt, das mir nachgegangen ist."

Hartung nickte: „Haben Sie danach gehandelt?"

„Sie sagten", fuhr Julia fort, „dass Frank Kirchrath ein geborener Lügner sei."

„Wollen Sie von mir hören, dass ich mich anders besonnen habe?", wollte Hartung wissen, um gleich fortzufahren: „Außerdem habe ich Ihnen gesagt, dass der tote Konrad Neumann gern weitergearbeitet hätte."

„Richtig", sagte Julia, „aber Sie waren schnell fort, und mich würden auch die Gründe interessieren."

Ein leichtes Grinsen zeigte sich um die Mundpartie von Bernd Hartung: „Haben Sie schon mal Wein vom Kirchrath getrunken?"

Julia wollte nicht mitteilen, dass ihr davon in der Jakobsklause abgeraten wurde, sie tat unkundig und hob die Schulter, Vlassi jedoch preschte vor: „Nur ausgebuffte Selbstmörder nehmen Gift zu sich."

„Sie haben einen Fachmann dabei", bemerkte Hartung trocken.

„Entschuldigung, ich habe meinen Kollegen Herrn Spyridakis noch gar nicht vorgestellt", rechtfertigte sich Julia, „hat er denn recht?"

„Natürlich hat er recht, aber wenn er so was laut sagt, hat er sofort einen Prozess am Hals."

„Ich habe recht", erklärte Vlassi siegesbewusst, „und doch nichts am Hals."

Julia griff ein: „Es gibt Leute, die scheuen einen Prozess … die greifen lieber zu anderen Methoden."

„Ich weiß, was Sie meinen", nickte Hartung und sah die Gasse hinauf und hinab, bevor er weitersprach.

„Konrad ist tot, das weiß ich längst. Meine Tochter ist tot. Mich hat Kirchrath entlassen. Und ich bin sehr froh, dass ich noch lebe."

Vlassi fühlte sich an sein Gespräch mit dem Herrn Tod erinnert und wollte schon einwerfen: Sie leben, Herr Hartung, aber bedenken Sie, dass der Tod nur ein Komma ist, unterließ es jedoch, denn die Miene von Bernd Hartung war steinern geworden.

Julia sah Hartung mitfühlend an, wollte aber nichts sagen. Was hätte sie auch sagen können? Sollte sie ihm mitteilen, dass auch die Freundin von Konrad Neumann nicht mehr am Leben war? Auch Vlassi strengte seine kleinen grauen Zellen an, aber sie meldeten ihm nur, dass es zum Kondolieren zu spät war. Doch eventuell könnte er Hartung gratulieren – gratulieren, dass er noch lebt.

Julia sagte: „Ich will Ihnen reinen Wein einschenken …“

Sie kam nicht weiter, denn Hartung verzog die Miene: „Reiner Wein ist gut. Den findet man bei meinem ehemaligen Arbeitgeber so gut wie nicht.“

„Wir halten ihn für hoch verdächtig“, sprach Julia weiter, „brauchen aber Indizien. Vielleicht fällt Ihnen in dieser Richtung etwas ein?“

Bernd Hartung schaute wieder auf die Gasse, doch kein Mensch war zu sehen. Schließlich erwiderte er: „Das ist ja das Problem.“ Er beugte sich vor und sagte leise: „Er ist so raffiniert, dass man ihm nichts nachweisen kann.“

Julia ging durch den Kopf, dass er damit gar nicht falsch lag. Sie konnte ja auch nicht beweisen, dass Kirchrath sie von der Straße gedrängt hatte, sodass sie beinahe im Rhein gelandet wäre. Sie zog ein Kärtchen aus ihrer Manteltasche.

„Ich gebe Ihnen eine Visitenkarte von mir. Vielleicht fällt Ihnen doch noch etwas ein. Rufen Sie mich an.“

Wortlos nahm Hartung das Kärtchen und steckte es sofort weg.

„Viel Erfolg“, sagte er und wandte sich ab. Doch bevor er die Tür schloss, murmelte er: „Und Glück, das werden Sie brauchen.“

24 Wer nicht sterben will, versteht nichts vom Leben

Zur selben Zeit, als Julia und Vlassi in Oestrich-Winkel Bernd Hartung vor der Haustür befragten, schlenderte ein Mann über den Mainzer Domplatz. Sein Schritt war von der Art, dass man denken konnte, er suche ein geeignetes Weinlokal. Wir kennen die Szene bereits und wissen auch, dass es viel zu früh war für einen guten Schoppen – die Weinpinten waren um diese Zeit noch geschlossen.

Unser Mann, ein stämmiger und nicht sehr mittelgroßer Bursche fortgeschrittenen Alters, bog in die Gaugasse ein, die eine reine Fußgängerzone ist, und erfreute sich, wie es schien, am regen urbanen Leben der Mainzer Altstadt. Er schaute sich kein einziges Mal um, ob ihm etwa jemand folgte und sein Schlenderschritt verwandelte sich auch nicht in einen eiligen Gang. Alles an ihm wirkte gemütlich, und offenbar war Zeit kein Faktor, der ihn beunruhigte. Er nahm sie sich einfach. Auch kannte er sich offensichtlich gut aus, denn nun bog er in das Nasengässchen ein, nach dem Ortsfremde fragen müssten, um es zu finden.

Als er sich einem bestimmten Haus näherte, beschleunigte sich allerdings sein Schritt – war er gespannt, wurde er neugierig? Auch heute flanierte in der Gasse kein Mensch, und die Haustür war wieder mal nicht abgeschlossen, sodass er sie einfach aufdrücken konnte. Die Wohnung im ersten Stock erreichte er schnell, er war weder verwundert, dass die Wohnungstür versiegelt war noch hatte er Bedenken, die Versiegelung zu lösen.

Sein Gesicht allerdings schien jetzt, als er die Wohnung betrat, etwas zu glühen. Hoffte er etwa, einen Schatz zu finden? Fühlte er sich als Entdecker?

Ganz von der Hand zu weisen war das nicht. Denn bei unserem stämmigen, nicht sehr mittelgroßen Burschen handelte es sich um Hauptkommissar Ernst Lustig, und die Wohnung, die er eben betreten hatte, war jene von Frau Gärtner, der toten Sabine Gärtner. Lustig schloss die Tür von innen und blieb am Eingang stehen. Sein Blick wanderte prüfend durch den kleinen Flur. Von draußen kamen keinerlei Geräusche, er konnte sich vollkommen auf seine Untersuchung konzentrieren. Doch was wollte er eigentlich untersuchen? Frau Gärtner war verblichen und längst ins Jenseits übergesiedelt, ihre Möbel standen zwar noch herum, und in der Küche hätte sich Lustig ein Ei braten können, worauf er allerdings verzichtete. Lustig war offenbar in die Gärtner'sche Wohnung gegangen, weil er etwas suchte, weil er etwas zu finden hoffte.

Nach einer Weile lenkte er seine Schritte ins Wohnzimmer und ließ auch dort seinen Blick schweifen. Über den Fernsehapparat in der Ecke, auf dem ein gestricktes Deckchen und die Fernbedienung lagen. Die daneben stehenden Blumen in der Vase waren inzwischen verwelkt. Doch sonst schien alles so, wie er es beim letzten Mal vorgefunden hatte. Schließlich ging er in die Knie und schaute unter den kleinen Tisch, dann krauchte er zum Sofa, senkte seinen Kopf, ob er irgendetwas darunter entdecken konnte. Außer ein paar Staubwolken sah er nichts.

Lustig erhob sich mit einem leisen Ächzen, schüttelte die Beine aus und stemmte die Arme in die Seiten. Hier, wo ich gerade gesucht habe, ging es ihm durch den Kopf, habe ich doch auch meinen letzten Fund gemacht. Könnte ich nicht noch etwas finden? Etwas, das nicht hierher gehört, etwas, das jemandem gehört, der nicht hier wohnt und auch niemals hier gewohnt hat. Natürlich dachte er dabei nicht an Frau Gärtner, es musste jemand von außen sein.

Lustig hob seine Knollennase und schnüffelte. Er roch nichts, das war ihm schon beim letzten Mal aufgefallen, die Wohnung war ganz geruchlos, und kein noch so kleines Molekül von Tabakrauch hing in der Zimmerluft. Längst wusste er, dass diese Frau Gärtner Nichtraucherin gewesen war. Aber vielleicht hatte sie heimlich geraucht, so was kommt ja heute vor. Oder auf dem Balkon – doch einen Balkon gab es in dieser Wohnung nicht. Vielleicht war sie runter aufs Nasengässchen gegangen und hatte sich dort klammheimlich eine Zigarette angesteckt?

Ernst Lustig schüttelte den Kopf. Nein, das passte nicht zur ihr. Warum sollte sie auch nicht in ihrer Wohnung das tun, worauf sie gerade Lust hatte, geraucht hätte sie hier. Er blieb dabei: Diese Frau war eine überzeugte Nichtraucherin gewesen. Was man von ihm nicht gerade behaupten konnte. Er tastete nach der Seitentasche seines Jacketts, ob sich die Schachtel mit den Zigarillos noch darin befand. Aber hier und jetzt wollte er sich auf keinen Fall eine paffen. Das würde ja seine Untersuchung verzerren.

Lustig ging in die Küche. Vielleicht fand er zwischen Töpfen und Pfannen etwas, das ihn bestätigte. Er öffnete die Unterseite des Herdes und konnte außer ein paar ramponierten Backformen und Aluminium- und Frischhaltefolien nichts Verdächtiges entdecken. Dann öffnete er den Küchenschrank. Töpfe, große Teller, kleine Teller, Tassen und Untertassen. Und Gläser aller Art hatte diese Frau besessen, große und kleine, dicke und dünne, bemalte und unbemalte, Gläser mit Streifen und Gläser mit Kringeln – Frau Gärtner musste eine Gläserfetischistin gewesen sein. So etwas gibt es also auch, wunderte sich Lustig, mir genügt ein Glas, am besten ist ein Weinglas. Vielleicht hat die Gärtner Gläser gesammelt, vielleicht waren Gläser für sie sogar ein Ersatz für was anderes. Für Zärtlichkeit? Für Nähe? Für Liebe? Was weiß man denn, dachte er, wie ihr Verhältnis zu Konrad Neumann wirklich war. Vielleicht hat sie was bei ihm vermisst und ist wegen ihm zur Gläsersammlerin geworden. Auf jeden Fall, dachte er, ist die menschliche Psyche nicht nur unergründlich, sondern auch immer wieder überraschend.

Boten die Gläser irgendeinen Hinweis? Konnte man vielleicht Spuren an ihnen feststellen, die nicht von Frau Gärtner stammten? Lustig schüttelte den Kopf. Das, was er sah, war durch die Spülmaschine gegangen, es wirkte nicht nur reinlich, sondern super sauber. Er klappte den Küchenschrank wieder zu. Wo hatte er noch nicht gesucht? Im Schlafzimmer, ja. Er scheute sich etwas, im Schlafzimmer einer fremden, wenn auch verstorbenen Frau nachzuschauen. Er war kein Schnüffler – und doch war er einer, musste er einer sein. Denn er war hier in seiner Funktion als Kriminalkommissar.

Lustig ging zurück ins Wohnzimmer und den kleinen Flur, wo eine weitere Tür ins Schlafzimmer führte. Dort erblickte er ein kleines Fenster und einen großen Schrank an der Wand. Das Fenster wies auf den Innenhof, dort befand sich niemand, nur ein Fahrrad lehnte an einer Brandmauer. Dieses Schlafzimmer wäre was für mich, dachte Lustig, das ist der richtige Ort, um sich nach einem durchzechten Abend im Schlaf zu erquicken. Keine Außengeräusche, höchstens ein Fahrradklingeln.

Er öffnete den Schrank, der voller Kleider war, und Lustig fasste mit spitzen Fingern nach den Röcken, Blusen und Strumpfhosen. Er sprach sich innerlich zu: Ich muss das tun, wer weiß, was ich hier finde, es soll Frauen geben, die Fetische sammeln, Fetische von Männern, die sie lieben, auch wenn sie anschließend von ihnen umgebracht werden. Mir ist so was zum Glück noch nicht passiert. Weil ich keine Fetischsammlerin kennengelernt habe? Weil ich nicht geliebt werde? Nein, weil ich ein feiner Mensch bin und keine Frau umbringe, mit der ich mich vorher im Bett gewälzt habe.

Das Bett! Er musste auch das Bett inspizieren. Das Bett einer Toten. Na ja, zum Glück lag sie ja nicht mehr drin. Aber ein unangenehmes Gefühl beschlich unseren Mainzer Hauptkommissar doch. Das Bett hatte zwar keine französischen Ausmaße, war aber doch größer als für eine Person. Lustig überlegte, ob er sich hineinlegen sollte. Durch den innigen Kontakt mit dem Kopfkissen könnte ihm vielleicht eine Idee kommen – so was sollte es geben, eine Art Intuition der höheren Art. Oder geriet er auf Abwege, die er eher seinem Kollegen Spyridakis überlassen sollte? Der würde das garantiert machen und wüsste vielleicht sogar anschließend, wer Frau Gärtner ermordet hatte.

Lustig nahm die Zierdecke hoch, dann die Bettdecke, schließlich das Kissen. Nichts Verdächtiges zu sehen. Dann setzte er sich auf den Bettrand, verweilte einen Moment, legte sich schließlich ins Bett und zog die Bettdecke über sich. Warum sollte er nicht eine unorthodoxe Untersuchungsmethode ausprobieren, auch wenn sie auf dem Mist von Spyridakis gewachsen sein könnte. Lustig war geistig flexibel, und schließlich war es sein eigener Einfall, den er übernahm. Er lag flach im Bett, drehte sich zur Seite, wühlte sich ins Kopfkissen, schloss die Augen, als wollte er ein Nickerchen machen und horchte nach innen.

Waberte da was in ihm auf, so was wie eine Intuition? Im Moment noch nicht, stellte er fest, ich muss Geduld haben, Geduld ist des Kriminalisten größte Stärke. So lag er still und verbannte jeden störenden Gedanken. Und wahrhaftig – nach einigen Minuten erschienen in Lustigs Oberstübchen verschiedene Gesichter, und eines dieser Gesichter schob sich in den Vordergrund.

*

Julia Wunder hatte derweil mit ihrem Passat Oestrich-Winkel verlassen, sie fuhr am Rhein entlang, und ihr ging einiges durch den Kopf. Bernd Hartung hatte bestätigt, was sie vermutete. Vielleicht sogar etwas zu deutlich. Aber hatte er es grundlos getan? Auf keinen Fall, schließlich musste er schlimme Schicksalsschläge hinnehmen, den Tod seiner Tochter und seine Entlassung. Ihr ging durch den Kopf, ob dieser Hartung sie anrufen würde. Das war so gut wie ausgeschlossen, er hatte alles gesagt, was er wusste. Und er schien nicht nur ängstlich, sondern auch etwas resigniert zu sein.

Alles deutete auf Kirchrath als Täter hin. Aber wie sagte Hartung? Er ist so raffiniert, dass man ihm nichts nachweisen kann. Das konnte Julia nach ihrem Unfall auf der Rheinuferstraße bestätigen. Unfall? Das war das falsche Wort. Es handelte sich um einen Anschlag, der ihr beinahe ein frostiges Ende beschert hätte. Und wer käme dafür infrage, wenn nicht Kirchrath. Aber nachweisen würde sie das nicht können. Ein Jammer, dachte sie, dass wir es immer mit so ausgebufften Tätern zu tun haben.

Sie war inzwischen durch Hattenheim gefahren und Erbach am Rhein lag ebenfalls hinter ihr, der nächste Ort würde Eltville sein. Julia überlegte, ob sie in Eltville Station machen und einen Kaffee trinken sollte. Vielleicht mit ihrem Vater, der wahrscheinlich sowieso neugierig auf eine Nachricht von ihr wartete. Sie war mit dem bisherigen Ergebnis ihrer Nachforschungen nicht zufrieden. Irgendetwas gefiel ihr nicht, und sie konnte nicht sagen, woran das lag. Aber sie wusste, dass ihr Vater immer mit einer weiterführenden Idee aufwarten konnte. Ihr kam der Senf-Fall in den Sinn, wo sie ihren Vater sogar zum außerordentlichen Neben-Kommissar ernannt hatte, weil er ihr mit seinem Spürsinn die entscheidende Idee gegeben hatte. Natürlich war diese Ernennung als Scherz gemeint und durfte Kriminalrat Feuer, der fürs Scherzen keinen Sinn hatte, nicht zu Ohren kommen, aber in der Sache lag sie richtig.

Kurz vor Eltville fuhr Julia in eine Bucht am Straßenrand, zückte ihr Smartphone und rief ihren Vater an.

„Hillberger", meldete der sich.

„Hier ist Julia", sagte sie, „hast du Lust, mit mir einen Kaffee zu trinken?"

„Jederzeit! Wenn meine Tochter ruft, bin ich zur Stelle."

„Treffen wir uns im Café Schwab?", fragte sie.

„Wann bist du denn da?"

„In etwa zehn Minuten", antwortete sie.

„Ich eile, um nicht zu sagen, ich fliege."

„Bis gleich, Papa."

Als Julia im Café Schwab ankam, sah sie nicht ihren Vater, sondern Vlassi. Er saß an einem hinteren Tisch, blätterte in einer Autozeitung und ließ es sich offenbar bei einer Tasse Kaffee gut gehen.

„Herr Spyridakis, Sie hier?"

Vlassi schaute auf: „Wer Kaffee trinkt, kann noch nicht tot sein. Ich musste mir mal eine Auszeit gönnen, der Vormittag mit Ihnen war so aufreibend."

Julia nickte, sie dachte genauso wie er, deshalb hatte sie ja auch das Kaffeehaus aufgesucht.

„Wenig Leute hier", sagte sie, „das ist doch sonst viel voller."

„Das Corona-Virus schwappt sogar nach Eltville", teilte Vlassi mit, „wir müssen aufpassen, gewissermaßen auf der Lauer liegen, dass wir nicht vorzeitig hingerafft werden, ich meine, bevor wir unseren Fall zu Ende gebracht haben."

Julia lächelte: „Ich erwarte meinen Vater, er muss gleich kommen."

„Ja, er muss gleich kommen", erwiderte Vlassi, „und zwar von der Toilette." Er machte eine kleine Pause und fuhr fort: „Ihr Vater und ich, wir liegen auf einer Wellenlänge."

„Wieso? Gehen Sie gemeinsam pinkeln?"

„Nein, nein, ich meine das anders. Politisch und überhaupt liegen wir auf einer Wellenlänge."

Julia legte ihren Mantel ab, ließ aber ihren Damiana Flower-Schlapphut auf dem Kopf. „Ich erinnere mich, mein Vater war das letzte Mal angetan von Ihrem politischen Scharfsinn", sagte sie.

„Seitdem ich Kaffee trinke", ergänzte Vlassi, „liegen wir auf einer Wellenlänge. Politisch gesehen sowieso. Sie entsinnen sich bestimmt noch an meine glänzende Analyse der Bundeskanzlerin." Vlassi richtete sich ein Stückchen auf: „Ich sagte, dass sie die CDU zur Einheitspartei Deutschlands gemacht habe, und dass deshalb die AfD entstanden sei. Ihr Vater jubelte mir daraufhin zu."

In dem Moment tauchte Wolfgang Hillberger aus den hinteren Regionen auf.

„Julia, da bist du ja. Ich musste eine Weile mit deinem Assistenten vorliebnehmen."

„Vorliebnehmen", murrte Vlassi, „wir Kaffeetrinker haben uns doch glänzend verstanden."

„Nun ja", sagte Hillberger, „ich kann bestätigen, dass Sie sich zu Ihrem Vorteil entwickelt haben."

„Ich bin ständig in Bewegung, ständig in Entwicklung", teilte Vlassi mit und dachte: Sogar mit dem Herrn Tod pflege ich ein inniges Verhältnis, auch wenn er das nicht einsehen will.

Wolfgang Hillberger setzte sich und fragte seine Tochter: „Wie weit bist du im Fall Neumann?"

„Der Fall ist gelöst", ließ sich Vlassi hören, „wir kommen gerade aus Rüdesheim und haben letzte Erkundungen eingezogen."

Die Kellnerin erschien, und Julia bestellte einen Kaffee.

„Na ja", sagte sie dann, „der Fall scheint gelöst. Alles weist auf ..."

„Warum so zögerlich?", fiel ihr Vlassi in die Rede, „Ihrem Vater können Sie doch reinen Wein einschenken – womit wir beim Thema wären."

Hillberger schaute ihn an: „Reinen Wein? Geht es um den ehemaligen Arbeitgeber von Konrad?"

Julia nickte: „Ja. Er scheint uns sehr verdächtig ..."

„Schon wieder sagen Sie scheint", fühlte sich Vlassi aufgerufen, „der Mann ist hoch verdächtig."

Er wandte sich an Wolfgang Hillberger: „Ihre Tochter hat er vergangene Nacht umzubringen versucht."

„Ist das wahr?", fragte Hillberger entsetzt.

„Die lautere Wahrheit!", kam es von Vlassi.

Jetzt schaltete sich Julia ein: „Es ist nicht verkehrt, was Herr Spyridakis sagt. Meine Bremse funktionierte nicht, ich bin mit dem Wagen von der Straße gedrängt worden und wäre beinahe ..."

„Ihre Tochter wäre beinahe im eisigen Rhein gelandet", ergänzte Vlassi mit bitterernstem Gesicht, „aber ich war zur Stelle und habe sie gerettet."

Er drehte sich zu Julia: „Darf ich doch so sagen?"

Sie nickte, während Wolfgang Hillberger fragte: „Man hat dich mit dem Auto in den Rhein schieben wollen? Und das war dieser ehemalige …"

„Kirchrath heißt er", erklärte Vlassi.

„Ja, ja, ich weiß", murmelte Hillberger, „das würde ja sehr gegen ihn sprechen."

„Mehr als das", schaltete sich Vlassi wieder ein, „der Mann ist nicht nur hoch verdächtig, hier handelt es sich um einen Mordbuben, wie er im Buche steht. Wir haben nur ein kleines Problem …"

Vlassi hielt inne, er dachte an seinen Bühnenauftritt und daran, wie man Spannung erzeugt – gerade hatte er es getan. Hillberger müsste doch jetzt nach dem kleinen Problem fragen. Obendrein fiel ihm ein, dass er den eben gesagten Satz auch für seine Ermordung auf der Bühne verwenden könnte. Ich habe nur ein kleines Problem mit meinem Tod …, könnte er lässig mitteilen, wenn ihm das Messer an die Kehle gesetzt wird.

Doch weder Hillberger noch Julia gingen auf sein kleines Problem ein. Sie sagte: „Ich habe das Nummernschild des Wagens, der mich von der Straße schob, nicht erkannt, ich hab' nur gesehen, dass es ein Geländewagen war."

Ihr Vater lehnte sich zurück: „Du weißt nicht, ob es Kirchrath war, ob er ihn gefahren hat?"

Die Kellnerin kam mit dem Kaffee und sah Julia neugierig an, als wollte sie mehr wissen über nicht erkannte Nummern von Geländewagen. Doch Julia befriedigte ihre Neugier nicht, sondern nickte ihr lediglich dankend zu.

Wolfgang Hillberger nahm einen Schluck aus seiner Tasse, um dann zu sagen: „Es fehlen also Beweise."

„Beweisnot herrscht, ja, ja", teilte Vlassi mit, „aber im Grunde ist der Fall gelöst."

Hillberger wandte sich an seine Tochter: „Du hast mir doch von diesem ... wie heißt er noch mal ... Harteng..."

„Hartung heißt er", korrigierte Julia, „wir kommen von ihm. Herr Spyridakis hat mich heute morgen nach Rüdesheim gefahren, um mein Auto abzuholen. Wir wollten unbedingt mit diesem Hartung reden."

„Haben wir auch, und der hat uns vollkommen bestätigt", schob Vlassi ein, „der Mann hat Angst, umgebracht zu werden."

„Wirklich?", fragte Hillberger und sah seine Tochter an.

„Den Eindruck hatte ich auch", antwortete sie.

„Ja, ja", sagte Vlassi mit nachdenklichem Gesicht, „vielleicht gibt es im schönen Rheingau demnächst eine weitere Leiche."

Und er dachte bei sich: Meinen Herrn Tod brauche ich nicht nach dem Namen des Opfers zu fragen, den weiß ich ja, ich könnte ihm allerdings bei einer Theaterprobe im Schädler-Haus mein Wissen kundtun. Herr Tod, ich weiß Bescheid, Ihre Umtriebe sind mir geläufig, gönnen Sie dem Hartung einen angenehmen und vielleicht sogar freudigen Abgang, und lassen Sie ihn seinen Freunden noch mal zuwinken, wenn Sie ihn an der Kandare haben.

Wolfgang Hillberger räusperte sich: „Alles scheint klar zu sein, aber ich habe den Eindruck, liebe Julia, dass du nicht zufrieden bist."

„Recht hast du", erwiderte sie, „irgendetwas passt hier nicht zusammen. Erinnerst du dich an unser Gespräch, nachdem wir im Theater den Faust gesehen haben?"

„Ja, natürlich."

„Es ist mir nachgegangen. Du hast davon gesprochen, dass Faust sich auf das Versprechen von Mephisto einlässt. Du sagtest, dass das Versprechen auf Unsterblichkeit, auf ewiges Leben in dieser Welt ..."

„... etwas absolut Teuflisches hat", vollendete Hillberger ihren Satz.

Vlassi streckte seinen Kopf vor: „Wovon reden Sie? Hier geht es doch um einen simplen Mord. Zwar nicht aus Habgier, doch aus Weingier, möchte ich sagen."

„Eben daran zweifelt meine Tochter", erwiderte Wolfgang Hillberger, „und ich neige dazu, ihr recht zu geben." Er machte eine kleine Pause, um dann anzufügen: „Wenn die Leute mehr Literatur lesen würden, Goethes Faust etwa, wären sie gescheiter. Aber in diesen Corona-Zeiten werden viele bald nicht mehr aus dem Haus kommen, das ist das Positive an dieser Situation: Dann bleibt ihnen nur das Lesen, und ihnen werden die Augen übergehen."

„Das Lesen?", fragte Vlassi, „die meisten werden sich Tag und Nacht vor den Fernseher oder Computer hocken."

„Das Lesen", erklärte Wolfgang Hillberger, „war immer die Sache von wenigen – aber auf die kommt's an."

Julia hatte den Wortwechsel schweigend verfolgt, jetzt nahm sie einen Schluck von ihrem Kaffee, um dann nachdenklich zu erklären: „Der Mord an Frau Gärtner passt noch ins herkömmliche Bild, aber der Mord …"

„Die Freundin vom Neumann ist auch tot?", fragte ihr Vater.

„Ich konnte es dir noch nicht mitteilen", antwortete Julia und fuhr fort: „Aber der Mord an Konrad Neumann ist komplizierter, er ist nicht so einfach zu verstehen."

Vlassi wusste, dass seine Chefin sich immer kluge Gedanken machte, die noch dazu oft zur Lösung des Falles führten, er wollte ihr nicht ins Wort fallen und setzte lediglich eine gedankenschwere Miene auf.

„Wir wissen, dass Neumann in die Kryostase wollte", erklärte Julia, „er war sterbenskrank, vermutlich hat Kirchrath das gewusst, aber selbst wenn er es nicht wusste – ein Mann wie er mordet, indem er das Opfer von der Straße in den eiskalten Rhein drängt, in der Hoffnung, dass es dort ertrinkt. Er hat nicht die Fantasie, jemanden mit einem seltenen Gift umzubringen und ihn dann noch in seinem Haus aufzuhängen."

„Fliegend aufzuhängen", ergänzte Vlassi, als sei das ein wesentlicher Bestandteil.

„Du hast den Kirchrath kennengelernt", sagte Hillberger zu seiner Tochter, „ich vertraue deiner Menschenkenntnis."

„Ein sehr schwieriger Fall", murmelte Vlassi, „der Hartung hat schon recht gehabt, als er uns Glück wünschte."

„Nicht Glück brauchen wir, sondern Gedankenkraft", widersprach Julia und wandte sich zu ihrem Vater: „Die

Parallele meines Falls zum Faust besteht darin, dass die Kryostase vergleichbar ist mit der Figur des Mephisto. Wie du sagtest, das Versprechen auf ewiges Leben in dieser Welt hat etwas Teuflisches. Wenn wir Kirchrath nicht für einen Mephisto halten, sondern lediglich für einen gewinnsüchtigen Geschäftsmann, dem alles, was mit Kryostase zu tun hat, fremd ist …“

„Vermutlich kennt er nicht mal das Wort“, schob Vlassi ein.

Julia nickte: „Vermutlich. Wenn ihm das alles aber fremd ist, muss man zu dem Ergebnis kommen, dass Kirchrath den Konrad Neumann nicht umgebracht hat.“

„Aber vielleicht die Gärtner?“, wandte Vlassi ein.

Julia schüttelte den Kopf: „Das glaube ich auch nicht. Wahrscheinlich wusste er gar nicht, dass es sie gibt, außerdem fehlt hier das Motiv.“

Wolfgang Hillberger schaltete sich ein: „Gute Analyse, meine Julia, ich stimme dir vollkommen zu. Man darf sich nicht von dem Anschlag auf dich letzte Nacht das Hirn vernebeln lassen.“

Er warf dabei einen spöttischen Blick auf Vlassi, der in die Gegend guckte und so tat, als gönne er seinem Hirn gerade jede Menge frische Luft.

„Wir müssen also“, fuhr Hillberger fort, „nach einem Täter suchen, dem einerseits die Sucht von Neumann nach Unsterblichkeit bekannt war und sie andererseits für falsch hielt.“

„Ich kann dein Kompliment an dich zurückgeben“, sagte Julia, „ich habe Gründe aufgezeigt, warum Kirchrath mit großer Wahrscheinlichkeit nicht der Täter war, du hast erklärt, wer es sein könnte und warum er es getan hat. Ich würde noch weitergehen als du …"

„Noch weiter?", fragte Vlassi, dessen Hirn offenbar genug Luft geschnuppert hatte, „das sind ja aberwitzige Gedankenspiele, die Sie da anstellen."

„Herr Spyridakis", erwiderte Julia gelassen, „Sie wissen doch schon längst, dass wir nicht mit der Pistole arbeiten, sondern mit unserem Kopf. Die grauen Zellen unseres Hirns bringen Gedanken hervor – das ist so ihre Art."

Hillberger musterte Vlassi: „Ihres Kopfes Art ist das wohl nicht."

Er wandte sich zu seiner Tochter: „Bitte fahre fort, Julia, meine Ohren lauschen deinen gar nicht grauen Gedanken."

„Ich wollte sagen", erklärte Julia, „dass der Täter jemand sein muss, der Neumanns Absicht, in die Kryostase zu gehen, nicht nur falsch fand, sondern diesen Weg verabscheute. Er muss ihn widerwärtig und abscheulich gefunden haben."

Hillberger nickte: „Leuchtet mir ein, es gibt solche Menschen." Er hielt kurz inne: „Eigentlich gehöre ich auch dazu. Wer nicht sterben will, der versteht nichts vom Leben."

Vlassi fühlte sich angesprochen: „Herr Hillberger, mir scheint, ich muss Sie festnehmen." Er hielt inne: „Sie entpuppen sich gerade als Mörder."

„Herr Spyridakis", erwiderte Hillberger, „wir liegen doch nicht auf einer Wellenlänge. Ich bin allenfalls ein Geistestäter, besser gesagt ein Geistesverwandter des Mörders. Haben Sie noch nie gehört, dass man eine Tat für berechtigt hält?“

Vlassi schüttelte den Kopf: „Ich bin dagegen, dass man Leuten das Lebenslicht ausknipst, auch wenn sie noch so verrückte Ideen haben.“

Hillberger wandte sich an Julia: „Es muss also jemand sein, der ... wie soll ich sagen ... viel von Leben und Tod versteht, einer, der weiß, dass die Kryostase ein Irrweg und dieses Leben nicht alles ist.“

Vlassi hatte gerade einen Schluck von seinem Kaffee genommen, jetzt lehnte er sich zurück und sagte: „Einer, der weiß, dass der Tod nur ein Komma ist.“

Hillberger schaute verwundert zu ihm, auch Julia sah ihren Vlassi erstaunt an.

„Genau!“, sprach Hillberger, „eine glänzende Formulierung, Herr Spyridakis. Sie verwundern mich immer wieder aufs Neue.“

„Nun ja“, teilte Vlassi gravitätisch mit, „das ist nun mal meine Art.“

Und er dachte dabei an sein Gespräch mit dem Herrn Tod in der Jakobsklause. Ihm verdankte er diese Weisheit, obwohl der so getan hatte, als wäre sie auf Vlassis Mist gewachsen. Warum eigentlich nicht, überlegte Vlassi, vielleicht ist es wirklich ein ureigener Gedanke von mir, der unentwegt in mir schwelt, doch im entscheidenden Momenten auf meine Zunge springt und alle aufs Schönste beeindruckt.

25 Bin immer für eine Überraschung gut!

Vlassi war auf dem Weg nach Mainz, während Julia von Eltville zurück ins Präsidium nach Wiesbaden fuhr. Das wusste Vlassi natürlich, und er ahnte, dass Kriminalrat Feuer in ihr Zimmer stürmen und sie nach Fortschritten und Beweisen löchern würde. Dem wollte er entgehen, indem er Julia in Eltville mitteilte: „Ich habe Lustig versprochen, mich bei ihm zu melden, er ist doch so neugierig."

„Das können Sie doch telefonisch machen", erwiderte sie.

„Telefonisch, ja, ja, hab' ich ja schon", log Vlassi, „aber der ist ja so altmodisch, auf seinem Handy hat der sich nicht gemeldet, wahrscheinlich hat es wieder mal keinen Saft."

Vlassi sprach hier gewissermaßen in eigener Sache, denn sein Handy fiel nicht selten wegen Saftmangels aus.

„Versprechen Sie sich denn etwas von ihm?"

Vlassi schüttelte den Kopf: „Vom Lustig ist nichts zu erwarten", und er schob mit treuem Blick nach: „Aber er ist ein netter Kollege, ich fühle mich verpflichtet, ihn auf dem Laufenden zu halten."

„Ist ja ein ganz neuer Zug von Ihnen, dass Sie sich verpflichtet fühlen", sagte Julia mit Stirnrunzeln.

„Ich habe auch angenehme Züge, die sind Ihnen nur noch nicht aufgefallen", erklärte er mit Stolz in der Stimme.

Obwohl Julia seinen Worten nicht ganz traute, ließ sie ihn ziehen. Die Gründe, die Vlassis Abgang bewirkten, waren natürlich erstunken und erlogen. Nicht zu Ernst Lustig wollte er, sondern zu Johannes Schädler. Nicht Lustig wollte er auf dem Laufenden halten, sondern Schädler die neue Version seiner Ermordung vorspielen. Der würde sich vor Begeisterung nicht halten können. Und bei der Gelegenheit würde Vlassi nach dem Premierentermin fragen und wann die Tournee denn losginge, er hoffte doch sehr, dass es nicht nur durch Hessen ginge, sondern durch ganz Deutschland, ja warum nicht durch Europa?

Vlassi fuhr bereits über die Schiersteiner Brücke, verließ die Autobahn und bog zur Straße An der Krimm ab. Als er den Gonsenheimer Wildpark passierte, schaute er nach wilden Tieren aus, aber weder Elefant noch Tiger und nicht einmal eine Giraffe lehnten sich über den Zaun. Man sollte ihn nicht Wildpark nennen, sondern Tierlos-Park, ging es ihm durch den Kopf. Kaum war er in die Händelstraße eingefahren, hörte er einen Samba-Ton. Sein Handy! Warum funktionierte es? Ausgerechnet jetzt, wo er Wesentliches zu verrichten hatte. Seine Karriere als Schauspieler stand auf dem Plan, nicht irgendein belangloses Telefonat.

Sein Handy schien seine Gedanken gehört zu haben, denn der Samba-Ton wurde laut und dringlich. Ruft mich etwa der Herr Tod an?, dachte Vlassi. Kommt er mir wieder mit Kommas? Hat er sich vielleicht doch entschieden, bei der Schädler-Truppe mitzumachen? Vlassi fingerte sein Handy aus der Jackentasche, drückte auf Empfang und meldete sich.

„Ihr werter Kollege Lustig ist am Apparat“, hörte er eine bekannte Stimme.

„Ah, Herr Lustig, Sie kann ich im Moment gar nicht gebrauchen.“

„Weshalb denn? Ich bin doch immer für eine Überraschung gut.“

Vlassi fuhr an die Straßenseite und hielt an. Vielleicht konnte er Lustig im Stand eher vergraulen.

„Ihre Überraschungen führen doch nur ins Nirwana“, sagte er.

„Nirwana ist gut“, bestätigte ihn Lustig, „im Nirwana hat schon mancher sein Glück gefunden.“

„Zählt da auch Ihr Nirwana dazu?“

„Das möchte ich bestätigten, auch wenn Sie, Herr Spyridakolous, daran zweifeln.“

„Herr Lustoog, mein Zweifel rührt aus meiner Gedanken- und Gedächtnisstärke, das sollten Sie doch wissen.“

„Verkehrt!“, rief Lustig aus, „Ihr Zweifel rührt aus Ihrer Jugend, ich möchte sogar sagen, aus Ihrer unbarmherzigen Jugendlichkeit.“

„Ist Jugend jetzt auch schon ein Verbrechen?“, fragte Vlassi.

„Generell nicht, aber bei Ihnen schon, außerdem, wenn ich's recht überlege, gehören Sie gar nicht mehr zur Jugend. Sie sind fortgeschrittenen Alters, das macht es umso schlimmer.“

„Lieber Herr Lustoog“, erwiderte Vlassi, „haben Sie sich zu einer Sphinx entwickelt, reden Sie nur noch in Rätseln?“

Lustig ging auf seine Frage nicht ein, sondern stellte seinerseits eine: „Wo sind Sie denn gerade?“

Vlassi überlegte, ob er Lustig das mitteilen sollte, aber der wusste ja, dass er seine Karriere demnächst auf der Bühne fortsetzen würde, Lustig hatte schließlich eine Probe besichtigt und kannte auch Schädler.

„Ich weile in Gonsenheim, muss zu meiner Theatertruppe“, sagte er.

„Ich komme auch“, erwiderte Lustig, „werde Sie überraschen.“

„Wollen Sie meinen rauschenden Auftritt noch einmal genießen?“

„Ihre klägliche Ermordung meinen Sie?“, fragte Lustig zurück.

Vlassi räusperte sich unwillig: „Sie sind kein Theatermensch, haben keinerlei Zukunft auf diesem Terrain …“

Lustig fiel ihm ins Wort: „Und Sie sind zu viel Theatermensch!“

„Man kann gar nicht genug Theatermensch sein“, tat Vlassi lässig kund, „Sie werden mich übrigens mit neuem Text erleben.“

„Haben Sie sich etwa was Blödsinniges ausgedacht für Ihren Tod?“

„Kommen Sie und staunen Sie!“, erwiderte Vlassi, „die Ohren werden Ihnen übergehen.“

„Nur die Ohren? Ich hab's gern, wenn mir auch die Augen übergehen.“

„Schon wieder erweisen Sie sich wie beim Dieterle in seiner Buchhandlung als Banause, das scheint Ihre wahre Berufung zu sein“, stellte Vlassi fest.

„Aber manchmal bin ich auch unbanausisch!“, sagte Lustig mit ein wenig Triumph in der Stimme, „ist Ihnen das entgangen, Herr Kollege?“

„Wenn Sie Ihr Banausentum abstreifen!“, rief Vlassi theatralisch in sein Handy, „bevor Sie in die heilige Halle der Theaterkunst eintreten, will ich noch einmal Nachsicht walten lassen.“

„Ich streife ab“, teilte Lustig mit, „werde geläutert eintreten, und vielleicht schaffe ich es sogar, dass Ihnen die Augen übergehen.“

„Mir?“, fragte Vlassi, hielt Lustigs Äußerung jedoch für wertlos und ließ ein zustimmendes Grunzen ertönen: „Nun gut, strengen Sie sich an, erweisen Sie sich als würdig, meinem Auftritt beizuwohnen.“

„Auftritt?“, brummte Lustig, „es geht doch eher um einen Abtritt.“

„Für einen Menschen, in dessen Adern Schauspielerblut pulsiert, ist Auftritt und Abtritt von gleicher Bedeutung“, erklärte Vlassi fachmännisch.

„Na, meinetwegen. Ich bringe Ihnen sogar was für Ihren Abtritt mit“, erklärte Lustig, bevor er auflegte.

Vlassi schüttelte den Kopf und dachte, was kann der Theaterfremdling Lustig mir schon mitbringen, während er ein Stück näher zum Schädler'schen Haus fuhr, seinen Corsa parkte und mit wenigen Schritten das Gartentor erreichte. Schon nach dem ersten Klingeln hörte er in der Gegensprechanlage die Stimme von Johannes Schädler.

„Ich bin's, Spyridakis.“

„Kommen Sie herein, Herr Kollege.“

Der nennt mich bereits Kollege, ging es Vlassi durch den Kopf, ja, ja, der hat meine unbändige Begabung erkannt, der hat Gespür dafür, das ist ein echter Theatermensch.

Er drückte das Tor auf und ging zur Haustür, die sich eben öffnete. Der groß gewachsene Schädler zeigte sich mit strahlendem Gesicht.

„Wunderbar, dass Sie kommen, Herr Spyridakis. Etwas früh zwar, die anderen sind noch nicht da, aber das macht nichts."

Vlassi trat ins Haus und sagte: „Ich habe mir gedacht, ich komme etwas früher, da kann ich Ihnen die Szene noch mal in Ruhe vorspielen."

„Warum nicht. Viele Szenen im Theater werden individuell geprobt. Es müssen nicht immer alle Mitspieler dabei sein."

Vlassi griff sofort den Gedanken Schädlers auf: „Das war im Grunde auch meine Überlegung. Ich habe ja einen Solo-Auftritt, da muss man penibel dran arbeiten."

Schädler wurde stutzig: „Haben Sie sich einen neuen Text verpasst?"

„So kann man das nicht sagen", wehrte Vlassi ab, „aber wir waren uns doch einig, dass das Elaborat von diesem Schöne etwas Aufbesserung … also, verdient hat, um nicht zu sagen, nötig hat."

Er lachte ziemlich untheatralisch auf und wiederholte: „Verdient hat! Der Autor würde mir sicher recht geben."

Schädler sagte grinsend: „Wir können ihn ja mal fragen. Er wohnt nicht sehr weit weg von hier."

„Wenn der mich auf der Bühne erlebt, ist er hin und weg, da bin ich mir ganz sicher", erwiderte Vlassi, „die Rolle ist mir auf den Leib geschrieben, nur muss man sie etwas veredeln, wahrscheinlich wird er mir Komplimente machen und mich beglückwünschen zu der tiefergehenden Fassung seines Textes."

Johannes Schädler grinste nun nicht mehr, jetzt zogen seine Mundwinkel nach oben und er lachte hüstelnd: „Vermutlich wird er sogar ein Solo-Stück für Sie schreiben."

„Das habe ich mir auch schon überlegt", sagte Vlassi mit ernster Miene, „und ich habe sogar schon einen Titel dafür." Er machte eine kleine Pause: „Kommissar Spyridakis und der Tod. – Wie finden Sie das?"

Vlassi dachte dabei an seine Erlebnisse mit dem Herrn Tod, vielleicht sollte er sogar dem Autor vorschlagen, an dem Stück für ihn mitzuschreiben. Schließlich konnte er mit Erfahrungen aus erster Hand aufwarten.

Johannes Schädler wiederholte den Titel des Stückes, den ihm Vlassi gerade gesagt hatte und sagte: „Gar nicht übel. Tod ist immer gut. Aber warum so allgemein bleiben? Was halten Sie von Kommissar Spyridakis und der fliegende Tod in Eltville."

„Gefällt mir", erwiderte Vlassi spontan, „Sie spielen auf den Fall an, weswegen ich zu Ihnen kam."

Der Hausherr nickte: „Man fragt sich doch sofort, was die Wendung vom fliegenden Tod zu bedeuten hat." Er hielt einen Moment inne, um dann zu sagen: „Vielleicht aber zu lang. Ein kurzer und guter Titel wäre: Der Tod lebt."

„Der Tod lebt", wiederholte Vlassi, „ausgezeichnet! Allerdings sollte mein Name noch rein. Der Tod lebt mit Kommissar Spyridakis!"

„Warum nicht", lächelte Schädler.

„An solchen Dingen, die ja keine Kleinigkeiten sind", bestätigte Vlassi zufrieden, „merke ich, dass Sie ein ausgebuffter Theatermensch sind."

„Ausgebufft, das Wort gefällt mir", nickte Schädler, „Sie haben doch schon längst gemerkt, dass Theaterleute nicht nur für Spannung was übrig haben, sondern auch für das Rätselhafte, das Dunkle, das Undurchschaubare." Er machte eine kleine Pause: „Das Undurchschaubare muss aber nicht undurchschaubar bleiben. Der Tod muss nicht fliegen, aber der Tod lebt – auf so einen Einfall kommen nur Theaterleute."

Vlassi nickte und schien beglückt. Mit treffenden Worten hatte dieser Regisseur das gesagt, worauf es ankam. Johannes Schädler war eben ein Vollblut-Theatermann, ein Guru der Bühne. Bei dem war er richtig, ja, wahrscheinlich konnte er sogar von ihm noch was lernen.

Schon sprach Schädler weiter: „Regie muss da aufhören, wo die Natur in Gang kommt. Komik kann man nur als Ganzes einsetzen, vor allem aber muss beim Komiker das Tragische als Gegengewicht vorhanden sein, am besten der Tod."

„So sehe ich das auch", nickte Vlassi, „das Tragische bricht bei mir manchmal plötzlich aus, und ehe ich mich versehe, findet die Komik ein Ende, und ich werde von Tragik geschüttelt." Er hielt inne: „Ich glaube, da steckt meine tragische Weltsicht dahinter."

Schädler musterte ihn skeptisch, sagte dann aber: „So ist es bei jedem intelligenten Menschen, aus Spaß wird Ernst, aus Ernst wird Spaß. Und der Tod spielt immer eine Rolle. Das ist die Devise des Theaters seit jeher."

„Das Theater ist eben der Höhepunkt des Menschseins", nickte Vlassi, „aber leider wissen das nur wenige."

„Es kommt nicht auf die Masse an", erwiderte Schädler, „die Menschheit hat sich immer nur durch hervorragende Einzelmenschen fortentwickelt. Die häufig nicht verstanden und sogar verfolgt wurden."

Ja, dachte Vlassi, ich werde ja auch nicht verstanden, und der Lustig verfolgt mich schon jetzt. Und laut teilte er seinem Gesprächspartner mit: „Zu denen auch Schauspieler gehören."

„Nun ja, nicht direkt", erwiderte Schädler, „aber Schauspieler haben diese hervorragenden Menschen dargestellt, haben sie gewissermaßen sichtbar gemacht für die Nachwelt."

„Und die Mitwelt doch auch?", fragte Vlassi und dachte dabei: Schließlich müssen die Zeitgenossen vor allem was davon haben, auch wenn sie nix verstehen, so wie mein Kollege Lustig.

„Auf die Mitwelt darf man nicht allzu sehr setzen", erklärte Schädler, „denken Sie nur an die großen Autoren, Shakespeare etwa galt in seiner Zeit nicht viel, die Zeitgenossen haben ihn allenfalls als ordentlichen Spaßmacher gesehen." Er hielt kurz inne, als müsse er überlegen, dann sagte er: „Große Taten werden von der Mitwelt meist nicht verstanden."

„Da haben Sie wohl recht", sagte Vlassi und ihm gingen dabei seine großen kriminalistischen Taten der vergangenen Fälle durch den Kopf, die auch nicht so recht gewürdigt wurden.

Johannes Schädler wies auf einen Stuhl im Wohnzimmer: „Also dann wollen wir mal. Sie kennen die Szene ja, ich werde Frau Scheuermann ersetzen und gleich mit dem Messer auf Sie losgehen."

„Ich bin bereit", erklärte Vlassi und ließ sich mit einem schnellen Ruck auf den Stuhl fallen, „doch bevor Sie zustechen, will ich Sie mit einer kleinen Textänderung vertraut machen."

„Ich habe es geahnt", murmelte Schädler für sich, sagte aber laut: „Bitte, bitte!" Um sich gleich zu korrigieren: „Sie haben sich falsch auf den Stuhl gesetzt. Sie müssen sich so setzen, als ob Sie nicht anders könnten, als ob Ihre Beine Sie nicht mehr tragen wollten. Greifen Sie suchend mit der Hand nach der Stuhllehne. Nicht dramatisch forcieren, sachte, ganz sachte. Man soll den Eindruck haben, dass Sie nicht weiterwissen, dass Sie am Ende sind …"

„Bin ich das denn?", fragte Vlassi, „das hat man mir bisher nicht gesagt."

„Jetzt sage ich es Ihnen. Wer sich mit dem Tod einlässt, muss flexibel sein. Sie setzen sich in einer dem Stuhl zumutbaren Weise. Sie lassen sich nicht mit melodramatischem Hintern auf den armen Stuhl fallen. Dadurch wird ja der Stuhl zum Gegenstand unseres Mitgefühls."

„Ah ja", nickte Vlassi, „wo man doch eigentlich mit mir Mitgefühl haben soll."

„Sehr richtig, Sie verstehen“, kam es von Schädler, und wieder war ein leichtes lachartiges Hüsteln von ihm zu hören.

Vlassi horchte einen kleinen Moment auf. Das kenne ich doch, dachte er, aber im gleichen Moment schalt er sich als Tor, warum sollte dieser großartige Regisseur nicht auch so hüsteln können?

Der Hausherr sprach schon weiter: „Übrigens ist es vielleicht besser, wenn kein Stuhl dastände und Sie trotzdem nach ihm griffen, als ob er da wäre. Das drückt Ihren beklagenswerten Zustand anschaulicher aus. Wir lassen den Stuhl weg.“

„Ganz weglassen?“, fragte Vlassi und schien etwas enttäuscht. Innerlich war er auf seine Ermordung auf einem Stuhl eingestellt.

Schädler nickte: „Sie tasten nach dem Stuhl wie ein Blinder. Verstehen Sie, wie ein Blinder!“

„Aber meinen Text kann ich dabei sprechen?“, fragte Vlassi.

„Ja, natürlich. Fangen Sie an.“

Der lange Vlassi machte zwei kleine Schritte und schob die rechte Hand suchend vor, als wolle er einen Stuhl ertasten, während Schädler sich ihm von der Seite näherte.

„Sie?“, drehte sich Vlassi fragend zu ihm, „Sie hier?“

„Ja, ich bin es. Wir kennen uns bereits.“

„Ich weiß, was Sie vorhaben“, sagte Vlassi mit müder Stimme, „Leben ist immer Nicht-Leben, Tod ist immer Nicht-Tod. Weshalb sollte ich mich beklagen? Ich dachte immer, der Tod sei ein grausamer Räuber …“

Mit dumpfer Stimme sprach Schädler: „Sie sind zu neuer Einsicht gelangt?“

„Der Tod ist großartig“, fuhr Vlassi fort, „wenn man ihn zu nehmen versteht. Er raubt nicht das Leben, sondern nur das Löbon.“

Schädler ließ sich nicht beirren: „Das Löbon? Sie meinen damit das bekannte flache Dasein, das die meisten Leben nennen.“

„Eben das“, bestätigte Vlassi und dachte daran, dass jetzt der Zeitpunkt gekommen war, nach Art des Todes zu hüsteln, so wie in der Jakobsklause. Sogleich ertönte ein Hüsteln von ihm, das sich jedoch eher nach einem flachen Räuspern anhörte, und Kommissar Spyridakis dachte: Das muss besser werden bei der Premiere. Doch statt seiner hüstelte jetzt Johannes Schädler und zwar genau so, wie es Vlassi vorhatte.

Vlassi ließ sich nicht irritieren und sprach weiter: „Alles Vergängliche ist nur ein Gleichnis. Wer den Tod ablehnt, lehnt auch das Leben ab. Ich habe keine Angst vor Wein oder Kaffee. Warum sollte ich Angst vor dem Tod haben?“

„Er ist ein harmloser Geselle“, kam es von Schädler, „und der Mensch ist ein Kotfass, ein widerwärtiger Spülzuber, ein gieriger Schlund, ja im Grunde nichts anderes als ein gemaltes Trugbild.“

„Das ist auch meine Auffassung!“, erhob Vlassi seine Stimme und dachte dabei, dass Schädler seiner Rolle offenbar auch etwas mehr Text zugeschanzt hatte, „es steht nicht in der Macht des Todes, mich von der Bildfläche verschwinden zu lassen. Der Tod ist nimmer ein Schlusspunkt und schon gar nicht ein Ausrufezeichen.“

Johannes Schädler nickte zufrieden, zückte jetzt ein Messer und wollte zustechen, als ein Klingeln an der Haustür ertönte. Er ließ den Dolch sinken und streifte dabei mit der Oberfläche seiner Hand Vlassis Schulter. Der hatte im selben Moment das Gefühl, als ob er sich von seinem Körper verabschieden würde, als schaute er Herrn Schädler und sich von außen zu – unbeteiligt und belustigt.

Im nächsten Augenblick war Vlassi wieder im Hier und Jetzt. Mit zufriedener Stimme sagte er: „Ach, immer kommt vor meiner Ermordung was dazwischen." Um neugierig nachzuschieben: „Wie war ich?"

„Sehr gut", antwortete Johannes Schädler, „ich habe mich nicht in Ihnen getäuscht. Sie sind eine theatralische Begabung. Und den gesprochenen Text – haben Sie den selbst erfunden?"

„Ja, gewissermaßen schon", log Vlassi und dachte bei sich: Ich muss ja nicht sagen, dass ich den Herrn Tod persönlich kenne und mir seine Reden ein bisschen ausgeliehen habe.

Schädler grinste ihn an: „Er klingt sehr … wie soll ich sagen … authentisch, wenn Sie verstehen, was ich meine."

Vlassi nickte artig, er wollte nicht weiter auf seinen geborgten Text eingehen, sollte er vielleicht dem Schädler erklären, dass er den Herrn Tod sogar zum Mitspielen eingeladen hat?

„Es hat geklingelt, ich muss zur Haustür", sagte Schädler und verließ den Raum.

Ich weiß schon, wer da kommt, wer meine grandiose Solo-Szene vermasselt hat, ging es Vlassi durch den Kopf.

Und tatsächlich trat nach kurzer Zeit Ernst Lustig mit dem Hausherrn ins Zimmer.

„Da hab' ich ja Glück gehabt", teilte Lustig mit, „kaum klingele ich, kommt der Herr Schädler von der Straße und macht mir auf."

„Von der Straße?", fragte Vlassi, „wir proben schon die ganze Zeit hier in diesem Raum."

„Sie müssen allein geprobt haben", sagte Schädler, „ich war einkaufen. Aber wer hat Ihnen geöffnet?"

„Sie natürlich!", antwortete Vlassi und eilte aus dem Probezimmer. Der Kriminalist in ihm war erwacht. Wenn da noch jemand war, der sich als Johannes Schädler ausgegeben hatte, würde er ihn finden. Sein Blick glitt über den Flur, er riss eine Tür auf, die zum Arbeitszimmer führte, niemand war zu sehen, er öffnete eine weitere Tür, das Bad, auch hier niemand, bei der nächsten Tür hatte er schon die Hoffnung aufgegeben, den Doppelgänger zu finden. Tatsächlich saß auch in der Toilette keine Menschenseele auf dem Klo.

Und auf einmal flogen Vlassi Bemerkungen durchs Hirn, Bemerkungen des Mannes, mit dem er eben geprobt hatte: Der Tod spielt immer eine Rolle … Sie tasten wie ein Blinder … rätselhaft, dunkel, undurchschaubar … wer sich mit dem Tod einlässt, muss flexibel sein. Und ihm fiel es jetzt wie Schuppen von den Augen: Dieser Johannes Schädler war nicht echt. Das war eine Fälschung. Dieser Johannes Schädler war der Herr Tod. Er hatte Vlassis Bühnen-Angebot nicht gerade angenommen, doch immerhin mit ihm geprobt. Geprobt? Ein Glück, dass er den Dolch sinken ließ, ging es Vlassi durch den Kopf, vielleicht wollte er mich wirklich meucheln. Tod auf der Probebühne – na ja, das wäre immerhin eine Schlagzeile, aber dafür hätte ich mein Leben hergeben müssen. Doch berührt hat er mich, komisch, dass ich für einen Moment wie neben mir stand. Na, wenigstens hat mich ein Zufriedenheits-Gefühl überkommen.

Nachdenklich ging er zurück ins Wohnzimmer und ihm fiel ein weiterer Satz des vermeintlichen Johannes Schädler ein, ein Satz, der ihm mit jedem weiteren Schritt klarer wurde.

26 Der Herr Tod, diesmal als Frau Wunder?

„Wen haben Sie denn gesucht?“, fragte Ernst Lustig, als Vlassi zurückkam.

„Habe mich wohl geirrt“, erwiderte Vlassi kurz angebunden.

Schädler teilte mit: „Ich kann Ihren Kollegen nur bestätigen, bin gerade von der Straße gekommen.“

„Ja, ja“, erwiderte Vlassi, „aber es hat doch geklingelt.“

„Wir haben nicht geklingelt“, stellte Lustig fest, „wozu klingeln, wenn man einen Schlüssel hat?“

„Aber die Frage bleibt, wer Herrn Spyridakis geöffnet hat“, sagte Schädler und hob die Stimme: „Versteckt sich hier vielleicht Frau Scheuermann?“

„So was hab' ich mir schon gedacht“, brummte Lustig, „mein Kollege Spyridakis kann Männlein von Weiblein nicht unterscheiden. Er hat sich eingebildet, mit Ihnen, Herr Schädler, zu proben, dabei war's die verkleidete Scheuermann, und die hat sich verdrückt.“

„Das ist gut möglich“, überlegte Schädler, „der hab' ich mal einen Nachschlüssel gegeben ...“

Lustig setzte seinen Satz fort: „... und sie hat sich aus dem Staub gemacht, weil sie wahrscheinlich mit Herrn Spyridakis was geprobt hat, das nicht ins Konzept des Regisseurs passte.“

Johannes Schädler nickte: „Sie haben den Fall aufs Beste aufgeklärt, Herr Lustig, ich muss schon sagen, Sie überzeugen mich als Kriminalist."

„Ich werde Sie noch mehr überzeugen", erklärte Lustig mit einem leichten Lächeln, worauf er sich zu Vlassi wandte: „Im Gegensatz zu diesem kaum überzeugenden Kollegen, der mal wieder seiner Theater- und Ruhmsucht nachgestiegen ist."

Vlassi fühlte sich natürlich angesprochen, versuchte jedoch das Negative in Lustigs Bemerkung umzudeuten: „Wenn Sie wüssten, was das Theaterspiel mir für Erkenntnisse beschert hat."

„Nun gut", ergriff Schädler das Wort, „jetzt sind Sie schon mal beide hier, darf ich Ihnen einen Kaffee anbieten?"

„Gerne", antwortete Vlassi, während Lustig abwinkte: „Hab' heute schon genug Kaffee getrunken."

Der Hausherr verließ den Raum in Richtung Küche, und Vlassi wollte von Lustig wissen: „Nach Wein ist Kaffee doch Ihr Lieblingsgetränk, sind Sie abstinent geworden?"

„Hab' meine Gründe, die Sie Theaternarr allerdings nicht verstehen werden."

Nach kurzer Zeit kam Schädler mit einem Tablett in den Händen zurück. Darauf befanden sich eine zierliche Kanne und zwei Becher, was Vlassi etwas verwunderte. Zu dieser Kanne passten keine klobigen Becher, das sollte man einem Ästheten wie Schädler doch nicht erklären müssen, zumal in die Becher schon eingeschenkt war.

Schädler forderte auf, Platz zu nehmen, er stellte das Tablett auf den kleinen runden Tisch. Die Herren setzten sich, Schädler zog aus seiner Jackentasche ein Etui und legte es auf das Tischchen. Bevor er sich ein Zigarillo ansteckte, griff er zu seinem Kaffeebecher und wollte trinken. Er hielt inne.

„Worauf trinken wir?", fragte er Vlassi, „auf Ihre gelungene Probe mit der verschwundenen Margot Scheuermann?"

„Warum nicht", erwiderte Vlassi mürrisch.

„Ich habe da eine bessere Idee", meldete sich Lustig, „wir trinken auf den Fall, weswegen wir einst zu Ihnen kamen."

„Immer wieder Neumann", sagte Schädler mit Bedauern in der Stimme, „der Mann kommt ja selbst im Tod nicht zur Ruhe."

„Er bekommt seine Ruhe, da sind wir vor", teilte Lustig lächelnd mit.

Vlassi ging durch den Kopf, dass Lustig nicht die ganzen Ereignisse des Tages mitbekommen hatte, er konnte also nicht wissen, dass Julia und er davon überzeugt waren, Kirchrath dingfest gemacht zu haben, nur fehlten leider die Beweise. Und Julia war eigentlich gar nicht überzeugt, in Kirchrath den Neumann-Mörder zu sehen, wie sie im Café Schwab-Gespräch ihrem Vater und ihm deutlich gemacht hatte. Und er, Vlassi, war es inzwischen auch nicht mehr. Weil ihm der Tod mit seinem Gerede das Hirn vernebelt hatte? Nein, weil ihm mittlerweile klar geworden war, dass die Sucht nach Unsterblichkeit ein Irrweg war. Hatte seine Chefin nicht recht, als sie sagte, dass der wahre Täter die Kryostase nicht nur falsch, sondern widerwärtig und abscheulich finden musste.

Im nächsten Moment bedauerte Vlassi, dass der Herr Tod nicht mehr in seiner Nähe weilte. Was halten Sie davon, wenn unsereins eingefroren und wieder aufgetaut wird?, würde er ihn fragen. Käme das eventuell auch für Sie infrage? Wenn ja, dann macht es Sie zeitweise arbeitslos. Ist Ihnen eine Pause recht? Und wenn Sie wieder aus dem Eis kommen und Ihrer Tätigkeit nachgehen, sind Sie dann noch der Alte? Oder wackeln Sie als faules Aas, als gieriger Schlund und übel riechender Eimer durch die Welt? Blödsinn, dachte Vlassi, den Tod wird es immer als standhaften Burschen geben, man muss halt nur einigermaßen mit ihm zurechtkommen, ihn akzeptieren, wie er ist. Ich hab' da für mich keine Bedenken, hab' ja sogar gerade eine Theaterprobe mit ihm absolviert. Vermutlich hat der Herr Tod für mich sogar was übrig.

Schädler hob seinen Becher und nahm die letzten Worte Lustigs auf: „Dass Neumann seine Ruhe bekommt, das wünsche ich auch, sehr sogar."

Vlassi griff ebenfalls nach seinem Kaffeebecher, doch gerade, als er ihn zum Mund führen wollte, beugte sich Lustig vor, stieß ihn an, und der Becher fiel Vlassi aus der Hand, worauf er seinen Kollegen missmutig ansah. Lustig jedoch entschuldigte sich nicht, sondern zog ein Gesicht, als hätte er ihm gerade einen Gefallen getan.

„Wollten Sie sich nicht Ihren Zigarillo anstecken?", fragte Lustig den Hausherrn.

„Ja, natürlich", antwortete Schädler, entnahm dem auf dem Tisch liegenden Etui ein schmales, längliches Zigarillo.

„Wollen Sie auch eines?“, fragte er Lustig.

„Vielen Dank, heute mal nicht“, erwiderte der sanft.

Schädler wandte sich zu Kommissar Spyridakis: „Sie auch nicht?“

Vlassi war in Gedanken bei jenem Satz, den ihm der falsche Johannes Schädler gesagt hatte, er war ihm inzwischen nicht nur klarer geworden, sondern hatte ihm sogar die Augen geöffnet, zumindest ein wenig, er schüttelte auf Schädlers Frage etwas abwesend den Kopf.

Der Hausherr griff in die Seitentasche seines Jacketts und zog eine Schachtel Streichhölzer hervor, ratschte eine Streichholz an und hielt es an das Zigarillo in seinem Mund.

„Ah“, sagte Lustig, „Sie verwenden Streichhölzer nach alter Väter Sitte.“

Schädler nickte: „Ja, es ist bekömmlicher.“

„Aber Sie haben doch auch ein Feuerzeug“, sprach Lustig mit listiger Miene, „beim letzten Mal haben Sie das benutzt.“

„Kann sein“, erwiderte Schädler, „mal so, mal so.“

„Bekömmlich ist ein gutes Stichwort“, erklärte Lustig, „bekömmlicher wäre es für Sie mit Ihrem Feuerzeug. Denn ich habe es gefunden. Sie haben vermutlich längst danach gesucht.“

Schädlers Gesicht war bei den letzten Worten Lustigs grau geworden, ja das Grau schien sogar ins Weiß wechseln zu wollen, sodass Vlassi die Überlegung anstellte, ob das nicht die richtige Farbe für den Herrn Tod wäre, dessen Gesicht wirkte ja viel zu normal, viel zu lebendig für seine Profession.

„Können Sie sich denken, wo?“ fragte Ernst Lustig mit fast heiterer Stimme.

Schädler schüttelte den Kopf. Einen Moment herrschte vollkommene Stille im Raum, dann sagte der Hausherr: „Feuerzeuge gibt es viele.“

„Da haben Sie recht“, entgegnete Lustig, „aber natürlich habe ich das Feuerzeug untersuchen lassen, auf Fingerabdrücke – Sie verstehen.“

Schädler musterte ihn, ohne ein Wort zu sagen.

„Und gefunden habe ich dieses Feuerzeug in der Wohnung von Frau Gärtner“, fuhr Lustig fort, „leider weilt sie nicht mehr unter uns, sie ist ja auch ermordet worden. Aber das wissen Sie natürlich.“

Das Zigarillo von Johannes Schädler war ausgegangen, er hielt es in der Hand, die, wenn man genau hinschaute, etwas zitterte.

Jetzt schaltete sich Vlassi ein, der das Gespräch genau verfolgte. Er hob seine Stimme, als wäre er auf der Bühne und tremolierte: „Auf Fingerabdrücke haben Sie das Feuerzeug untersuchen lassen, Herr Kollege! Und ich weiß schon, wessen Fingerabdrücke Sie identifiziert haben!“

Lustig senkte leicht den Kopf, als sei die Rede Vlassis nicht einmal ein Nicken wert. Schädler war bis jetzt stumm geblieben, nun aber sagte er leise zum Mainzer Kommissar: „Sie sind wirklich ein überzeugender Kriminalist.“

„Ich sagte doch, dass ich Sie überzeugen würde.“

Lustig wandte sich zu Vlassi: „Und Sie auch. Hab' Ihnen doch gesagt, dass ich Sie überrasche.“

Mit diesen Worten griff Lustig in die Seitentasche seines Jacketts und zog eine Klarsichthülle hervor, in der sich das Feuerzeug Schädlers befand: „Sie haben es bestimmt in der Wohnung von Frau Gärtner gesucht. Aber ich habe es zuvor gefunden."

Er machte eine kleine Pause, um mit klarer Stimme fortzufahren: „Sie haben es dort vergessen, nachdem Sie die Frau umgebracht haben. Ich könnte es Ihnen nun aushändigen, aber das Feuerzeug hat jetzt keinen Wert mehr für Sie." Und Lustig fügte ironisch an: „Sie sind ja auf Streichhölzer umgestiegen."

Vlassi drehte sich zu Lustig: „Wollten Sie mir das beim Dieterle sagen, als ich vom Hörgenuss hingerissen war?"

Lustig nickte: „Ja, aber Sie mussten dringend weg, Sie hatten Wichtigeres zu tun, Sie wollten Ihre Chefin retten."

Vlassi knurrte: „Und Sie mussten den Wein retten, selber trinkend vor den anderen retten."

Schädler hatte sich gefasst: „Sie sind ein Paar, das sich auch auf der Bühne gut machen würde. Ihre Dialoge sind theaterreif."

„Aber nur mit Ihnen als Regisseur", teilte Lustig grinsend mit, um hinzuzufügen: „Aber das geht ja nun leider nicht mehr."

„Warum nicht?", widersprach Vlassi, „wir könnten eine Zuchthaus-Truppe aufmachen, das Publikum würde auch von außerhalb strömen, um mich zu sehen."

„Ach ja", sagte Lustig, „Ihr Theaterfimmel bringt Sie sogar ins Zuchthaus."

Er wandte sich zum Hausherrn: „Sie haben schon gemerkt, dass es keinen Sinn hat zu leugnen. Außer Herrn Neumann hatte Frau Gärtner keine Besuche, das habe ich recherchiert. Sie haben sie umgebracht, weil sie einen Verdacht gegen Sie hatte. Richtig?"

Johannes Schädler legte den Kopf nach hinten, er wirkte jetzt wie ein Theatermensch, der über das Konzept einer Inszenierung nachdachte.

„Ja", sagte er nach einer Weile, „sie hatte einen starken Verdacht, ihr war eingefallen, dass Konrad ihr von einer Auseinandersetzung mit mir erzählt hatte …"

In dem Moment klingelte es an der Haustür.

„Immer diese Störungen", sagte Vlassi, „wer jetzt kommt, muss Eintritt zahlen. Eintritt für diese mörderische Untersuchung … will sagen Festnahme."

Im nächsten Moment fiel ihm ein, dass es vielleicht mal wieder der Herr Tod sein könnte, man wusste ja nie, wann er in irgendeiner Verkleidung auftauchte, um sein Werk zu vollbringen.

Lustig schaute Vlassi kopfschüttelnd an: „Sie kommen gar nicht mehr aus dem Theatermodus raus, was!"

„Darf ich öffnen gehen?", fragte Schädler.

„Natürlich, allerdings mit meiner Begleitung", antwortete Lustig und warf einen Blick auf Vlassi: „Mit dem Kollegen Spyridakis wird sonst eine Theaterszene daraus, eine groteske vermutlich."

Die beiden verließen das Wohnzimmer und kehrten nach kurzer Zeit zurück. Bei ihnen befand sich Julia Wunder.

„Herr Tod, diesmal als Frau Wunder?", fragte Vlassi.

Julia sah ihn erstaunt an: „Dieser Fall scheint Sie ja sehr zu verwirren, Herr Spyridakis. Wir haben es immer mit dem Tod zu tun, aber er kommt uns zuvor."

„Sie sind es, ja, ja, natürlich", beeilte sich Vlassi zu versichern, „aber was führt Sie hierher?"

„Ich habe Ihnen doch schon oft gesagt, dass wir mit dem Kopf arbeiten", erwiderte sie, „mit Gedankenkraft und Recherche!"

Lustig ergänzte: „Und wenn Theaterfimmel noch dazu kommt, wird ein Kommissar blind."

„Blind?", empörte sich Vlassi und stellte sich sofort auf die neue Situation ein, „ich bin nicht blind. Ich habe bei der Theatertruppe von Herrn Schädler mitgemacht – zum Schein!"

„Ach, Sie haben hier sogar Theater gespielt?", fragte Julia erstaunt.

„In Wirklichkeit habe ich recherchiert", erklärte Vlassi mit einer Handbewegung, die den ganzen Raum umschloss.

Und ihm fiel jetzt, genau zur rechten Zeit, der Satz des Herrn Tod ein, der ihn nachdenklich gemacht hatte und ihm nun vollends klar wurde: „Der fliegende Tod – auf so einen Einfall kann nur ein Theatermann kommen! Das war die Fährte, der ich nachgegangen bin."

Julia Wunder warf einen Blick zu Johannes Schädler. Der hob die Schulter, als wollte er andeuten, dass dieser Satz schon stimmen würde, und er nichts Nachteiliges über den Schauspieler Spyridakis zu vermelden hatte.

Julia sagte: „Die Kryostase, Herr Schädler, ist Ihnen sicher bekannt, Sie wissen, worum es da geht."

Der Hausherr verzog das Gesicht, als habe er in eine Zitrone gebissen, voller Widerwillen stieß er hervor: „Es ist grauenhaft, was Menschen sich ausdenken, es ist geradezu teuflisch."

Julia fühlte sich sofort bestätigt, sie hatte ja im Eltviller Café Schwab vermutet, dass der Täter den Weg, den Neumann gehen wollte, widerwärtig und abscheulich finden musste. Vlassi warf ihr einen wissenden Blick zu: „Ihr Vater hat die Kryostase mit Mephisto verglichen, wir waren uns da ja ganz einig."

„Aber Mephisto ist nur ein Verführer", knurrte Schädler, „viel teuflischer ist es, dass gewisse Zeitgenossen ihm die Hand reichen."

Jetzt meldete sich Lustig: „Können wir das als Geständnis auffassen?"

„Fassen Sie es auf, wie Sie wollen", erwiderte Schädler, „ich habe Konrad zu einem guten Tod verholfen, nicht zu einem kläglichen Dasein im Eis mit Frostschutzmittel in den Adern. Wer weiß, mit welchen Schäden er irgendwann erwacht wäre, und ob er überhaupt noch als Mensch hätte gelten können."

„Eine gute Tat also", merkte Lustig ironisch an.

„Sein Starrsinn und seine Verblendung hat einen würdigen Tod verhindert, dazu musste ich ihm verhelfen", erklärte Schädler.

Vlassi teilte voller Sympathie in der Stimme mit: „Ich verstehe Sie, dieser Neumann scheint ja gar nicht gewusst zu haben, dass der Tod nicht mal ein Ausrufezeichen ist."

Julia schaute zu ihm und dachte: Wie kommt er denn auf diese Formulierung? Dieser Spyridakis verwundert mich immer wieder aufs Neue.

Lustig fragte: „Und dass Sie den Neumann fliegend aufgehängt haben, hat da der Kollege Spyridakis recht? War das Theaterschwachsinn?“

„Ich bitte Sie“, erwiderte Johannes Schädler, „alles, was Theaterleute machen, hat Sinn und Verstand …“

Vlassi fiel ihm ins Wort: „Na, wenn ich da ans Wiesbadener Staatstheater denk', bin ich mir nicht so sicher.“

Schädler ließ sich nicht beirren: „Jedenfalls sollte es Sinn und Verstand haben. Die Aufhängung ist die theatralische Umsetzung des Gedankens, dass Konrad in eine bessere Welt fliegt, in eine Welt ohne Kryostase, ohne Tiefkühl-Irrsinn und Konservierungs-Wahn.“

„Und ohne Frostschutzmittel“, ergänzte Vlassi. Er überlegte einen Moment: „Wenn ich mir's recht überlege, haben Sie eigentlich ein grandioses Bild für Neumanns Tod gewählt. Ich frage mich, warum ich da nicht früher draufgekommen bin.“

Der Kollege Lustig sah ihn belustigt von der Seite an: „Sie sind nicht draufgekommen, weil Sie in eine Theater-Kryostase gefallen sind. Ein Gefallener sind Sie – ganz ohne Frostschutzmittel.“

„Ein Gefallener?“, fragte Vlassi empört, „ich habe mich hineinbegeben in die Zauberwelt der Bühne.“ Für sich dachte er jedoch: Ich werde doch nicht ein gefallener Engel sein, der hier auf Erden dem Theater verfallen ist?

„Und mich wollten Sie sogar auch in diese Zauberwelt-Kryostase zerren“, ließ Lustig nicht locker.

„Meine Herren“, machte Julia dem bizarren Disput ein Ende, „wie dem auch sei, das Gesetzbuch verbietet den Mord, auch wenn er aus möglicherweise überzeugenden Gründen geschieht …“

Vlassi unterbrach sie: „Ich würde hier sogar von edlen Gründen sprechen.“

„Der Spyridakis hängt an seinem Regisseur wie an einem Ziehvater“, warf Lustig missmutig ein.

Julia fuhr fort, indem sie sich zu Johannes Schädler wandte: „Und der Mord an Frau Gärtner kann im Gegensatz zu dem an Herrn Neumann noch nicht mal mit Gründen irgendwelcher Art überzeugen.“

Schädler richtete sich zu voller Größe auf: „Das Gesetzbuch wird meine Motive nie verstehen, es ist ein Buch mit toten Formeln. Herr Spyridakis dagegen hat mein wahres Motiv erkannt.“

„Edle Gründe“, wiederholte Vlassi und achtete darauf, dass er die beiden Worte nicht zu theatralisch aussprach, konnte sich aber einen Nachsatz nicht verkneifen: „Ich spreche ein wahres Wort gelassen aus, denn durch das Gesetzbuch fließt noch nicht mal Frostschutzmittel.“

Julia überhörte seine Sympathiebekundung und sagte kurzangebunden zu Schädler: „Wir müssen Sie mitnehmen.“

„Das übernehme ich!“, erklärte Lustig, „dieser Theatermensch wildert hier in meinem Revier, und bei dem Kollegen Spyridakis weiß man ja nie, ob er mit dem Herrn Schädler unterwegs noch eine Probe veranstaltet.“

Vlassi schüttelte den Kopf: „Probe veranstaltet – völlig unmögliche Ausdrucksweise. Man probt, dann die Hauptprobe, Generalprobe, Premiere."

„Feiern Sie die Premiere mit sich selbst!", riet Lustig, „Ihre Ermordung, darum ging's ja wohl, die kriegen Sie wohl alleine hin."

„Eben nicht. Wer wird mein Mörder?", fragte Vlassi, „ich brauche dringend einen Mörder, und die Frau Scheuermann ist nicht in der Lage, mich wirksam umzubringen."

Johannes Schädler sagte: „Frau Scheuermann, Herr Wiesel und Herr Singer sind völlig unschuldig, sie wissen von nichts."

„Das ist es ja!", trumpfte Vlassi auf, „sie wissen nichts von Verbrechen und wahrem Mordgeschehen, das macht sie ja so unglaubwürdig." Und er dachte: Mit solch unfähigen Mimen kann ich auf keinen Fall auf Tournee gehen.

„Da sehen Sie mal", sagte Julia, „was Sie an sich selbst haben, Herr Spyridakis. Ihnen sind echte Morde geläufig. Vielleicht sollten Sie doch einen Solo-Auftritt proben, Mörder und Ermordeter in einem."

Vlassis Gedanken schwurbelten bei ihren Worten auf. Solo-Auftritt kam nicht infrage. Aber er könnte eventuell dauerhaft den Herrn Tod als Partner gewinnen, der durfte ihn nur nicht berühren, doch man würde sich näher kommen und schätzen lernen – die Probe mit ihm war jedenfalls vielversprechend, dieser Bursche war nicht unbegabt und hatte sogar Sinn für seinen wunderbaren neuen Text gezeigt. Vielleicht sollte man lediglich ein geeignetes Pseudonym für ihn finden, nicht „Der Tod lebt" sollte es heißen, sondern „Der Dot lebt". Jeder würde sich fragen, wer der Dot ist, und das Publikum würde strömen. Ja, so schafft man volle Häuser.

Als Julia wenige Minuten später in ihren Passat stieg und sich gerade auf den Weg nach Wiesbaden machen wollte, klingelte ihr Handy und eine bekannte Stimme meldete sich.

„Wo stecken Sie denn, Frau Wunder?", rief Kriminalrat Feuer, „in Ihrem Zimmer jedenfalls nicht, das ist seit vielen Stunden verwaist."

„Ich sitze im Auto", antwortete Julia.

„Und Spyridakis pflückt in einem Garten Veilchen und sammelt Gurken, wie?"

„Er ist mehr an Ringelblumen interessiert", vermeldete Julia.

„Wie sieht's denn aus? Haben Sie diesen Kirchrath am Schlafittchen?"

Julia wollte ihren nichtsahnenden Chef ein wenig auf die Folter spannen und erwiderte: „Nein, ich glaube der ist uns über."

„Was! Sie reden ja schon wie Ihr schlafmütziger Kollege."

„Ich muss Ihnen doch die Wahrheit sagen", teilte Julia ergeben mit.

„Die Wahrheit, die Wahrheit! Wer ist denn an der Wahrheit interessiert? Wir brauchen einen Täter."

„Mit so einem kann ich auch aufwarten", sagte Julia.

„Das hört sich schon besser an. Aber was heißt mit so einem? Handelt es sich um einen hergelaufenen Komödianten?"

„Gar nicht verkehrt, was Sie sagen, Herr Feuer, ich bewundere Ihren Scharfsinn. Es handelt sich um einen Komödianten, der Tragödie spielt, will sagen, sich in einen tragischen Fall verirrt hat."

„Papperlapapp", sagte Feuer, „wer ist es?"

„Auf jeden Fall der Richtigere", erwiderte Julia, „jedenfalls nach herkömmlichen Maßstäben."

Einige der Institutionen und handelnden Personen in diesem Buch gibt es wirklich

- Die Buchhandlung Buchecke in Wiesbaden-Schierstein, Reichsapfelstr. 1, samt ihrem Inhaber Andreas Dieterle, einem Mann, der Bücher aus Leidenschaft empfiehlt und verkauft.
- info@buchecke.de, Tel. 0611/ 89 07 86 34

- Das Swing-Duo Huub-Dutch aus Heidelberg, bestehend aus Chris Oettinger und Huub Dutch, tritt in der ganzen Republik auf, hat unter anderem die CD „Mein großer schwarzer Kübel" herausgebracht sowie „Max und Moritz got the blues" und „Swinging Busch – Huub Dutch spielt Max und Moritz". www.huubdutchduo.de, chris.oettinger@gmx.de, Tel. 06221/ 18 45 48

- Die „Rebellische Bühne" in Offenbach a.M. ist ein musikalischer Veranstaltungsort vorwiegend für Rock, Blues und Swing. Chef ist Volker Rebell, der selbst Musiker ist, langjähriger Moderator beim Hessischen Rundfunk war und viel Sinn für Literatur und Lesungen hat. www.volker.rebell.de oder radio-rebell.de, Tel. 0160/ 95 1660 24

Folgt uns auf

#niemeyerbuch